郑逸梅经典文集

芸编指痕

郑逸梅◎著

北方文艺出版社

目录

《南社湘集》的内容

《南社湘集》，版式和封面，都和《南社丛刻》同一模样。第一期一九二四年（民国十三年）十一月出版，共出了八期结束。首有《南社湘集》导言：

南社倡于清季之光绪己酉，历今十有六年。其主旨在提倡气节，研究文学。社友遍十余省，为数达千余人，所为诗文词丛刊，已出至二十二集。论者谓开民国学术群众运动之先河者，《国粹学报》而外，实惟南社。比年以来，时局变迁，友朋星散，社事日就衰歇，其能岁有雅集，流连觞咏，存念故旧者，厥惟长沙一隅。而海上诸社友，又别有新南社之组织，其宗旨盖亦稍异。同人为欲保存南社旧观，爰就长沙为南社湘集，用以联络同志，保持社事，发扬国学，演进文化，语其组织，别具简章。抑有进者，文学新旧之界，方互相诋諆甚嚣尘上，同人之意，以为进化，自有程途，言论归于适当。自惑者既失精微，而辟者又随时抑扬，违离道本，苟以哗众取宠，皆无当于言学。舍短取长，得所折衷，其殆庶几。昔吾楚先正屈原离谗忧国，爰作骚赋，搴芳采絮[1]，蔚为词宗，遗响二千年，嗣音不闻久矣，《南社湘集》之作，意在斯乎！是所望于

① “絮”疑为错字，据句意似应为“华”。——编者注

同志诸君子。中华民国十三年一月一日。醴陵傅熊湘。

导言后又列《南社湘集》简章：

（一）本社以提倡气节，发扬国学，演进文化为宗旨。

（二）社友入社，不限省籍，但须有本社两人以上之介绍，并填具入社书。

（三）社友缴入社金三元，但旧有社籍者不缴。

（四）社友年捐，于入社时认定，得分两期缴纳，但至少以二元为单位，特捐无定额。

（五）本社设社长一人，总理社务，由社友投票选举，任期一年，但得连选连任。本社设书记、会计各一人，均由社长委托。社长选举票，于春季雅集前一月，由书记印就，分发各社友填寄，于雅集时宣布。

（六）本社每年上巳重九各举行雅集一次，地址及雅集费，由书记先期通知。

（七）本社出入帐目，由会计造册，于重九雅集时报告，由社友公推二人审查。

（八）本社社刊为不定期刊，但每年至少须发行一次。社刊内容分四类，一文录，二诗录，三词录，四附录。但均以文言为准，社刊撰述，概由社友担任。编辑则由社长负责。

（九）本简章如有未尽事宜，得于雅集时由社友提议，经多数赞成后修改之。

附则：本社通信处，由书记随时通知（暂设长沙藩后街五号）。

一切编制，无非萧规曹随，和南社差不多。封面瓷青色，也是线装，每册定价一元，零售八折，持券对折，外埠加收寄费五分。又附语：“本期共印五百册，除分赠社友各一册外，以三百五十册发售，并分赠各社友特价券，凡持券购取者，每册五角，券限甲子年阴历十二月底为止。”印数不多，因此湘集刊物较《南社丛刻》，外间更少流传。

第一期载有《南社湘集》第一次雅集摄影，时期，民国十三年上巳。地点，长沙刘园，到二十三人。后页为第二次雅集摄影，民国十三年重九，举行于长沙赐闲园，共十九人。其中有一儿童，乃刘约真的儿子，随约真同来，原来就是现在华东师范大学校长的刘佛年。这期又载着费公直所绘的钩吻图，石印，为图五幅，且有《钩吻考》，凡三千余言，很为详赡。钩吻是一种剧毒的植物，产于闽粤滇黔一带，载诸社集，有些不伦不类。第二期载有第三次雅集摄影。民国十四年上巳，举行雅集于湖南省立通俗教育馆，到十八人。又寿苏会摄影，仅蔡哲夫等三人。旁注：甲子东坡生日香港雅集北山堂。又乙丑上巳醴陵雅集藏园摄影，仅廖公侠等六人。次页为亡友汪兰皋先生遗像，下注：汪文溥，字幼安，一字兰皋，江苏阳湖人，卒于民国十四年春二月十三日，年五十七。后页为亡友刘今希先生遗像，下注：刘泽湘，字今希，湖南醴陵人，卒于民国十三年冬十月十七日，年五十八。再次页，亡友遗像，合载在一页上，有高天梅、田东溪、文湘芷、胡麟阁、释海印。后页为南社长沙曲园雅集摄影，时民国六年十二月，为长沙第五次雅集，到二十四人。继之为南社半园雅集摄影，时为民国十年十一月二十日，到十七人。

后页为南社北京中央公园雅集摄影，却不称湘集，到十八人。下面有钝安题诗：“文酒低徊各惘然，乱离残抱又成年。相看道丧滋吾惧，未解人嗤己[②]自怜。霜柏后凋留古艳，暖梅先发见春妍。园林向晚余欢在，饮罢诗成月正弦。”又南社北京中央公园雅集，时民国九年元日。第三、四、五期，访觅尚未得见。第六期分上下两册，民国二十五年三月出版，这时傅屯艮已逝世，由刘雪耘继任社长。通讯处已改为长沙长岳关监督公署。王芃生请雪耘扩充湘集范围，采录学术著作，但限于经费；没有成为事实。第七集，有《南社湘集》丙子上巳雅集摄影，这是湘集第十三次雅集，地点长沙定王台，莅会的二十三人。后页为《南社湘集》丙子重九雅集摄影。这是湘集第十四次雅集，地点长沙赐闲园，到二十九人。次为南社图，是一幅山水画，张逞斋绘，有雪耘社长上款。后页是傅钝安遗词墨迹，行书《扫花游词》一首。第八集也未见到。据《湘集》陈瘦愚见告：“社长刘雪耘宦游，由湘柳阴蜃盦主持社务，春秋佳日，也常有聚会，分韵吟诗，直至解放前夕停止。”

这数期的文录，如李赓的《论中国文化》，徐英的《诗有六义》，吴恭亨的《慈利县志风俗》，王存统的《改善教育制度议》，黄以宽的《梁山考》，篇幅都是较长的。李澄宇的《彭烈士传略》《熊烈士光岳光南合传》《钟耐成陈妙贞合传》，傅钝安的《公祭刘君昆涛文》，廖公侠的《吴禄

② “己”据句意似应为“已”。——编者注

贞传》《彭家珍传》《王金铭传》，叙述革命事迹，足补史乘。又傅钝安的《文学刘今希墓志铭》《亡友宁太一事略》《亡友文湘芷行略》，黄病蝶的《延秋集叙》，是属于南社有关的史事和掌故。诗录有梅县罗季威的《哀弦曲》一百韵、《西征》二百四十韵，洋洋洒洒，为特长之作。其他如沈砺的《饶歌》十六首，丘复的《苦雨杂感》，刘今希的《九日和沧霞韵》，佘德沅的《游仙诗》，陈文俊的《加拿大遇雪》，文斐的《羊城杂咏》，高吹万的《病中杂诗》，叶敬常的《秋日登黄花冈吊七十二烈士墓》，伍澄宇的《谒中山陵》，吴楚的《南岳纪游》，郭希隗的《于役集》，田兴奎的《岛游杂诗》，周家树的《日本箱根消夏》，杨铁夫的《曼陀石》等，可谓美不胜收。词录以傅屯艮、陈家庆、田兴奎、刘伯端、陆更存、刘鹏年为多。附录方面，有长沙赐闲园甲子重九雅集分韵诗，广州北山堂甲子重九雅集词，西泠撰杖图征题，乙丑上巳长沙雅集通俗教育馆分韵诗，乙丑上巳醴陵雅集藏园分韵诗，甲子重九长沙雅集赐闲园分韵诗补录，乙丑上巳香江唱和诗，甲子中秋香港雅集北山堂词及补录，乙亥上巳长沙天心阁雅集诗，乙亥重九长沙怡园雅集诗。又《湘绮楼未刊稿》，那是王闿运的三篇遗文。闿运和《南社湘集》，绝无关系，柳亚子生平反对遗老如王闿运等，这儿却把他的遗文，采纳在附录中，更为不当。又通讯，都是社友写给刘雪耘的书札。又章太炎的《萧一之墓碣》，袁恩亮的《陈母廖太夫人家传》，也和湘集无涉。又《南社湘集姓氏录》，载在第六期后，民国二十五年二月第五次汇印。湘集封面题签及扉页，出于费龙丁、蔡哲夫、张默君、邓尔雅等手笔。底页刊有黄宾虹山水画启，那是卖画广告。为骈文小品，堪作南社文献："夫月下写竹，报估客以箫材；石边看云，添缁流于藤素。逸兴独往，墨趣横生；玄赏所符，素心斯惬。尔乃小米云山之笔，无妨逮于闲人；大痴富春之图，岂必期诸后世。王山农何惭乞米，唐六如不使孽钱。遂卖画中之山，兼煮为粮之石。至若倪迂高逸，设色仅赠于征君；曹霸风流，写真每逢夫佳士。未可偶然，不在斯例。"

《南社丛刻》和它的蜕变

梁溪、钱基博辑《现代中国文学史》，提到以文字鼓吹革命之南社，谓："南社者，创始于清季，为东南革命诸巨子所组合，虽衡政好言革命，而文学依然笃古。诗尚唐音，不尚西江，文喜掞藻，亦非桐城，无一定宗派，且多叫嚣亢厉之音。又一派则喜学龚自珍之体，徒为貌似而失其胜概。但就其铮铮者而论，亦足各自成家。其尤著者，慈利吴恭亨悔晦，醴陵傅熊湘屯艮，成都吴虞又陵，吴江陈去病佩忍、柳弃疾亚子，泾县胡蕴玉朴安以诗文；香山苏玄瑛曼殊，山阴诸宗元贞长，顺德黄节晦闻，番禺沈宗畸太侔、潘飞声兰史以诗；淳安邵瑞彭次公，余杭徐珂仲可，无锡正蕴章西神以词；顺德蔡守哲夫以金石书画，而吴梅以曲，各以所能，擅闻于世，称矫矫者，亦文章之渊薮，而儒者之林囿也。始发起者，陈去病、柳弃疾及松江高旭天梅，而柳弃疾主持社事。春秋佳日，必为文酒之会，其地则在上海之愚园为多。岁汇所著，出《南社丛刻》两巨帙，分诗文词选三种，已刊至二十余集，多愤世嫉时，慷慨悲歌之作，与少陵诗史相近也。"这里，把南社的人文事物，客观地叙述出来，可资参考。

《南社丛刻》，共出二十二集，最后一集为结束号，分上下二册。第一集出版于一九〇九年。第二十二集，出版于一九二三年。这时柳亚子已退出南社，由姚石子主持了。《丛刻》用四号铅字，有光纸印，直至第二十一集始用毛边纸印。印数不多，不久即销罄，不再添印。当时欲觅全份，已不易得。柳亚子因将《丛刻》中的诗、文、词三种分类编纂，加新标点，分为《南社诗集》《南社文集》《南社词集》三种，由中华书局出版。由于《南社文集》，篇幅太多，结果没有刊成。胡朴安另辑《南社丛选》，用旧式圈点，封面为朱贯成题签，一九二四年由上海国学社印行。全书凡十二册，分《文选》《诗选》《词选》，每一作家之前，附有小史，为《南社丛刻》所未有。但《南社丛刻》的雅集照片及亡友遗影，《丛选》却全部删去了。此后有新南社之组织，出版《新南社社刊》，全部用白话体，趋向新文化新思潮，一期即止。南社社友中的抱残守缺者，由傅屯艮发起在湖南长沙另行组织，刊有《南社湘集》八期，体裁和《南社丛刻》相同。其他还有辽社、闽社、粤社、淮南社，都从南社蜕化出来，也有刊物。一九八一年，我为了纪念辛亥革命七十周年，曾编刊《南社丛谈》一书，其中有《南社丛刻》的内容及其他汇刊，详纪其事。

南社社员所著的几种单行本

南社人文汇集，民初的各种刊物，几乎成为南社的世界，南社社员的著述纷纷在上海刊行，无不风行一时。爰就记忆所及，略举几种于下：

许指严熟于掌故，其精心之作，当推《南巡秘记》一书。这书分正续二集，主要记述乾隆南游事，笔墨瑰丽矞皇，不可方物。他的自序，略谓："余幼即嗜异闻，逮事王父，老人爱孙，辄以一二故事为含饴，稍长读稗乘，有与所闻相发明者。满清一代，世方普颂圣德，此忌讳秘辛，存之区区父老之唇舌，不绝如缕，以为弥可宝贵，于是疏录而藏之，凡十余种。其间南巡一种，皆高宗巡游江浙时佚事，语或离奇怪诞。按南巡始于圣祖，其时三藩甫定，物力未充，帝意在觇察民情之向背，于铺张一节，颇事兢兢。及乾隆而繁滋既久，闾阎殷富，上心悦豫，游观之乐起焉。古语云：'逸则思淫，固无庸为帝王讳也。'"书中精彩之处，如《水剧场》《幻桃》《一夜喇嘛塔》《青芝岫》《西湖画稿》《无遮大会》《烟花三月》《盗玉马》《黑牡丹诗》等，写来都有声有色。指严作品很多，尚有《泣路记》《三海秘录）、《指严余墨》等，皆清代掌故。他逝世时，有人不无夸张地说："指严死，掌故小说与之俱死。"

鹿城陈莲痕，撰有《顺治演义》《康熙演义》，先后出版。他初拟依次写至清末，不料清室遗胄，提起控诉，只得辍止。他写的《京华春梦录》，内容分掌故、冶例、雅游、香奁、丽品、谐趣、轶事、琐记八章。笔墨风华，为《板桥杂记》《秦淮画舫录》的余绪，初刊《世界小报》，后由竞智图书馆为之刊单行本。

《摩西词》，为常熟黄摩西著，中有《无着词》《怀人馆词选》《影事词选》《小奢摩词选》《庚子词选》《集外词》，以和龚定庵词为最多，也有和张皋文的《茗柯词》，以及和蒋剑人的《芬陀利室词》。首列摩西小影，散发且能鬅鬙，状很落拓。这书是南社词人黄忏庵见贻的，封面上有忏庵识语："顷读先生纪黄摩西词人事略，有庞檗子为之裒辑成集，未及付梨枣，而檗子亦殁，其遗稿不知流落何在云云。按摩西著述，散佚甚多，一时不易搜集。同人曾为校刊《摩西词》一卷，仅留残本，兹呈雅鉴，可与故友结一文字缘也。"

孙仲瑛熟于晚清小说掌故，著有《小说闲谈》一书，由良友图书公司出版，和蒋瑞藻的《小说考证》等同具机杼。

《苏台柳》，贡少芹著，这书和他所著的《亡国恨》《刀环梦》都属传奇体。少芹曾主《小说新报》笔政，写了很多短篇小说，和他的儿子芹孙，有"贡家父子兵"之号。

《蜕翁诗文词集》，两厚册，陈叔柔著。叔柔，清季倡言革命，主持《苏报》，几濒于危。该集首附铜版图多幅，有遗像及所画梅花。内容分《映雪轩初稿》《烟波吟舫诗存》《寄舫偶存》《息庵诗》《闲情香草诗》《夜梵集》《蜕僧余稿》《卷帘集》《残宵梵诵》《蜕词续稿》，大都是他身后由朋好为他搜集的。

包天笑为南社小说家，作品近百种。《海上蜃楼》，初登于《申报》，后由中华书局出版单行本，首冠一小序：“人生不能无回忆，回忆前尘，几同幻梦，梦有欣有戚，至今思之，皆归惘惘。余居海上二十年矣，过去之事，有同蜃楼之隐现。此书自初居海上始，记忆已往。先举前载《小报》之二十回付刊，后将续述也。”书中主人祖书城，实为做书人三字的谐音，那是夫子自道。此后他在《大众杂志》上撰《拈花记》，书中主人也是祖书城，且又是回忆性质，或许与《海上蜃楼》相联系。天笑晚年寓居香港，在港出版《钏影楼回忆录正续集》。他九十八岁高龄，还写成《衣食住行百年变迁》一书，及出版，他已不及目睹，因病逝世了。

范烟桥善状侠士须眉，著《孤掌惊鸣记》一书，由大东书局出版。还有《范烟桥小说集》《中国小说史》，那时持志大学采为教材。

《倦云忆语》，程善之作，内容分《趋庭》《坠欢》《师友杂记》《梦幻》五篇，笔墨很轻灵，有人比之为沈三白的《浮生六记》。柳亚子为题一诗：“《浮生六记》沈三白，后有作者程倦云。多谢胡郎能拂拭，人间始识此奇文。”所谓胡郎，指胡寄尘为该书的整辑者。此外有《骈枝余话》，那是一种笔记。又《小说丛刊》，都是短篇小说，包括《玉犀囊》《健儿语》《华鬘恨》《吹箫女》《懊侬》等篇。善之三十岁后，皈依禅悦，结束风华，守绮语戒，不再从事写作了。

长篇小说《葡萄劫》，陆秋心译，载《民立报》，历三年之久。后由民权出版社印行单行本，分上下二册，叙述希腊志士反抗土耳其的暴政，揭竿而起，进行革命，光复故土的故事，中间纬以儿女之情，尤为缠绵悱恻，为一时所传诵。他又有《秋心说集》，是汇集《刺虎盟鸳记》《铁血红丝》《蛛丝冤》《兰因》四种而成。

王蕙农的许多小品，先后刊载于《新闻报》副刊，他的高足沈痴云，为之搜罗剪存，由我为他付印，定书名为《云外朱楼集》，正编附编凡二册。封面赵子云题签，陶冷月画朱楼一角，缭绕烟云。他有一篇自序，略云："入《新闻报》，草笔记小文，藉消长日，寒虫一鸣，候鸟三叹，掷笔遗忘，漫不省记。年来鬻书自给，目力强半耗于矮戕残墨之中，渭城罢唱，无复三五少年时豪兴。乃辱朋侪过爱，或辑存拙作，或怂恿付梓，小惭小好、弥增颜汗，逊谢未遑，主臣而已。甲戌夏，郑君逸梅过访，传中孚书局主人命，愿以拙作见于报端者，汇付铅椠。仆本僇民，比为学校事，丘山訾丛，何敢再以不祥文字，复贻世人以嗤笑，重违郑君等雅意，强颜存之，所谓知非文过也。"

海虞姚民哀，擅柳敬亭技，落拓江湖，旁及稗史，摭所作短篇，为《民哀说集》。其他所写党会长篇小说，如《四海群龙传》《箬帽山王》等，均由世界书局出版。又辑友好作品，刊《小说之霸王》一书，凡二册。

周瘦鹃所有的著作都标有"紫兰"二字，如《紫兰芽》《紫兰小语》《紫罗兰集》《紫罗兰盦小品》。而生面别开的是，他一个人编了个小杂志，名《紫兰花片》，月出一小册，内容有小说、笔记、译作、谐谈，都出于他一人之手笔，共刊两年，计二十四册。他晚年从事园艺，著有《花花草草》《花前琐记》《花弄影》等。一九八一年，有人为他汇刊《苏州游踪》《花木丛中》二书。

南社社员的著作，实在太多了，刊成书的，有马君武的《马君武诗稿》，马叙伦的《我在六十岁以前》，易大厂的《大厂词稿》，王大觉的《咒红忆语》，王无生的《恨海鹃声谱》，王瀛洲的《断虹》，叶中泠的《中泠词卷》，叶小凤的《古戍寒笳记》，冯自由的《革命逸史》，刘成禺的《世载堂杂忆》，朱鸳雏的《红蚕茧集》，李叔同的《李庐印谱》，严工上的《唱歌集》，张冥飞的《十五度中秋》，陈柱尊的《玄玄阁诗钞》，陈巢南的《浩歌堂诗钞》，陈蝶仙的《栩园丛稿》，吕碧城的《信芳集》，宋痴萍的《如此江湖》，沈东讷的《三白桃传》，陆丹林的《当代人物志》，陆澹安的《小说辞语汇释》，周越然的《书书书》，林庚白的《孑楼随笔》，庞独笑的《红脂识小录》，姚石子的《金山卫佚史》，姚鹓雏的《燕蹴筝弦录》，胡石予的《缥缈史》，胡朴安的《中国学术史》，胡奇尘的《小说革命军》，柳亚子的《怀旧集》，闻野鹤的《野鹤零墨》，夏丏尊的《文心》，徐天啸的《天啸残墨》，高吹万的《吹万楼诗文集》，黄宾虹的《宾虹诗钞》，蒋箸超的《箸超丛刊》，赵赤羽的《海沙诗钞》，赵苕狂的《赵苕狂说集》，管际安的《昆剧一得》，潘兰史的《说剑堂集》等，简直难以尽记，挂一漏万而已。

我是怎样编写《南社丛谈》的

南社是辛亥革命前后的一个革命文学团体。当我在苏州草桥学舍读书时，有两位老师，便是南社名宿，一位是胡蕴（石予）先生，一位是余寿颐（天遂）先生。这两位老师，诗才敏捷，所作经常在《南社丛刻》上发表。老师的著述，当然引起学生的钦仰和爱读，我就按期购买了《丛刻》，反复讽诵，引为乐事。且从两位老师外，更展开到南社发起人柳亚子、陈巢南、高天梅以及其他社员，在我头脑中都留下了较深的印象。不久，我为《民权报》《生活日报》写稿，开始和主编蒋箸超、徐枕亚通起信来，这两位又是籍隶南社的。此后因笔墨联系，认识了很多南社社员，有几位过从很密，如范烟桥、陆澹安、包天笑、胡朴安、周瘦鹃、许指严、陆丹林、许半龙等，而丹林、半龙两人且具名介绍我入社。得识柳亚子、高吹万、姚石子、胡寄尘、姜可生、庄通百等，一见如故，非常投契。直至那次举行南社纪念会，到了一百六十位，我也列席其间，出席人数之多，远远超过了历届的雅集。在这灵山大会上，晤见的社员，也就有了扩大。总之，南社全体社员共一千多人，我认识了三分之一左右，这是我写《南社丛谈》的一个优越条件。那么写起来除骨骼外，又添了些血和肉了。

我有藏书癖，所藏以诗文笔记为多。南社社员的著作，刊成单行本，他们往往寄赠给我。有些是我在书店里买到的，都什袭珍藏着。而社员有好几位主编报章杂志，当然采登了较多同社的作品，我全份保存起来，虽不能说应有尽有，但肯定十得七八，在这方面，我又占有了相当的资料。我又有集札癖，除前贤外，也搜罗时人的信札，尤其南社社员的片纸只字，我都兼收并蓄，物归所好。那高吹万、胡朴安、陆澹安、陆丹林，又纷纷以社员的诗笺和尺牍送给我保存，其中也有点点滴滴的珍贵资料，摘存了几本小册子。我晚年写作，喜记人物掌故，在这人物掌故中，南社社员却占相当数量。凡这许多，很想把它汇集整理，由于奔走衣食，无暇从事，乃十年浩劫，资料散失了很多，叹为憾事。

一九八〇年秋间，王有为同志代表上海人民出版社前来约稿，有为知道我对于南社较为熟悉，就约我写一书专谈南社，可是我有自卑感，认为在南社的资格太短浅，不敢贸然执笔。有为却一再鼓我勇气壮我胆量。我转念一想，南社的历史，超过半个世纪，资格老且当时起作用的十之九已下世，仅存的也都目眊手战，不能操觚。而我手边这些剩余东西，倘不及时检理出来，旷日持久，也就付诸湮没，完全断送，岂不可惜，不如勉为其难吧！初时估计，写十万字差不多了，不意一动笔，直线写，旁线写，人物方面，正事写，趣事写，累累赘赘，越写越多，竟超过了估计的好多倍。继而该出版社的叶亚廉主任提出意见，要我选录些南社诗篇，加以注释。

我想这《南社丛谈》，不等于《南社诗选》，诗选仅《丛谈》的附属部分，不能多占篇幅，就选了些绝诗和律诗，长篇古风，只得舍去不录。又《南社诗选》，柳亚子、胡朴安都编刊过，我若然照着誊钞，那陈陈相因，未免乏味。我就一再网罗，编进许多当时未经发表过的篇什，俾读者得以一新耳目。

南社在辛亥革命时期，既起号角作用，一九八一年为辛亥革命七十周年，把这书赶在这个时候出版问世，或许有些纪念意义，我担负了这个使命，昼夜从事，寒暑不辍，也就算“有志竟成”了。

高梦旦与"商务"教科书的出版

高梦旦

商务印书馆编印小学用《国文教科书》（当时称语文为国文），始于一九〇四年。在这以前，南洋公学已编有《蒙学课本》，代替《三字经》《千字文》《神童诗》等启蒙读物。接着俞复、丁宝书等，在无锡办三等学堂，自编《国文读本》。后来文明书局出版的《蒙学读本》，就是据它改编而成的。但这些书，既不按学制，也无所谓教授法，只能说是初具教科书的雏形而已。影响最大、最受教育界和广大学生欢迎的，是商务出版的小学教科书。

谈到商务印书馆的《国文教科书》，就要提到高梦旦其人。高名凤谦，福建长乐县人。他的长兄啸桐，为有名的古文家。梦旦幼时即以长兄为师。他为文不尚虚浮，在杂志上发表时署名崇有。梁启超创办的《时务报》在上海出版时，高梦旦投寄《论废除拜跪事》一文，梁阅后，大加赞赏，从此两人书札往还，月必数次。时任浙江大学堂监督的劳乃宣，看到高梦旦的文章，很为钦佩，礼聘他为大学堂的总教习。后来大学堂选派学生十人赴日本，高梦旦率学生东渡，任留学监督。他在日本考察年余，感到日本兴盛之故，首在教育，而教育又以小学为基础，因此毅然归国，决心为出版小学教科书而努力。

这时商务印书馆的编译所，由张元济主持。高梦旦返国之后和张元济谈起出版小学教科书的重要性。张元济对此建议欣然接受，便聘高梦旦入商务，任国文部部长，主编小学国文教科书。并请日本人长尾、小谷、加藤三人协助。他先订出全部计划，然后着手编辑。采用合议制，列席者有蒋竹庄（名维乔，是蔡元培就其所办爱国学社诸教员中推荐的）、张元济、庄俞等。有关教科书的内容，不管是谁提的，如大家认为有讨论之必要，就不厌其烦地讨论研究。第一次初稿完成后，高梦旦每夕携带回家，请知友们批评。他认为编辑人员识见有限，必须集思广益，才能使内容更加充实完善。第一册出版后，由于其中《天地日月》《父母子女》《井户田宅》几篇，首冠一幅旭日东升彩色图，非常美丽，引起小学生的喜爱，全国纷纷采用。商务在两年中出了十册《最新小学国文教科书》，深受全国教育界的欢迎，畅销十余年之久。继之张元济编《修身》十册，杜亚泉编《格致》三册，徐隽编《算术》四册，以及地理、历史、珠算等，这是属于初等小学用的。张元济、高梦旦、庄俞、姚祖晋、张景良、黄启明、谢洪赉、陆费逵还编了高等小学用的《国文》《修身》《地理》《算术》《珠算》和商业课本等，并另外编了教授法、详解等，作为教师参考。接着，又编《最新中学教科书》。从此，商务出版的教科书，就日益完备了。

几种油印书册

油印为最简易的印刷，一称钢笔版，又称誊写版，更称真笔版。清季由日本传来，学校所发的讲义，大部出于油印。至于油印成书，以代剞劂者，当以海虞孙师郑的《道咸同光四朝诗史》为首创。师郑名雄，又名同康，著有《旧京诗存》《眉韵楼诗话》《诗史阁壬癸诗存》。诗史阁这个斋名，即因辑《四朝诗史》而取的，时期大约在光宣之间。当时潘兰史有古风一首咏其事，如云："缥缃锦轴十万卷，玉尽金管四朝诗"，实则诗选二千余家，所谓十万卷，那是夸大之辞了。油印印数不多，所以那部《四朝诗史》，现在已很难看到了。此后崇明画家罗树敏先师，他曾油印过《绘事津梁》上下二卷，这是用毛笔蘸上药水，腐蚀蜡纸，印时墨汁由笔画处渗透，也就很清晰地印出来了。因为用的是毛笔，可以挥写自如，总之，这也是属于油印。此后油印的书册，寥寥无几，原因是正式印刷机已普遍市上，大家可以用铅字排印了。

解放后，油印书册，反成为一时风尚。尤其诗文一类的作品，力求行式字体的古雅，往往不委托市上的誊写社，而请通文翰又擅写钢版的自刻自印。这时有一位青浦戴果园老诗人，他名禹修，应聘上海文史馆，寓居沪西康定路。为了自己印诗集的便利，备着一架油印机，请他的同乡张仁友为刻蜡纸。仁友也能诗，写得一手很秀逸小楷，端端正正，行格清朗，没有错字和俗体字，也不写简体字，天地头又很适当，印好了，用瓷青纸的书面，丝线装订，外加标签，非常大方雅观。朋友们看到了，纷纷请果园代为计画，先后印了十余种之多，几有接应不暇之势。直到后来，纸源告绝，只得停止。由果园所计画而印出来的，据我所知，就有下列几种，都是非卖品。

《西泠印社志稿》，凡六卷。一志地、二志人、三志事、四志文、五志物、六志余，包罗万象，最详赡没有的了。编撰者为鄞人秦彦冲，他是西泠印社后起之秀。他对社事特别的关切和热心，其原因固然由于他笃嗜篆刻，又他生于甲寅五月二十二日，恰值吴昌硕为西泠印社立碑撰文的一天，他认为这样的巧合，和印社是有夙缘的了。既搜辑了《志稿》，请孙智敏、王福庵裁正厘定，然后刻印。韩登安、吴朴堂为之题署。

《西泠印社志稿附编》，为了自汉至清的金石录，都是由社保存，所以别成一册，高络园署签，是用毛边纸印的，彦冲有一跋，述其经过。彦冲于浩劫中被冲击致死，著有《竹人三录》，也散佚了，否则，油印出来，足继金元钰的《竹人录》，褚德彝的《竹人续录》而加以补充，为刻竹艺术发扬光大，不是很有价值么！

《两忘宧诗存》八卷，中国国学会会员王蘧川撰，诗自己未至甲午，约千余首。金鹤望，沈瘦东为作序文，鹤望，瘦东都是他的老师，作奖勉语。瘦东谓：“余之沪，未尝不过其居，中间江浙构兵，且尽室望门投止。君居引翔，二亲迈健，兄弟怡怡，园中花木映发，尘坌不栖，益以好聚书，好壮游，好结纳当世豪俊。境地佳，诗境遂无不佳。”他掌教圣约翰大学有年，门生故旧很多，又和陈石遗、潘昌煦、钱名山、胡石予、杨了公、王欣夫、朱遁庸、郑质安、姜亮夫、姚鹓雏、李佩秋、徐慎侯、谢玉岑、蔡寒琼、胡朴安、林子有、严载如、瞿良士、冒鹤亭、李续川、高吹万、李拔可、谢刚主、陈运彰、邓散木、胡宛春、陈小翠等相唱和。足迹又遍大江南北，诗境确是很宏阔的。

《陈匪石先生遗稿》，分《声执》二卷，《旧时月色斋诗》一卷，《倦鹤近体乐府》五卷，《续集》一卷，为江宁陈世宜的作品。陈为南社名词曲家，任各大学词学教授。解放后，上海文物管理委员会聘为编纂，一九五九年三月逝世。他的女儿陈芸，把沪宁两地的藏书，捐献会中，复检手稿三种，请向仲坚、柳贡禾为之整比点订，更请徐森玉、钟泰撰序，沈尹默题签，把遗金作为刻印费。卷首粘一遗像，那是原来的照相，复印了数十帧，一一分粘卷头的。

《婴闇诗存》四卷，这是江都秦更年曼青的遗著。他是着涒社和后冶春词社的中坚，晚居海上，有“三年一斗室，万感百诗篇”之句。哲嗣曙声为之整理，梅鹤孙加以校勘，卷首有半身照，须髯飘然，吴眉孙题沁园春词二阕，尹石公先后为作二序，附《诗余》一卷。同时又印《婴闇题跋》四卷，《婴闇杂俎》三种，《汉延熹西岳华山庙碑续考》三卷。在果园处刻印的，尚有江阴何震彝的《词苑珠尘》，蔡正华的《味逸遗稿》，何骈熹的《狄香宧遗稿》，李释堪的《苏堂诗拾》《苏堂诗续》，缪子彬的《若庵诗存》，江恒源的《补斋诗存》，卢慎之的《慎园诗选全集》《慎园启事》（这是尺牍汇存），许傚庳的《安事室遗诗》，赵赤羽的《海沙诗钞》，都是刻印得很精善的。又金巨山的《读书管见》，也是油印本。一次，我在某报谈及这书，北京商务印书馆当局，致书托我和著者金巨山接洽，原来巨山和高吹万为亲家，我是很熟的，后来竟把这本油印册，由商务改为铅字排印本了。

较早的油印本，有章太炎夫人的《影观诗稿》。夫人汤国梨，小字影观，首冠镇海余岩一序，颇加称誉，谓："高旷飘忽近太白，幽眇微茫，则入龙标之室。读未终卷，心气萧然，如坐危厓临绝涧而聆寒泉之咽，如入秋林而听百虫之号，如夜深山寂，杜鹃之啼月，如霜高风劲，孤雁之唳空。"诗多近体，当时由皇甫枳写校，用大明速印机自印，印仅数十本，分贻太炎门生。印在有光纸上，草率不精。

《忏盦诗稿》，新建胡先骕步曾著。先骕是海内著名的植物学家，撰写了《植物小史》《植物图谱》等若干种。兼治诗文，既刊了《蜻洲游草》，又油印了《忏盦诗稿》上下二卷。黄曾樾题签，柳翼谋、卢弼、范罕作序，钱钟书为之跋。附陈散原、江瀚、袁思亮识语，都是很推重的。那首有名的《水杉歌》，也搜罗在内。这个本子，是在北京油印的，字迹较大，凡三十余页。印数不多，所以他邮给我，附语："勿宣扬，一宣扬，恐不克应付。"

松江姚鹓雏著作等身，除已刊行外，尚有手稿很多，如《榆眉室文存》《老学集》《山雨集》《分搬薑集》，《恬养簃诗》《梅边集》《谰院集》《苍雪词》等都是，没有付梓，仅《苍雪词》油印了三卷。这时为一九六五年，由他女儿明华、玉华校字，永嘉夏承焘题词，施蛰存为之计画装订，费了很大的力量。

杭州高时丰，别署存道，号鱼占，有“三绝名家一时宗匠”之称。其家红栎山庄，尤为风雅之薮。时丰既逝世，遗诗未刊，子劢堂亟谋付梓，不意旋亦作古。过了若干年，他的六弟时敷和从弟承厚重为整理，甥钟久安任缮印之役，油印为《存道诗剩》，时敷号络园，九十一岁捐馆，有《络园印谱》。

陈兼与的《兼于阁诗》和《续集》，都是油印的。他和福州王彦行，闽县松岩常相唱和。松岩卒于戊午年，其夫人常琪，把松岩的词稿，乞兼与删定作序。兼与笃于友谊，既为作序，又为油印《松峰词稿》。后附友人哀挽之作，如冒孝鲁、周炼霞、徐行恭、黄君坦等，共二十余首。王彦行于己未春间谢世，兼与又为油印《澹庼诗录》，澹庼为彦行的别署，徐行恭、黄君坦题签，陈琴趣、王锴作跋识，兼与并为之序。两书都有行格线条，装订很古雅。

南社诗人范君博的《比珠词》和《百琲词》各一百首，分成二册，这是我为他计画油印的。又南社吴眉孙，乃上海文史馆馆员。某年，文史馆举行馆员作品展览会，他就选录了自己的词，写成一大册，后来，他的门人把这词录，油印为《寒竽阁集》，分贻友好。又南社江南刘三病殁，他的夫人陆灵素辑其诗篇，油印为《黄叶楼遗稿》。又南社沈禹钟，他作诗是很自负的，油印了《萱照庐吴游新诗》及《苏州集》。他是魏塘人，却爱吴中的水木清嘉，环境幽静，一年总有好几次作吴中之行。

张伯驹和袁寒云为至亲，曾搜罗了寒云许多作品，油印了长短句为《洹上词》。伯驹与夏枝巢各作一序，分《寒云词》《豹兔诗余》，《庚申词》三类。末页为伯驹所题《金缕曲》，又附一挽联："天涯飘泊，故国荒凉，有酒且高歌，谁怜旧日王孙，新亭涕泪；芳草凄迷，斜阳黯淡，逢春复伤逝，忍对无边风月，如此江山。"伯驹又把自己的长短句，油印为《丛碧词》和《洹上词》版式差不多，成为姊妹作。他在北京，常和一般名流俊侣相往还，每逢聚会，约定每人记一些小掌故，伯驹积得数十篇，便油印成一册子，命名《春游琐谈》。因他藏有隋代展子虔的"春游图"给人欣赏，为第一次的雅集。共印了七集，直至文化革命运动起才停止。写作者，如叶恭绰、恽宝惠、陈莲痕、黄公渚、黄公坦、罗继佐、陈器伯、陆丹林、周汝昌、夏纬明、谢良佐、张次溪、陈云诰、裘文若、卢慎之、孙正刚等，大约二三十人。有时来稿不多，征及各地友人，我也参加了这个集团，也是写作者之一了。内容颇多值得参考的资料，如"脂砚斋所藏薛素素脂砚""清微道人空山听雨图""张学良所藏书画目录""闹红集""帆影楼纪事""杨妹子诗词""楝亭夜话图""辛亥后海上社集""前清御用纸""崔莺莺墓志铭与李香君桃花扇""李莲英一冠所值""贯华阁散记""清宫内之缪姑太太""纪宣南修禊图""曹雪芹卧佛寺故居"，"端方罢职之远因"，

“宋词韵与京剧韵”等，总计约数百篇，尤多艺林故事。

油印的书，尚有柳亚子的《浙游杂诗》八十首，没有登载《南社丛刻》，而是油印的。从我处收入《上海文史资料选辑》，便广泛流传了。又陈小翠有《翠楼吟草》，第一、二编，乃铅字排印本，第三编便是油印的了。又程景溪有《霞景楼丛刻》、孙伯亮有《丁丑避难纪事诗》、金息侯有《清季政事》及《京园志余》《说文科学化》。谢冶盦有《冶盦见闻录》、张次溪有《水园坊记》、龙顾山人有《南屋述闻》、高式熊有《张鲁庵所藏印谱目录》、王克循有《戊巳诗钟聚录》、钱士青有《西湖风月唱和集》、郝树有《曹甸镇志》、胡石予有《半兰旧庐诗》及《诗学大义》、秦谦斋有《名人生日表》、李右之有《上海六十年来纪事诗》、顾巨六有《纸非蔡伦发明说》、秦翰才有《年谱谱志名录》、项兰生有《菽叟自订年谱》、张伯初有《我生七十年后自白正续编》二本。沈锡祚、孙祖同合作有《释名疏证补》、林钧有《琅邪台秦刻石释文》，又《箧书剩影录》三本及《闽中古物集粹》、江世荣有《文宗阁小史》、董爽秋有《汉族语文发展及其应用》。冒广生逝世后，他的门生油印了一本《如皋冒鹤亭先生哀挽录》。梁鼎芬的门人，为梁刻《节庵先生剩稿》。施翀鹏喜遨游，刻了《南池纪游诗草》，印数不多，分贻殆尽，继有索阅，便重行油印，增加了数十首新诗。吴中王佩诤赓续叶鞠裳的《藏书纪事诗》成《续补藏书纪事诗》，凡一百二十余首。他的故旧为他油印成书，可是佩诤已作古，不及目睹了。金西厓有《刻竹小言》，王世襄为他油印，启功题签。不久，

香港《美术家》杂志全文转载了。徐仁甫有《论刘歆作左传绝句五十二首》，加了很多的注释。程小青有《苏州园林》，把各园的特点，略作介绍，附以小诗。春笔盦主有《苏市园林新咏》、蒋吟秋有《沧浪吟稿》及《�窗感逝》《完书图记》《秋庐寿言》。柳北野有《白下姑苏吟草》。沈瘦东油印了《瓶知》，那是他的杂札，他的《瓶粟斋诗话》和《续编》，是铅字排印的，此后的第三、四、五、六编，即为油印本。既不是同时同地出版，刻写的也不是同一人，所以款式字体很不一致，草率成事而已。他又有一本《谈艺录》，实则也是诗话性质的书。又《青浦后续诗传》，瘦东手辑油印成一大本。黄侃的《唐七言诗式》手稿本，藏其侄黄焯处，一度油印。秀水朱其石搜罗了许多溥仪的照片，可谓洋洋大观。他曾看到溥仪的《我的前半生》的最初本，也是油印的。又邓散木的《粪翁课徒稿》，为油印本，后排印易名《篆刻学》问世。

青浦何时希，能诗文，擅书法，又知医理，他为上海中医文献资料研究室，提供了很多资料。他家何氏治医凡二十八代，时希集录镇江、松江、奉贤、青浦何氏四支，自南宋、元、明，以迄于清，编成《何氏八百年医学》。这一系列都是儒医，博通艺文，且兼治书画篆刻。时希把手迹及著作书影，制版冠于卷首，其他均为油印，有《世系表》《医人事略》。又油印《清代名医何书田年谱》一册，搜罗了书田的诗稿，及林则徐、郭频伽、王芑孙等写给书田的手迹，制版附入。那林则徐的楹联：“读史有怀经世略，检方常著活人书。”尤为贴切。又一册为《名医何鸿舫墨迹事略及诗集》，附入鸿舫的《还如阁诗存》二卷，均为未刊稿。又一册为《程门雪诗书画集》，制版更多，附《晚雪轩吟稿》，是油印的。

《汉语大字典》行将出版，收入单字凡六万个，比《康熙字典》《中华大字典》都详赡，足资学者翻检，确是一部大型语文工具书。它的稿本是油印的，高达两米，堪称油印书中的巨擘了。

秀水金氏，累代高华，兆蕃具良史才，编纂《清史稿》，长子问源，籍隶南社，工诗不自留稿，九十高龄，逝于沪上。其门生故旧，为之搜集丛残，油印《活水集》，取朱晦庵“问渠那得清如许，为有源头活水来”诗意。首冠桃源图，原来他住居沪西桃源村。

常熟俞氏，也是声著海内的。俞钟颖哲嗣鸿筹，字运之，博闻强识，藏书极富，撰有《中国藏书家考略补订》，工诗善词，晚年病废，其夫人庞镜蓉执教博脩金维持生活。鸿筹逝世，又为辑录遗作，名《舍庵诗词残稿》，油印了一册。

四明周退密治法文，却又工诗善书，他和陈兼与相稔，每晤辄谈书艺，论书绝句，各得六十首，合印《墨池新咏》，油印很精审。所论书家，自明清直到近代，近代如林长民、罗振玉、沈尹默、邓散木、潘伯鹰、唐驼、鲁迅，都论述及之。如咏鲁迅云：“高怀郁郁更休休，俯首甘为孺子牛。余事濡毫亦魏晋，百年人物仰风流。”又我从石湖荡拾取元杨铁厓手植松的枯枝归，分贻了退密，枝作龟形。退密把它置诸案头，作了一首解连环词以志喜，并邀陈兼与、徐曙岑、黄君坦、忻鲁存、柳北野、徐定戡、寇梦碧、陈宗枢、方一苇同赋，油印一册，名《松蜕唱和词》。

浙江图书馆馆长张宗祥，好学不倦。喜钞书，历年来，所钞六千卷左右，均属于珍本和善本，惜于一九六五年逝世，年八十有四。当时有甬上诗人髡俶居士，和他开玩笑说：“你老人家钞书六千卷，钞一卷增一智，我生平并一卷也没有钞过，那么你老人家的知识，和我当为六千和一之比，但事实上是否有这样的差距？”宗祥笑而不答。兹据黄苗子的《望湖楼小品》，知道苗子尚藏有宗祥油印的《铁如意馆手钞书目》，那是宗祥子一九五〇年编写的。

最近又获得几种油印本，《无所用心斋残稿》，那是杭州高仁偶的诗词杂文作品。杂文且述及我所作的《小阳秋》，尤为亲切。首冠陈九思一序，称“仁偶诗独喜定盦，兀傲不驯，颇与余异趣”。九思辑七十以后诗，油印《转丸集》，仁偶为作弁言，二人为竹马之朋，都有身历沧桑之感。又李宝森的《海天楼吟草》，宝森为维扬世家，从陈善之、陈含光游，《吟草》中多题画之作，原来他的夫人许海秀为丹青名手。宝森病胃死，海秀为印遗编，以贻朋好。又《小卷葹阁诗稿》，乃山阴薛平子所作，分《燕京集》《江汉集》《京口集》《峰峦集》《乱离集》《罗山集》《燕京杂咏》，行踪所至，在在留题，共四百余首，孙伯亮、程景溪为之删存。兹所刊印者，凡二百余首。平子尚辑有《唐诗品略》《清诗约钞》，未刊。又南社诗人余十眉逝世多年，遗作由旧友蔡韶声为之汇钞成册给十眉后人小眉付诸油印，名《余十眉诗文集》。江蔚云由邮寄赠，未附补遗词稿，那是蔚云亲自手录的。蔚云收藏书画很多，他把所藏的名目，油印一册，藉以留念。又《徐生翁先生事略》，这是生翁的弟子沈定庵所辑，绍兴市文联为之油印，由定庵寄赠。又周梦庄与海内词人交往，如叶恭绰、关赓麟、汪旭初、冒鹤亭、俞平伯、吴眉孙、高吹万、龙榆生、陈蒙庵、向迪琮、陈彦通、吴湖帆、张伯驹、靳仲云等都有诗词投贻，油印为《鸿爪留词》。又汪孝文邮寄《虹庐图征集》油印本一册，虹庐在歙县城西潭渡黄宾虹的故居，正在进行修复。题图的有林散之、陈乃文、谢刚主、冒孝鲁、潘景郑、许士骐、夏承焘、王伯敏、吴进贤、黄竹坪、汪孝文等，并述及虹庐的石芝室、铸园，都是属于宾虹的文献掌故。

按油印书册，有草率不成品的，也有精美殊常，作乌丝栏，书口鱼尾都很讲究，且用蓝色油墨，有似本版的初印本的。但不论草率和精美，印数都是很少，流传不广的，没有几时，成为孤本。所以油印书册，决不能以轻视。就我管见所及，聊识数语如此。

再记油印书册

青浦何时希，能诗文，擅书法，又知医理，他为上海中医文献资料研究室，提供了很多资料。他家何氏治医凡二十八代，时希集录镇江、松江、奉贤、青浦何氏四支，自南宋、元、明，以迄于清，编成《何氏八百年医学》。这一系列都是儒医，博通艺文，且兼治书画篆刻。时希把手迹及著作书影，制版冠于卷首，其它均为油印，有《系表》《医人事畧》。又油印《清代名医何书田年谱》一册，搜罗了书田的诗稿，及林则徐、郭频伽等写给书田的手迹，制版附入。那林则徐的楹联："读史有怀经世畧，检方常著活人书。"尤为贴切。又一册为《名医何鸿舫墨迹事畧及诗集》，附入鸿舫的《还如阁诗存》二卷，均为未刊稿。又一册为《程门雪诗书画集》，制版更多，附《晚雪轩吟稿》是油印的。

《汉语大字典》行将出版，收入单字凡六万个。比《康熙字典》《中华大字典》都详赡，足资学者翻检，确是一部大型语文工具书。它的稿本是油印的，高达两米，堪称油印书中的巨擘了。

秀水金氏，累代高华，兆蕃具良史才，编纂《清史稿》，长子问源，籍隶南社，工诗不自留稿，九十高龄，逝于沪上。

其门生故旧，为之搜集丛残，油印《活水集》，取朱晦庵：“问渠那得清如许，为有源头活水来”诗意。首冠桃源图，原来他住居沪西桃源村。

常熟俞氏，也是声著海内的。俞钟颖哲嗣鸿筹，字运之，博闻强识，藏书极富，撰有《中国藏书家考署补订》，工诗善词，晚年病废，其夫人庞镜蓉执教博修金维持生活。鸿筹逝世，又为辑录遗作，名《舍庵诗词残稿》，油印了一册。

四明周退密治法文，却又工诗善书，他和陈兼与相稔，每晤辄谈书艺，论书绝句，各得六十首，合印《墨池新咏》，油印很精审。所论书家，自明清直到近代，近代如林长民、罗振玉、沈尹默、邓散木、潘伯鹰、唐驼、鲁迅，都论述及之。又我从石湖荡拾取元杨铁厓手植松的枯枝归，分贻了退密，枝作龟形。退密把它置诸案头，作了一首解连环词以志喜，并邀陈兼与、徐曙岑、黄君坦、忻鲁存、柳北野、徐定戡、寇梦碧、陈宗枢、方一苇同赋，油印一册，名《松蜕唱和词》。

浙江图书馆长张宗祥，好学不倦。喜钞书，历年来，所钞约六千卷左右，均属于珍本和善本，惜于一九六五年逝世，年八十有四。当时有甬上诗人髡僦居士，和他开玩笑说：“你老人家钞书六千卷，钞一卷增一智，我生平并一卷也没有钞过，那么你老人家的知识，和我当为六千和一之比，但事实上是否有这样的差距？”宗祥笑而不答。兹据黄苗子的《望湖楼小品》知道苗子尚藏有宗祥油印的《铁如意馆手钞书目》，那是宗祥于一九五〇年编写的。

最近又获得几种油印本，《无所用心斋残稿》，那是杭州高仁偶的诗词杂文作品。杂文且述及我所作的《小阳秋》，尤为亲切。首冠陈九思一序，称“仁偶诗独喜定盦，兀傲不驯，颇与余异趣。”九思辑七十以后诗，油印《转丸集》，仁偶为作弁言，二人为竹马之朋，都有身历沧桑之感。又李宝森的《海天楼吟草》，宝森为维扬世家，从陈善之、陈含光游，《吟草》中多题画之作，原来他的夫人许海秀为丹青名手。宝森病胃死，海秀为印遗编，以贻朋好。又《小卷施阁诗稿》，乃山阴薛平子所作，分《燕京集》《江汉集》《京口集》《峰峦集》《乱离集》《罗山集》《燕京杂咏》，行踪所至，在在留题，共四百余首，孙伯亮、程景溪为之删存。兹所刊印者，凡二百余首。

按油印书册，有草率不成品的，也有精美殊常，作乌丝栏，书口鱼尾都很究，且用蓝色油墨，有似木版的初印本的。但不论草率和精美，印数都是很少，流传不广的。没有几时，成为孤本。所以油印书册决不能加以轻视。就我管见所及，聊识数语如此。

《续古逸丛书》的书目

商务印书馆张元济建立涵芬楼，储藏古籍，又大量影印和排印了较珍贵的图书，对于国故，的确有相当的贡献。

日本学者自明治维新后，蔑视我国的古书，因而流传在日本的我国古籍纷纷散出。清廷驻日公使黎庶昌乃委其随员杨守敬广事搜罗，即在东京精印，称为《古逸丛书》，共印一百部。一九一九年，商务印书馆继黎氏未竟之功，以丛书体例刊行《续古逸丛书》。从宋本《孟子》开始，先后出了四十七种。如北宋本《南华真经》《尔雅疏》《说文解字》，淳熙本《曹子建文集》《啸堂集古录》，蜀本《窦氏联珠集》《七唐人集》，北宋本《龙龛手鉴》《文中子中说》，绍兴本《道德经古本集注》《汉官仪》，北宋本《汉丞相诸葛武侯传》《颐堂先生文集》《珞琭子三命消息赋》，金本《山谷琴趣外篇》《公是先生七经小传》《礼部韵略》《孔氏祖庭广记》，新雕《汉隽》《张子语录》《龟山语录》《酒经》《清波杂志》《续幽怪录》《通玄真经》《大典原写本》《陶渊明诗》《昭德先生郡斋读书志》《乐善录》《名山书判》《清明集》《武经七书》《披神秘览》《春秋公羊疏》《乖厓先生文集》《谢幼槃文集》《水经注》。宋本《中庸说》《程氏演繁露》《梅花喜神谱》《杜工部集》等，纸墨都很精美，可惜书的尺幅大小不一，有欠整齐。且当时印数太少，商务印书馆已无存书，香港冯平山图书馆虽有，但不全。姑录书目于此，以供学者参考。

不齐全的《丛书集成初编》

张元济为商务印书馆主编《四部丛刊》正续编及三编后，又致全力于《百衲本二十四史》的校刊。此后就把丛书的整理工作，交给了王云五。王一方面主编《万有文库》一、二集，一方面又从事《丛书集成》的编辑。这时尚在一九三五年，选定最有学术价值的丛书一百部，先行出版，定名《丛书集成初编》，嗣后再出二编、三编，和《四部丛刊》《万有文库》一样，陆续出版，以期集古今丛书之大成。当时曾刊《丛书集成初编目录》一书，作为宣传，刊载辑印丛书集成初编缘起，原文很长，兹摘录一段如下："半载以还，搜求探讨，朝斯夕斯，选定丛书百部，去取之际，以实用与罕见二者为标准，而以各类具备为范围。别为普通丛书、专科丛书、地方丛书三类，各分为若干目。普通丛书中，宋代占二部，明代二十一部，清代五十七部。专科丛书中，经学、小学、史地、目录、医学、艺术、军学诸目合十二部。地方丛书中，省区郡邑二目各四部。其间罕见者如元刊之《济生拔萃》、明刊之《范氏奇书》《今献汇言》《百陵学山》《两京遗编》《三代遗书》《夷门广牍》《纪录汇编》《天都阁藏书》等，清刊之《学海类编》《学津讨原》等。虽其中间有删节，微留遗憾，要皆为海内仅存之本，残圭断璧，世知宝贵，今各图书馆藏书家斥巨资求之而不可得者也。至若清代巨制，如武英殿聚珍版、知不足斋、粤雅堂、海山仙馆、墨海金壶、藕月山房、史学、畿辅、金华等，原刻本每部多至数百册，内容丰富精审，皆研究国学者当读之书，所谓合乎实用者，其信然矣。”又云：“综计所选丛书百部，原约六千种，今去其重出者千数百种，实存约四千一百种。原二万七千余卷，今减为约二万卷。以种数言，多于《四库全书》著录者十之二；以字数言，约当《四库全书》著录者三之一。命名《丛书集成》，纪其实也。”

原来初编丛书百部中，如有一书，频见于数丛书中的，就取最足之本。同属足本，没有校注的，取最早出之本，有校注的，取最后出之本。名同而实异的，兼收并蓄。名异而实同的，择善刊入，而注其异名。缘起谓六千种去其重出，实存约四千一百种，实则四千一百种，确数为四千零六十四种。排印以五号字为主，有不宜排印的，那就改为影印，版式宽市尺三寸五分，高五寸二分，与《万有文库》完全相同。纸张用道林纸和新闻纸两种，普通本分装四千册，精装本分装一千册。一九三五年五月起发售预约，预约价普通装道林纸本四百六十元，新闻纸本三百元。精装本道林纸的一千元。自一九三五年十二月起，原拟每隔半年出书二期，第一期一百三十一种，四百册，第二期五百零三种，八百册，第三期七百五十种，八百册。不料出至第三期后，“八一三”沪战爆发，商务印刷厂地处战区，无法继续印书。后在租界另设工场，并求助于香港分厂，把没有刊出之书，重行发排，但生产力已大不如前。直至一九三八年六月续出第四期书，三百零一种，四百册。一九三九年六月，出第五期书，四百三十五种，四百册。一九四〇年初，续出第六期，八百二十八种，六百册。尚有第七期书一千一百十六种，六百册，预计一九四一年可以如数出齐，奈香港沦陷，分厂无能为助，上海日寇进入租界，业务完全停顿。所有制成的书版，无法付印，已印成的书页，无法装订，东搬西移，损失很多。抗战胜利之后，第七期印成书，已为数不多，且须清偿预约户，加之逐年配发，逐年减少。解放后，发行移归新华书店，到一九五四年四月，商务转入公私合营，第七期书只留一百多种，六十七册，即前一至六期书亦告残缺。一九五九年古籍书店为了配成整部，供应读者需要，和商务联系，有补印《丛书集成》缺书之举。在征求预约广告中，有全部共计三千四百六十七册云云，实非全璧，尚缺约一千种，五百三十三册。初编丛书百部，未能齐全，确甚感遗憾。

《四部丛刊》和《四部备要》的竞争

商务印书馆和中华书局这两大出版机构的发行所都在河南路，两家相处比邻，彼此竞争激烈。如商务发行《新字典》《学生字典》《国音字典》《辞源》《中国古今地名大辞典》《百衲本二十四史》《清稗类钞》《东方杂志》《教育杂志》《妇女杂志》《少年杂志》《小说月报》《儿童世界》《英语周刊》等，中华书局便跟着发行《中华大字典》《新式学生字典》《标准国音小字典》《辞海》《中外地名辞典》《聚珍仿宋版二十四史》《清朝野史大观》，《新中华》《中华教育界》《中华妇女界》《中华学生界》《中华小说界》《小朋友》《中华英文周报》。甚至有一次涉及版权问题，诉诸法庭，双方大伤感情。

商务和中华的竞争，最突出的是被喻为“双包案”的两部大部头书的出版。商务于一九一九年刊行《四部丛刊》，中华于一九二四年跟着发行《四部备要》。《四部丛刊》由张元济主持编辑，樊炳清、姜殿扬、林志烜、张元炘、胡文楷、庄吕尘、孙义、丁英桂等力助而成，全部影印。原来商务的涵芬楼广收善本，具有优越条件，那么丛刊选取的版本，当然是最好的了。如初编全书三百二十三种，八千五百四十八卷，得宋本三十九，金本二，元本十八，影写宋本十六，影写元本五，元写本一，明写本六，明活字本八，校本十八，日本高丽旧刻本四，释道藏本二，其余也属明清佳刻，名人校本，朱墨两笔校的，便用套版印行，先后两版。“一·二八”沪战中，再版之书，大多化灰为烬。一九三六年发行缩版本，有平装的，有精装布面的。初编二百四十册，续编五百册，三编五百册。如顾亭林的《天下郡国利病书》，查东山的《罪惟录》，都是手稿本，为外间所未见，也列入三编之中。

中华的《四部备要》，主持的是陆费伯鸿、高野侯、丁竹荪、吴志抱等。陆费伯鸿辑印《备要》的动机，表面上说是由于他的前五代祖父陆费墀总校《四库全书》而思有所继承，讳言步商务后尘。他在《备要》缘起上有那么几句话：“先太高祖宗伯公讳墀，通籍入词林。《四库全书》开局，以编修任总校官，后任副总裁，前后二十年，任职之专且久，鲜与匹焉。晚岁构宅于嘉兴府城外甪里街，颜其阁曰‘枝荫’，多藏四库副本。洪杨之乱毁于火，今者甪里街鞠为茂草矣。小子不敏，未能多读古书，然每阅《四库总目》及吾家家乘，辄心向往之。”这里说得何等冠冕堂皇啊！实则他看到商务刊行《丛刊》，暗地羡慕不已。恰巧当时杭州八千卷楼旧主人丁辅之昆仲，把创制的仿宋铅字让给中华，陆费伯鸿就用仿宋字印行《备要》，在报上大事宣传，称为聚珍仿宋版，也依据最精善本，如《五经古注》用宋岳珂相台本，《十三经注疏》用清阮元附校勘记本，《鱼玄机诗集》用北宋本，《陆放翁全集》用明汲古阁本。第一集，选书四十八种，四百零五册，刊印样本，发售预约。订明五年出齐五集，全书三百五十一种，连史纸线装二千五百册，定价九百元。后来又印行精装点句本。

我友吴铁声，他服务中华书局数十年，深知当时情况。据他见告：商务印书馆辑印的《四部丛刊》，选择宋元明清较好的版本影印，对稀少古本的复印与流传，是有一定贡献的。记得有一次，商务刊登广告，说《四部丛刊》照古本影印，不像一般排印本之鲁鱼亥豕，错误百出。陆费伯鸿不甘缄默，也刊登广告，针锋相对，说《四部备要》根据善本排印，经过多次校对，还订正了原本的错误。不像影印古本，有的以讹传讹，印刷上的墨污，把“大”字变成“犬”字或“太”字等等，贻误读者。中华书局还在广告中重金征求读者意见说：如能指出《四部备要》排印本错误者，每一字酬以一元。在解放前的旧中国，同行嫉妒，营业上互相竞争，这原是常事。但是因此也成了一件好事，《四部备要》中存在的错字，当然不少，前人说得好，校书如扫落叶，一面扫，一面生，确是难免的。自经读者来信指出，书局付出酬金数千元，因而在《四部备要》重印时错字得以纠正，提高了质量。

古今三个唐伯虎

《三笑姻缘》弹词，笔墨虽陋劣，然流传极广，几为家弦户诵之书。加之操敬亭业者，渲染唐伯虎点秋香一段事迹，有声有色，于是名士美人，更为跃然纸上，实则古今共有唐伯虎三人，一宋人，字长孺，初名赡，治《易》《春秋》皆有家法。元符初，以弟庚贡举事系狱逾年，掠治无完肤，狱久不具，会赦得免。一明人，字子畏。号六如，弘治中乡试第一，宁王宸濠以厚币聘之，唐察其有异志，佯狂使酒，宸濠不能堪，放还，筑室吴中桃花坞，日与客饮其中。画入神品，有画谱及诗文集。一同朝书生，即娶华氏秋香婢者。书中所谓华太师，名察，字子潜，号鸿山，嘉靖进士，选庶吉士，历兵部郎中翰林修撰，使朝鲜，劾罢起，历官侍读学士，掌南院事，丰裁峻厉，不肯诡随，乞归。时清丈田亩，以察力得划邑中虚粮六千石，括诸豪蠹漏科者抵之。性朴素，工诗。有《岩居稿》《翰苑稿》《皇华集》。华氏世居，距无锡十余里之东亭镇，世称荡口亦误。镇之居民凡六七百家。有人力车可通无锡，本名隆亭，一河蜿延作龙形，龙首恰为一桥，俗人因称是地必出天子，有奏诸乾隆，谓隆亭隐指龙庭，恐不轨之徒有僭窃意，乾隆帝大怒，派员赴地查办。华氏世代阀阅，耳目众多，亟先通知乡人，于一夜间将户籍地册，以及标牌等等，悉改之为东亭，始免于罪。鸿山旧宅，曾改为祠，今由祠而改为东亭小学，然尚有一部分遗迹保存未毁。华氏凡五大墓，翁仲对立，树木茂盛，洪杨之役，军人至墓樵伐者，华氏子孙振臂呼号，来会者数万人，负锄执器，出以抗拒。今华氏仍为大族，是地禁止弹唱《三笑》，附近各乡，说书者亦多所顾忌，不敢胡说《三笑》故事，盖深惮华氏之势也。同事陆琢人，从事当地民教馆有年，为予述之如此，并谓荡口与东亭相距约十二里，荡口亦有华姓，什九富厚，以云贵显，则非东亭华氏莫属也。

搜罗广博的《中国古今地名大辞典》

商务印书馆所刊行的工具书，有些于社会贡献较大。《中国古今地名大辞典》，便是其中之一。

该书刊行于一九三一年五月，精装一大册，凡三百余万言，编辑者有谢寿昌、陈镐基、傅运森、殷惟龢、方宾观、谭廉、张埅、臧励龢诸人，由陆尔奎、方毅校订。

编刊该书的动机是这样的：臧励龢编辑《辞源》时，感到《辞源》虽收入地名七千余条，但由于体裁所限，不能把全国古今地名一一收入。而阅读书报，遇到地名，往往在《辞源》上无从查得，很不方便，因此他很想把《辞源》收入的七千余条作为基础，从事扩充，加之他少年时，爱好考古学，后又到处游历，东至榆关，西至巴蜀，南逾岭峤，北历燕赵，游踪所至，凡有关形势阨塞，郡国利病，无不随时纪录，这为他编刊地名辞典打下了很好的基础。过了一个时期，陆尔奎提议编《中国地名辞典》，由谢冠生主其事。一半尚未完成，谢就游欧离职，停顿了一年，臧便自告奋勇，晨钞暝写，经过三年才得以成书。书成臧也有事他去，校勘增订，由馆中其他编辑担任。中间商榷审核，邮书往还殆无虚日，这样又经过了四年，附入《行政区域表》《全国铁路表》《全国

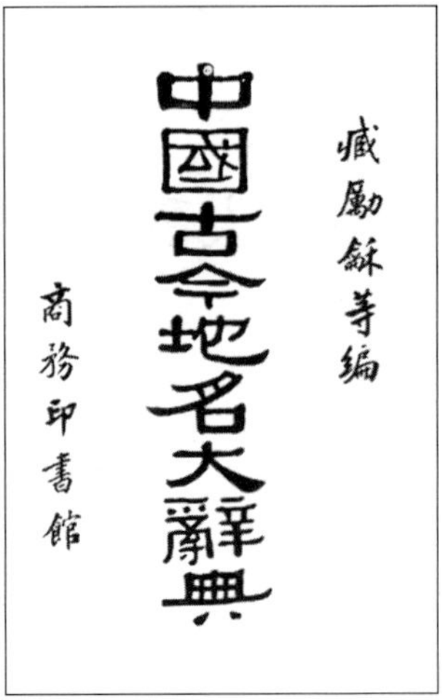

《中国古今地名大辞典》封面

商埠表》《各县异名表》。付印后，因政治区域有所变更，新置及新改诸地名未经列入，又增刊《地名大辞典补遗》，共一百多条，这在当时来说，内容是比较完备的。

这书搜罗广博，群经正史，《国语》《国策》《通鉴》、诸子及各种古籍有诠释的，无不采取。又地以人传，凡有名于世的名胜寺观、园亭台榭，即使已经零落湮没，也仍列旧名。其他如群山脉络，水道变迁，名城要塞，铁路交通，矿山商港，村镇圩集，无不新旧毕备。至于《元和郡县志》《太平寰宇记》《舆地记胜》《读史方舆纪要》《清一通志》、各省通志等，更采辑周详，足资考证。

《百衲本二十四史》独缺《薛史》

商务印书馆辑印的《百衲本二十四史》，一九三〇年发售预约，由张元济主其事。首冠一序，即出于张的手笔。原来，张元济曾听到叶德辉这样感叹："有清一代提倡朴学，未能汇集善本，重刻十三经、二十四史，实为一大憾事。"所以他就发愿辑印旧本正史，才有刊行《百衲本二十四史》之举。当时所选用的版本，除《旧五代史》《元史》《明史》之外，都是用宋元版本影印的。逢到断笔、缺笔、花笔和欠周到之笔，都用硃笔描修；书版黝旧，则用粉笔垫衬。原版断烂，便据他本写配，总之手续繁多，殚精竭力，的确是很不容易的。全书约六万五千余页，分装八百余册，用金属版精印，分连史纸、毛边纸二种，都是线装本。书根上加印书名册数。当时的预约价，一次缴清的收三百元，分期缴清的收三百六十元，连史纸毛边纸价同。一九三一年八月，商务举行三十五周年纪念，曾发行特价。

该书原期于一九三三年全书出齐，不料一九三二年"一·二八"沪战爆发，敌机滥肆轰炸，商务总厂被毁，不但成书无存，即原版本也遭波及，那制成之版，完全化为灰烬，不得已，一方面补配原本，广事征求，一方面更制新版，重行印刷。赶至一九三三年年底，一至三期书才得印成。一九三四年三月重售预约的，只有连史纸一种，预约价四百八十元，订后即可取书十种。尚有十四种，分四、五两期续出。至一九三七年抗战军兴，全书八百二十册已告完成，但战时各地存书颇多损失，抗战胜利后，清偿预约户，所存的书已为数不多了。可是由于一度主持者对于线装书不加重视，把仅存的《百衲本二十四史》以贱价售出，全部售价低至六七十元，那《衲史》六开本的原铅皮版，作为废品处理，因此一时不易重印了。

《衲史》的唯一遗憾，就是《旧五代史》没有找到薛居正原书，用的是吴兴刘氏刊原辑《大典》本。当时商务不惜重价征求，遍登申、新各报，历时很久。那登报广告是这样说的：

“殿本《旧五代史》，辑自《永乐大典》，并非薛氏原书，然不敢谓必亡也。昔闻有人于殿本刊行后，曾见金承安四年南京路转运司刊本，有谢在杭，许芳城藏印，甚以当日修史诸臣未见其书为藉。又明末福建连江陈氏世善堂，清初浙江余姚黄氏续钞堂，均有其书，安知今日不尚在人间。敝馆影印《百衲本二十四史》，虽选定《大典》有注本，然欲餍读者之望，愿出重价，搜访原书。敬告各界人士，如藏有旧刻薛氏《五代史》原书者，倘蒙慨允见让全书，固极欢迎，即零卷散叶，亦甚快睹，请即摄照一叶，寄至敝馆总务处出版科，并示价格，当即通信商议，如不愿割爱，仅允藉照，敝馆亦可遵办，别议报酬，伏维公鉴。”

上述广告登载后，没人应征，仅有某某和商务接洽，说该书曩时为安徽歙县诗人汪允宗所藏，一九一五年让给某书贾，但谓是书为大定刊本，与所说金承安转运司刊本已有出入，且名《五代书》，不作《五代史》。商务辗转探索，迷离惝恍，不得要领。结果该馆只能把刘氏嘉业堂所刻《大典》注本列入《衲史》中。按《大典》本为余姚邵晋涵取《永乐大典》所引《薛史》掇拾成文，不足，更补以《册府元龟》所引，以及《太平御览》《五代会要》《通鉴考异》等书数十种，有的入正史，有的作附注，也一一载明来历，四库馆臣，复加参订，书成奏进，勅许颁行。最先刊印的为武英殿本，主其事的，把所注原辑卷数尽行削去，彭元瑞力争不从，《薛史》真面目不可复见。同时有《四库全书》写本，南昌熊氏据以影印，仍有删削之处，刘本得诸甬东抱经楼卢氏，疑亦当时传录之本，所列附注凡一千三百七十条，彼此对校，殿本少于刘本凡五百三十八条，库本少于刘本凡四百七十一条。刘本较为完备。

至于《旧五代史》是怎样一部书呢？原来赵匡胤开宝六年（公元九七三年）诏修《五代史》，令参政薛居正监修，卢多逊、扈蒙、张澹、李昉、刘兼、李穆、李九龄同修，次年书成，共一百五十卷，目录二卷、纪六十一、志十二、传七十七。后来欧阳修认为《薛史》繁琐失实，重加修订，修成后藏在家里。欧阳修死后，朝廷取付国子监刊行，因此《五代史》有新旧之分，实则各有优缺点，很难轩轾。经过了若干年，废去了《薛史》，从此《薛史》传本日稀。

《薛史》在元、明时虽流行不广，但尚未全绝。明末黄梨洲即有是书，当时吴任臣作《十国春秋》，曾向黄氏藉阅。以后黄氏藏书遭到水火之灾，该书是否被毁，无从查考。上述关于汪允宗所藏，张元济在《校史随笔》中曾详载其事，且转录汪氏《货书记》一篇，据说该书一九一五年在香港卖给广东书商，从此便不知下落。也有人说，汪氏藏本为丁乃扬所得，但丁秘而不宣，托言移家时失去。张舜徽的《中国历史要籍介绍》和陈登原的《古今典籍聚散考》，都谈到这部书，都希望该书尚在人间，有出而与读者相见的一天。

溧阳人彭谷声，解放初写信给我，信中云："《薛史》为海内著名孤本，先祖宦粤时所得，有鉴于清明上河图故事，从不轻示于人。抗战时期，弟亲自挑至皖南，始克保全。"（当时谷声曾请吴湖帆绘千里负书图以为纪念）谷声二十年前客死西陲，我曾写信给他的儿子长卿询及这事，得到长卿复信，大意说："当时年幼，不知道这回事，或许父亲离沪时寄存戚友处也未可知。"但是经过查询，始终没有发现，成为一个谜了。

林纾译《茶花女遗事》及其他

林纾先生

清末的翻译家，成就较高的，当推严复和林纾。严复所译的，主要是西洋哲学和其他学术方面的作品；林纾所译的，完全是小说。林纾字琴南，号畏庐，别署践卓翁、冷红生、补柳翁、蠡叟等，福建闽侯人。他是用古文的笔调翻译西洋小说的创始者。据郑西谛（振铎）统计，林纾译作共有一百七十一部，二百七十册，绝大多数由商务印书馆刊行。尚有手稿本，存置商务的涵芬楼未及付印，“一·二八”之役，被毁于兵燹的有数十种之多，这种精神损失是无可弥补的。尽管当年林纾的思想，在某些方面和时代相抵触，但由于他着力介绍西洋文化，使社会素不重视的小说，突破封建的传统观念，而在文学上占据重要地位，这个功绩，却不能一笔抹煞。并且有人说：“林氏以古文译西方长篇小说，写景抒情，曲折如意，尤其难得的，原文的幽默风趣，他居然能相当地表达出来，替古文辟了一个新境地。”

林纾自己不懂外国文，所译的作品，都经别人口讲，由他笔录成文。他每天工作四小时，每小时译一千五百字。有人形容其译笔之快是“耳受手追，声已笔止”。当时胡适也自叹不如说：“我自己作文，一点钟可写八九百字，译书一点钟只能写四百多字。”同林纾合作的，有王晓斋、魏易、陈家麟、胡朝梁、王庆通、陈器、毛文钟、林凯、严培南、曾宗巩、叶于沅、李世忠、廖绣昆、林驺、王庆骥等十余人之多。第一部和他合作的是王晓斋。其他合作者大都只精外国文，在中文方面则比较差。可是王晓斋却例外，他不仅精通法国文学，而且中文修养也相当高。晓斋的同邑何振岱称晓斋是：“偶为古今体诗，自写襟抱，无所规仿，而纵笔所至，往往神与古会。”这的确很不容易。光绪二十五年（一八九九年），林纾在马江客居丧偶，非常惋痛，王晓斋适从法国巴黎归来，和林纾会晤时谈及法国作家大仲马父子的作品脍炙人口，《茶花女马克格巴尔遗事》更为小仲马极笔，劝林纾同译。王晓斋这个主意，无非想藉此稍煞林纾丧偶的悲思。而林纾一提笔，却情深一往，不觉缠绵凄婉，流露于字里行间。林纾译《迦茵小传》，自题买陂塘词的小序，也提到这事，说：“回念身客马江，与王子仁（即晓斋）译《茶花女遗事》，时则莲叶被水，画艇接窗，临楮叹喟，犹且弗释，矧长安逢秋，百状萧瑟。”这可以考出他译《茶花女遗事》是在一八九八年夏秋之间，翌年有玉情瑶怨馆的木刻本，原来是钱塘汪穰卿斥赀付梓的。又有文明书局本，封面吴芝瑛书，有茶花女及亚猛的肖像。还有广智书局铅印本，首冠小仲马的相片，及林纾的相片，本子是很小的。又新民社袖珍本，加新标点，内有小仲马遗像二幅，林纾遗像二幅，遗书一幅，遗画二幅，冷红生自传和林纾逝世纪念文章。一九二三年的冬天，书归商务印书馆发行，销得很多。

林纾先生常用印

阿英在《关于巴黎茶花女遗事》一文中说：“一八九九年四月十七日，上海《中外日报》登着《茶花女遗事》告白：此书闽中某君所译，本馆现行重印，并拟以巨资酬译者，承某君高义，将原版寄来，既不受酬资，又将本馆所偿版价，捐入福州蚕桑公学。特此声明，并致谢忱，《昌言报》馆白。”原来《中外日报》和《昌言报》都是汪穰卿办的。又说：“告白中所说的原版本，是素隐书屋本，不是玉情瑶怨馆本。”似乎该小说一八九八年即有印本了。

《巴黎茶花女遗事》书影

林纾所译小说，当时简称“林译小说”，他所以这样多产，是与商务的鼓励分不开的。那时的稿酬，一般每千字二三元，唯有林纾的译作，商务却例外地以千字十元给酬。来者不拒，从不挑剔。当时的十元，可购上白粳一百六十斤，代价可算是很高的了。

商务出版的林译小说，究竟有多少种呢？据刘声木《苌楚斋随笔》云：“林纾所译之书，大半由商务印书馆出版，共计一百五十六种，其中有一百三十二种已出版，有十种散见于第六卷至第十一卷《小说月报》中，无单行本。有十四种原稿存于商务印书馆未付印。其中译英书者九十三种，译法书者五十二种，译美书者十九种，译俄书者六种，译希腊、挪威、比利时、瑞士、西班牙、日本诸国者各得一二种，尚有未注明何国者五种。”这是在一九二四年九月林纾逝世后，根据他生前记录而加以统计的。

林译小说都列入《说部丛书》一至四集中，并各有单行本。后又把《说部丛书》一至三集中所列入的林译本，汇刊为《林译小说》一、二两集。第一集自《吟边燕语》至《玉楼花劫》止，共五十九种，九十七册；第二集自《大侠红繁露传》至《戎马书生》止，共五十八种，八十九册。加上《说部丛书》第三集最后二种，及尚未收入《林译小说》的《鹦巢记》初编二册和《鹦巢记》续编二册，以及《说部丛书》第四集中的林译本共十八种，二十五册。

至于林译小说未出版的原稿，尚有《孝女履霜记》《五丁开山记》，《雨血风毛录》《黄金铸美录》《洞冥记续编》《情桥恨水录》《神窝》《奴星叙传》《金缕衣》《军前琐记》《情幻》《学生风月鉴》《眇郎喋血录》《夏马城炸鬼》《凤藻皇后》，还有一种哈葛德原著，和陈家麟合译的，当时尚未定名，共十六种（刘氏误为十四种）九十册，约一百二十万言，都藏在商务，“一·二八”战役中全被焚毁。已出版的存书，在闸北货栈中，也付诸一炬，所以至今“林译小说”，在旧书店中，已很少见，真是物稀为贵，被视为瓌宝了。当时陶寒翠的《林书丛论》，载《新月》半月刊，每一译本，作一介绍，很为详尽。

林译小说，都是文言的，自白话风行，商务当局一度和程瞻庐接洽，拟把林译文言改成白话。程瞻庐认为这样做没有什么意义，不愿意干，也就谢绝了。此后商务就另行设法，他们看到《黑奴吁天录》改编的话剧，一再由春柳社、春阳社演出，轰动一时，但原书翻译用高深的文言，不够通俗，于是请人把该书分别以《汤姆叔的茅屋》和《黑奴魂》为题，用白话译出，连载于《儿童世界》，载毕，又刊单行本。

商务印书馆纪念建馆八十五周年时，从林译小说中，选出十种重印出版，有《巴黎茶花女遗事》《离恨天》《撒克逊劫后英雄略》《黑奴吁天录》《块肉余生述》《吟边燕语》《拊掌录》《迦茵小传》《不如归》《现身说法》。商务认为林纾的文言文译本，对少数专业工作者仍有参考价值，因此保持原文，只将书名完全改用新译名。我以为既属纪念性质，书名改用新译名未免多此一举了。此外，还出了一本《林纾的翻译》，收有郑振铎、阿英，钱钟书的文章，以及美国芝加哥大学马泰来编订的林译全目。

《迦因小传》和《迦茵小传》

晚清时期，竞相翻译小说，《迦因小传》便是一部具有代表性的译作，当时销数是很大的。甚至最早提倡话剧的通鉴学校，就曾把它编成剧本，由王钟声饰主角迦因，上演于春仙茶园，轰动一时。

这部小说，是西欧哈葛德的名著。当初有两种不同的译本。一是林琴南译的，一是蟠溪子译的，两种译本各有风格，难以轩轾。琴南是翻译界的权威，他翻译这部书，在一九〇四年，是由魏易（冲叔）口述的。从他的序文看来，蟠溪子所译尚在他之前。如云："余客杭州时，即得海上蟠溪子所译：《迦因小传》，译笔丽赡，雅有辞况。迨来京师，再购而读之，有天笑生一序，悲健作楚声，此《汉书·扬雄传》所谓'抗词幽说，闲意眇旨'者也。书佚其前半篇，至以为憾。甲辰岁，译哈葛德所著《埃司兰情侠传》及《金塔剖尸记》二书，则迦茵全传赫然在哈氏丛书中也。即欲邮致蟠溪子请足成之，顾莫审所在。魏子冲叔告余曰：'小说固小道，而西人通称之曰文学，为品最贵，如福禄特尔、司各德、洛加德及仲马父子，均用此名世，未尝用外号自隐。'蟠溪子通赡如此，至令人莫详其里居姓氏，殊可惜也。因请余补译其书。嗟夫！向秀犹生，郭象岂容窜稿；崔灏在上，李白奚容题诗。特哈氏书精美无伦，不忍听其沦没，遂以七旬之力译成，都十二万二千言，于蟠溪子原译，一字未敢轻犯，示不掠美也……”可知当时琴南还不知蟠溪子为何许人，很想和他通信哩。

序文中所说的天笑生，即吴门包天笑，他逝世时已九十八岁。至于蟠溪子，其人姓杨，号紫麟，苏州人，住在盘门，盘通蟠，故别署蟠溪子。他的长兄绶卿，是个孝廉公，为盛宣怀幕府中人物，他从小喜读英文，造诣很深。他的夫人是苏州老教育家李叔良的姊姊，天笑和叔良、紫麟订有金兰契，往返很密。紫麟肄业上海，暑假时期，校中师生放假回家，他一个人感到寂寞，晚上常到出售旧西书的店铺，搜寻旧的西洋小说，无非藉此研究英文，并以消遣而已。有一次他检得残破的外文书数种，索价很廉，他欣然购归，中有《迦因喜司托来》一种，觉得很有兴味，但只有下半部，上半部不知去向，他感到莫大遗憾，便邮书欧美各大书店，都未觅到。这时恰巧天笑有事来上海，居所和紫麟相去只数百步，且那儿有一公园，因此两人于夕阳西下时，常在疏林浅草间比坐纳凉，非常舒适。紫麟袖出半部头的《迦因喜司托来》给天笑看，天笑也觉得虽非全璧，却很有意思，便相约一同把它译出，经过几个月译成，由天笑携交文明书局出版。

后来，琴南译了全部，书归商务印书馆出版。他辗转探得了紫麟和天笑的地址，特地写信向他们两人打招呼，并言亦用《迦因小传》为书名，但因字加一草头为《迦茵小传》。

信寄到《时报》馆，当时天笑在《时报》馆主持副刊，紫麟担任翻译，恰为同事。若干年后，天笑晤见琴南，琴南还谈到这件事。

紫麟任职《时报》馆，是天笑介绍的，可是宾主不甚相得，后即辞去。他为人刚直，颇尚气节，晚景不很好，六十不到即逝世。他和天笑合译的小说，除《迦因小传》外，尚有《身毒叛乱记》等书。

《中华大字典》是怎样编成的

解放前出版的字典，最完备的要算中华书局的《中华大字典》。因为《康熙字典》只收四万七千余字，《中华大字典》却收四万八千多字，凡《康熙字典》所没有的字，可以在《中华大字典》中检得。且近代的方言，翻译的新字，也都录入，内容比《康熙字典》更为广泛，对清人的文字训诂，如段玉裁《说文解字注》、桂未谷《说文义证》、王念孙《广雅疏证》诸书的说法，也多采用，纠正了《康熙字典》中的一些错误。解说文字，先注音，后释义。在注音方面，以宋丁度等的《集韵》的音切为主，《集韵》没有的字，兼采《广韵》和其它韵书的音。每个音只用一个反切，加注直音，并标明该字的韵部。这比《康熙字典》的一个音并列几个反切简明一些，删去以前字书中叶韵的音，更为切合实际。在释义方面，分条解说。一条只注一义，只列一个书证。对每个字，大都先说本义，次及引伸假藉的用法。这又比《康熙字典》更有条理。此外，对于形体虽同，而音义并异的字，便另作一个字头，排在本字之次，也比《康熙字典》眉目清朗。它还在单字之下附列一些由这个字组成的词或人物名称，使字书兼具词典之用，也颇可取。

该书的编成是很不简单的。编辑该书的动机，还在中华书局成立之前。那位主纂陆费伯鸿尚在湖北，他感到《康熙字典》有四大弊病：一、解释欠详确；二、讹误甚多；三、世俗通用的字没有采入；四、不便检查。他当时大发厥愿，准备编成一部新字典。可是他单枪匹马，无人赞助，只得知难而退。直到辛亥革命前夕，陈协恭约了几位同事编辑字典，恰巧中华书局成立，乃把所辑的字典稿，作股本二千元，归该书局字典部，由伯鸿主持其事。恰巧伯鸿的一位江西朋友欧阳仲涛来沪，便把修订之事委托给他。当时未知此中甘苦，认为编字典很容易，伯鸿和仲涛预计六个月可以完成，即售预约，料理印刷。印竣若干页，觉得颇不称心，而仲涛因病返赣，不得已把字典编辑部移至南昌，重新修订，阅二年而成，邮寄来沪，伯鸿与范静生抽阅了数卷，发现仍有不少可商之处。于是又加修订，先后五次易稿。本拟再加修订，讵意第一次世界大战爆发，伯鸿和仲涛深恐旷日持久，将来大局不可预料，决意立即付排。可是排版发生困难，因通用铅字不足七千，中华书局铅字较多，亦不过万余而已。而《中华大字典》容纳之字在四万以上，临时雕刻，费用既大，时间又长，再加校对不易，连校二十多次，仍不能保证无误。起初以为六个月可完成，竟至六个年头尚不能尽善尽美。参加编纂者，凡三四十人，共二千多页，四百多万言，编辑印刷之费，约五万金，这个数字，在当时是很大的了。一九一五年出版，有大本，有缩本，伯鸿、仲涛都有序文，此外又有林纾、梁启超、李家驹、熊希龄、廖平、王宠惠各作引言，并附《篆字谱》，以便学者参阅。

《中华大字典》是根据《康熙字典》修订的，但没有完全包含《康熙字典》的内容。且《康熙字典》错误的地方实在太多了，据清人王引之作《字典考证》，即纠正了《康熙字典》的引书错误二千五百八十八条。据近人蕲春桂末辛所著《校正增注康熙字典》一书，共校正九千四百八十六条，增注八千七百四十四条。当编辑《中华大字典》时，那《校正增注康熙字典》一书尚未写成，以致有些差错，以误传误，一错到底，须待以后再行订正了。

一九七八年一月，中华书局编辑部根据一九三五年初印本重印，把书前的题词、序文和《切韵指掌图》一并删汰，甚至把花过很多精力的编辑人名，也一笔抹煞，那是不妥当的。

“中华”的《联绵字典》

湘中名宿符定一，字宇澄，湖南衡山县人，早年毕业于京师大学堂优级师范科。解放后，曾任北京文史馆馆长。他曾花了三十年的精力，编成《联绵字典》三十六卷，以子丑寅卯辰巳午未申酉戌亥分十二集，装成十册。这在学术上贡献是很大的。这书脱稿后先售给商务印书馆，但商务认为用处不大，印出了没有销路，便婉言谢绝了。不得已他便让给中华书局，中华居然接受，一九四三年出版。

刘叶秋的《中国的字典》，对《联绵字典》作了如下介绍：“这部书虽以字典为名，实际是一部专收双音词的词典。所谓联绵字，主要是指双声、叠韵和重叠的双音词，但本书所收，除去这些之外，连助字、虚字以及一般的双音复词，也包括在内。《尔雅》中的《释训》一篇，多收重叠的双音词，正是后代《联绵字典》的先河，宋张有的《复古编》，则已标出联绵字的项目，后出的《骈雅》《叠雅》等书，也是专辑联绵字的词书。符定一这部《联绵字典》，更是广搜博采，集其大成的著作。符氏是有意要补《复古编》之未备的。”

《联绵字典》，参照《字汇》《正字通》等书的部首，分部收词。每部中的词，都按第一字的部首，以笔画多少编次；在每一个词下先用反切注音，然后分条注解不同的意义，一一引书证明。所引材料，上起三代，下终六朝，经史子集，兼收并蓄，注疏经解，亦加摘取。据凡例说，所引材料，均照原书钞录，如有删节，即标明省略，以便读者考证。词的标音，系采《说文解字》徐铉的反切，一字只注一音；如为《说文》所无，或今读必须变音的，间采隋唐间反切或《广韵》《集韵》的音切以补之。书中所说双声，系以古声十九纽为宗，所说叠韵，以古韵二十二部为据。

该书附索引一册，按集依文字部首分部编次各词，在正文每页所列的第一个词下注明页码，而附同页他词在下面，检查很方便。正文第一、第六两册的卷首，另有部首索引，可据以查出部首所在的集称和页数。第十册卷末又附《如何检阅联绵字典》一文，可作使用这部字典的参考。

两种发生纠葛的书

中华书局的出版，一向是比较稳重的，可是也发生过纠葛。这里先谈《闲话扬州》一书的情况。

《闲话扬州》一书，在一九三四年春，由中华书局刊行。作者易君左，本名家钺，是湖南汉寿诗人易实甫的儿子。他有些才气，颇为自负。早年他反对父亲的作品，中年后，却又十分推崇他父亲的作品。他到过很多地方，对于扬州的情况相当熟悉，因此写成了《闲话扬州》一书，凡数万言。内容分三部分：一、扬州人的生活；二、扬州的风景；三、附录。关于扬州参考一斑、扬州的形势、扬州的沿革、扬州的杂话等等，都包括在附录中，并有小金山、平山幽径、万松岭、徐园一角、绿杨村、梅花岭、瘦西湖等铜版照相，可谓应有尽有。

该书内容，颇有辱及扬州人的地方，如书中说："一个上午，就只有皮包水，一个下午就只有水包皮，这一天就完了。"它的意思就是说扬州人懒得不事生产，上午孵在茶馆中，下午呆在澡堂里，消磨一天。实则这是扬州少数有闲阶级的情况，而不包括广大劳动人民。尤其辱及扬州妇女更甚，所以该书出版仅两个月，江都妇女协会就向镇江法院对发行人陆费逵提起控诉，并组织了“扬州各界追究《闲话扬州》书籍案联合会”，专门负责追究此事。扬州八邑旅沪同乡会登报要求政府封闭中华书局。妇女代表郭坚忍延请韩国华律师，控告写作人易君左及中华书局发行人陆费逵的诽谤罪。认为“此事对整个扬州，类多捏造事实，恶意诽谤，而以毁损扬州全体妇女之名誉为尤甚。如硬指烟花三月下扬州，是扬州包办全国妓女，且诽谤扬州妇女，以不当妓女为耻。又如大家小姐充打手（即烧鸦片泡者），及门坎内的女佣（即上炕老妈子），均专对扬州妇女存心毁谤，故特提起控诉”。这时周佛海任国民党江苏省教育厅长，易君左任江苏教育厅编审主任，诉讼事起，周佛海就嘱易君左暂时避开。中华书局方面登报道歉，且把所有《闲话扬州》的存书以及纸型，完全付诸一炬，才把事情缓和下来。当时有人曾出上联，请对下联，如云：“易君左闲话扬州，引起扬州闲话，易君左矣”，被征得的，有：“林子超主席国府，不愧国府主席，林子超哉”（其时林森为国民党政府主席，子超是林森的字）。大家作为趣谈。在旧社会中，一般写作者态度不够严肃，随笔挥写，任意渲染，往往不符事实，以致引起纠纷，而出版当局审阅稿件，也太粗枝大叶，因此造成这种不良后果，这是应当引以为戒的。

这里还要谈到《武昌革命真史》一书。国民党反动统治时期，所谓“出版自由”，那是根本谈不到的。当时不但和它的政策相反的刊物不能出版，有的即使符合它的政策，也由于其内部倾轧嫉妒，往往毫无理由地加以禁止，致使出版者遭到莫大的损失。

一九三〇年，中华书局出版了一部《武昌革命真史》，精装一册，纸面平装的共三册，出于曹亚伯手笔。曹亚伯是怎样一个人物呢？得先介绍一下。他是湖北阳新县人，清末，他和禹之谟、黄克强、刘揆一、宋教仁、张难先、陈天华、吴兆麟等，同为革命团体日知会会员。甲辰（一九〇四年）九月，黄克强、刘揆一谋在湖南起义，曹至长沙为之援助，不幸事机不密被泄，黄克强潜避长沙吉长巷黄吉亭寓所，后黄乘一小轿，垂下轿帘，曹怀手枪，紧随轿后，得以脱险。孙中山在海外为革命奔走，曹亚伯等款助孙中山。辛亥（一九一一年），武昌革命军起，全国响应，曹亚伯和孙中山结伴归国。此后孙中山起兵护法，及督师北伐，曹亚伯赞襄其间，具有相当功绩。孙中山逝世后，他目睹政局混乱，便在昆山购地数十亩，经营农场，植树栽花，过着隐居生活。自国民党改组后，有些知识浅薄的年轻人，往往数典忘祖，莫明是非。他认为这是不知革命历史所致。他由此产生了写作动机，努力整理他多年珍藏的日知会文书笔记，及辛亥武昌革命一切文告等，写成《武昌革命真史》，凡数十万言。曹亚伯和中华书局主持人陆费伯鸿同隶日知会，该书即归中华书局发行，一九二九年交稿，至一九三〇年春间出版。

不料书甫出版，南京国民党国民政府参事吴醒亚就大为反对，藉口该书抹煞起义的各团体，而独归功于日知会，有欠公道，便联名呈请国民党中央党部禁止该书发行。于是伪党部强令中华书局把所有成书，不论精装平装，一律缴出，不得隐藏，且派了一大批恶徒，挟着铡刀，当场把所有成书拦腰铡毁，谑者说是《武昌革命真史》被腰斩。腰斩了的书，字迹只有一半，文义不相连属，不成其为书了。

至于该书的内容，不妨在这里谈一下。首列一叙，那是曹亚伯自己撰写的。正文分十五章：一、黄克强长沙革命之失败；二、武昌日知会之运动；三、同盟会之成立及吴樾炸五大臣；四、陈天华投海；五、孙文革命之追记；六、欧洲学生之革命潮；七、武昌日知会之破案；八、殷子衡之日记；九、被难各人略述；十、禹之谟之死难；十一、徐锡麟刺恩铭；十二、各地纷起革命军；十三、广州三月二十九日之役；十四、杨笃生蹈海；十五、铁路国有问题与武昌起义前之准备。附录为武昌首义人名表，铜版印着很多遗像，如邹容、史坚如、黄克强、宋教仁、孙中山、陈天华、吴樾、刘敬安、季雨霖、徐锡麟、秋瑾、陈伯平、马宗汉、熊成基、温生才、蒋大同、赵声、杨卓霖、杨毓麟、杨德麟、袁礼彬等凡二十余幅。又有长沙日知会账目，刘敬安办日知会时之墨迹，孙中山遗墨，冯启钧之名片，殷子衡在狱中之肖像，黄克强、胡展堂对黄花冈一役报告书真迹，都是值得重视的历史文献。

鲁迅嘉奖的《欧美名家短篇小说丛刻》

民初，翻译之风很盛，数量较多的为林译小说，但林琴南不懂外文，由旁人口译，他作笔述。直接翻译而具有相当数量的，便要推中华书局所刊行的《欧美名家短篇小说丛刻》了，译者为吴门周瘦鹃。可是，这书早已绝版，如今不易看到了。周瘦鹃却有一篇回忆的文章，很有趣味，兹节录如下：

“二十岁时，中华书局编辑部的英文组聘我去专做翻译工作，除译了几种长短篇的《福尔摩斯侦探案》外，还译些杂文和短篇小说，供给该局月刊《中华小说界》《中华妇女界》等刊用。二十二岁时，为了筹措一笔结婚的费用，就把这些年来译成的西方各国名家短篇小说汇集拢来，又补充了好多篇，共得十四个国家的五十篇作品，定名为《欧美名家短篇小说丛刻》，计英国十八篇，法国十篇，美国七篇，俄国四篇，德国二篇，意大利、匈牙利、西班牙、瑞士、丹麦、瑞典、荷兰、芬兰、塞尔维亚等国各一篇，并于每一篇之前，附以作者的小影和小传。这五十篇中用文言文翻译的多于语体文。”

“编译完工之后，就由局中收买了去，得稿费四百元，供给了我的结婚费用。包天笑先生在卷首的序文中，还提到此事。天虚我生陈栩园先生，在序言中道出翻译西方小说的甘苦，而主编《礼拜六》周刊的王钝根先生，也作了一篇序，除了夸奖之外，也说到我艰苦笃学之况。现在包先生虽还健在，年逾八十，而远客海外，阔别多年，陈王二先生已先后作古，无从亲炙，重读遗文，如听山阳之笛，不由得感慨系之！”

“当时中华书局当局似乎还重视我这部《欧美名家短篇小说丛刻》，一九一七年二月初版，先出平装本三册，后又出精装本一册，我自己收藏着的，就是这样一册精装本。只因经过了四十年，书脊上的隶书金字，已淡至欲无，而浅绿色的布面也着了潮，变了色了。不意到了一九一八年二月，还再版了一次，这对于那时年青的我，是很有鼓励作用的。至于中华书局把这部书送往教育部去，申请审定登记，我根本不知道有这回事。两年后，我已不在局中工作，局方却突然送给我一张教育部颁发的奖状，使我莫名其妙。直到一九五〇年，周遐寿先生用‘鹤生’的笔名，在上海《亦报》上发表了一篇短文（此文后收入他所著的《鲁迅故家》中），我才知道：民初，鲁迅先生正在教育部里任社会教育司科长，这部书就由他审阅，批辞甚为赞许。那奖状当然也是他老人家所颁发的了。后来周遐寿先生在上海《文汇报》上发表的《鲁迅与清末文坛》那篇文章中，又提起此事。”

“我推想鲁迅先生之所以重视这部书，自有其原因。周遐寿先生也说得很明白，说他对于我采译英美以外的大陆作家的小说一点，最为称赏。”

“我翻译英美名家的短篇小说，比别国多一些，这是因为我只懂得英文的缘故。其实我爱法国作家的作品，远在英、美之上，如左拉、巴尔扎克、巴比斯、莫泊桑诸家，都是我崇拜的对象。东欧诸国，以俄国为首屈一指，我崇拜托尔斯泰、高尔基、安特列夫、契诃夫、普希金、屠格涅夫、罗曼诺夫诸家，他们的作品我都译过。此外，欧陆弱小民族作家的作品，我也欢喜，经常在各种英文杂志中尽力搜罗，因为他们国家常在帝国主义者压迫之下，作家们发为心声，每多抑塞不平之气，而文章的别有风格，犹其余事。所以我除于《欧美名家短篇小说丛刻》中发表了一部分外，后来在大东书局出版的《世界名家短篇小说集》八十篇中，也列入了不少弱小民族作家的作品。”

周瘦鹃后来从事园艺，抛弃了笔墨生涯，同文们都希望他重新执笔，再译一些进步作品。岂料在“文化大革命”中，他含冤而死，这是令人悼惜的。

三种伪书

伪造的书，自古有之。就世界书局出版的书籍而言，即有三种是作伪之品。

一是《当代名人轶事大观》。这书是有光纸石印本，把每一有名的当代人物，写上二三百字的小文，记述他风趣的故事。署吴趼人著。这里面的记述，都是向壁虚构，不符合实际情况的。而且时间先后，也有问题。甚至有些事情的发生，揆诸时日，吴趼人已经逝世，决不可能有所见闻。加之笔墨也很庸俗，和吴趼人的文风相差很远。这显然是因为吴趼人在文坛上很有名望，藉他的大名出书，可以多卖些钱。好在死无对证，作伪无所谓，便毅然出此了。但究属出于谁之手笔，那就无法究诘了。

二是《石达开日记》。按《石达开传》："石在大渡河为川军唐友耕所败，进至老鸦漩，势穷被缚。在狱中述其生平事迹，及天王起事以来，与清军相恃，胜败得失之由，为日记四册。"这四册日记，后来不知下落。世界书局却登着广告，托言："在四川藩库中，觅得石氏真迹日记数卷，特托友人，藉以录钞，间有残蚀不全者，则参酌各家记载，略为润色，详加第次，汇辑成书。"信口开河地乱吹一通，印了出来，居然销数很不差。实则伪作《石达开日记》的，是常州人许指严。许名国英，是擅写掌故小说的，著有《南巡秘记》《十叶野闻》《泣路记》等书。他嗜酒成癖，每天工作完毕，总要到福州路石路东首的言茂源酒店喝上一二斤花雕，随意叫几色菜肴下酒。因为他是老酒客，一切账款都由言茂源代付，等到节上，一并清算。这年端午节，他实在经济拮据，这笔酒菜账没法应付，倘拖欠了未免有失信用，以后不能再赊。正在踌躇，忽在某刊物上阅到有人揭发石达开那首“扬鞭慷慨莅中原，不为仇雠不为恩。只觉苍天方愦，莫凭赤手拯元元。三年揽辔悲羸马，万众梯山似病猿。吾志未酬人犹苦，东南到处有啼痕”的诗，是金山高天梅伪作的。这就触动了他的灵机，和世界书局的经理沈知方一谈，伪造《石达开日记》若干万言，保证两个月交稿，先领稿费两百元。沈知方凭着他的生意眼，认为这本书一定有销路，于是慨然先付稿费。许获得该款，清偿了欠账，透了一口气。每天晚上根据《石达开传》所叙的行径和战绩，演衍成为日记，交世界书局，印成单行本问世。

三是《足本浮生六记》。《浮生六记》有好多种版本，但所谓六记，实际上只有《闺房记乐》《闲情记趣》《坎坷记愁》《浪游记快》四记，唯世界书局于民国二十四年（一九三五年）所印行的《美化文学名著丛刊》中收入了《足本浮生六记》，四记外增加了《中山记历》《养生记道》二记，这样，六记才全备无缺。

《浮生六记》作者沈三白，名复，生于清乾隆二十八年

（一七三六年），苏州人。在当时是不著名的一位寒士。这部《浮生六记》埋没了一百多年，直到清末给苏州杨醒逋（引传）在护龙街旧书摊上购得，是四记的手钞本。这时王紫诠（即天南遁叟）正为《申报》馆的附属印书机构“尊闻阁”搜罗佚书，杨和王为郎舅亲戚，便把《浮生六记》钞本和其他稿件交给王紫诠，合印为《独悟庵丛钞》，约在光绪初年印行。后来黄人（摩西）执教苏州东吴大学，辑有《雁来红》杂志，因《独悟庵丛钞》已绝版，黄人采取其中《浮生六记》刊入《雁来红》中。过了多年，和黄人同隶南社的王均卿，在进步书局辑《说库》六大函，《浮生六记》又收入《说库》中，且称为“一部具有真性情真面目的笔记小说”，从此，就广为流传了。

浮生六记

由于王均卿喜爱《浮生六记》，颇以佚失二记为憾，故再三设法，才搞到所缺的二记，称为足本，印入《美化文学名著丛刊》中（王为世界书局股东）。这二记是否可靠？可以说真实性是令人怀疑的。即使编辑《美化文学名著丛刊》的赵苕狂、朱剑芒，在《浮生六记考》和《浮生六记校读后附记》中，也表示怀疑。赵苕狂说：“这样美妙的一篇自传文，却将它的五六两卷佚去，单剩下了前面的四卷，这是凡读《浮生六记》的人们，莫不引为是一桩憾事，而为之扼腕不置的。因之，便有人努力的在搜求着是项佚稿，尤其是一般出版界中人。据公众的一种意见，沈三白生于乾隆嘉庆间，以年代而论，距离现在还不怎样的久远，是项佚稿大概尚在天地间，不致全归湮灭，定有重行发见的一日，只要搜求得法而已。同乡王均卿先生，他是一位笃学好古的君子，也是出版界中的一位老前辈；他在前清光绪末年刊印《香艳丛书》的时候，就把这《浮生六记》列入的了（《浮生六记》列入《说库》，没有列入《香艳丛书》中，这是苕狂记错了）。三十年来，无日不以搜寻是项佚稿为事。最近，他在吴中作菟裘之营，无意中忽给他在冷摊上得到了《浮生六记》的一个钞本，一翻阅其内容，竟是首尾俱全，连得这久已佚去的两记，也都赫然在内，这一来，可把他喜欢煞了。现在，我们的这本就是根据他的这个钞本的。所以别个本子都阙去了这五六两卷，我们这个本子却有，大可夸称一声是足本。至于这个本子，究竟靠得住靠不住？是不是和沈三白的原本相同？我因为没有得到其他的证据，不敢怎样的武断。但我相信王均卿先生是一位诚实君子，至少在这方面，大概不致有所作伪的吧！而无论如何，这在出版界中，总要说是一个重大的发见，也可说是一种重大的贡献了！”

朱剑芒说：“《浮生六记》的五六两卷，早经佚去，所以各种本子上都标明记的名目而下注着原缺，于是空有六记的名，实在只剩四记。最近经吴兴王均卿先生搜到了这部完全的《浮生六记》，在开卷以前，已感到不少兴趣，万不料淹没已久的两卷妙文，居然一旦发见，这不要说王先生所快慰，任何一个读者所亦慰，像爱读《浮生六记》的我，当然算得快慰之中的第一个了！不过我在这首尾完整的本子上，发见两个小小疑问：一，以前所见不完全的各本，目录内第六卷是《养生记道》，现在这个足本，却改了《养生记逍》。单独用一‘逍’字，似乎觉得生硬。再《中山记历》内所记，系嘉庆五年（一八〇〇年）随赵介山使琉球，于五月朔出国，十月二十五日返国，至二十九日始抵温州。按之《坎坷记愁》是年冬间芸娘抱病，作者亦贫困不堪，甚至隆冬无裘，挺身而过。继因西人登门索债，遂被老父斥逐。刚从海外壮游回国，且系出使大臣所提挈，似不应贫困至此。又《浪游记快》中游无隐庵一段，亦在是年之八月十八日，身在海外，决无分身游历之理。有这两个疑问，我总和苕狂先生的意见相同，这个本子究竟靠得住靠不住？是不是和沈三白的原本相同？这真是考证方面最感困难的事。近阅俞平伯先生所编《浮生六记年表》，于卷二卷四的纪年上，亦竟发见许多错误。我从这一点上才明白到作者所作六记，第四卷既系四十六岁所作，五、六两卷写成，当更在四十六岁之后，事后追记，于纪年方面，当然难免有错误。要说王先生搜得的足本，因纪年有不符合的地方，硬说它是靠不住，那么连卷二卷四也可说是靠不住了，那有这种道理！至于《养生记道》和《养生记逍》的不同，考之最初发见残缺本《浮生六记》的杨引传，他那序上曾说是作者的手稿，现在王先生搜得的足本，也是钞写的本子，究竟那一本是作者墨迹，虽无从证明，而辗转钞写，亦不免有鲁鱼亥豕之虞。‘道’和‘逍’的形体相像，我们可坚决承认，后者或前者总有一本出于笔误的。”苕狂和剑芒，都是世界书局的编辑，对于该二记如是云云，无非曲为之解，而怀疑的态度，已很明显的了。

该二记是否系伪作，其值得怀疑之点，已如上述。即从笔墨而言，上四记较轻灵，下补二记，比较沉着凝重，显得不相类似。且在刊印足本之前，尚有一段经过情况。王均卿是南社成员，他除从事诗文写作以外，还为《金钢钻报》写稿，经常到《钻报》社与发行人施济群和我（当时我是该报编辑）晤谈。后来他在苏州筑辛臼簃，为终老之计，但也月必一二次来沪。有一天他对我谈到在苏州一乡人处，发现《浮生六记》全稿钞本，正拟向他商购。我平素也喜读该书，颇以缺佚二记为憾，听了就怂恿均卿赶紧设法买来。过了一个月，他又来上海对我说：“该钞本乡大居为奇货，不肯出让，且托言不在手边，而世界书局已预备付刊，那么想一变通办法，请你撰写二记，权以弥补这个缺憾吧！”他当时还说明：每记写二万字，二记共四万字，每千字报酬以五元计，并可先付。我自己感觉才力不够，而摹仿性的代作，更不容易，加之没有资料，巧妇也难为无米之炊，乃婉言辞谢。可是均卿却说：“请你不要客气，你出笔秀丽轻清，和沈三白有些相像。至于资料方面，也不成问题，那《养生记逍》，随便讲些养生有关的理论和行动便可，但《中山记历》却不可不有所根据。中山，是琉球的地名，沈三白生前曾经随着赵介山出使琉球，我那儿藏有赵介山的日记，就循着日记叙述，也不致相差太远。你大胆为之，包你成功。”我当时很是谨慎，始终没有搞这玩意儿。讵料不久均卿病逝苏州，那世界书局的《美化文学名著丛刊》出版，所谓《足本浮生六记》，已搜罗在里面。究属是谁的笔墨，始终成为疑窦。后来林语堂把《浮生六记》全部译成英文时，为了考证这二记的真伪，特地向我探询了王均卿的侄子，甚至亲到苏州王均卿的家里去打听，也不得要领。总之，这二记是伪作的，不是均卿自己撰写，便是请人捉刀。

关于《辞通》

商务印书馆一九一五年首创《辞源》，为当时规模较大的一部工具书，继之有中华书局的《辞海》，后来，开明书店又出版了一部《辞通》，成为鼎足而三的巨著。可是《辞通》和《辞源》《辞海》有显著的不同，它的最大特点，是从声音的通假上去寻求文字训诂。它把古书中各种类型的两个字的合成词，排比整理，按平上去入四声，分部编次，而以常见的词列在前面，把和这词意义相同而形体相异的词，一一附列于下，说明某词始用于何时，见于何书，并且指出某词是某词的音近假藉，某词是某词的义同通用，某词是某词的字形讹误。刘叶秋所编的《中国的字典》一书，曾附带介绍了《辞通》。

《辞通》是谁编写的？朱怿曾有《朱起凤刻苦编辞通》一文，把它录在下面："《辞通》全书三百余万字，是作者朱起凤从一八九六年起，到一九三〇年止，花了三十多年的时间编成的。以个人的力量，编纂这样一部巨著，确实十分不易。究竟是什么力量推动着他从事这一工作呢？其中还有个小故事。"

"朱起凤的家乡是浙江海宁。他生于一八七四年，卒于一九四九年。前清时，县里有一个安澜书院，吸收生员，童生入院学习。肄业生每月要做月课二次，由山长负责批改，评定等级名次，并依等级名次发付奖金。当时书院的山长是吴浚宣，吴号紫菽，是同治辛未科进士，散馆授检讨，大家称他为吴翰林。当时吴翰林的年纪已大，虽然担任了山长，但批改课卷，在精力上已感到不济。恰好朱起凤年纪虽轻，在乡里却小有才名。吴翰林是朱起凤的外祖父，对他比较了解，便请他代改书院的部分课卷，问题也就出在这上面了。”

“那是光绪二十一年，朱起凤在一次批改课卷中，见到有引用成语‘首施两端’的，他以为‘施’字是‘鼠’字的笔误，就把它改为‘首鼠两端’，且在课卷上加了批语。课卷发下后，那位作者以为课卷是吴翰林自己改的，很不满意，便约了人一起去找吴评理，说他连《后汉书》也没有看过，把吴弄得很难堪。事后，吴把朱找来说了一通，朱起凤回去查《后汉书》，果然在《西羌传》和《邓训传》中找到了‘首施两端’这一句话，而且书中的注还指明：‘首施，犹首鼠也。’”

“朱起凤因此感到一方面是自己的学识还不到家，一方面也由于汉字的同音通假很多，难免发生错误。于是下定决心，钞录古书中的一切双声叠韵词，并注明出处，准备编著成书，以便后人查阅。在他的长期刻苦努力下，终于完成了《辞通》这一巨著。”

按朱起凤，字丹九，是前清的一位贡生，他写成这部书，初名《蠡测编》，后改称《读书通》，凡三百万言，真所谓瘁精竭力，作出了极大的贡献。颇想公之于世，可是自已印不起，想让给书局印行，初示仓圣民智大学哈同氏及吴兴刘翰怡，议价不合，便持至商务印书馆，这时《辞源》出版才四年，商务正着手编撰《辞源续编》，无暇兼及《读书通》的编印。朱起凤又兜售于文明书局，该局经理只肯出一千八百元购其版权。朱起凤以其出价太低，不愿廉让，带回乡间，复阅古今甲乙各部，把辞类可以通假的，随手摘录，六七年来积稿三尺余，又成续编四十八卷，每条详加按语，说明其通、同、误、变之故，精审胜于初稿。他以前人著作已有名《读书通》的，又改称《新读书通》。一九二五年，他的亲戚吴文祺供职商务印书馆，朱再携正续编来沪，托郑振铎介绍给商务。这时王云五主持编辑事宜，竟不加翻检，不及一小时就将原稿退还。一九二七年，复由胡适之携稿至商务，商务正致全力编印《万有文库》，又遭第三次的拒绝。再携至南京中央研究院，该院虽愿收购他的稿本，但说出版与否，须决定于经费之盈绌。朱起凤认为撰述该书，耗去三十余年精力，谈何容易，一旦搁置，徒饱蠹鱼，未免可惜，便即罢议。这时宋元彬写了一篇《介绍新读书通》，载在孙伏园主编的《贡献》杂志上，吴文祺也在报上写了几篇介绍文章。此事被群学社整订古籍的许啸天知道了，便怂恿群学社主人承印该书，与朱起凤订立契约，决定正续编合并，可是该社自己没有印刷机，且该书很多僻字，非摹刻制型不能办，故开始付排，即感棘手，次年夏，只得解约。可是朱起凤由于社约的敦促，竟于数月中把原书重行整理一次，颇多改正，这一点应当归功于该约。一九三〇年吴文祺选录《新读书通》若干则，作成提要，写付油印，携数十册来沪，由徐志摩取一册至中华书局，朱宇苍取一册至医学书局（丁福保主持该局，亦刊行文学作品）。医学书局无力承印，中华书局舒新城见僻字太多，排校困难，拟付石印，曾试摄照片，以字太小未能上石而作罢。舒复信徐志摩，谓非将原稿笔画加粗，势难印行。不多久，徐调孚往访宋云彬，宋为朱起凤的高足，便以提要本给调孚一看，调孚甚为重视，携至开明书店，夏丏尊、章锡琛即有购买版权之意。宋云彬立即写信给朱起凤，把原稿携来上海，叶圣陶、周予同、王伯祥、郑振铎看后，极为赞赏，由开明书店出六千金稿费，以酬朱起凤积年之劳，把书分为二十四卷，改名《辞通》，周振甫、卢芷芬、宋云彬细加校订，历时三年，于一九三四年八月正式出版。该书精装两大册，首冠章太炎、钱玄同、夏丏尊、程宗伊、刘大白等序文。二十四卷正文外，又有《辞通附录》，胡墨林复为之编制索引。查阅很方便，有二种分法，一从上册卷首的《检韵》中按韵去查词尾，一从下册卷末的《索引》中按四角号码检字法去查词头即得。朱起凤在《辞通》出版时这样说："十年来为此书奔走接洽，撰文介绍，则文祺之功最伟，而诸先生助我张目，始予得亲见此书出版，尤所铭感。"在旧社会中出书之难，于此也可见一斑。

从《申江名胜图说》中看到九十年前的上海风光

《点石斋画报》刊行于一八八四年，同时有所谓揉云馆印行了《申江名胜图说》，为最早的刻版图册，凡研究上海的风俗习惯和社会动向，当然是很好的参考书了。书共上下两册，有图有文，图为红色，文为黑色，很是鲜明，但不知为何人所编制。

所谓名胜，那是距今九十多年的情景，从现在来看，当然今昔大不相同的了。如董家渡观潮散步、湖心亭赏月闲吟、龙华塔寻梅觅句等，无非封建文人闲情逸致的描绘。又有关于游乐的，如祝听桐申园设琴会，绘着盆花阜石，绿树荫檐，有人焚香抚琴，备极幽静，且说明祝听桐乃苏州一位金石家，那申园在静安寺旁边，当时是具泉石之胜，与西园、愚园相近的一个游憩之所。又阆苑楼啜茗评花、漱芳馆素卿歌俞调等图。那阆苑楼是一座茶楼，请青楼名妓来此清唱京剧，一班王孙公子，趋之若鹜，是非常热闹的。朱素卿是弹词女艺人，善唱委婉转折的俞调（俞秀山首创，与马如飞的马调并列），与程黛香、陈芝香等，都是一时翘楚，往往三人同时登台，两人抱琵琶，一人拨弦索，台下的长桌直置着，坐凳却左右横排，在目下新式的书场中，早已没有这种形式了。

这种图说，虽无关宏旨，但可与黄楙材的《沪游胜记》、王韬的《淞滨琐话》，同时参阅。

《申报》馆的《聚珍版丛书》及其他

《申报》馆印的《聚珍版丛书》，现在已成为稀有之本，藏书家很为重视。那时《申报》馆除发行报纸外，曾仿清乾隆用活字所排的聚珍版，用木质活字刊行《聚珍版丛书》，每种只印一二千本，不像铅质活字，可以随印随拆，且没有纸型，不易再版，所以到现在很少见到了。当时署名缕馨仙史的蔡尔康的书目序，有那么一段：“迩日申江以聚珍版印书问世者，不下四五家，而《申报》馆独为创始，六载以来，日有搜辑，计印成五十余种，皆从未刊行及原版业经毁失者，故问讯之人踵相接也。”蔡尔康便是丛书的主辑者。自

《申报》馆的印刷机

一八七二年至一八七七年，所印成绩斐然。一八七九年，尊闻阁主又有续书目的刊行。

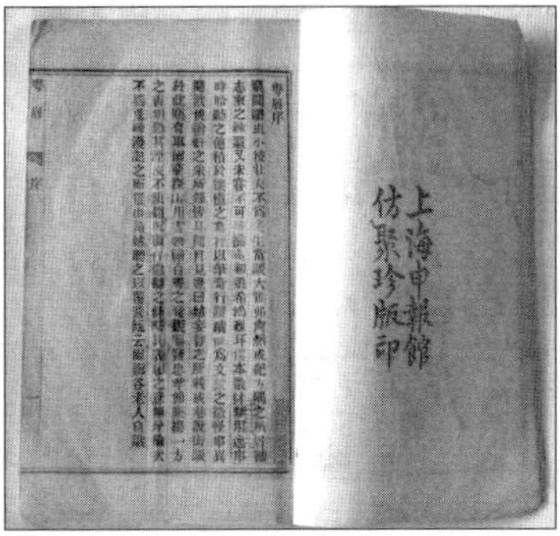

上海申报馆的仿聚珍版印

从书以笔记杂录为最多。属于地方性的，如刘世馨的《粤屑》，陈树基的《西湖拾遗》，施可齐的《闽杂记》；有关军政的，如陈昌的《霆军纪略》（霆军指鲍春霆），尹耕云的《豫军纪略》，秦湘业的《平浙纪略》，望炊的《和约汇钞》，李和叔的《使琉球记》，姚莹的《东槎纪略》，曹晟的《十三日备尝记》，这是揭露清道光间帝国主义侵略上海的一部信史。此外如张德明游历泰西十五国的纪录，名《航海迷奇》，那是明代人的作品。又陈庚的《笑史》，独逸窝退主的《笑笑录》，两种性质是差不多的。王昶的《春融堂杂记》，周寿昌的《思益堂日札》，戴莲芬的《鹂砭轩质言》，王雪香的《孪史》，朱孔阳的《历代陵寝备考》，蔡尔康的《记闻类编》，那是辑录《申报》所刊奏折、论议、时事、杂闻、诗歌等，分为十四类，为新闻记载编印单行本的开始。用小说体裁写的、有江日升的《台湾外记》，张南庄的《何典》，汤世潆的《东厢记》，这书根据《西厢记》的结束，另作十六出，的确是别开生面。此外，还有张敦复的《笃素堂文集》，王韬的《瓮牖余谈》，黎庶昌的《曾国藩年谱》十二卷。上述各书，十之七八与史料有关，可作学术研究的参考。

《申报》馆还经营上海图书集成局，把《古今图书集成》用活字版印行。当时外国人把这部巨著称为“康熙百科全书”，又因为《申报》是外国人美查创办的，有人也叫这个版本为“美查版”。此外又有《申报丛书》，从一九三三年开始，大都属于国际形势以及世界知识方面的，共四十多种。《申报月刊》，创刊于一九三二年，是为了纪念《申报》六十周年而印行的，由俞颂华主辑，后来又改为周刊，出至四卷十二期止。月刊社同时发行《申报月刊社丛书》，共十一种。如翁照垣的《淞沪血战回忆录》。瞿兑之的《杶庐所闻录》，以及丁文江、翁文灏、曾世英编制的地图两种。其他出版物，有秦瘦鸥的《御香缥缈录》，王一之的《旅美观察谈》，沈有乾的《成功百诀》，谢介子的《西方格言》，项远邨的《太平洋会议之参考资料》，以及《申报评论选》《西北视察记》《欧战实录》《申报上海市民手册》《申报六十周年征求学生文选》等。

关于苏曼殊的作品

南社诗僧苏曼殊，柳亚子很称许他，说他是："独行之士，不从流俗。奢豪爱客，肝胆照人，而遭逢身世，有难言之恫。绘事精妙奇特，自创新宗，不依傍他人门户。零缣断楮，非食烟火人所能及，小诗凄艳绝伦，说部及寻常笔札，都无世俗尘土气，殆所谓却扇一顾，倾城无色者欤！"苏曼殊的作品，的确不少。一九一八年，苏曼殊客死上海以后，许多朋友，纷纷搜罗他的遗著，刊印流传。如王德钟编辑、柳亚子印行的叫《燕子龛遗诗》，薄薄的一册，印数不多，那是非卖品，作为赠送留念的。沈尹默亲书他的诗篇，由张氏影光室印行，名为《曼殊上人诗稿》，由上海亚东图书馆寄售，也早已绝版。《燕子龛诗》，冯秋雪编辑，雪堂诗社印行，见到的人也不多。《燕子龛残稿》，周瘦鹃辑，大东书局出版。《燕子山僧集》，段庵旋编辑，湘益出版社印行。《苏曼殊诗集》，柳无忌辑，北新书局寄售。《曼殊说集》，卢冀野辑。《曼殊逸著两种》，柳无忌辑。《曼殊上人妙墨册子》，李根源、蔡哲夫为之刊行。

汇刊他各方面的作品，搜罗较广的有周瘦鹃的《曼殊遗集》，精装一册，由大东书局印行，题签者王西神，瘦鹃有弁言一篇。又附柳亚子的《苏玄瑛传》《苏玄瑛新传》，附铜版图数幅，有遗像、遗墨。内容分七部分：一诗、二译诗、三书札、四随笔、五序跋杂文、六小说、七附录。附录是友人纪念曼殊的小文，如姚鹓雏的《曼殊上人示寂十周纪念感旧诗》，周瘦鹃的《曼殊忆语》、顾悼秋的《年华风柳》、沈尹默的《刘三来言子穀死矣》，刘半农的《悼曼殊》，又文公直辑《曼殊大师全集》，由教育书店发行，虽自称为最完备本，可是远不及柳亚子无忌父子两人所辑的《曼殊全集》。全书由北新书局出版，共五大册，一千九百余页。由搜集，而编纂，而钞写，而校对，历时两年有半，才得完成。第一册为诗集、译诗集、文集、书札集，较为庞杂。译诗且加入原文，以便对照。第二册为杂著集，有《燕子龛随笔》《岭海幽光录》。翻译小说集，有《惨世界》《娑罗海滨遁迹记》。第三册为小说集，有《断鸿零雁记》《天涯红泪记》《绛纱记》《焚剑记》《碎簪记》《非梦记》共六篇。第四、第五册全为附录，大都由亚子搜集到的。曼殊的诗文非常丰富，且插入铜版图很多，如曼殊僧装像、中装像、西装像、西湖墓塔、诗画手札墨迹、曼殊所居的国学保存会藏书楼、病殁的广慈医院，以及与柳亚子、朱少屏、郑桐荪、刘申叔、何志剑、江彤侯等的摄影。此外又编刊了一大册《苏曼殊年谱及其他》，也由北新书局发行。萧纫秋处，藏有曼殊的画稿二十四幅、杂记四十二页，以及照片、墨迹、戒牒、袈裟等等，由亚子向萧氏藉来摄影制版，编成《曼殊遗迹》一册。以上三种，合成整套。

是不是所有曼殊的作品都搜罗无遗了呢？可以说遗漏尚

多，如《无题诗三百首》《曼殊画谱》《泰西群芳谱》《泰西群芳名义集》，《埃及古教考》，《法显佛国记》《惠生使西域记地名今释及旅程图》《英译燕子笺》《梵文典》《梵书摩多体文》《沙昆多逻诗剧》《文学因缘》，这许多都是有书名而没有发现的遗著。柳无忌曾一度征求，而没有征求到。

《曼殊全集》刊行后，广益书局又有《曼殊小丛书》出版，凡七册，为袖珍本，装一锦盒，时希圣编辑。《曼殊小说》三册，《曼殊诗文》《曼殊笔记》《曼殊手札》《曼殊轶事》各一册。其中资料，《曼殊全集》大都收入，但也有未曾收入的作品，如时孟鄰的序文，且校出全集所刊《断鸿零雁记》第八十八页标点的错误，及文字的颠倒。全集原文为："其句度雅丽，迥非独逸、法兰西、英吉利所可同日而语"，改正为："其句度雅丽独逸，迥非法兰西、英吉利所可同日而语"，否则把'独逸'当作国名，那就成为笑话了。又有杨鸿烈的《对于断鸿零雁记》，罗建业的《对于'断鸿零雁记'的意见》二文，也没有收入全集。其他《曼殊轶事》一册中，有《民国日报》的《曼殊上人怛化记》，陈果夫《曼殊大师轶事》，程演生《曼殊轶事》，陆灵素《曼殊上人轶事》，张卓身《曼殊上人轶事》，以及陈去病《与柳亚子书》，《太平洋报》的《文艺消息》等涉及曼殊的内容，全集中也没有刊载。《苏绍琼轶事》所记载的苏绍琼，是曼殊的侄女，因蒙不白之冤，服毒自杀而死，年仅十余岁。能诗，有一诗赠其叔曼殊云："诗人，飘零的诗人！我！你的小侄女！仿佛见着你：穿着芒鞋，托着破钵，在樱花桥畔徘徊着。诗人，飘零的诗人！我又仿佛见着你：穿着袈裟，拿着诗卷，在孤山上吟哦着。寂寞的孤山呀，只有曼殊配作你的伴侣！一八，三，三，绍琼于神山。”全书也没有收入。

解放初，文芷从海外获得曼殊上人手写诗稿十页，装裱成册，发现有两首绝句，为各集所未载，的确是珍贵的佚诗，录之如下：第一首题为：“久欲南归罗浮不果，因望不二山有感，聊书所忆，寄二兄广州，兼呈晦闻、哲夫、秋枚三公沪上”，诗云：“寒禽衰草伴愁颜，驻马垂杨望雪山。远远孤飞天际鹤，云峰珠海几时还。”第二首题为：“游不忍池示仲兄”，诗云：“白妙轻罗薄几重，石栏桥畔小池东。胡姬善解离人意，笑指芙蕖寂寞红。”又有与人唱和之作，各集刊中也未收入。这确是一个新发现。

黄鸣岐辑有《苏曼殊评传》一书，百新书局出版。内容分《曼殊的身世》《曼殊的思想》《曼殊的著作》《曼殊的生前与死后》，不啻为曼殊所有的作品作一总结，一九四九年刊行，叶圣陶题签。

曼殊逝世，距今已逾半个世纪，施蛰存教授忽又重编《燕子龛诗》，由江西人民出版社出版，作为《百花洲文库》之一，收集的诗，比任何本子为多，复加入诸家投赠的唱和、题画、哀悼诗一百六十八首，内容更为充实。原来蛰存也是曼殊诗的爱好者，所以有此雅兴。他的引言这样说：“苏曼殊是辛亥革命前后最为青年热爱的诗人。他是南社社员，他的诗大多发表在《南社丛刻》上，为数不多，但每一篇都有高度的情韵。当时我也是他的崇拜者之一。他的诗，我几乎每一首都能背诵。后来，年龄逐渐长大，浪漫气氛逐渐消失，对诗歌的爱好，逐渐转变方向，苏曼殊的诗也逐渐被遗忘了。但是，一直到三十年代，苏曼殊的诗始终为青年人所热爱，当时曾印行了好几种版本的苏曼殊诗，甚至有了苏曼殊的全集。从抗日战争开始至今四十年间，没有印行过苏曼殊的诗，旧有的印本，也大都毁失，很少流传。于是，苏曼殊也被现代青年人遗忘了。一九七二年，我在很孤寂无聊的时候，忽然得到一本柳亚子印的《燕子龛遗诗》，重读一遍，好像遇到了青年时代的老朋友，竟使得我恢复了青春。于是开始搜觅并钞录集外的诗，编为一卷，又从其他文献中汇钞了当时许多诗人所作的有关曼殊的诗，也编为一卷，作为附录，标题仍为《燕子龛诗》。……”并有一跋，节录一段如下：“近日又有友人钞示海外所传曼殊本事诗十章，并陈仲甫和作，曼殊诗下自注暨仲甫诗，皆未尝有刊本，复有章孤桐、包天笑题《曼殊遗墨册》诗二十五首，并有自注，述曼殊遗事，亦未尝为世人所知。……”这里所说的友人，指的便是我，我是从香港《大公报》副刊《艺林》钞给蛰存的。

记神州国光社的代表性出版物

上海神州国光社，最初是由邓秋枚和黄宾虹所组织的，它所刊行的大都是历代书画、碑帖、金石、印谱一类的书。据俞巴林的《关于神州国光社的情况》一文称：神州国光社“用珂罗版出版了二百多种，在美术界有一定的贡献”。它的代表刊物有《神州国光集》《神州大观》《美术丛书》。那《美术丛书》，尤为巨制，先后共印四版，初为线装本，经增订后改为精装本二十册，配一木箱，颇为美观。内容分初集、二集、三集、四集各十辑。以书画为主，间有谈印刻、装潢、琉璃、鼎彝、陶瓷、杖扇、游具、茶荈、琴剑、锦绣、笺纸、文房四宝等，颇多是传钞而无刻本，或前人脱稿而未流行的，搜罗确很宏博。

一九二八年，神州国光社以四万元的代价让给陈铭枢，改出社会科学新书，发刊《读书杂志》《文化杂志》《十月》《铁甲列车》，又出了《中国社会史论战》四大册。该社当时较有代表性的出版物，要推《中国内乱外祸历史丛书》了。这套丛书收集明清史料，后来改为《中国逸史丛书》。初版刊印，首冠蔡元培的总序，叙述该丛书的搜集情况，兹录之如下：

“自中华民国成立，民族主义，已渐普及，凡清代所指目为违碍之书，转为有志者所偏嗜。程演生先生有鉴于是，乃与诸同志组织中国历史研究社，所研究之范围，固甚广泛，而首先注意者，则为霾蕴已久之书，多方搜辑，已得三百余种，乃编为《中国内乱外祸历史丛书》而印行之。主持印务者，仍为神州国光社，衣钵相嬗，良非偶然。方今学者，处国难严重之期，切于民族自决之望，得是书以增其刺激，其于中国之将来，必大有影响无疑也。”

从书出版十五册，有《庚子国变记》《三朝野记》《扬州十日记》《东行三录》《避戎夜话》《信及录》《东林始末》《东南纪事》《明武宗外记》《崇祯长编》《甲申传信录》《倭变事略》《烈皇小识》《客滇述》《奉使俄罗斯日记》，大都从秘本中来，确是非常珍贵的。实则每册中即包罗十多种作品，以《客滇述》一册而言，便有高斗枢的《守郧纪略》，边大绶的《虎口馀生记》，白愚的《汴围湿襟录》，顾山贞的《客滇述》，佚名的《思文大纪》和《平回纪略》，南园啸客的《平吴事略》，康范生的《仿指南录》，江之春的《安龙纪事》，徐如珂的《攻渝纪事》，文震孟的《定蜀纪》，虞山遗民的《平蜀纪事》等，依此类推，则十五册丛书，所收作品便有数百种了。

该书出版于一九三六年，在那时来讲，编者的批判和思想分析，是比较独特的，如《客滇述》的序文，批判了边大绶的颠倒历史因果，而说明末的流寇，只是当时的乱象，而不是乱源。乱源乃是那时的统治者——新地主阶层之无情的剥削与残酷的压迫，而边氏偏说闯不生，天下不乱，闯不死，

神州国光社的代表性出版物

天下不平。我们应该牢记着，边氏这种说法，不只是他的社会分析的错误，并且是那上层社会的利害冲突的成见，限制了他的鉴空衡平的良心。因为没有明朝地主阶层将近三百年的政治压迫与经济剥削，则农民不会穷而无告，四野兴嗟，人心思乱，李自成、张献忠的反叛不会发生。即使发生，也不能像那样如火燎原，不可收拾，竟然颠覆了明朝的政权。又说，凡历史上的农民叛乱队伍之屠杀，大都是政府军队和统治阶层的压迫激成的。李自成和张献忠的屠杀正是如此。并且从这些史料中，更显出当时统治者的屠杀手段比之张献忠还要残酷，还要厉害。编者这样的说法，在当时的确是高出于那些庸碌懦怯的一般操笔政者。

《海上繁华梦》揭发骗局

孙玉声先生

《海上繁华梦》是一部很负盛名的谴责小说，出于孙玉声手笔。玉声别号海上漱石生。当时他写小说不用真名实姓，而署名“警梦痴仙”，大约书中写的大多是真实事情，难免有所忌讳吧！

孙玉声是老上海，懂得旧社会的种种情形，记忆力又好，他把上海所有的风俗习尚、遗闻轶事，写成《沪壖话旧录》，在《金钢钻报》上排日登载，连续有两年之久。倘汇集起来，确是很好的上海参考资料。他写的小说很多，以《海上繁华梦》篇幅为最长。凡妓院的黑幕，赌场的弊害，都被一一地揭发出来。由于是他的亲身经历，所以越发生动真切。

他少年时交友不慎，和一班赌棍相识，时常作雀战；他逢赌必输，赌牌九输得更多。后来赌棍中一个叫周四的，因其他案件被人告发，他才知自己上当受骗，便拟附诉控追。周四托人竭力调解，愿还洋五百元了事。这时他正在写《海上繁华梦》，需要揭发赌场弊害，姑且允许周四，嘱其把“黄牌九”的种种作伪方法，以及手术切口，尽情倾吐。周四倾筐倒箧一一讲了，他就把这些谈话资料写入书中。至于妓院的黑幕，他也十分熟悉，一切忌讳，一切规例，外间无从知道的，他都知道。所以他曾告诉人说：“我手挥万金，作为这书的代价，和他书截然不同。”《海上繁华梦》共三集，初集三十回，二集又三十回，三集四十回，成书在我佛山人《二十年目睹之怪现状》之前，和韩子云的《海上花列传》同时撰写。但《海上花列传》的销数远不及《海上繁华梦》。

继《海上繁华梦》之后，孙玉声又写了一本《续海上繁华梦》，一九一五年由民权出版社刊行，分三集出版。这书的开头有这样几句话：“《海上繁华梦》先后都一百回，成于光绪戊戌、已亥年间（公元一八九八至一八九九年），初为一时游戏之作。乃出版后，颇蒙阅者青睐，谓全书不特起迄一线，且摹写社会上交际一切，凡人心之狡险，世态之炎凉，荡子之痴迷，妓女之诈骗，类皆深入浅出，足使阅者增无限阅历，发无限感触，启无限觉悟，实为有功世道之书。以是遐迩风行，著者文字因缘，不知几生修到。诚非意料所及。唯是流光弹指，迄今倏已十年，风气微有不同，景物因之亦异，而此十年来，社会上尽多可诧、可惊、可笑、可怜、可愤、可悲、可讽、可嘲之事，为前所未及。痴仙不揣谫陋，因又戏拟续集百回。”据作者见告，这《续海上繁华梦》，是由文明书局排印的，不意印刷所的近邻不慎起火，印刷所致遭殃及，该稿已排的制成纸版，没有排的，原稿具在，当

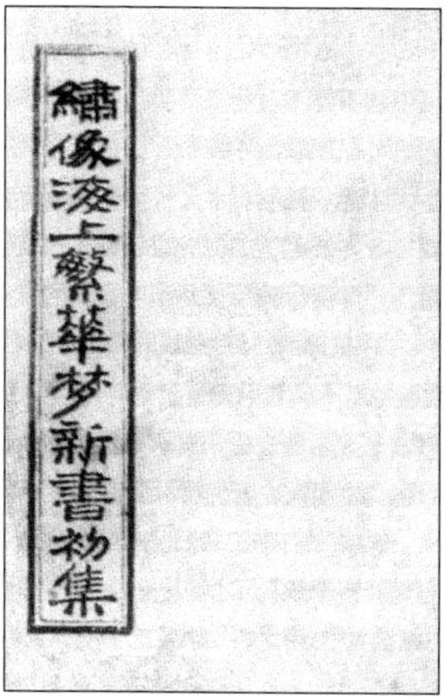

《海上繁华梦》初集第一书影

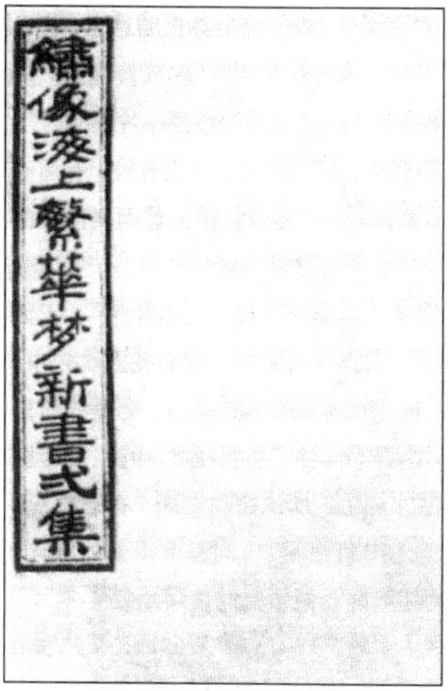

《海上繁华梦》二集初版书影

时由手民于烈焰中抢出，但正在发排的五回抢救不及，成为灰烬。由于作者没有底本，未留一字，该局主持者沈骏声立奉笔资百元，请他补写。他索回全书，审阅一过，然后下笔，融会前后意思，贯通起讫线索，很费一番周折，尽半个月之力，终于补成，尚喜没有斧凿痕，初版于一九一六年二月刊行，至五月间即已再版，足见其销路之广。

关于《二十年目睹之怪现状》

吴趼人先生

《二十年目睹之怪现状》一书脍炙人口，是吴趼人手撰。和《孽海花》《老残游记》《官场现形记》，为清季四大小说。鲁迅的《中国小说史略》评论它说："作者经历较多，故所叙之族类亦较夥，官师士商，皆著于录，搜罗当时传说而外，亦贩旧作如《钟馗捉鬼传》之类，以为新闻。……相传吴沃尧性强毅，不欲下于人，遂坎坷没世，故其言殊慨然。"

吴趼人和李怀霜交谊颇深，他死后，怀霜在《天铎报》上给他作《吴趼人传》，评述他的生平很是详细，说他"本为一救世思想者，历遭打击，终至厌世，小说遂呈伤感思想，盖非偶然"。魏绍昌曾到上海市宝山县大场广肇山庄（十年内乱中被毁无存），亲访吴氏坟墓，摄了影片，又搜罗了许多有关吴氏的记录，辑成《吴趼人研究资料》一书，把《怪现状》一书的先后版本，也历述一下，略云："《二十年目睹之怪现状》，一百〇八回，标社会小说，署我佛山人撰，

《二十年目睹之怪现状》（丁卷）广智版书影

原载《新小说》，仅四十五回，广智书局为出单行本，分八册。直至宣统年间，始出一百〇八回本。此后翻印本，有新小说社石印本四册，世界书局本四册，解放后人民文学出版社本二册。”

吴趼人还撰写了《近十年之怪现状》，一名《最近社会龌龊史》，由《时务报》馆印行，但印数不多，且仅二十回，没有完篇，阿英把它收入“晚清文学丛钞”中，以广流传。

包天笑和吴趼人时相往还，据天笑告诉我说：“趼人原名沃尧，他的父亲字允吉，因字小允，趼人是他的号，亦作茧人。广东南海人，先世居佛山镇，故他所作的小说，常把‘我佛山人’作为笔名。不知道的，往往把‘我’、‘佛’两字连读，实则‘我’字之下应加逗点，佛山人三字可连读。”这好比小说家陈栩园的别署天虚我生，天字当加逗点，虚我生三字可连读，同一机杼。吴趼人岸然道貌，虽生长粤中，因在上海住得久了，便能操沪语。他在所居的门上，标着茧阁二字的梅红纸幅，他所作的诗集，封面上草书《茧阁诗草》。茧字的繁体为繭，看来好像兰闺诗钞，令人误认为出于女子手笔。后来他迁居，门上榜着趼廛二字，作八分体，一个过路的人见了笑道："上海的行业真太多了，还有代人研墨为生的。"原来此人识字不多，把"趼廛"误为"研墨"了。一天，天笑曾经问他："您老人家所作《二十年目睹之怪现状》，哪里来这许多资料？所谓目睹，是否都是亲眼看到？"他一笑，便在箧中翻出手钞册子给天笑看。说，"这就是《二十年目睹之怪现状》的蓝本。"册子中所写的，大都是朋友叙谈时所述及的，也有从笔记中钞录下来的，也剪裁了报纸所载的文章，日积月累，便形形色色无所不有，不觉成为若干册。资料具备了，可是贯串演衍，却很费心思呢。

《二十年目睹之怪现状》，世界书局翻印了，销路很好，沈知方动了脑筋，请吴虞公其人撰《新二十年目睹之怪现状》一书，居然胡乱凑成数万言，印行问世。实则吴虞公执笔的时候，年龄尚未超过二十岁。

这里还得补一句，吴氏对于近代说部，最推崇吴敬梓的《儒林外史》，他所作大都得《外史》的神髓。所以清末民初写社会小说的，几乎成为《外史》型，无非出于他的倡导。

《官场现形记》颇多真人真事

解放以后，出版界对清末谴责小说加以选辑，久已绝版的有好多种重印了。这也包括了李伯元的有价值的作品。李伯元，江苏常州人，名宝嘉，别号南亭亭长，一八六七年四月十八日生于山东。三岁父死，由其堂伯父李念之（曾任济南知府）抚养成人。一八九二年，念之自山东辞官，伯元也随之回乡，卜居常州青果巷。一八九六年，伯元在上海创办《指南报》，继办《游戏报》，他自己的作品，常以游戏笔名发表，后改办《繁华报》。一九〇三年受商务印书馆的聘请，主编《绣像小说》半月刊。这个半月刊载有署名讴歌变俗人的《醒世缘弹词》，宣传破除迷信，反对缠足和吸鸦片等恶习，也是出于伯元的手笔。

伯元的名著，有《文明小史》，它反映了清朝末年，在维新运动中和帝国主义侵略下的旧中国的形形色色，讽刺了封建头脑的知识分子对于文明的误解，揭发了外国传教士的横行霸道，更痛斥了对外屈膝求和，对内残暴压迫的统治阶级。所以有人这样评价李伯元：“他的描写，的确能在一定程度上体现了新与旧的冲突与转变”。他还写了《活地狱》，但写至三十九回即病卒。由吴趼人续两回，欧阳巨源续一回，共四十二回。李伯元的《海天鸿雪记》二十回，描写青楼生活，揭发特殊悲惨的社会阴影。《庚子国变弹词》四十回，完全写实。这时陕西臬司冯仲梓，于赵舒翘赐死事，亲睹赵宛转难死之状，后冯看到了这部弹词记着赵事，也深赞他描写的真实。有《中国现在记》十二回，没有写完。他的作品，最受读者欢迎的，要算那六十回的《官场现形记》了。该书对封建官僚的昏庸、卑鄙、贪污、残酷，痛加谴责，把他们比为仇人、强盗、畜生，笔触是很尖锐而辛辣的。他所写的多为实事，如第三十八回的《丫姑爷乘龙充快婿》，是影射湖北协统张彪。第四十三回的《八座荒唐起居无节》，那是指张之洞而言。四十四回中提到的太监黑大叔，指的就是李莲英。若细心阅读，更能发掘出许多真人真事来。

伯元和楚园主人刘聚卿（公鲁的父亲）是老朋友，两人常通书札，有一札致聚卿，说到《官场现形记》，确是小说考证的大好资料。札中这样说："拙著《官场现形记》，随手拈来，绝无成见，不料督幕赵君（疑即书中的西席周大爷或赵大架子），竟因此辞馆，殊出意外。刻三编已付排印，约七月中旬出版。当将赵君原书，附刊书后，以代表白。洁身远嫌，弟转深佩其人。此书第一、二编，皆承公代售若干部，三编既有此嫌，不敢复托。我辈文字交无所不可，官场疑忌最多，不能不为我公计耳。兹将历年所积谈丛，时事嬉谈，滑稽新语等稍加编辑，得书二十本，拟改版精印二千部，竟非千金不办，平昔文字交已得数百金，颇望公为筹两三数，能藉我毛诗（按即三百元）尤感。九月出版，后一月，即可归楚。此举颇觉冒昧，知公提倡风雅，或不致绝我也。”又一札：“拙著《官场现形记》初编续编各一部，祈赐教为幸。另初续编各十五部，《夺嫡奇冤》十册，寄存尊处，倘同人中有欲购阅者，便乞销去。琐事奉渎，不安之至。”

李伯元在上海先后共十年，所著除小说外，尚有《南亭笔记》《南亭四话》（即诗话、词话、联话、曲话）、《芋香室印存》《艺苑丛话》《尘海妙品》《奇书快睹》等。他写《官场现形记》时，住在南京路附近的劳合路（今六合路），那里当时是雉妓丛集的大本营，他在大门上贴着一副梅红笺的春联：“老骥伏枥，流莺比邻”，上一句可见他的满腹牢骚，下一句却又风趣得很，这位老人的心情，不难在这一联中体会出来。他能刻印，又能绘画，但不多见。

伯元于光绪三十二年（一九〇六年）三月十四日逝世。有署名白眼的写了八回《后官场现形记》，原载《月月小说》，宣统二年（一九一〇年），群学社印行单行本，是继《官场现形记》第五编而写的。笔墨也相当的辛辣。（按白眼，乃杭州许伏民的化名，又署冷泉亭长，他主编《月月小说》）

魏绍昌于一九六六年春，特地赴常州市郊茶山公社群力大队李家村，吊李伯元夫妇墓，摄了远景近景二帧照片（该墓在十年内乱中被毁无存）。又搜罗了李伯元像、手迹，《游戏报》《繁华报》的报影，《官场现形记》的插图，以及其他有关文字，辑成《李伯元研究资料》一厚册。更稀见的，有李伯元所绘的梅花绶带鸟图，和李伯元的《芋香室印存》的拓片，都制了铜锌版印入。一九八〇年，增加内容，再行出版。

《庚子国变弹词》的资料从何而来

李伯元先生

李伯元的长篇弹词，凡两种，一是《醒世缘弹词》，二是《庚子国变弹词》，后者尤胜于前者。

《庚子国变弹词》共四十回，写于一九〇一至一九〇二年间。最初在《繁华报》上逐期发表。全书比较完整地反映了庚子事变的过程，情节生动，语言通俗精炼，它突破了历来弹词只写才子佳人的框子，成为第一部表现政治事件的弹词。在李伯元的改良派立场来看问题，当然把义和团称为“拳匪”，维护统治集团的清政府。但也揭露了帝国主义八国联军的奸淫掠夺，清廷官员的腐败怯懦，同时反映了人民的英勇抵抗，自有它的历史价值。

《庚子国变弹词》共四十回，所以作者有诗：“眼前无限兴亡感，付与盲词四十篇。”载《繁华报》。一九〇二年由《繁华报》馆印行线装巾箱本六册。伯元逝世后，书商盗印，书名改为《绘图秘本小说义和团》，石印大本两册，只收前二十回，将原书所载序文、例言、题词一概删去，伪造潭溪生一序。这书不全，流传不广。一九三五年，良友图书公司出版阿英编校的袖珍本一册，首载阿英《重刊〈庚子国变弹词〉序》，书末附印《辛丑条约》全文，这是从《杭州白话报》所刊的《救劫传》里转录的。后又收入阿英编的《庚子事变文学集》，一九五八年中华书局出版。书的内容，始于清平县武举与教民的冲突，官吏左袒教民，酿成武举复仇，率五百弟子，杀死两教民全家，终于李鸿章为全权代表，《辛丑条约》完成，两宫返跸，旁及中俄战争，黑省沦亡的全部战争经过。

《庚子国变弹词》的资料，是从哪里来的呢？原来李伯元是常州世代簪缨的巨家。他的父亲在北京做京官，他的哥哥宝章，是一位孝廉公，官直隶候补道。当义和团起事，延及直隶（今河北省）、山东、山西各省，帝国主义者组织联军，进犯北京，火烧圆明园，任意抢掠，杀戮人民，顿使京津一带，成为恐怖之窟、灾害之区。那时，李伯元的父亲年已七十二岁，和他的哥哥宝章惊惶失措，便放弃了许多财物，只携了一个仆人逃难。奈社会秩序已乱，雇不到车辆，只能徒步而行，昼行夜宿，走了数百里，非常狼狈，好不容易到了山东贯市，那儿有一镖局，镖师某看到李父衰羸疲惫，动了恻隐之心，为他主仆三人备了一辆骡车，才得喘一口气。一路上目睹颠沛流离的情状，家破人亡的惨事，为之心伤不已。而所经过的官署，都空空如也，负责的官员逃之夭夭，仅有怀来县的知县吴永（渔川）却留守着，主仆三人就在县署内暂时藉宿，不料光绪皇帝和慈禧太后也在该署内驻跸。这时王文韶中堂听到两宫出狩，便挟着重要印信，徒步追访，直追了三天三夜，才到怀来县，抵署天已昏晚，拟明晨叩见两宫。可是县署屋舍狭隘，所有上房及办公地方，满坑满谷都住了人，文韶中堂一到，两宫哪有不知之理，于是立即召见。慈禧站在上房的庭除间，向文韶垂泪说："深悔当时没有听信卿言，以致肇成巨祸。"原来"义和团"事起，文韶很反对，曾密折上奏，又听到徐用仪，许景澄、袁爽秋以反对义和团行将正法，他更急迫地营救，触忤慈禧。慈禧大怒，也拟把文韶严行惩办，被军机大臣荣禄知道了，荣禄和王文韶私交很厚，便竭力在慈禧面前为之缓颊，文韶才得以保全，所以慈禧所云，并非无端之言。宝章父子在怀来县署，和文韶朝夕相见，当时朝野情况，宝章父子也就耳熟能详，可是伯元幼遭父丧，宝章也早卒，那庚子国变，伯元当然也听得一些，但不够详尽。那资料主要是从王文韶那儿辗转得来的。

谈到这个线索，就不得不提到上海文史馆馆员姚寒秀（桐生）老先生，他是王文韶的孙婿。文韶的儿子国桢，字稺揆，官太常寺卿。寒秀老人平素留心掌故，而在岳家所得更多，尤其庚子故事，印象很深。李伯元和寒秀老人一见如故，成为很要好的朋友。伯元办《繁华报》，写小说缺乏资料，老人就把庚子国变掌故，原原本本的贡献给他。伯元脑中本来有些底子，经老人一讲，他就把资料贯串起来，写成了这部有一定历史价值的《庚子国变弹词》。

同时，李伯元和沈卫（洪泉）太史也很相契。沈卫在前清时官陕西学台和甘肃主考，与荣禄也有私交，他们时常谈到庚子国变事。所以沈卫一谈起它，就历历如数家珍。伯元写弹词，有些地方也请沈卫补述，因此内容就更充实了。

《小说林》和《孽海花》

《小说林》创刊号封面

一九〇三年起，小说杂志的出版有如雨后春笋，如《绣像小说》《新新小说》《二十世纪大舞台》《雁来红丛报》《小说七日报》《游戏世界》《月月小说》《著作林》等。直至一九〇七年，《小说林》尤为异军苍头，大有后来居上之概。共出十二期，徐念慈任主编、黄摩西撰《小说小话》。当时征求短篇小说，包公毅写《三勇士》应征，内容是父亲对三个儿子的训话，有一首诗："白发无能吾老矣，青春不再汝知乎？年将弱冠非童子，学不成名岂丈夫。"结果评选为第一名，奖品为一新式时计。这一年，秋瑾因反清被害，该刊物上登载《秋女士瑾遗稿》，凡二十多篇。徐寄尘为撰《秋女士历史》《秋女士逸事》，啸庐作《轩亭秋传奇》，龙禅居士有《碧血碑杂剧》，吴癯安有《轩亭秋杂剧》等。译稿较多，有东海觉我的《新舞台》，陈鸿璧的《第一百十三案》，张瑛的《黑蛇奇谈》。东亚病夫曾孟朴是该刊的主人，也译了嚣俄的《马哥王后佚史》。最负盛名的是《孽海花》说部，最初登于日本留学生所办的《江苏杂志》上，后来在《小说林》刊登，再由《小说林》出单行本。

据包公毅见告：曾孟朴由常熟来到上海办《小说林》出版社，曾住居楼上，楼下为排字房及印刷所。但曾名士气很重，不善理财，不谙营业，他从未踏进排字房、印刷所去看看，也不过问发行会计上的事。《小说林》亏了本，他就到常熟家里去取款，但家中财产由他的母亲掌握，母亲恐他办《小说林》把家产搞光，不肯给他大批的钱，《小说林》没有经济上的接济，也就办不下去，只好关门。当时有人走进他们的排字房去看看，旧铅字就堆满了一屋子。原来印过书后，都倒在屋角里了。

《小说林》出版的曾孟朴的《孽海花》，鲁迅先生称它为晚清四种主要谴责小说之一。复旦大学中文系所编的《中国文学史稿》说它："不论思想内容，或是艺术价值，都要超过《官场现形记》《二十年目睹之怪现状》等。首先，小说以主要力量对上层封建统治集团的昏庸腐败、卑躬屈膝的卑劣行为，作了有力的暴露和尖锐的批判。"对它评价是较高的。该书最初出版于一九〇五年春，为二十回本，平装两册。封面上标明历史小说，题签是亚兰女史。到一九二八年，归真美善书店出版，封面为一自由神，已成为三册了。此后翻印了几次，解放后重印，加入了《人物索引表》。

《孽海花》的最初创作者，实则是化名爱自由者的金松岑。金松岑对他的弟子范烟桥谈到他写该书的经过说："这书是我为江苏留日学生所编的《江苏》而作。当时各省留日学生差不多都有刊物，如浙江留日学生就刊《浙江潮》，江苏留日学生就刊《江苏》，而《江苏》需要我的作品，是论著和小说。我以中国方注意于俄罗斯的外交，各地有对俄同志会的组织，因此把使俄的洪文卿作为主角，以赛金花为配角，都有时代背景，不是随意拉凑的。我写了六回便停止了。常熟丁芝孙、徐念慈、曾孟朴创《小说林》书社，和我商量，我就请曾续下去，第一、第二两回原文保存的较多，所预定的六十回目，那是我与曾共同酌定的。”

魏绍昌辑《孽海花资料》一书，曾见《孽海花》的底稿，在第一册的前面几页中，附有曾孟朴手拟的一份人物名单。分旧学时代、甲午时代、政变时代、庚子时代、革新时代，共列一百十人，并用括号注明书中的化名。其中有章太炎、邹容、蔡元培、乌目山僧、哈同、罗迦陵、白浪滔天、吴敬恒等，但这许多人却没有写进去，因曾孟朴没有把《孽海花》写完，故事叙述到甲午战争后便骤然而止了。后来燕谷老人张鸿的《续孽海花》，也只写到缔结辛丑和约就告结束。可是从这份名单中可以看出，作者当初是打算写到戊戌变法及以后的民主革命运动的，而且还将出现白浪滔天、哈同等人。

林琴南很推崇《孽海花》，在他所译的《红礁画桨录》的《译余剩语》中说：“方今译小说者如云而起，而自为小说者特鲜。纾日困于教务，无暇博览，昨得《孽海花》读之，乃叹为奇绝。《孽海花》非小说也，鼓荡国民英气之书也。”这时林琴南尚不知《孽海花》作者是谁。后来曾孟朴在《孽海花》修改本卷首写了一篇序，写了如下一段话："非小说也一语，意在极力推许，可惜倒暴露了林先生只囚在中国古文家的脑壳里，不曾晓得小说在世界文学里的价值和地位。他一生非常的努力，卓绝的天才，是我一向倾服的，结果仅成了个古文式的大翻译家，吃亏也就在此。其实我这书的成功，称它做小说，还有些自惭形秽呢！他说到这书的内容，也只提出了鼓荡民气和描写名士狂态两点，这两点，在这书里固然曾注意到，然不过附带的意义，并不是它的主干。这书主干的意义，只为我看着这三十年，是我中国由旧到新的一个大转关。一方面文化的推移，一方面政治的变动，可惊可喜的现象，都在这一时期内飞也似的进行。我就想把这些现象，合拢了它的侧影或远景和相联系的一些细事，收摄在我笔头的摄影机上，叫他自然地一幕一幕的展现，印象上不啻目击了大事的全景一般。例如，这书写政治，写到清室的亡，全注重在德宗和太后的失和，所以写皇家的婚姻史，写鱼阳伯、余敏的买官，东西宫争权的事，都是后来戊戌政变，庚子拳乱的根源。写雅叙园、含英社、谈瀛会、卧云园、强学会、苏报社，都是一时文化过程中的足印。全书叙写的精神里，都自勉的含着这两种意义。我的才力太不够，能否达到这个目的，我也不敢自诩，只好待读者的评判了。"

《孽海花》作者曾孟朴不但把金松岑的原文大事改削，即使他自己所写的，也是常常修改。据说其原因有内在的和外在的两种。内在的，是他自己看得不惬意，非改不可；外在的，常有人迫使他不得不改。譬如书中的钱唐卿，就是他的岳父汪柳门，有些材料便从汪处得来，甚至涉及汪的同僚，同僚看了不高兴，未免向汪啧有烦言，汪不得已，只好嘱孟朴掉转笔头，改变写法。当初《孽海花》是先拟回目，然后按部就班地写下去。回目中，有“传电信留辫费千金”，那是记述端方的儿子，在日本留学，挥霍无度，钱用完了，向老子要，端方不肯给他，他就写信给父亲说：“再不寄钱接济，就要把辫子剪掉了”，这一下吓坏了端方，连忙汇钱去。端方和曾孟朴的父亲君表交谊很深，见了这个回目，便找孟朴谈话，一方面称赞他《孽海花》写得精彩，一方面对他提出意见，并且说：“老世侄！不要把我们老一辈人开玩笑啊！”端方更玩其政治手腕，要请他作幕宾，又要送他干薪俸。这样一来，曾孟朴就不好意思这样写，所以现在的通行本，没有这个回目和故事了。

《孽海花》曾孟朴前成二十四回，后续十一回，共三十五回，合印本三十回。书还没有写完，可是他精力不济，懒于续写了。有一次他晤见老友张鸿，张鸿颇以该书没有结束为憾，请他续下去。曾孟朴却怆然手拈须髯叹道：“你看我身体精神，还能够续下去么？我的病相续不断，加以心境不佳，烦恼日积，哪里有心想做下去呢！我看你年纪虽比我稍大，精神却比我好得多。《孽海花》的宗旨，在记述清末民初的轶史，你的见闻，与我相等，那时候许多局中的人，你也大半熟悉，现在能续此书者，我友中只有你一人，虽是小说，将来可以矫正许多传闻异辞的。”张鸿却答道：“我哪里有你的华美的文笔，哪里有你的熟练的技术！这是万万不敢的。”当时一笑而罢。后来曾孟朴逝世，朋好一致怂恿张鸿续下去，曾孟朴的书至三十回止，张就从三十一回续起，回目是“送丧车神龙惊破壁，开赈会彩凤悔随鸦”，至六十回“克林德恤典建牌坊，赛金花妙语结和局”止，结束处这样说：“庚子以后时局，及赛金花身世结局，只好待后人再续的了。”也是不了而了的。

曾孟朴生前，已有陆士谔的续本，当然没有得到曾氏的同意，续本出版了，给曾氏知道，大不赞成，向法院控诉，陆以所续由陆士谔具名，并未冒用曾孟朴之名，故不认咎，但陆的续本销数不多，影响也不大。

张鸿初名澂，字师曾，别署隐南，晚年自称燕谷老人，《续孽海花》即以燕谷老人署名。他是江苏常熟人，生于一八六七年，卒于一九四一年，官总理各国事务衙门章京，与李文田、文廷式、曾孟朴经常往来，所以曾孟朴之所见所闻，张鸿也很熟悉。这部《续孽海花》，最早是抗战期间在北平《中和月刊》上连载的。张鸿死后，《中和月刊》编辑人瞿兑之校订了原稿，于一九四三年冬，由上海真美善书店刊行单行本。距今已近四十年，原本已不易看到。我友吴德铎却获得了这书，残破不堪，约我一同做校订工作。我又搜得有关文献加以考证，和张鸿的照相及亲笔手迹，提供给黑龙江人民出版社，已出版问世。

《鞠部丛刊》博采众长

《鞠部丛刊》，是一部充满文艺性的、有代表性的戏剧刊物。十六开本厚厚两大册，一九一八年秋，由上海交通图书馆出版，主编为周剑云。封面《鞠部丛刊》四个楷书，出于书家何诗孙手笔。内有恽铁樵、陈蝶仙、蒋兆燮、叶小凤、王钝根、严独鹤、郑正秋、许指严、杨雪筠、李定夷、顾遁叟、俞无言、周瘦鹃、范烟桥、陈琦、陈祚昌、孙漱石、朱鸿富、施济群、张丹斧、宋痴萍等作序，廉南湖、朱大可、闻野鹤、奚燕子、吴绮缘、范君博、刘豁公、费隻园、欧阳予倩、天台山农等题诗，文艺气息极为浓厚。铜版图有钱病鹤所绘之《周郎顾曲图》，撰述同人二十余人照片。其他剧照，如净角名宿何桂山之钟馗，伶界二杰汪桂芬、谭鑫培，青衣泰斗陈德霖及其弟子，梅兰芳之千金一笑，昆曲名旦韩世昌，以上且用珂罗版精印。又有汪笑侬之家庭、春柳新剧同志照，辛亥殉难新剧名人王钟声，十年前之王克琴，十三岁之梅兰芳，票友袁寒云之天官，欧阳予倩之晴雯补裘，钱化佛化妆六种，刘豁公之三娘教子，新剧家徐半梅、谭鑫培之定军山，杨小楼之青石山，尚小云之樊江关，黄润卿之天女散花，以及贾璧云、时慧宝、刘永春、李吉瑞、高福安、芙蓉草、许黑珍、管海峰、郑正秋、刘艺舟、陆子笑、苏石痴、碧云霞、张文艳等本来面目，可谓洋洋大观。

内容有十二栏，一、霓裳幻影，便是上面所提的许多剧照。二、剧学论坛，主要有武樗瘿的《三国剧论》、周剑云的《戏剧改良论》、冯小隐的《菊选刍议》，马二先生的《票友学戏之程序》、郑正秋的《新剧经验谈》、尤半狂的《昆弋辨》、秋星的《说脚本》，凡数十篇。三、歌台新史，载有汪切肤的《南丹桂与广潮帮之大决斗》、姚民哀的《南北梨园略史》、胡寄尘的《民兴社始末记》、宋痴萍的《春柳始末记》、管义华的《上海票房二十年记》及《上海票友调查录》等，颇多历史性的作品。四、戏曲源流，如马二先生的《三国演义之京戏考》，小隐的《八大锤溯源》，姚民哀的《歌场野获录》，樗瘿的《一捧雪考》《洛阳桥考》《百花亭考》《杨家将考》《泗州城考》，都是些戏剧考证。五、梨园掌故，如小隐的《梨痕菊影录》、脉脉的《歌台怀旧录》、诗樵的《谭鑫培的家乘》等，都是值得回忆的。六、伶工小传，均近世伶工事略，凡一百数十人，虽不能全备，但著名的却已十有八九了。七、粉墨月旦，如小隐的《谭鑫培之空城计》《杨瑞亭之安天会》《尚小云之玉堂春》、周剑云的《三麻子之走麦城》、梅兰芳的《黛玉葬花》、樗瘿的《筱桂红之晴雯撕扇》等，或褒或贬，但还是贬少于褒。八、旧谱新声，如汪桂芬之文昭关、汪笑侬之博浪椎、谭鑫培之黄金台、盘关、刘宝全之长板坡等，都是很珍秘的。九、艺苑选萃，那又是些铜版图，印著红豆馆主之五言联、时智农之指画兰花、欧阳予倩之诗牍，钱化佛所绘之观音、王瑶卿所绘之残荷、贾璧云所绘之山水、朱素云之书画等。十、骚人雅韵，都是些投赠的诗词。十一、俳优轶事，如冯春航之豪兴、易哭庵与黄润卿，孙春恒与大奎官、孙菊仙之僻见等，也有数十则，以趣闻为多。十二、品菊余话，载着各家的评剧文章，如小隐的《尊谭室戏言》、杨尘因的《春雨梨花馆剧话》、郑鹧鸪的《半椽室剧话》、舒舍予的《斧风室剧话》、马二先生的《啸红轩剧话》、管义华的《霁庵剧话》、尤半狂的《瘦影楼剧话》、周剑云的《剑气凌云庐剧话》、刘豁公的《哀梨室剧话》、秋星的《秋雨梧桐室剧话》、睦公的《小织帘馆剧话》，各抒见解，各志见闻，也是足资研究的。且每一栏都有扉页和报头，由当时名人作题签与绘画，如徐悲鸿、罗瘿公、徐枕亚、徐天啸、王钝根、杨了公、刘山农、蒋箸超、但杜宇、丁悚、熊松泉、孙雪泥、张砚孙、朱蓉庄、恽冰盦等，都曾执笔。

该书校勘欠精，误字很多，例言有云："本书尚拟继出续集，博采众论，不限于南方评剧家，门类依旧。"可是续集之刊，未成事实。

记述上海史实的几种书

研究上海史实的组织，以往当推上海市通志馆较为健全。该馆创始于一九三二年。柳亚子主其事，朱少屏任副馆长。编刊《上海市年鉴》，一年刊行一大册，由中华书局出版。它的内容包括特载、大事概要、土地人口、天时气象、行政、司法、外交、财政、金融、教育、交通、工业、商业、农林、渔牧、学艺、宗教、社会事业、时事日志等。全书各编，除详述一年间的经过外，并略举其过去历史，使源流沿革，了如指掌。同时刊有统计表格，便于查考。此外还有《上海市通志馆期刊》，可是印数不多，为非卖品，只送赠学术机关及专门研究者。但由于外界需要者多，纷纷函请公开发售，不得已选择期刊中自成段落而又比较重要的抽印十种，它们是：《吴淞江》《上海的风雨》《上海的银行》《上海的日报》《上海图书馆史》《上海的定期刊物》《上海的学艺团体》《上海在太平天国时代》《关于上海的书目提要》《上海新闻事业的发展》。这十种书各自成册，公开发售。其他的《大闹公堂案》《上海的铜元》《上海公共租界的发端》《上海金融在袁世凯帝制时期》《吴淞铁路交涉》《小刀会与太平天国时代的上海外交》《上海法租界的多事时期》《上海外交在日俄战争时代》《公共租界越界筑路交涉》等，都没有公开刊行，不免引为遗憾。这时担任编辑的，除徐蔚南、吴静山外，尚有胡怀琛、胡道静、席涤尘、董枢、李纯康、乐嗣柄、钟贵扬等共十余人。

徐蔚南、吴静山等还发起组织上海通社，所有通志馆的工作人员，差不多完全加入。当时柳亚子便把上海通社和市通志馆比作孪生的姊妹，打成一片，编成《上海研究资料》，由中华书局印行，这时为一九三六年五月。一九三九年八月又出续集，每集约四十万言，其中珍贵的史料有《苏报案始末》《洋泾访古记》《上海四明公所研究》《近代名人在上海》《张园掌故》《上海博物院史略》《上海学校溯源》《上海学艺老话》《上海物产丛谈》《上海新闻纸的变迁》《百年前的上海》《上海电影院的发展》等。以上这许多资料，都是上海通社在《大晚报》《上海通周刊》及各报陆续发表的，经过取舍、修订、汇印而成，且附铜版图数十幅。此外，他们还把《上海通》分类汇编成《上海通丛书》，共三集，成为上海历史之有力的发掘者。

上海通社校刊《上海掌故丛书》，线装十册，称为第一集，也由中华书局出版。可是第二集始终没有出。丛书十四种，元人作品，有陈椿的《熬波图》一卷，明人作品，有张鼐的《吴淞甲乙倭变志》二卷，其他全是清人的作品，如叶梦珠的《阅世编》十卷，杨光辅的《淞南乐府》一卷，褚华的《沪城备考》《木棉谱》《水蜜桃谱》，共八卷，张春华的《沪城岁事衢歌》一卷，曹晟的《夷难备尝记》《红乱纪事草》《觉梦录》共四卷，黄本铨的《枭林小史》一卷，王萃元的《星周纪事》

二卷，曹骧的《上海曹氏书存目录》不分卷。有黄任之、柳亚子、胡朴安、陈陶遗等题序。这些书，有的从未刊行过，有的散佚已久，当时搜集确实不易，甚至有些旧钞本，错讹很多，都经过柳亚子校勘。

平湖陈左高有《晚清二十五种日记辑录》，其中颇多有关上海故实，如林则徐《乙未日记》，记述他赴嘉定、宝山、青浦、金山一带勘察水利简况以及下榻大东门敬业书院，曾课书院生员，这是一百四十多年前有关上海水利、教育的史料。李石梧《李星沅日记》，记及道光年间的上海港口情况。鸦片战争时，崇明、金山的防守，南汇、松江的治安问题，上海火药局被炸，近郊各县禀报英军的动态，特别是所叙陈化龙坚守吴淞炮台，直至牺牲的几段，颇有参考价值。曹晟《十三日夷难备尝记》，纪述鸦片战争，英军蹂躏上海，进占南市，分据各通衢要道，不断搜索等情况。沈宝禾《忍默恕退之斋日记》，有关上海船商事，是清咸丰间上海航运史料。陆嵩《意苕山馆日记》，记及咸丰五年春初，上海城中太平军小刀会撤退的原因。王韬《蘅华馆日记》，记述上海市郊桥阁寺观有关情况。涉及三洋泾桥、三茅阁桥等处，当时乃一河道，为英法租界交界处。而三茅阁桥旧址，在今车辆辐辏的延安路河南路口。瞿元霖《苏常日记》，记一八五八年期间上海近郊松江、奉贤等人物、古迹、航运、盐场，及黄浦、吴淞江两岸景物。附有歌咏上海地理诗。吴大澂《窓斋日记》，那是吴氏应吴平斋之招，客居上海，所记有上海所见的历代器物，特别是内府珍藏之稀世瓌宝流落至上海者。又咸丰年间，上海旧书店、古董铺集中于南市四牌楼。冯芳辑《冯申之先生日记》，所记咸丰年间城郑庙、关帝庙、竹林庵、一粟庵、青龙庵、陈忠愍祠等寺院古迹，也是园的景色，实是上海寺观园林史料。张德彝《航海述奇》，记同治五年途经上海，凡洋场见闻，书馆及印刷情况，外国侵略者入城后开新北门的故事，及全国省份命名马路等等，都是近代上海地方史料。宜垕《初使泰西记》，记同治七年，在上海和美国使臣蒲安臣洽谈外交事务。无名氏《绛芸馆日记》，颇多上海戏剧曲艺掌故，以及豫园登高，船舫厅兰花会，大东门的地藏灯会，三茅阁的三茅会等，都是百年前上海的乡土习俗。王之春《东游日记》，是赴日本经上海途中所作。对未园之胜，虹口停放机器船的构造，以及往来上海与日本之间的东洋船的设备，记述甚详。姚觐元《弓斋日记》，记光绪五年，客居上海的见闻，如晤杨守敬，鲍廷博托销《图书集成》，赴虹口同文书局，参观用西法印书画，均系上海文化史料。何荫楠《钼月馆日记》，记述清末光宣间，上海静安寺之申园、愚园、张园、西园等处景物，其中所写四马路（今福州路）一带早晚状况，具体逼真。又及迎贵园、天仙园、丹桂园、凤舞台、大舞台、群仙园等顾曲之所。孙宝瑄《忘山庐日记》，载及在沪经常往还的人士，如赵仲宣、严信厚、宋恕、汪康年、谭嗣同、孙多森、姚文倬、汤寿潜、胡仲逊等，又记述了戊戌变法前后的种种传闻。

这许多日记，大都为稿本，外间无从看到，经左高汇钞问世，厥功是很大的。

晚清小说的宝库《绣像小说》

张元济于光绪二十九年（一九〇三年）任商务印书馆编译所所长之后，看到广智书局刊行的《新小说》杂志，刊载了梁启超、吴趼人写的《侠情记传奇》《二十年目睹之怪现状》等作品，把老学究们严禁子弟阅读的所谓不正经的小说的地位大大提高了，他对此非常赞同。恰巧这时那位南亭亭长李伯元寓居沪上，他办过许多小型报纸，如《指南报》《游戏报》《繁华报》《世界繁华报》等，刊登了《官场现形记》《庚子国变弹词》等，很受广大读者的欢迎，因此他的声望很高，张元济便聘他编辑一种小说杂志，双方同意，取名《绣像小说》。原来一些旧小说，凡插入人物图像的，统称绣像。取这个名称，无非引人注意而已。每月出版两期，由李伯元主编且兼主撰，第一期创刊于一九〇三年五月，首冠《本馆编印绣像小说缘起》一文，即出于李的手笔。该文云："欧美化民，多由小说槫桑崛起，推波助澜。其从事于此者，率皆名公巨卿，魁儒硕彦。察天下之大势，洞人类之赜理，潜推往古，豫揣将来，然后抒一己之见，著而为书，以醒齐民之耳目。或对人群之积弊而痛砭，或为国家之危险而立鉴。揆其立意，无一非裨国利民。支那建国最古，作者如林，然非怪谬荒诞之言，即记污秽邪淫之事，求其稍裨于国，稍利于

《锈像小说》创刊号封面

民者，几乎百不获一。夫今乐而忘倦，人情皆同，说书唱歌，感化尤易。本馆有鉴于此，于是纠合同志，首辑此编。远摭泰西之良规，近挹海东之余韵，或手著、或译本，随时甄录，月出两期，藉思开化夫下愚，遑计贻讥于大雅。呜呼！庚子一役，近事堪稽，爱国君子，倘或引为同调，畅此宗风，则请以此编为之嚆矢。著者虽为执鞭，亦忻慕焉。”

该刊为半月刊，线装本，双页折订。第一期封面为开屏的孔雀，第二期起，是一枝牡丹花，内容分小说、翻译、传奇、弹词、杂著等，其中多长篇小说，编者李伯元所作的有《文明小史》六十回、《活地狱》三十九回，吴趼人续三回，惜秋生续一回。其他如洪都百炼生的《老残游记》、蘧园的《负曝闲谈》、惺庵的《世界进化史》、洗红厂主的《泰西历史演义》、荒江钓叟的《月球殖民地》、姬文的《市声》、忧患余生的《邻女语》、吴趼人的《瞎骗奇闻》、壮者的《扫迷帚》、嘿生的《玉佛缘》、血泪余生的《花神梦》、吴蒙的《学究新谈》、悔学子的《未来教育史》、旅生的《痴人说梦记》、佚名的《苦学生》，有吴梼、威士等所译的西洋小说，如《山家奇遇》《天方夜谈》《卖国奴》《小仙源》《三疑案》《生生袋》《理想美人》《斥堠美谈》《僬侥国》《幻想翼》《梦游二十一世纪》《珊瑚美人》《灯台卒》《瀛寰志险》《华生包探案》《俄国包探案》等，很多没有刊完。还有弹词、传奇和剧本等。该刊出至一九〇六年停刊。所有作品，后由商务印书馆刊印单行本。解放后，阿英编的《晚清文学丛钞》一书，从该刊中选入了一些作品，使早已绝版的书得以流传下来，这是很有意义的事。《文明小史》《活地狱》《负曝闲谈》，数年前刊印了单行本，一般爱读小说者，引为眼福。

关于《礼拜六》周刊

民初旧派作者，凡写趣味性作品的，不是被称为“鸳鸯蝴蝶派”，就是被称为“礼拜六派”，也有说“鸳鸯蝴蝶派”即“礼拜六派”的。实则“鸳鸯蝴蝶派”以词藻是尚，往往骈四俪六出之；“礼拜六派”大多用通俗散文，也有用语体的。

“礼拜六派”的典型刊物《礼拜六》，是什么样的刊物呢？《近代文学史》上虽然提到，但语焉不详。这儿把当时编辑《礼拜六》的周瘦鹃那篇夫子自道式的《闲话礼拜六》一文，录在下面：

“一九五六年十一月十五日，江苏省第二届文学艺术工作者代表大会在南京开幕，省委文教部长俞铭璜同志谈起了我和四十年前的刊物《礼拜六》，说是当时我们所写的作品，到现在看起来，还是很有趣味的。我于受宠若惊之余，不由得对于久已忘怀了的《礼拜六》，也引起了好感。不错，我是编辑过《礼拜六》的，并经常创作小说和散文，也经常翻译西方名家的短篇小说，在《礼拜六》上发表的。所以我年青时和《礼拜六》有血肉不可分开的关系，是个十十足足、不折不扣的‘礼拜六派’。

“《礼拜六》是个周刊，由我和老友王钝根分任编辑，规定每周六出版，因为美国有一本周刊，叫做《礼拜晚邮报》，还是创刊于富兰克林之手，历史最长，销数最广，是欧美读者最喜爱的读物。所以我们的周刊，也就定名为《礼拜六》。民初刊物不多，《礼拜六》曾经风行一时，每逢星期六清早，发行《礼拜六》的中华图书馆（在河南路广东路口、旧时扫叶山房的左隔壁）门前，就有许多读者在等候着。门一开，就争先恐后地涌进去购买。这情况倒像清早争买大饼油条一样。”

“《礼拜六》前后一共出了二百期，有不少老一辈的作家，都是《礼拜六》的投稿人。前几天我就接到中等教育部叶圣陶副部长的信，问我有没有《礼拜六》收藏着？他当时曾用‘叶匋’和‘允倩’两个笔名，给《礼拜六》写过许多小说和散文，要我替他检出来，让他钞存一份，作为纪念。又如名剧作家曹禺同志，去夏来苏州访问我，也问起我有没有全份《礼拜六》，大概他也曾投过稿的，可惜我经过了抗日战争，连一本也没有了。这两位名作家，对《礼拜六》忽发思古之幽情，作为一个‘礼拜六派’的我，倒是与有荣焉的。”

“至于《礼拜六》的评价，可以引用陈毅副总理前二年对我说的话：‘这是时代的关系，并不是技术问题’。”

“现在让我来说说当年《礼拜六》的内容，前后二百期中所刊登的创作小说和杂文等等，大抵是暴露社会的黑暗、军阀的横暴、家庭的专制、婚姻的不自由等等，不一定都是些‘鸳鸯蝴蝶派’的才子佳人小说。并且我还翻译过许多西方名家的短篇小说，例如法国大作家巴比斯的作

《礼拜六》编者王钝根和夫人

《礼拜六》第一期封面

品，都是很有价值的。其中一部分曾经收入我的《欧美名家短篇小说丛刻》，意外地获得了鲁迅先生的赞许。总之，《礼拜六》虽不曾高谈革命，但也并没有把诲淫诲盗的作品来毒害读者。

“至于‘鸳鸯蝴蝶派’和写作四六句的骈俪文章的，那是以《玉梨魂》出名的徐枕亚为代表，‘礼拜六派’却是写不来的。当然，在二百期《礼拜六》中，未始捉不出几对鸳鸯几只蝴蝶来，但还不至于满天乱飞，遍地皆是吧！”

“当年的《礼拜六》作者，包括我在内，有一个莫大的弱点，就是对于旧社会各方面的黑暗，只知暴露，而不知斗争，只有叫喊，而没有行动，譬如一个医生，只会开脉案，而不会开药方一样。所以在文艺领域中，就得不到较高的评价了。”

以上云云，未免主观一些，但作为参考资料而言，想也无妨吧！该刊共出二百期，第一期出版于一九一四年六月，至一九一六年四月出满百期停刊。隔了五年，一九二一年三月复刊，又出一百期，寿命告终。较长的小说，有天虚我生的《孽海疑云》，姜杏痴的《剑胆箫心》，常觉、小蝶合译的《恐怖窟》，吴双热的《蘸着些儿麻上来》，程小青的《长春妓》和《断指党》，江红蕉的《大千世界》，程瞻庐的《写真箱》等。前一百期完全为小说，后一百期，则兼登杂作，如林琴南的《记甲申马江基隆之败》，张謇子的《读书小记》，王钝根的《拈花微笑录》，陈灨一的《睇向斋秘录》，余空我的《锁空楼忆语》，缪贼菌的《蛰庵捧腹谈》，沈禹钟的《绵蛮录》，刘豁公的《哀梨室戏谈》，范君博的《小明月龛笔剩》，姚赓夔的《静香楼笔记》等。封面画，大都出于丁悚手笔，袁寒云题签。

文史性刊物中的突出者《逸经》

《逸经》是文史性半月刊，一九三六年由简又文出资创办。编辑室就设在简家，不需要开支，当时是试办性质。出版年余，收支相抵，准备继续办下去时，“八一三”战事发生，只得停刊，共出三十六期。

该刊自创刊号至二十一期，主编为谢兴尧。谢因体弱多病，辞去主编之职。自二十二期起，由陆丹林继任主编。他们分工负责编辑：谢兴尧编史实、游记、书评，陆丹林编人物志、诗歌、秘闻，胡肇椿编考古，李应林编纪事，明耀五编特写，大华烈士（即简又文）编小说。

创办《逸经》的经过是这样的：原来简又文在一九三三年曾和徐订、陶亢德、林语堂等合办《人间世》小品文半月刊，中间因编辑与营业方面时有矛盾，勉强维持至契约期满，便不续办。林和简商定另起炉灶，别办期刊。没有多久，他们果然办了《宇宙风》。简因事到北京，晤见谢兴尧，谈到办期刊事，谢很赞同，便辞去北方教务，来到上海，经过几个月的筹备，《逸经》也就问世了。其创刊宗旨是这样说的：“供给一般读者们以高尚雅洁而兴趣浓厚，同时既可消闲复能益智的读品，并图贡献于研究史学及社会科学者以翔实可靠的参考资料，务期开卷有益，掩卷有味。文体长短不拘，语文并用，庄谐杂出，雅俗共赏。取材中西并集，今古尽收，译作皆有，小大悉备。”

主要连载的特稿有：冯自由写述旧民主革命时期的《革命逸史》，刘成禺写述袁世凯叛国称帝时期的《洪宪纪事诗本事注》，后来均刊单行本。大华烈士所译的《摩登伽女》，也连载了好多期。简又文、谢兴尧编写的太平天国史事资料，更占相当的篇幅。《死虎余腥录》，揭发军阀的祸国殃民史实，如诛杀郑汝成、郭坚、张宗昌等纪载，都由亲历其事者执笔或口述。又瞿秋白烈士的《多余的话》，最早发表在该刊上，引起读者的注意。

该刊也曾发生过一些文字上的纠纷和争端，如幽谷所写的《李太白的种族问题》，曾引起学术界热烈的讨论。吴宗慈评论《清史稿的失当》，与金梁作了针锋相对的辩驳。《客家的祖先》一文发表后，旅居国内外的部分广东客家人表示反对，一时聚讼纷纭，后由客家史学工作者罗香林等根据事实，作了正确评论，误会才告消释。它还发表《红军二万五千里西引记》一文，一万多字，且插图照，堪称为当时较详细的报告文学。可是它触犯了反动派，企图藉此大兴文字狱，幸而当时任国民党中宣部长的邵力子，与《逸经》负责人简、陆二人相识，邵认为《逸经》发表该稿，没有其他作用，便用公函照例的通知该社，“此后发表文稿，务望审慎”云云，一场风波，始告平息。

该刊发表的其他作品还有：徐彬彬的《凌霄汉阁笔记》，

叶恭绰的《诸葛武侯八阵图》，柳亚子的《我和言论界之因缘》，陆丹林的《黄花岗凭吊记》，徐一士的《清史稿与赵尔巽》，胡仪曾的《近代书家亲炙记》，俞友清的《红豆与文学》，冯玉祥的《近代第一流廉吏王铁珊先生》，王个簃的《吴昌硕先生绘事丛录》，瞿兑之的《读史零拾》，陈寥士的《从全唐诗说到天一阁秘籍》等。还有，洪仁玕遗著《钦定军次实录》，更属珍贵。

该刊有好几个特大号，如《创刊特大号》，第九期的《二集开始特大号》（每八期为一集），第十七期的《纪念中山先生诞辰特大号》，二十一期的《新年特大号》，二十五期的《周年纪念特大号》，二十九期的《春季特大号》，三十三期的《夏季特大号》。另外，还出了《太平军在上海专辑》和其他持辑数种，如《近代六诗人》《苏曼殊》《庆祝中山先生》《光绪皇帝》等。三十七期稿已排就，预备付印，不料“八一三”沪战爆发，排就的也就拆去不出版了。这一期的稿子，除《洪宪纪事本事注》及《革命逸史》续稿外，还有柳亚子的《成了历史名词的南社》，镜如的《王道乐土的东北》，陆丹林、陈蒙庵合撰的《沈寐叟诗词书画》，魏兆铭的《颤抖的古城》，周味山的《宋人文学中的国难词》，胡寄尘的《与陆丹林谈民国前的革命派文学》，少陵的《鸦片战争定海抗英经过》，枫园的《围绕废帝的狐鼠》，自在的《黑龙会及其首领头山满》，另有关于太平天国纪事诗《山中草》孤本，及《太平军余众流徙逻罗[3]》等稿件，

③ “逻罗”应为“暹罗”。即今泰国的古时称谓。——编者注

《逸经》三十三期封面

《逸经》二十六期封面

当排就后，校阅完毕，只留大样一份，陆丹林装之成册。丹林逝世后，稿本不知下落了。

过了一个时期，《逸经》和《宇宙风》《西风》三刊物出《联合旬刊》，由《宇宙风》负责集稿，《逸经》负责编辑，《西风》负责发行。所有文稿，先与撰稿人联系，不发稿费，部分文稿，由三刊物原有存稿中择其有代表性者加以选辑，除三刊物原有编辑人按期执笔外，并有郭沫若、老向、丰子恺、华君武、谢冰莹、施蛰存、陆筱丹等写稿。共出了七期，因为《宇宙风》《逸经》两社移往香港合办《大风》十日刊，于是《联合旬刊》停办了。综计收支，尚有盈余，乃将该款平均分发社外撰稿人，约合千字三元，作为笔墨津贴。

《古今》与《文史》两种同类刊物

《古今》杂志创刊于一九四二年三月，第一期至第八期为月刊，第九期起改为半月刊。主持者朱朴，主编和主撰者为周黎庵、冒广生、瞿兑之、徐一士、周作人。一九四四年十月停刊，共五十七期，最后一期为《休刊特大号》。一般的杂志，到结束时，总是草草了事，该刊却是例外。

该刊十六开本，封面大多是书画，有前人的，也有今人的。发刊辞说明这个刊物的宗旨："自古至今，不论英雄豪杰也好，名士佳人也好，甚至贩夫走卒也好，只要其生平事迹有异乎寻常，不很平凡之处，我们都极愿尽量搜罗献诸今日及日后的读者之前。我们的目的在乎彰事实、明是非、求真理，所以不独人物一门而已，它如天文地理、禽兽草木、金石书画、诗词歌赋诸类，凡是有其特殊的价值可以记述的，本刊也将兼收并蓄，乐为刊登。总之，本刊是包罗万象，无所不容的。"当时上海的杂志有三个形式，一是《万象》型，二是《杂志》型（《杂志》是一种月刊的刊名），三是《古今》型。那《古今》的形式和取材，竟成为一时的风尚。除第一期为《创刊特大号》，五十七期为《休刊特大号》外，尚有十九期的《周年纪念特大号》，第四十三、四十四合刊的《两周纪念号》，第二十七、二十八合刊的《夏季特大号》。

该刊刊载的文章，较长的有冒广生的《孽海花闲话》《孽海花人名索引表》，陈乃乾的《上海书林梦忆录》，知堂的《旧书回想记》，赵叔雍的《人往风微录》，纪果庵的《孽海花人物漫谈》，龙沐勋的《苜蓿生涯过廿年》，罗振玉的《雪堂自传》，楮冠的《蠹鱼篇》，何挹彭的《读缘督庐日记》，张江裁的《崇效寺楸阴感旧图考》，吴昌绶的《甘遁邨居日札》，陈寥士的《海藏楼诗的全貌》，庚持的《四库琐话》，吴咏的《朱竹垞的恋爱事迹》，杨鸿烈的《记郭嵩焘出使英法》，荛公的《书林逸话》，袁殊的《拙政园记》，谢刚主的《三吴回忆录》，谢兴尧的《水浒传作者考》，文载道的《京海篇》，沈志远的《袁世凯与张謇》，徐一瓢的《记通州范伯子》，五知的《堪隐随笔》，吴湖帆的《梅景书屋杂记》，郑秉珊的《八大与石涛》等。其他如曼昭的《南社诗话》，瞿兑之的《宾虹论画》，拙鸠的《记吴北山先生》。刊成单行本的有好多种，称为《古今丛书》，如《蠹鱼篇》《往矣集》《一士类稿》都是。

《古今》停刊后，一九四四年十一月，《文史》创刊，由文载道主辑，风格和《古今》相仿。封面为汉武梁祠画像，弥饶古泽。内容有纪果庵的《卧读琐记》，陈旭轮的《关于黄摩西》，何挹彭的《读涧于日记随笔》，何梅岑的《读书曝谈》，傅芸子的《读东京梦华录随笔之一》，包天笑的《钏影楼日记》，听禅的《谭良赉臣及其他》，颜不违的《垂虹桥史话》，瞿兑之的《铢庵札记》等。可是，只出三期，又复以折耗停刊。

袁世凯的《戊戌纪略》

北京三联书店出版的《中国近代史资料选辑》，颇多珍闻佚乘，袁世凯的那篇《戊戌纪略》，也列入其中。那《选辑》的编者，在篇端加着一段按语，云："据北京历史博物馆原钞本印。袁世凯的《戊戌纪略》，作于阴历八月十四日，即阳历九月二十九日，乃在六君子被杀后之次日。袁世凯所记，多为旧党和自己辩护，因此不可全信，编此仅作参考。"

据我所知，袁氏确有这篇《戊戌纪略》，藏在他河南彰德洹上村的养寿园中，从没有在哪里发表过。记得在民国十年左右，我的内兄周梵生，在袁家当西席，教袁寒云的儿子伯崇、叔骝等读书。梵生那时已看到这篇《纪略》，录副寄给我一阅。当时我在吴中，和赵眠云同辑《消闲月刊》，便拟把它作为史料揭载。为郑重起见，先请梵生征得袁家同意，不料袁家认为不宜发表，只得作罢。隔了一年，那位曾充袁氏幕府的林屋山人步章五，在上海办《大报》（小型报的一种），他就毅然把这《纪略》公然刊出，引起史学家的研究。后来《纪略》的原钞本，归到北京历史博物馆，那就不知怎样的线索了。

戊戌政变，那是谭嗣同事前和袁氏密商，袁氏弄两面派手段，一方面表示激昂慷慨，允如所请。一方面连夜向直隶总督荣禄泄密，出卖了新党，由荣禄报告慈禧，慈禧立从颐和园回宫，囚禁光绪帝，且下令逮捕新党，祸事发作，六君子被杀。可是《纪略》却这样叙述："谭嗣同夜访，谓有密语，请入内室，屏去仆丁，云荣某近日献策，将废立弑君，大逆不道，若不速除，上位不能保。兹有朱谕，请予出朱谕宣读，立将荣某正法，即以予代为直督。并派兵围颐和园，大事可定。谭言时，声色俱厉，腰间衣襟高起，似有凶器。谭又云：报君恩，救君难，立奇功大业，天下事入公掌握，在于公；如贪图富贵，告密封侯，害及天子，亦在公，惟公自裁。予谓：你以我为何如人，我三世受国恩深重，断不至丧心病狂，贻误大局。但能有益于君国，必当死生以之。"以上云云，说得何等光明磊落，讵意行为恰恰相反。袁氏卑鄙谄媚，利禄熏心，而新党与虎谋皮，竟遭杀身之祸，这一段，袁氏便讳言了。

袁氏的《纪略》，处处为自己辩护，极颠倒是非之能事。后来，他的次子寒云，又在《晶报》上发表《新华私乘》，虽不讳言告密，然诬指新党为包藏祸心，阴图乱逆。如云："戊戌政变之初，康有为以说惑景帝（即光绪，因光绪有德宗景皇帝的谥号），帝冲幼无识，不辨其奸，遂重任之。设懋勤殿，夺军机权，有为渐施离间，欲假先公之兵，谋危孝钦后。先授先公以侍郎，继使谭嗣同至小站劫先公，假帝诏，命先公囚孝钦后，杀荣禄。先公早识宄谋，乃佯诺之，隐走告荣禄，禄仓皇请策，先公嘱禄密诣颐和园，请命于孝钦后，禄亟入觐奏，孝钦后从容返跸，立禁帝于瀛台，仍垂帘听政，斩有为党谭嗣同等五人，及有为弟广仁于市。”贬斥新党，也是根据《纪略》为作辩护罢了。寒云别有《辛丙秘苑》一书，也刊载在《晶报》上，对于袁氏暗杀宋教仁，洗刷净尽，如云：“宋遁初入都，先公一见，即大称赏，每谈政事，辄逾夜午，欲以内阁畀之。二年冬，予适在沪，知先公遣秘使迎遁初者数次，遁初察之稔，欣然命驾。行之先，陈英士、应桂馨等宴之，筵间，陈询其组阁之策，遁初曰：‘惟大公无党耳！’陈默然，应詈曰：‘公直叛党，吾必有以报。’言时，即欲出所怀手枪，座客劝止之。遁初曰：‘死无惧，志不可夺，’遂不欢而散。而陈、应日相筹谋。予故友沈虬斋，陈之党也，曾谓曰：‘遁初不得了！’予详诘之，虬斋曰：‘同党咸恨之，陈、应尤甚。迩来靡日弗聚议，虽亲如予，亦不获闻，偶密窥探，辄闻遁初云云，辞色不善也。’未几难作，遁初竟死矣！”这个烟幕弹，也是混淆视听的。

反对袁世凯的《袁政府画史》

民權報

新中台開恩鄉六邑振武總團啓事

律師陳新圭

律師陳新圭

律師陳新圭

律師林子衡

《民权报》

民初，各民党报纸对袁世凯阴谋称帝，群起反抗，特别是《民权报》，反袁更为激烈。那时负责该报绘画者为钱病鹤，他除担任插画外，还编辑了一本《袁政府画史》，用有光纸石印，十六开本，民国二年八月二十日出版，定价六角。封面是周浩写的，下附《老袁百态》，题签出于蒋箸超手笔。周浩和蒋箸超都是《民权报》主笔政的。首冠邓家彦序文云："抱经天纬地之才，赋冰清玉洁之质，举世滔滔而名不彰，乃托绘事以见志，如钱子味辛者有几个哉！忆自辛亥革命以还，海滨多逐臭之夫，廊庙无识时之杰，窃钩窃国，匪夷所思。顾钱子迴不犹人，极绘事之能，补斯文之阙，箴规刺讽，蔚成此帙。昔子美诗史，摩诘诗画，钱子何多让焉。凡有血气者，固将展卷披图，为之百感苍茫也。噫！"陈志群的序文介绍钱病鹤说："钱君病鹤，名辛，字味辛，又字民有，湖州瑑初先生之哲嗣也。先生精金石，家藏碑帖甚多。君渊源家学，自幼富有美术思想。庚子后，即弃举子业，而从事丹青，得其表叔方爵先生之指导，艺乃大进，来沪，历任民国各报图画主笔，逐日作讽刺画，耐人寻味，惟积稿散而不聚，阅者憾焉。今将民国开始以来，一年有半之画报，择尤汇存，付梓问世，颜曰《袁政府画史》，嬉笑怒骂，皆得神理，诚大观也。”该画史凡二百数十幅，附有目录，作品病鹤几占一半，其他还有拙、王醒侬、焕文、绮云、铁汗、乐轩、丹徒恨人、泣花、巨章、伯经、天恨等人的作品，大都经病鹤修润。那《老袁百态》，画了一百幅猿猴嬉戏图，袁氏丑态，暴露无遗。那时袁世凯爪牙密布，动辄杀人。钱病鹤这种大胆作风，确实颇不容易。

姚鹓雏的两种手稿本

姚鹓雏

云间姚鹓雏，是南社的中坚人物，著述等身，煌煌弈弈。《饮粉庑笔语》是他的一本手稿，从没有发表过。他用秀逸的行书，写在有红格条的毛边纸册子上，记述了他早岁和中年的许多事迹，藏于他的女儿姚明华处，我是喜欢收集南社掌故的，便向明华藉观了一星期，摘录了一些，以资谈助。

他自述早年生活的，有那么一则：“民国三年，闲居松江，赁城内火神庙弄孙姓家，屋小如舟而颇洁。庭除外更有隙地，作长方形，杂植花木，老桧一株，荫可亩许，高山屋脊上。时春日煦和，余始鬻文自给，尚足了饔飧。心神稍安，于是每餐辄进酒，食多咸鱼或猪肉，酒则为红色之玫瑰，钱二百，得沽半瓶许，为价殊廉，尽半瓶已酣然矣。临食喜阅书，至今成习，时则读林畏庐师所译小说，或杂品诗词，随手取一本置案头，且饮且阅，自谓平生得闲适之趣者，独此时耳。”

他所说的林畏庐师，便是以译小说负盛名的林琴南。他追记师门有云："先生掌教京师大学堂时，余为预科生。先生于吾班授人伦道德之课，讲时庄谐杂出，而终归于趣善，故听讲时无一露倦容。先生高颧广颡，长身健步，白髭疏朗，神采四映。传言且擅技击，似可信。月课时，甚赏余文，有二次加以极长之评语，悬诸阅报室镜框中，有'非熟精于宋五子之说者，乌能鞭辟入里至此'云云。辛亥革命起，学堂散，余归里，遂不复见先生。然于民二三年间，时通书，书用精笺，密行细字，圆劲流丽，出入平原子昂间。后数年，余旅南都，先生来书云：'将南来访陈散原于冶城'，然竟未果。十一年秋，闻先生噩耗，今并此数札，亦零落随飞烟矣。陆氏庄荒，程门雪尽，怅望人天，悲惭曷极。"

京师大学堂即北京大学的前身。他有一则记其往事，可作该校的校史："京师大学堂设于地安门内之八格格府，地址宏敞，迫近大内，宫墙迤逦，中有山翼然，即为景山。校创于光绪中叶，张冶秋尚书百熙，实始其事。继之者，李柳溪家驹，刘幼云廷琛，皆以京卿为总监督。余就业之年，总监督下设教务、斋务两提调，及学舍监诸员。教务提调即商瀛亭先生，学监为朱大屿、狄楼海、刘盥训诸先生，同学二百人。嗣分科成，余等改为高等科，即以商公为监督。分科凡八，即经、文、理、法、农、工、医、矿也。文科监督为孙师郑。高等科教授林先生外，有郭立三、桂邦杰、李馥生诸先生。西人有爱迪生博士、科忒先生及华侨李芳。李芳治律学极精，而不谙中文，原名兰芳，留学生廷试写兰字再三不能成，遂改名李芳，一时传为笑柄。辛亥秋初，中南革命军兴，京师风声鹤唳，教授相率乞假，学生纷纷离校。欲归无资者，约六七十人，推余为代表，向刘商两监督请愿，商允以资遣，人与银二十五两，并嘱归家自修所业，待事平续课。”

鹓雏又有纪彼恩遇事：“余十六岁时，毕业松江府中学堂，郡守戚公扬，亲临监考，于国文试场见余再取试卷纸，问前发卷已损污乎？余告以写完须赓续，戚公异之，嗣阅卷乃大称赏。对余父将命余习商，公闻之，传首县，谓姚某必宜升学，倘绌于资，宜佽助之，卒送余考京师大学。”他又得乡前辈杨了公的奖掖，有云：“在中学时，始作小说《洗心梦》一篇，乡丈杨了公见而叹为有夙根，属人致意，一夕往见于其宅外之琴桥下，谈数刻而别。明年，余游学宣南，暑假归见先生，则笑指案头余小影一帧曰：‘日置此以当晤对耳。’遂畅谈定交。先生精研经及小学，继弃而谈禅。诗初似杨诚斋，继乃为苏陆，填词亦骎骎入南北宋之室。书法以篆意入真行。年长余且倍，而欢然莫逆。持躬清简，舍己为人，日孜孜于救济，尽倾其产。晚年贫甚，而与余游处必偕，昵近如兄弟。卒时方寓沪，前数日，余往视之，尪削已甚，而神定不乱，非禅学湛深，曷克臻此。”鹓雏作《春奁艳影》说部，其中颇多涉及他的乡前辈杨了公事，所称“几园”，即指杨了公而言。

他进新闻界，由于金山陈陶遗的推荐，有一则纪陶遗生平：“先生长身黧面，神情肃穆，稠人广坐间，众论纷呶，默然独坐，间出数语，析疑解棼，洞中肯綮。嗜学，尤精内

《燕蹴筝弦录》书影

典。书法章草，修洁有致。余罢学南下，遇之于沪上逆旅中，一谈颇契。后数相见于松江，遂荐余于叶楚伧，助《太平洋报》编辑……楚伧再创《民国日报》为总纂，时三原于右任为总经理，绍兴邵力子为经理兼本埠新闻编辑，泾县胡朴安主电报，南京陈匪石编要闻，余编艺文，凡六人，开成立会于小有天酒肆，时民国四年冬间也。余在馆两年，以雷铁厓自新加坡来电，为《国民日报》延聘编辑，余遂请行，自是与叶、邵诸公别。”

《笔语》又谈及于右任：“余弱冠时，右任倡《民立报》，声噪甚，辛亥临时政府成，望益降，及接光仪，魁伟英奇，髯长尺许，天人不啻也。十六年秋，余佐何民魂长秘书，先生方任中央常委，始数相见，饮酒赋诗，同游燕子矶诸胜。旋余解职出京，十年中不复相闻。抗战军兴，余流转湘黔，遂入巴蜀，止于重庆。闻监察院为会于佛寺，追悼故监察委员刘三，余故人也，因往一奠。方止客座，而先生至，目余连声道久违，旋询寓址，意似眷眷，余拙于辞令，谨对而已。”

他修撰《松江县志》，出于沈惟贤的藉重。他谓：“沈惟贤（思齐）辛卯经魁，才气飙发，精敏无伦，尤以文学受知抚藩两署，皆礼延入幕，掌文案。先生状貌短小，声若宏钟，辩论事理，剖析分明，归于简当。为学尤刻苦，能精思，初喜填词，效乐笑翁，继研佛理，手写《心经》，无厌无倦。书法六朝，晚年尤喜临《张黑女志》，综言之，凡有所学，无不入精能之域。顾激赏余所为诗，余尝有五言古诗，揭诸报端，先生初不识余，一日相遇，卒然曰：'子诗如唐人学选之作，高手也！'自是垂睐为忘年交，延余分修《松江县志》，曰：'此书目前仅能粗定纲领，杀青恐非旦夕间事，只有望诸吾子矣。'"

鹓雏写小说，笔墨华赡，文言流畅无滞，尤为难能。他却自谓："为说部书不修饰，不留稿，忆民国二年冬，上海某书局始倩余为文言长篇，余撰《燕蹴筝弦录》一书应之，演衍朱竹垞无题诗本事，得稿费百数十金，居然可以度岁，心始乐之。自是请者渐多，余为之亦益勤，时王蕙农主商务编辑，频以书来敦促，于是又成短篇十余，则力摹畏庐师译狄更司之作。蕙农品第时人撰著，遂有'唐临晋帖格妙簪花'之目。明年与包天笑共事文明书局，包编《小说大观》，余编《春声》，皆小说期刊也。生平不好言情，最嗜为林师译狄更司、欧文之书，言社会家庭情状，沉痛处以滑稽出之者。世亦有以鸳蝴派目余，可发一噱也。"

他和江南刘三（季平），确为故交，有云："刘季平每饭必饮，能澹饮，亦能狂饮。二年之冬，余偕高天梅居沪上旅邸，季平来访，共饮至夜午，遂留宿，次日侵晨，披衣即去，留一诗云：'途穷但取眼前醉，世窄能容天外狂。掩袂出门作乾笑，谁家新屋有微霜。'今季平长逝，此诗恐不复存稿，为记于此。”鹓雏能饮，他说：“饮黄酒三斤不醉，但不知酒味，仅示豪健而已。饮茶亦不知茶味，有以工夫茶饷，亦懵然不解。却于赴南洋群岛，忽忆幼年在外祖家，夏日以绿瓷小缸贮茶，中置姜数片，饮而甘之，乃有诗：‘短后单衣渡海船，南风栏槛拂晴烟。外家旧事谁能说，一盏姜茶十五年。’”

他籍隶南社，评同社之诗，有云：“诸贞壮如阀阅旧家，一瓶一几，随意陈设，无非名贵。黄晦闻如云山老僧，结茅面壁，偶然捉尘对客，都无世间语言。黄季刚如华堂净室，宝靥罗裙，弹湘江一曲，而徐娘三十，哀怨已增。刘三如霜后黄花，于淡雅中出幽妍，憔悴支离，俨然高格。苏曼殊如云林小幅，平沙老树，于荒寒中见秀冶，凄寂逼人。”

他的著作，稿本没有刊印的，尚有《西南行卷》《谏院集》《山雨集》《老学集》《梅边集》《恬养簃诗》《分搬姜集》《榆眉室文存》《桐花萝月馆随笔》等十多种，由其女姚明华、婿杨纪璋保存。旧作说部《龙套人语》，刊登《时报》。他生于壬辰，署名龙公，最近由文化艺术出版社为之印成单本，易名《江左十年目睹记》，附《龙套人语人名证略》，执笔者吴次藩、杨纪璋。隐射人物有张季直、梁启超、康有为、范当世、缪荃荪、梁公约、苏曼殊、柳亚子、刘季平、潘祖荫、杨了公、文廷式、易实甫、诸贞壮、方唯一、吴瞿安、陈陶遗、章行严、沈思齐、汪旭初、曾孟朴、章太炎、樊增祥、翁同龢、陈三立，以及北洋军阀，什之六七为真人真事。当时柳亚子拟作《龙套人语考证》，未果。

鹓雏解放后曾任松江县县长，于一九五四年病逝。

曾少卿的《山钟集》

当一八四八年，美国旧金山发现金矿，美国资本家拟开发这个富源，可是缺乏劳动力。他们看到华工工价低廉，又耐劳苦，便使用种种诱骗强迫手段，把我国劳动人民一批又一批地载送到美国去，矿山、铁路、农场，都赖华工之力，一一的开发出来，获得很多的利润。可是隔了若干年，美国发生经济危机，工人纷纷失业，失业者起而抗争，美资本家为了转移失业者的斗争目标，说是美国工人失业，都是华工来美夺取饭碗所致，造成迫害华工的排华事件，且订出禁约，虐我华工。以后，由华工波及我华士商，甚至使臣的随从人员，也遭诟辱。

这个消息传到上海，那商务总会董事曾少卿（铸）为之义愤填膺，他领衔上外务部及南北洋大臣书，又发电各埠，提倡不用美货，激昂慷慨，义正辞严，大有登高一呼，众山响应之概。于是各界人士，闻风兴起，函电纷驰，表示拥护，愿作后盾。一班名流，如吴趼人、杨千里、金松岑、杨了公、吴东园、周梦坡、余绍宋、周柏年、陈家鼎、沈中路及老伶工汪笑侬等，都来函表示支持。林琴南有答曾少卿书云：“林肯去后，美人竟以奴虐黑人者处我黄种。公之此举，拔吾同胞于苦海，鄙人喜而不寐，感而欲涕，惟愿诸公力持此议，外示和平，内含刚果，必竟所志然后已，中国再造之机在此，万不可失。”尤其海外各华侨汇来款项，为数甚巨，以充拒约办事之费。曾少卿却谓一切用费，皆系自备，所有来款，全部汇回，当时舆论界都把曾誉为“二十世纪中国商界第一伟人”。

美国当局把曾少卿恨如切齿，企图唆使奸商设法把他杀害。不料有人前来告密，并请曾暂时躲避，并谓：“公一身关系全体，不可轻于一掷”，言次，泪随声下，曾毅然不动，准备一死。他写了《留别天下同胞书》，登载《申报》，略谓：“我死无遗憾，所不能无耿耿者，我死之后，我同胞既畏恫吓，又畏压制，团体因而解散，此后二万万方里，任人分割，四万万同胞，听人残贼，既无复成人格之一日，又无挽回国势之一日，此则九泉有知，死有余痛者。所愿曾少卿死后，千百曾少卿相继而起，挽回国势，争成人格，外人不敢轻视我、残贼我、奴隶我、牛马我，有与列强并峙大地之一日，则我虽死之日，犹生之年。至我死之后，不可与死我者为难，抵制办法，仍以人人不用美货为宗旨，千万不可暴动，贻各国以不文明口实，则我死亦不瞑目矣。我今静以待死，谨为死我诸君告：每日起居，十点前在寓，十点后到华兴公司，十二点回寓，二三点在家候客，四点钟到丝业会馆，五点到商会。”外界读《留别书》，纷致生挽，如紫峰山樵云：“悯廿二行省之沉沦誓死挽回，义胆忠肝披日月；救十万同胞于水火，奋身不顾，丹心碧血贯云霄。”这样一来，给美方一个重大的打击，美货顿时滞销，甚至无人过问，而曾少卿行动自若，没有人敢奈何他。

事后，沪绅苏稼秋为之裒集关于是案的函电文章，缉成三册，名之为《山钟集》。首冠曾少卿肖像，貌庄严，须髯绕颊，而双目炯炯有神，令人对之肃然起敬。少卿亦擅文翰，惜散佚无存。

当时上海环球社，出版《图画日报》，第一号第十二页，即有："曾少卿铜像巍巍"一个标题。绘着石基上立着曾少卿，长袍短褂，科头有须。面团团作深思状。旁有记载："上海已故商董曾少卿君，因抵制美货一事，得享盛名。而商学界及各项慈善事业，亦热心提倡，无役不从，殁后数年，流风未泯。兹由沪上同人纠集巨资倩沪南求新厂铸就紫铜质之遗像，约长六尺。闻造成后，拟安置于贫儿院前，以传流后世，永为纪念。"

朱大可的《新论书绝句》

嘉兴朱大可和朱其石齐名，其石是堂弟兄，大可居长，其石却先大可逝世，其石享年只六十，大可寿至八十。有联挽其石云："画法师浙，刻法师皖，鲤对记趋庭，许尔聪明能继武；前年丧妹，今年丧弟，雁行惊失序，嗟予老大剧伤心。"实则昆仲都擅书法，其石的书名，为丹青篆刻所掩了。

大可喜论书，著有《墨池集》，自三代古碑，直至包安吴，共二十七绝。继之则为《新论书绝句》百首，所咏都是清末民初的书法家。稿本未刊，假钞一过，留作艺苑文献。

咏李梅庵、曾农髯云："道人妙契灵峰碣，髯老深参焦麓铭。万古云龙相角逐，莫从南北判门庭。"咏沈乙庵、康更生、朱彊邨、冯蒿庵，云："沈奇康怪不须哗，朱拙冯迂亦足夸。叹息老成凋谢后，画坛有客诩专家。"咏郑苏谌云："诗情磊落追韩子，书格坚苍本柳公。飞鸟出林蛇赴壑，解人端属海藏翁。"咏吴缶庐、杨见山、伊峻斋云："缶翁布白师秦玺，岘叟分行仿汉砖。却笑硁硁伊峻老，但从剞劂斗精神。"咏罗松翁、褚礼堂、张丹斧云："谈龟无过罗参事，语石还推褚孝廉。买卖破铜兼烂铁，堂堂我友莫轻砭。"咏狄平子、于右任、谭组庵瓶斋兄弟云："簪花美女狄平子，百战健儿于右任。谁与汉廷充老吏，谭家兄弟各渊深。”咏任堇叔、王蒪农、潘兰史云：“放浪形骸嘲堇叔，端详举止笑蒪农。何如兰史清狂好，历劫依然榜翦淞。”咏袁寒云、刘山农云：“黄初人物归公子，天下英雄属使君。莫抱人琴俱逝感，两家子弟各清芬。”咏谢玉岑云：“要寻仓籀之间趣，不作斯冰以后书。我爱青山谢居士，子云识字似相如。”咏陆澹安云：“雄姿英发何蝯叟，真力弥漫伊墨卿。此事千秋无我分，让君下笔到西京。”按李梅庵，名瑞清，别号清道人，又玉梅花庵道士。曾农髯名熙，张大千等组“曾李同门会”，即推崇其师而设立的。沈乙庵，名曾植，号寐叟，王瑗仲为作年谱，蔡晨笙罗致其书画数百件，辟宝寐阁。康更生，即康有为，号天游化人，书法陈搏，为戊戌变法的主要领导人。朱彊邨，名祖谋，字古微，为清末四大词人之一。冯蒿庵名煦，号梦华。郑苏堪，名孝胥，取苏东坡“万人如海一身藏”诗意，别署海藏，筑海藏楼。吴缶庐，名俊卿，字昌硕，得一古缶，榜其斋为缶庐。杨见山名岘，号藐翁。伊峻斋名立勋，号石琴，旧时《新闻报》的报头，出其手笔，为墨卿伊秉绶的后人。罗松翁名振玉，号贞松，精甲骨文。褚礼堂，名德仪，避溥仪讳，改为德彝，别署松窗。张丹斧名扆，别号后乐笑翁。狄平子名葆贤，字楚青，创办《时报》。于右任字伯循，为《民呼》《民吁》《民立》三报的创办者。谭组庵名延闿，谭瓶斋为泽闿。任堇叔号嫩凉居士，任伯平画家子。王蒪农，名蕴章，别号西神残客。潘兰史，字飞声，号翦松阁主，讲学德国柏林。袁寒云名克文，项城次子。刘山农，字介玉，别号天台山农。

谢玉岑，名觐虞，谢稚柳的长兄。陆澹安，名衍文，精考据。

大可作书，一笔不苟，我的纪念册，为书七十寿诗，及我八十，再书八十寿诗，并嘱我留两页空白，预备九十寿、百岁寿续写寿诗于其上。我虚度九十时，不能起故人于地下，能不痛惜。

大可居蒲石路时，号蒲石居士。后路名改为长乐路，周采泉有诗示我和大可，以我居长寿路，有云："郑公长寿君长乐，各占春申一段街。"大可富藏书，客堂贮书，卧室贮书，连厕所亦列有书架，上厕时可随意取阅。他有哲嗣二，一小可，一再可，再可受屈死。小可名夏，留学瑞士，治地质学，回国后，过了四十多年的地质生涯，觉得荒原大漠深山旷野之间，大自然的奇景奇境足以使人情趣悠然。他又传家学，能诗，著有《地质旅行纪事诗》，更胜于前人，可谓故人有后。

袁寒云撰《辛丙秘苑》的始末

《辛丙秘苑》，是袁寒云（克文）所撰的近代笔记。所谓辛丙，那是纪辛酉（一九二一年）至丙寅（一九二六年）六年中的朝野掌故。这个笔记把袁世凯作为中心人物，寒云是袁世凯的次子，接触面是很广的，笔记所述，都是第一手宝贵材料。但寒云子为亲讳，歪曲了事实，把刺宋教仁一案，委罪于陈英士，欲盖弥彰，引起读者的反感。他是这样写的："宋遯初（教仁的别署）见害，其真象外间恐无知者，初遯初入都，先公一见，即大称赏，每谈政事，辄逾夜午，欲以内阁畀之。遯初谓尚非其时拟南下一察，庶有把握。遂出京，居于沪，虽同党中亦不深悉其所欲为。二年冬，予适在沪，知先公遣秘使迓遯初者数次，遯初所察既竟，欣然命驾。行之先，陈英士、应桂馨宴之，筵间英士询其组阁之策，遯初曰：'惟大公无党耳！'陈默然，应詈之曰：'公直叛党矣，我必有以报！'言时，即欲出所怀手枪，座客劝止之。遯初曰：'死无惧，志不可夺。'遂不欢而散。而陈、应日相筹谋，予故友沈虬斋，陈之党也，谓予曰：'遯初不得了！'予详诘之，虬斋曰：'同党咸恨之，陈、应尤甚，迩来靡日弗聚议，虽亲如予，亦不获闻，偶密窥探，辄闻遯初云云，辞色不善也。’未几难作，遯初竟死矣。应知赵秉钧畏遯初夺其位也，遂假道于洪述祖，诱得电讯，初意但为要功计，不期适以此而移祸也。先公与予言及遯初之死，尚挥泪不止，盖深惜其才。先公且曰：‘前亡午桥，后亡遯初，予之大不幸也。’午桥，端匋斋文也。先公初不知赵、洪之谋，及电发觉，尚不信赵之出此，赵亦力白其事，非己所发。予力劝先公通电自辩，先公曰：‘予代人受过多矣，从未一辩。我虽不杀遯初，遯初已由我而见杀，更何辩焉？彼明察者必自知之……’”

《辛丙秘苑》，发表于《晶报》，当时叶楚伧看了，大不以为然，说：“一派胡言”，邵力子也斥为“颠倒是非”。某次宴会，遇到寒云，竟冷漠不与交谈。当寒云撰文委罪于陈英士，亦有所藉因。原来宋教仁北上，陈英士竭力阻之，恐他受袁世凯的羁縻，而失其计划。奈宋自信力很强，曰：“皓皓之白，而蒙世之混浊，岂得为大丈夫哉！”不应竟去。陈没有办法，只得任之。陈固有醇酒妇人之癖，一天，和诸狎友宴于妓女花雪南家，正酣饮间，忽有人来报宋被刺于北火车站，陈初闻之愕然，既而却举杯问诸狎友说：“可干此一杯。”人们便误会陈闻宋死，而藉杯酒庆功。实则陈之所以如此，无非有憾宋生前不听劝告，结果遭此毒手而死于非命。至于洪述祖衔袁世凯使命，在刺宋案中更有显著的表现。友人方重审和常州陶兰泉很交好，兰泉告诉重审说，有一天，兰泉在上海，忽有一电话自新惠中旅馆打来，兰泉一问，是同乡洪述祖。他素恶洪经常告贷，然又不能不去应酬一下。到了旅馆，见洪穿了海龙袍子，雍容华贵，且于巨镜前，频频照着，大有顾影自怜之概。洪见兰泉来了，便大谈乡情及朋踪往还事。兰泉深讶洪一下如此阔绰，但又不便探问。不数日，宋被刺案轰动社会。陶再访洪，他已北上作丑表功了。

《辛丙秘苑》撰时，寒云一再涂乙，然后请人誊清，再加修润，交给《晶报》主编者余大雄。由于这时寒云文名大震，且《秘苑》确多外间所未知的珍闻，大雄大为兴奋，排日刊载报端，居然销数激增。不料登至十六续，稿忽截然而止，大雄恐影响报纸的销数，甚为惶急，登门求索，寒云却奇货可居，提出条件，欲得张丹斧的匋瓶为酬报，否则没有兴趣续写。原来丹斧在民国三年（一九一四年），参陕督戎幕，曾在西安市上，获得匋瓶三个，寒云欲得之心蓄已久，可是不好意思向丹斧启齿，丹斧为《晶报》的台柱，大雄和丹斧关系是很密切的，直到这时，寒云才向大雄倾吐，大雄立即和丹斧相商，丹斧愿意割爱，便三面谈判，约法数章，匋瓶归寒云，寒云撰《秘苑》十万言，大雄不但特许以最厚稿费为丹斧报，且以三代玉盏，汉曹整印，宋苏轼石鼓砚、汉玉核桃串，存丹斧处为质押，期以一百天完稿，逾期拟罚。以上这几件古玩，都是寒云平素很喜爱的，那么他想把爱物早日归还，《秘苑》势必早日交卷，无非含有督促的意思。寒云获得了匋瓶，很高兴，在他的《斝斋杂诗》及《易瓶记》中纪述其事。《易瓶记》所叙尤详。如云："文新华侍奉，六易草木，政事野闻，多窥秘邃。先公殂后，遂放江湖，朋侣座中，辄述往昔，闻者骇诧，属记以永之。文诺而耽逸，久未属草。今秋游西湖归，神思多爽，日记一二事，命曰《辛丙秘苑》，冀传知见，用矫诞虚，先公遭诬，庶有以白，非故构言孽，实有未忍已于言者。若文荒辞陋，曷敢自饰，但以纪实，胡事藻华哉。为恩为怨，亦非所计也。随记随付《晶报》刊之，有惊叹者，有骇怪者，或谓有憎怒者，将不利焉，咸一笑置之。惟张丹翁嗜痂谬许，谓可与洛阳纸争贵，欲椠而市也。文诚惶诚怍，载陈载辞，既祸铅已，复灾梨耶！是非昭示，下愿乃遂，苟厕宛委，徒贻后讥，高谊足戴，厥议可罢，翁固不许，且出所储汉熹平元年朱书匋瓶，乞易厥作，后市之赢绌，咸翁负焉。瓶高强及尺，丹漆书文，凡一百又一，乃道家言，为陈初敬志冢墓者，书作草隶，飞腾具龙虎象，文韵而古，简而趣，汉人手迹，诚大宝也。文欢喜赞叹，载拜受之。书约以《秘苑》报翁，期以十万言，庶副翁之望尔。文慕厥瓶久矣，兹翁竟以下贶，感于翁，爱于瓶，复何有顾虑耶！作《易瓶记》，永志斯缘”，丹斧附识云：“古人题其鬻文之稿本曰利市，雄于文者，其志固不在利，然欲信文之声价，非利何属。予曩客西安，于无意中得匋瓶三，皆有汉人手迹。五年前，间关携瓶南归，时上虞罗叔言有宋塌汉碑四种，知予之必欲得之也，即索三瓶中熹平年者为报，予不忍割爱，乃以永和年朱书瓶及无年号之墨书瓶相易，叔言已大乐。此熹平年之瓶，书法奇肆，毫无漫灭之点画，故藏之吴门，不轻以示人。今年秋季，寒云草《辛丙秘苑》示我，骇为不朽之作。读《晶报》者，咸知脱稿必纸贵，觊觎版权者众矣。奈寒云习懒，既久，赓续往往中断，知予有是瓶，谓非得此，不足以鼓兴，予乐信史之成也，遂不能自守，甫与成约，《晶报》主人余大雄果以重金购版权去，他日之利市，惟大雄专之。予自愧不能为文，而假他人之文以获利市，则又巧于古人矣。”这样三方面谈好，总认为千妥万当，顺利进行了。岂知寒云至二十八续又告停辍，原因以志君（寒云如夫人）的妹妹志英逝世，寒云助理丧事，事极纷繁，无暇执笔，而志君却要收回三代玉盏，斟酒来奠她的妹妹，寒云向丹斧索取，丹斧不答应。寒云认为《秘苑》前后已写万余言，在许多质物中，取回一件，于约并不违背，玉盏当归。丹斧认为《秘苑》仅交万言，才及十分之一，玉盏不当归。彼此各趋极端，无法调解。寒云发了脾气，索性辍笔，看丹斧有什么方法使出来。这样延搁着，到了约期将满，玉盏既不归，《秘苑》稿也不续，丹斧致书催问，寒云怒，写了一篇《山塘坠李记》，揭发丹斧的阴私，丹斧写了一篇《韩狗传》回骂寒云，寒云又用洹上村人署名，写《裸体跳舞》，谈霜月家丑事，以霜月隐射丹斧，丹斧立致寒云书：“……小说妙绝，仆之逸事，得椽笔写生，且感且快，仆颜之厚，不减先生，而逸事之多，恐先生亦不减仆也。一笑。草草布颂洹上村人撰安，霜月顿首。”寒云覆之：“不佞以道听途说，偶衍成篇，但觉事之有趣，而不论所指为谁，假拈霜月二字以名之，竟有自承者，奇矣！而自承者又为我好友丹斧，尤奇！迷离惝恍，吾知罪矣。寒。”这样一来，急坏了大雄，亟谋打开僵局，双方奔走，费了许多唇舌，说了许多好话，向双方道歉，好不容易，总算有个转圜余地，寒云愿意续写，惟以必得玉盏为言，且不愿受期限的束缚。在丹斧方面，愿得匋瓶的代价以息事。大雄商诸某巨商，贷金以偿匋瓶之值，并毁前约，赎取诸质物于丹斧之手。诸物品中，玉盏归寒云，余则质押于某巨商处，俟有力时再谋赎取。《秘苑》视寒云兴之所至，陆续撰写，“笔战”才告一段落。大约过了半年，寒云又续写《秘苑》，记徐世昌断送东三省，又袁世凯有迁都洛阳之意，命唐在礼督造洛阳官舍，又朱启钤主大典，及孙中山之女秘书等，写了数则，又复停笔，从此不再续写。而寒云、丹斧两人的交谊，久久不复。后来丹斧获得了汉赵飞燕玉环，寒云艳羡的了不得，结果丹斧与之交换古物，乃言归于好。

这个《秘苑》，经过许多曲折，先后成二万言左右，始终没有刊印单本，内容除偏袒袁世凯有所讳言外，其他尚多史实资料，如：吴禄贞被刺，天津、北京、保定三处兵变，王治馨之狱，张振武之死，江朝宗之悖谬，袁克定之招卫兵及坠马受伤，筹安会宣言，洪宪改元之称谓，吴廷燮草女官制，刺郑汝成，袁世凯之蓑笠垂钓图，陆建章延刘喜奎于别院，荣禄故园之游艺会，易顺鼎作艳诗失参政，段祺瑞治围棋，熊希龄都统热河，徐世昌不谙金石，曲阜诣衍圣宫观宣圣遗物等，涉及的人物有：靳云鹏、冯国璋、江亢虎、杨度、梁鸿志、雷震春、袁乃宽、郭葆昌、杨千里、何震彝、步林屋、沈祖宪、徐树铮、陈其美、汪笑侬等不下数十人，饶有掌故价值。我的学生周庭梧，偶于上海图书馆见到《秘苑》的钞本，他很感兴趣，每逢星期余暇，辄往誊录，出以见示，我纠其误字，过录一份。恰巧这时香港友人高伯雨办《大华杂志》，注重文史，我即把这过录本，寄给伯雨，在《大华》上按期发表，颇博得读者的欢迎。同时我又撰《袁寒云的一生》，（当时化名陶拙安）凡三万言，由伯雨把两者合印一单行本，作为我八秩诞辰的寿礼。书中且附有插图，一寒云遗像，这是摄于苏州周瘦鹃的紫兰小筑的。又寒云写给圣婉女士的词屏。寒云遗印，这是常州杨静安所得而钤以见贻者。

古人说得好：“不以人废言。”这是很公允的话。袁寒云其人，才气横溢，早年刊有诗集，为宣南七子之一，即以人论，亦有不可废者在。当袁世凯帝制自为，他作了一首题为《分明》的诗：“乍著微绵强自胜，阴晴向晚未分明。南回寒雁淹孤月，东去骄风黯九城（指与日本交涉）。驹隙留身争一瞬，蛩声催梦欲三更。绝怜高处多风雨，莫到琼楼最上层。”这末二句，明明说皇帝是做不得的。当时有孙伯兰其人，根据这首诗，说：“项城的次子也不赞成帝制，何况别人。”又毕倚虹力称这诗：“将来历史上有位置。”他的长兄克定是帝制派，他与克定始终不合作。一九二二年，潮汕大风灾，他鬻书助赈。五九国耻纪念，他有《五月九日放歌》：“炎炎江海间，骄阳良可畏，安得鲁阳戈，挥日日教坠。五月九日感当年，曜灵下逼山为碎，泪化为血中心摧。哀黎啼断吁天时，天胡梦梦不相语。中宵拔剑为起舞，誓捣黄龙一醉呼，会有谈笑吞骄奴，壮士奋起兮毋踌躇。”有人请他写扇，他必录着这首诗，以示警惕。

《中国历代医学史略》作者张赞臣

张赞臣，名继勋，晚号壶叟，江苏武进蓉湖人。现任中医学院教授，我久闻他是一代儒医，直至近今，始得把晤倾谈，一见如故，且在彼家作客，四壁图书，雅致得很。这许多书，都是岐黄珍籍，线装本，分门别类的陈列着，索标缃帙，烂然照眼。晶橱中有扇册，有画轴，有陶瓷古盎，那是属于文物了。斋前一庭除，栽植卉木，春花绚彩，秋叶题红，主人蹀躞其间，引为至乐，这的确是寿者的征兆。

他长须飘拂，谈笑风生，提到医林四杰，一谢利恒、一恽铁樵、一丁甘仁、一张伯熙。其中谢、恽二氏，都是商务印书馆的编辑，谢编地理书三十多种，恽主持《小说月报》笔政，后来二人才悬壶为医。他们弟子很多，恽氏弟子章巨膺，为南社社友，和我相识，谢氏弟子张赞臣，今亦和我订交，可谓因缘巧合。赞臣不仅师事谢氏，且复家学渊源，那四杰之一的张伯熙，便是他的父亲，著有《蓉湖张氏医案》十卷，赞臣尚保存其精钞本待梓。因此他得窥内、难、伤寒、金匮的枢要，而融会贯通，以之济世。他的祖父有铭，清光绪丁丑补博士弟子员，也是一位儒医，修订《芙蓉堤录前后编》六卷，原来他的故乡蓉湖，盛产芙蕖，每当暑夏，湖中芙蕖取次开放，翠衣红裳，亭亭净植，有十万八千芙蓉圩之号，所以赞臣有蓉湖居士的别署。他还有一位老师曹家达，字颖甫，晚号拙巢，江阴人，著有《曹氏伤寒论》。上海有个诗文集团陶社，济济多才士，曹为社中前辈，著《梅花百咏》，文擅骈俪，稿多散佚。陶社辑丛编甲集，搜得七篇，因名之为《气听斋骈文零拾》。其人更饶民族气节，抗战时，邑城沦陷，寇入其家，以骂寇不屈死。陶社诸子，举行追悼。和赞臣同学的，有程门雪、秦伯味、陈存仁，都是医林翘楚。赞臣的作品，有《中国历代医学史略》《本草概要》《中国诊断学纲要》《咽喉病新镜》《张赞臣临床经验选编》等等。又主编《医界春秋》，月出一期，自一九二六年起，至一九三七年抗战止，共出一百二十三期，不仅畅销全国，还远销日本、朝鲜、东南亚和欧美各国，为中医刊物影响最大的一种。这一全套刊物，他特制一木箱，版面镌刻书名，经过四凶肆暴，失而复得，置诸斋舍，以示历劫不磨。当他主编该刊时，适国民党卫生部召开中央卫生会议，由于当局素昧我国固有文化，发表限制中医产生的议案，欲假藉政治权力，以实现废止中医的主张。赞臣与陈存仁力主抗争，赞臣首先发难，以医界春秋社名义，通电全国，大声疾呼，又撰文分载各报，口诛笔伐，造成极大声势，由十五省代表推举五人赴京请愿，在公道压力之下，当局不得不撤销法令。赞臣把经过情况在《春秋》揭布，这维护国医的功绩，迄今尚有播诸口舌的。

赞臣生平，既不吸烟，也不喝酒，所喜便是读书，购买典籍，为唯一癖好。他除阅读医书外，又泛览史乘笔记及诗文集，凡涉及医药的，都潜心研讨，抱着书山有路勤为径，学海无涯苦作舟的主旨，焚膏继晷，兀兀穷年，数十载如一日。他工吟咏，有《述怀诗》，为人传诵，常和谢利恒等师生唱酬，谢氏逝世，他挽诗六首，有一首云："妙语能教一座倾，座间名士半门生。联吟酌酒寻常事，毕竟风流属老成。"书法又极遒挺，那纪念汉代著《伤寒论》之张仲景医史文献馆成立时，他书撰一碑，屹立馆中，来馆参观者，莫不注目欣赏。

张伯驹的《续洪宪纪事诗补注》

张伯驹

张伯驹是张镇芳的儿子，他家和袁世凯有戚谊。在袁世凯总督直隶时代，镇芳参与帷幕，故其荣达，都由袁一手所造成。辛亥革命之际，他代理直隶总督，继任河南都督，提出“豫人治豫”的口号，用以巩固他的地位和势力。民国三年，作参政院议员，洪宪这出丑剧，他也是剧中人之一。可是儿子伯驹看在眼里，是很不以乃翁为然的。伯驹和袁世凯第二子袁寒云为表弟兄，却很相得，因寒云有讽劝父亲不要做皇帝的诗：“绝怜高处多风雨，莫到琼楼最上层”，二人同一志趣。寒云逝世，他很痛悼，拟搜罗寒云遗作，刊为专集，寒云晚年流寓沪上，其作品散见沪上出版的各刊物。伯驹知道我收藏这类刊物较多，便托我助之搜采。当时我较闲暇，为其效劳，成绩很不差。

我录存的寒云作品有：《新华私乘》《辛丙秘苑》《三十年闻见行录》《雀谱》《叶子新书》《髀斋随笔》《日下春尘》《流水音记》《龟庵杂诗》《儒林余屑》等，可是这个专集，始终没有印出来，仅油印了一册《洹上词》，和他自己的《丛碧词》，成为姊妹编而已。

谈到《洪宪纪事诗》，最初出于南社耆宿刘成禺之手。他是史学家，又是诗人，他把史和诗结合起来，约三百篇，章太炎为序，孙中山作跋，收入《禺生四唱》中。所谓《禺生四唱》，即以《洪宪纪事诗》为首唱，配以《广州杂咏》《金陵今咏》《论板本绝句》。但所谓《四唱》仅有二唱，最后的《金陵今咏》《论板本绝句》，有目无书。我所购得的仿宋铅字本，线装，扉页上且有成禺亲笔识语，尤为珍贵。《纪事诗》为白文，没有注释，很难索解。此后禺生把在《逸经》半月刊上陆续发表的《洪宪纪事诗本事簿注》，汇刊为单行本，无奈抗战时期，物力维艰，用土纸印，字迹模糊，很不醒目。

实则成禺对于洪宪一段事迹，无非凭着报纸所载及道听途说，凑掇而成，远不及张伯驹的目睹亲闻，较为确实。若以“杜陵诗史”为比，那么这《诗史》在伯驹不在成禺了。伯驹这部书，名：《续洪宪纪事诗补注》，凡一百零三首，注释之详，尤属后来居上。我友吴德铎早向伯驹索得原稿，配合成禺的二种，加以整辑，刊成《洪宪纪事诗三种》以问世，这真是一件大好事。

伯驹喜蓄砚，所藏很多佳品，他最得意认为生平唯一巧遇的，那是柳如是的蘼芜砚、钱牧斋的玉凤朱砚，各有人藏，而旦夕之间，均归了他，成为从碧斋头长物。事情是这样的，他和清宗室溥雪斋往还很密，某晚，他访溥闲谈，溥适得柳如是的蘼芜砚，质极细腻，镌有云纹，有四眼，作星月状，砚背为篆书铭文，下隶书款“蘼芜”，右上角镌：“冻井山房珍藏”，下侧为“美人之贻”四字。又有“河东君遗砚”“水岩名品罗振玉审定”，都属隶书。匣为花梨木原装，古泽有光。伯驹看到，爱不释手，便商诸溥氏，愿加值请让，溥毅然见允，当夜携归，摩挲竟夕。次晨，有琉璃厂商出一砚求售，视之乃钱牧斋的玉凤朱砚，砚为玉质，雕作凤形，亦有篆书铭文，款“牧斋老人”，下刻阴文“谦益”，明代紫檀木原装匣，伯驹即如值留下，并出蘼芜砚配对，商深悔索值之廉。夫妇砚合璧，是真难能可贵了。

伯驹擅绘事，其夫人潘素的花卉，也名盛艺苑。夫妇俩合作的直幅，迄今犹存，可是伯驹已不在了。他的《春游琐谈》六集，乃油印本，我尚保存。当时撰写者，均列名末页，以年龄为序，年龄高的，如卢慎之九十岁，陈云诰八十九岁，叶恭绰八十二岁，我也厕列其间，时年七十二岁。年龄较轻的周汝昌四十七岁，张牧石三十七岁，胡蘋秋三十六岁。距今已隔三十年左右，健存者已不多了。

伯驹熟悉京剧，能袍笏登场，演来声情并茂。他和袁寒云为表兄弟，伯驹为寒云印《洹上词》一册。蒙见贻，他在书眉亲笔加着附识，述及他和寒云一同演剧事，如云:“某岁，寒云与余演戏于开明戏院，寒云与王凤卿、少卿父子，演《审头刺汤》，寒云饰汤勤。余演《战宛城》，饰张绣，红豆馆主溥同饰曹操，九阵风饰婶娘，钱宝森饰典韦、许德义饰许褚。散场已夜二时余，寒云与余去曲院饮，夜雪，寒云作书，右挥毫，左持盏，赋词记之，余和之云：“银烛垂消，金钗欲醉，荒鸡散动还无睡，梦回珠幔漏初沉，夜寒定有人相忆。

酒后情肠，眼前风味，将离别，更嫌憔悴，玉街归去暗无人，飘摇密雪如花坠。四时余，余始冒雪归家。”可见当时兴致之高。数年前，上海张文渭女演员，特地乘车赴北京，拜伯驹为师。一九七四年，伯驹缅怀往事，撰《红毹纪梦始注》，洋洋若干万言，由香港中华书局出版，为梨园极珍贵之史料。吴小如更有《读红毹纪梦诗注随笔》，小如对于戏剧，也很熟悉，说来似数家珍。以后，如重印该书，这《随笔》大可附在书后，那就相得益彰了。

《广陵潮》的作者李涵秋

六十多年前去世的一位著名社会小说家李涵秋，我非但和他通着音问，并且把臂谈心，亲领教益。他生于一八七四年甲戌正月十七日，卒于一九二三年癸亥五月十三日，终年五十岁。当他病故扬州，噩耗传来，我适患病，倚枕撰了一联哀悼他：“雅契联来歇黄浦，文星殒去《广陵潮》。”原来他在民国十年，应狄平子（楚青）之聘，来沪担任《时报》附刊《小时报》的笔政，我到望平街《时报》馆访问他，他殷勤接待，两人交谈了一个多小时，正拟来日方长，后会有期，不料他不惯沪上尘嚣万丈的生活，旋即辞职返乡，从此人天永隔了。

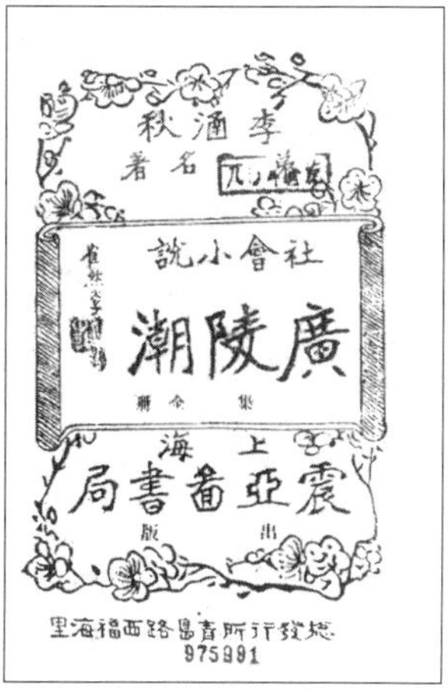

《广陵潮》第一集震亚版封面

谈他老人家，首先要谈他的家世。他乳名大和子，学名应漳，他的弟弟镜安名蓉漳，可见是以漳字排行的。他别署沁香阁主，及韵香阁主。乃翁朗卿，经营烟业，尚足赡家。

及父死，所业被戴进卿其人所夺，家遂中落，幸赖他的叔父星伯，支持家计，抚育涵秋兄弟和一弱妹。涵秋六岁即从仪征黄世杰读书，天资聪颖，十岁后，喜阅小说，如《水浒传》《红楼梦》《西厢记》《儒林外史》等，并奉为至宝；他恐为师长及叔父所知，乃篝灯于帐内偷偷阅读。对老师的迂腐，他颇不以为然，慕李孝廉石泉，及李明经国柱，通过介绍，列于二李门下，一经指示，学乃大进，为文纵横捭阖，有不可一世之概。应童试，冠其曹，甲午，以科试第四名入学，次年，又获一等一名。但他觉得制义帖括是没有实用的，便放弃举子业，致力于诗古文辞，奈家贫无以为生，不得已赁宛虹桥的烟业会馆一傍室，开门授徒，以维持他的清苦生活。既而李石泉受知于南皮张香涛，任湖北清丈局总办，以子女辈乏人教导，便致书聘涵秋为西席，宾主相得，也就安之若素了。

涵秋之以小说成名，固植基于幼年耽嗜稗官家言，而以《儒林外史》的讽世对其影响更大。至于其走上写作道路，那是和他作客鄂渚有关。其时，汉口《公论新报》，主笔政的贵州人宦屏凤，提倡风雅，于报上特辟一栏《汉上消闲录》，广征诗文，一些知名之士，如金煦生、包柚斧、胡石庵、凤竹荪等，经常撰稿刊载该栏。涵秋看了很是欣羡，也把他的近作《感怀诗》四首投去，屏凤为之激赏，并致书约他一叙，从此汉上文学界都知道了涵秋其人，他并和金煦生、包柚斧订了金兰之契。既而屏凤发起举行诗选，以白桃花为题，评定甲乙，涵秋名列第一，声誉更盛。当时胡石庵兼撰小说，词藻华丽，各报竞载，涵秋又很欣羡，便试作《双花记》，然不敢自信，秘不公开。恰巧上海《时报》征求小说稿，他赶撰五万言的《雌堞影》，但恐贸然寄去，徒充字篓，正犹豫不决间，适包柚斧往访，因谈及此稿，包谓：“投稿非熟稔编辑不可，我和该报主办人狄平子有旧，而编辑陈景韩、包天笑亦我素交，我可为之介绍。”涵秋即以是稿授之，及刊出，却署包柚斧名，涵秋与之交涉，卒由柚斧款以盛宴，向之道歉始已。此后该书印成单行本，才改署涵秋，外界不知底蕴的，尚误以为柚斧乃涵秋化名，岂知截然为两人。柚斧名安保，董玉书的《芜城怀旧录》，即有一文记柚斧事。《雌堞影》既受读者欢迎，涵秋的自信心也就坚定了，便把秘诸笥箧的《双花记》，给《公论新报》发表，排日登载，登完，再撰《瑶瑟夫人》，一时刊物编者纷纷向他约稿。他为《中西报》写《琵琶怨》，为《鄂报》写《双鹃血》，为《商报》写《滑稽魂》，为《趣报》写《并头莲》，为《楚报》写《姊妹花骨》，为《扬子江报》写《梨云劫》等，既而各报先后停刊，惟《公论》和《中西报》未停，涵秋续撰《过渡镜》及短篇《珍珠囊》《奇童案》《丐界之四杰》等。辛亥革命，两报也结束，《过渡镜》成为未完稿，急欲博取稿费，乃托友赴沪之便，把《过渡镜》求售于商务印书馆之《小说月报》社，《月报》编辑为王蕴章，别署西神残客，擅词章之学，这时的文风，崇尚雕镂组绣的文言作品，所谓“鸳鸯蝴蝶派”，动辄以骈俪出之，而涵秋的《过渡镜》，为白话体，不入主编之目，被摈未取。迨民国三年，钱芥尘任《大共和日报》

经理，征求社会长篇白话小说，涵秋以《过渡镜》应征，芥尘审阅一过，甚为惬意，便刊于报的副刊上，易名《广陵潮》，涵秋之名大震于沪上，被称之为海内第一流大小说家。《广陵潮》登毕，印成单行本，再版了多次，直至近岁，《中国通俗文艺》还刊布一部分，并有再印全书之计划，可见这书并不以时代的变迁而失去其价值，书中人物，什九真人真事，足资参考。贡少芹为涵秋挚友，自涵秋逝世，他编传记式的《李涵秋》一书，由天忏室出版社出版，天忏为少芹别署，可知是他自编自印的了。少芹曾为《广陵潮》作一索引，书中主人公云麟，即涵秋自己的影子，抬高云麟，即抬高他自己。可是恰如其分，褒中寓贬，是很恰当的。大骂田焕设谋吞并云锦绣货铺的描述，亦即藉此大骂戴进卿占据他家的烟店，何其甫影射他的老师黄世杰；乔家运影射焦倬云，焦为扬州著名的刀笔手，极促狭尖刻；杨靖影射周心如，周工心计，蹂躏乡民，为一恶棍；林雨生影射胡瞿园，胡诬言陷入。涵秋几被所害，故恨之刺骨。其他如鲍桔人影射包柚斧；贾鹏翥影射孙藕青等，均有所指，绘影绘声，胜于禹鼎铸奸，温犀烛怪，因此当时的一班士绅，做有缺德事的，都不敢和涵秋同席，深怕被他写入说部，出乖露丑。实则，涵秋笔墨虽锐利，为人却是很厚道的。

上海各报，以副刊吸引读者，如《申报》的《自由谈》，《新闻报》的《快活林》及《新园林》，都载长篇小说，一自《广陵潮》轰动一时，《新闻报》的严独鹤，便请涵秋写小说，先后登了《战地莺花录》《侠凤奇缘》《镜中人影》

《好青年》《魅镜》。《新闻报》的销数，在各报中首屈一指，影响面很广，涵秋的名声更大红而特红，连当初拒绝接受涵秋的《过渡镜》的王蕴章，也请涵秋为他所编的《妇女杂志》写稿，涵秋给以《雪莲日记》，酬润特丰。《时报》登载他的《情错》及《自由花苑》；《上海商报》登载《雏鸳影》；小型报中最负盛名的《晶报》，登载他的《爱克斯光录》；杭州《妇女旬刊》登载他的《玉痕小史》；《小说季报》登载他的《还娇记》。这么多作品孰好孰坏，有人综评说，以《广陵潮》为最佳，《还娇记》为最次，这评语是很恰当的。此外，世界书局的《快活》，乃一旬刊，请他写《十年目睹之怪现状》，并聘他为编辑主任，实则主辑者为张云石，云石擅改恽铁樵的小说篇名，触忤了恽氏，又刊载了一篇不伦不类的作品，涵秋大不以为然，诘诸云石，据云乃该局主持者沈知方交来，不得不登。从此涵秋谢绝编辑主任名义，不再与该刊来往。又徐阆仙为徐宝山之妻，请涵秋撰《徐宝山史略》，此后刊载于《半月》杂志，改名为《绿林怪杰》。

涵秋逝世时，张丹斧有一挽联："小说海内三名家，北有林畏庐，南有包天笑；延誉平生两知己，前有钱芥尘，后有余大雄。"所谓林畏庐，即翻译欧美小说一百多种的琴南翁，包天笑即吴门天笑生，以《馨儿就学记》得奖者。余大雄，字穀民，日本留学生，《晶报》主人。涵秋的《爱克斯光录》，受到租界当局的警告和罚锾。可是大雄支持继续发表，直至结束。那钱芥尘的延誉涵秋，尤为备至，当时倘没有钱芥尘，恐怕也没有李涵秋了。据贡少芹的记载："当《广陵潮》刊行市上，张岱杉（名弧，浙江萧山举人，官财政总长）购而读之，叹为空前绝作。一日，与芥尘（时芥尘为天津华北新闻经理）评论近代小说名家，许以涵秋为第一。张又谓：‘吾观涵秋作，虽不乏实事，然属于子虚乌有者，在所难免，若摭拾真确资料以告彼，经其妙笔渲染，则是书成后，当突过《广陵潮》。近我颇欲汇一生事迹，倩此君捉笔，不卜渠能允北来否也，芥尘曰：‘涵秋与我厚，我可罗致之，公苟畀以秘书一席，我愿为介。’张曰诺，芥尘电邀涵秋往，并媵二百金为资斧。涵秋徇所请，行有日矣，会津浦铁道为大水冲毁，乃止。无何，张解财长职，事遂寝。芥尘亦返沪上，适《时报》刘迦公因公事他去，芥尘介君为《小时报》及《小说时报》主任，涵秋于是有海上之行。时海上文人，闻涵秋来，咸欲一瞻其丰采。”

《时报》的副刊，最早的主编为包天笑，称之为《余兴》，以多谐作，后改为《滑稽余谈》，最后为《小时报》。继天笑后的主编为刘襄亭，即迦公。当涵秋主编，除担任长篇小说外，每日撰一《小言》，短俏隽永，又有《小消息》，采纳外界投稿，内容无非社会琐事。一次，某投来一稿，说天蟾舞台某名角演打泡戏，观客特盛，并三楼、四楼都卖满座。实则天蟾并没有这样的高建筑，明知涵秋不熟悉社会情况，故意肆其促狭行径，化名再来诘责。不久，便把《小消息》取消了。《小说时报》，创刊于一九〇九年，也是包天笑主编的。那是十六开的大本，共出三十三期停刊。及涵秋来沪，复刊《小说时报》，这年是壬戌年，便称壬戌第一期，为三十二开本，本子缩小，易四号字为五号字，字数增多。其时各杂志封面，什九为婵娟美女，《小说时报》却力避浮华，以朴素是尚，结果滞销，只出五期，也就告终。

涵秋写小说，自三十二岁起，至五十岁止，文言十种，语体二十三种，共一千万言左右。又有《沁香阁诗集》，盖涵秋从十七岁起，至三十六岁止，诗篇积存十八册，这《沁香阁诗集》是红冰碧血馆主李警众为他选辑的。涵秋夫人薛柔馨，也擅韵语，颇多伉俪唱酬之作。又当陈筱石督鄂，陈喜吟咏，僚属欲结主欢，深苦不谙尖叉，往往请涵秋捉刀，酬以润金。及陈筱石夫人五十寿辰，广征诗文，涵秋生涯大盛，润金获得数百元。又有《沁香阁笔记》正续集、《沁香阁游戏文章》《我之小说观》《小沧桑志》，《娱萱室笔记》，这是较早的作品。扬州张翼鸿，为涵秋私淑弟子，撰有《李涵秋先生传略》，并广搜涵秋著述，不遗余力，举凡图书馆、藏书楼，凡有涵秋作品，一一钞存，寒暑不辍。篇幅较长的，复印下来，甚至《小时报》的每日《小言》，也录存成册。并编有《涵秋著述一览表》，如此忠诚于乃师，涵秋有知，定必含笑于九泉。

涵秋多旁艺，能书，所作柬札，秀劲有致，曩年给我的书信，凡若干通，自经浩劫，仅留其一，我以瑰宝视之。据云，他为居停李石泉写一团扇，石泉谒上司梁鼎芬时，梁见此扇，颇为欣赏。梁为张香涛高足，不轻许人者。涵秋间书楹联，我曾见其七言对，作行书，“种来松树高于屋；闻道梅花瘦似诗。”又：“晓汲清湘燃楚竹；自锄明月种梅花。”两联都及梅花，更耐人玩味。他又擅绘事，这是他幼而习之的，他童年时，即喜涂抹，其弟镜安正识方块字，他恐其弟不易记忆，乃于方字背后逐字为图，这时社会上尚没有看图识字的教导法，涵秋可谓开风气之先了。此后涵秋画艺日益成熟，当他在里中设立私塾，贡少芹持一白纸扇拂暑，涵秋见之，自告奋勇，磨墨濡笔，为其作山水，既成题云："少芹不索我画，我偏要画，且泼墨画远水遥山，自谓尺幅中有千里之势，盖我非画前人之画，乃画我之画。"章法疏宕，充满文人画之风格。有时画菊，画秋柳鸣蝉，也脱俗可人。他授课江苏省立扬州第五师范学校时，学生作文成绩佳胜的，他辄画扇为奖。他兼善刻印，藏前人印谱甚多，观摩日久，乃从事铁笔。贡少芹的《李涵秋》一书中，即钤有："李应漳印""涵秋""著书时代之涵秋""江都李氏""涵秋翰墨""李涵秋印"，及闲章："学然后知不足""二十四桥明月夜""纸墨相发偶然欲书"等，有白文，有朱文，或刚健浑厚，或稳当自然，可见他运刀是很熟练的。经少芹搜罗了一些，复乞助于涵秋弟镜安，涵秋夫人薛柔馨，钤成一册，可和著《二十年目睹之怪现状》李伯元的《芋香室印存》媲美。

涵秋早年丰度翩翩，风流自赏，未免有些罗曼史。其时汉皋有一恽楚卿，能诗，常投诸《消闲录》中，涵秋很为倾羡，由包柚斧之介，曾至其香巢，过从很密。既而楚卿欲委身事之，然涵秋涩于阮囊，且家中有妇，自觉非善，遂为薄幸之杜牧，但心中不毋恋恋，他的《琵琶怨》中，便叙其影事。又葛韵琴及妹辨琴，为武昌女师范之高材生，均喜作诗，见涵秋之诗，常载《消闲录》上，乃贸然成诗四首，邮寄涵秋，请涵秋介以刊诸报纸。涵秋得诗，略为润色，并附以己之和作，刊布《消闲录》，从此韵琴姊妹无日不以诗来，涵秋和作，亦无日不载诸《消闲录》上，既而娟娟两豸，愿拜列门墙，引起人之嫉妒，蜚语中伤，不得不绝。涵秋又有一恋人媚香，两情甚笃，有白首约，女母以涵秋家贫，梗阻之，遣其女远行，音问遂断。涵秋之处女作《双花记》，即为媚香而作。适上海《小说林》主任徐念慈，广征海内说部，谋刊印成书，涵秋以《双花记》应之，并附一照片，致书念慈，有云："君受我稿，代价多寡，在所不计，惟书首必冠我照片，弗如约，我稿不售。"原来涵秋一自媚香离去，不能忘怀，乃弁己之照片于书端，以为书得销行南北，彼美必得寓目，藉此聊以慰情而已。所以涵秋对于徐念慈，亦引为知音。及念慈逝世，诗以挽之，有："鲰生笔墨今成帙，更向何人乞手删"等语。

涵秋平素杜门不出，各地情况，很为隔阂。有一次，他的小说中，叙述在苏州乘马车赴虎丘，实则其时七里山塘，路径甚窄，只能策蹇，不能行车，苏人阅之，以为笑柄。今则辟为通衢，车水马龙，行驶无阻，那么涵秋为预言家了。涵秋喜蓄鸟，有百灵一只，能效狸奴声，他很喜爱，每日清晨，必持笼至万寿寺前，这儿为蓄鸟者的集合地，彼此观赏，引以为乐。一日，忽来一东鲁人，也手持百灵，能鸣音多种，如猫犬声、婴儿啼哭声、行军奏乐声，无不妙肖，涵秋以其鸟之胜己鸟，欲购蓄之，其人曰："我非牟利之徒，倘以鸣鸟相易，当可磋商。"涵秋喜出望外，便易鸟成交，且津贴其人若干金，涵秋笼鸟返家，炫于家人妇子，不料该鸟寂不作声，有似寒蝉之噤。涵秋犹以为鸟骤易新主之故，亦不之怪。逾数日，鸟仍寂然，询诸他人，始知其人涎涵秋鸟，因此故肆狡狯，彼鸟之能作种种声音，实出于其人之口技，涵秋被他骗弄了。辛酉八月，涵秋应《时报》之聘赴沪。《时报》主人狄平子偕钱芥尘至车站迎接，共乘汽车，驰往大东旅社，涵秋不耐颠簸，顿感头眩眼花，平子立嘱司机缓其机捩，既抵大东旅社，开的房间是一百二十五号，乘电梯登楼时，甫入电梯间，涵秋语平子："这屋太小，不能起居的。"平子等匿笑，告以此为电梯，无非代步上楼，涵秋始知失言，未免愧赧，芥尘急说他语，相与登楼谈笑。旅社房间，地板光洁可鉴，涵秋却吸水烟，烟烬着地，留有焦痕，社役止之，他很不惯常，平子为其另赁云南路安康里楼室，作安砚之地。沪上小说界组织的青社，邀他为社友，每逢宴会，吃西点他不习惯使用刀叉，总为他特备中肴。当时的周瘦鹃和他是青社同仁，涵秋死时，周有一篇追悼文章："他身材瘦长，近视眼的程度很深，在我们多数戴眼镜的文友中间，便列在第一等了。有一次，李先生有事来《申报》馆见访，我们谈了一会，李先生才兴辞而去。过了一二分钟，忽又走了回来说：'那石扶梯一段没栏杆的，我不敢走下去，是否打发一个当差的扶我下去？'我答应着，即忙唤一个馆役扶了李先生一同下楼，我立在梯顶眼送着，不觉暗暗慨叹。心想青春易逝，文字磨人，李先生不过是个四十九岁的人，已是这样颓唐，我到四十九岁时，怕还不如李先生咧！如今李先生死了，当时他扶在馆役肩头，伛偻下楼的样子却至今还在我的心头眼底，不能忘怀。”涵秋未老先衰的状况，写来历历如绘。瘦鹃还在他主编的《半月》杂志上为涵秋出了个专号。

涵秋的作品，有些没有出单行本，如《梨云劫》《滑稽魂》《孽海鸳鸯》《爱克斯光录》《情错》《怪家庭》《秋冰别传》《玉痕小史》《雪莲日记》《众生相》《绿林怪杰》《社会罪恶史》。我和赵眠云在吴中编《消闲月刊》，请涵秋撰稿，他拟把《北京新中国杂志》没有登完的《无可奈何》应征，我们不同意，他就别撰《情天孽镜》，并附来一西装照片，可是《消闲月刊》仅出了六期，即宣告停止，这个《情天孽镜》，也不了而了。涵秋又撰有《新广陵潮》，没有多时，涵秋下世，某书贾请程瞻庐继续撰写，瞻庐应允了，我就私下询问瞻庐：“这部书是以扬州为背景的，你老人家不熟悉扬州情况，怎能下笔呢？”瞻庐笑着说：“这有何难，只要把书中主人公迁居到苏州来，说是喜欢吴中水木清嘉，人文荟集，在城中购一故家园宅，作为菟裘，我便轻车就熟了。”后来这部书是否写成，我就不得而知了。

程小青和世界书局

谈到侦探小说的作者，总不会忘掉著《霍桑探案》的程小青吧！他字青心，晚号茧翁，在敌伪时隐名为辉斋。生长上海，出身贫苦家庭，幼年丧父，靠母亲做手工维持生计，在私塾读几年书，十余岁，在亨达利钟表店当学徒，刻苦耐劳。得暇周爰咨诹，孳孳矻矻，几乎废寝忘食，若干年来，居然淹通中西文字。阅览《水浒传》金圣叹评语，颇多启发，便从事撰写小说，他的处女作《鬼妒》，投寄《小说月报》，编辑恽铁樵大加称赏，邀他一谈，并勉他多读前人著作，尤其《礼记·檀弓篇》更非精读不可。他经此鼓励，益复沉酣深造，一意于稗官小说。一方面阅看了英国柯南道尔的《福尔摩斯探案》，深感兴趣，他就别辟蹊径，撰符合我国国情和风俗习惯的《霍桑探案》，读者遍及南北，在东南亚一带也拥有相当数量的读者。这时他任东吴大学（西人教会所设的最高学府，即今苏州大学的前身）吴语科，专教西人学华语。同事有赵芝岩，常随小青出入，人们以福尔摩斯有助手华生，霍桑有一助手包朗，便把芝岩戏称之为包朗，芝岩一笑默许。小青思想致密，胜于常人，当他编撰探案，例必先构一情节图。情节由甲而乙，由乙而丙丁，草图既成，进一步更求曲折变幻，在甲与乙之间，乙与丙丁之间的大曲折中再增些小曲折，极剥茧抽丝的能事，使人猜摸不出，及案破，才恍然大悟。每当构思设想，他经常于清晨昧爽，跑到杳无人迹处，冥坐水边石畔，动着脑筋，及群鸟出林，他已粗具结构，归家命笔。且把亲身经历的，耳闻目睹的，和自己所设想的集中起来，融成一片。所以当时写侦探小说的不乏其人，可是没有人比得上他。

他有一恋人江黛云，性情投契，奈贫富悬殊，江氏父亲横加阻挠，致好事未谐，周瘦鹃有一短篇小说《情弹》，即影射其事。后来他和黄含章结成配偶，鸿案相庄，唱随至老。含章谙英文，小青翻译《圣徒奇案》《陈查理探案》《斐洛凡士探案》等等，常和夫人合作，夫人读，小青写。小青是不惮烦的许子，对于任何事物喜欢试探。有一次，他把自己的《霍桑探案》，译为英文，投寄美国某杂志，事前故意在纸页间撮些轻微的粉末，既付邮，约月余，稿由杂志社退回，把纸页一检，粉末依旧存在，可知编辑未经审阅，即贸然退稿的。小青去信诘责，编辑不得已，致信道歉。

小青的《霍桑探案》印成袖珍本，有三十种，由世界书局出版，所以他和世界书局关系很深。他曾记述其经过，原文存在朱联保处，联保在世界书局任职多年，对于世界书局也是很熟悉的。小青逝世有年，此文从未发表，我就向联保索取。节录如下：

“在一九二一年七月间，上海福州路的中心，突然出现一幢完全红漆门面的铺子，叫做‘红屋’，那一股火灼灼热

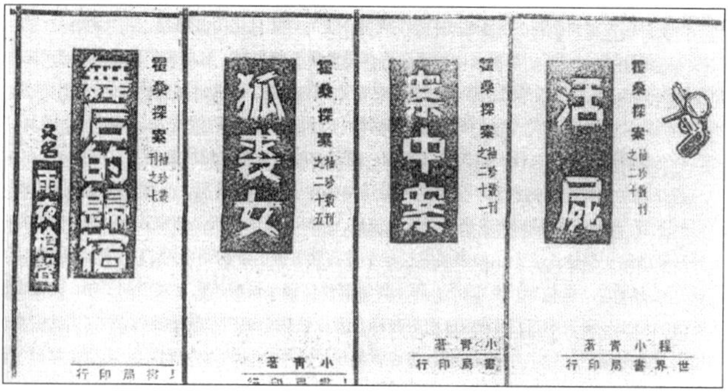

《霍桑探案袖珍丛刊》之部分书影

辣辣的色彩，具有相当大的吸引力，使经过它门前的行人，不由不暂停下脚，注目而视，显然用这样一种方法来招徕顾客，是有些异想天开的。原来世界书局的创始人沈知方，就是一个异想天开的人。他凑集了少数资本，却抱着雄心壮志，企图在根深蒂固和资本雄厚的商务印书馆、中华书局对峙局面的隙缝中，横槊跃马，杀开一条路子，在上海的出版界中形成鼎足而三。因此，他开头时出版的书，都是些适合小市民口味及有关常识的热门作品。另一方面，拚命在广告上卖力，第一种期刊《红杂志》的发行，就是配合它的广告宣传应运而生的。”

“《红杂志》的编辑，挂名的是严独鹤，实际负责的是施济群、陆澹安等。那时我创作的《霍桑探案》，已经在一些报刊上发表了，一个具正义、爱祖国、重科学、反封建的机智勇敢的新型侦探，在那些爱好侦探小说的人们中留下了印象，拥有一定数量的读者。《红杂志》约我写稿，我就和世界书局发生了联系。我从《红杂志》及它后来的替身《红玫瑰》所发的稿酬，似乎较丰，这就是沈知方拉拢有些微名的写作人的手段之一。沈曾邀我会谈，他要我把所创作和翻译的侦探小说，完全交给世界书局，不再在其他书局和刊物上发表。我觉得这有些像引鸟入笼，没有答应。不久，他就投我所好，约我主编以侦探小说为主体的《侦探世界》半月刊，这个我答应了。编了一年，一共出了二十四期。在这时期，当然没有余力，再为其他刊物写稿，终于做了一年的包身工。”

“约在一九三〇年，我为世界书局承担了编辑《福尔摩斯探案大全集》的任务。福尔摩斯，是英国柯南道尔笔下的理想人物，他的探案，有长篇四种，短篇五十种，前后四十年间，陆续在英国《海滨杂志》发表。由于它的情节曲折离奇，作者又运用着科学理论和技巧，处处出人意外，成为侦探小说中继往开来突出的读物，为广大读者所喜爱。它很早就介绍到我国来，最早的期刊《小说林》中，就有它的译作，单行本也流传了好几种。福尔摩斯的译名，变成了智慧人物的代名词，几乎妇孺皆知。到了一九二〇年左右，中华书局汇集柯南道尔的原作，译出一部《福尔摩斯探案全集》，我和严独鹤、周瘦鹃都参加翻译，出版后，销路很广。这时沈知方看准了这一点，叫我把中华书局出版以后，柯氏续写的探案一齐收罗在内，另外出一部《福尔摩斯探案大全集》，并把每篇作品重译成白话体，加上新式标点和插图。因为中华版是文言文，读者对象有了限制，他知道我对于此道有偏爱，乐于承担这一工作，就压低稿酬，并限期半年全部完稿。我说：

‘柯氏的探案长短五十四篇，一共有七十多万字，半年时间，无论如何完不了。’沈知方却轻描淡写地说：‘把文言的改成白话，花得了多少工夫呀！’就这样，说也惭愧，我竟依从了他的要求。除了我自己，和顾明道等从原文译了一部分以外，其余的分别请朋友们当真把文言译成了白话，完成了这一粗制滥造的任务。沈氏还有一种巧妙的募集股金的特殊手腕，对写作人来说，就是用书局股票来代替稿费。我翻译的开头几种《斐洛凡士探案》，得到的报酬，就是世界书局的股票，他却不花一文稿费，印出了好几本畅销的书。”

“书越出越多，营业也蒸蒸日上，世界书局基础渐渐巩固了，沈氏才逐步改变他原来的作风，也出版了一些较有价值的学科书，如《ABC丛书》及国学古籍。一自沈氏作古，陆高谊继任经理，出书更趋纯正，信誉渐著，对于商务、中华似有骖靳之势。我的《霍桑探案》三十种，《圣徒奇案》十种，《柯柯探案》二种，以及写福尔摩斯与亚森罗苹斗智的《龙虎斗》等作品，都是在陆氏任内出版的。那时报酬办法，已从稿费制改为版税制了。每年结算两次，销行较多的几种，有重版至八九次的，但每次不过一二千册，最畅销的亦只销到一万余册。”

“解放以来，我又写过惊险小说四种，由上海文化出版社出版，可是情况却完全不同了。第一种《大树村血案》，一下子就销二十二万五千册，第二、第三、第四种亦各销二十万册左右。社会制度一经改革，各方面都起了翻天覆地的变化，单从这一小小的角度——我的作品出版数额来看社会面貌，今之与昔，显然是霄壤之别了。”

小青喜国画，曾从陈迦庵学花卉，露莲烟芍，翠竹绛梅，极晖丽五彩之妙。又能书，行楷无俗笔，但不多作。偶亦吟咏，苏州多园林，他游必有诗，汇刊成一小册。他平素持躬俭约，笔耕所入，在苏州葑门望星桥畔筑屋数楹，且有客室，宾至辄下陈蕃之榻。当他七十寿辰，我和徐碧波自沪到苏，为他祝寿，即留宿其间，迄今已二十年了。宅有隙地，植有名种月季，又种蔬菜，乘鲜腴时摘撷，佐餐不求于市，而味更胜之。小青有女育真，幼时带些顽皮性，见父亲写小说，她也操觚摹仿，以父亲署名“小青”，她却署名“大青”。后来毕业东吴大学，居然文采斐然，正式为小说家言，登载各报刊。第一次领到稿费，她把这钱买了一双皮鞋给父亲，小青笑逐颜开，举起足来，告诉朋好，“这双皮鞋是育真以稿费给我买的。”育真现旅居美国纽约。子育刚，治医；育德执教鞭在苏，搜罗乃翁遗著刊印一纪念集。一九七六年十月十二日，小青逝世，我撰了一副挽联，并有跋语，联云：“直友难求，棣棣威仪君有度；良朋痛失，茕茕孑影我何堪。”跋云：“程小青兄，我社健者。高峨澹峻，敦尚躬行，吐膈倾襟，直谅足式，固不仅彬雅多才，蜚声著述已也。正拟康衢击壤，共乐熙年，讵意天丧斯文，遽尔谢世，得此噩耗，不觉为之潸然雪涕。敬撰一联，以抒哀感。”

写到这里，又想起他的一件小轶事。当时吴中星社同文，几乎每人编一刊物，如范烟桥的《星报》，范菊高的《芳草》，姚苏风的《诤友》，黄若玄的《癸亥》，尤半狂的《戏剧周刊》，徐碧波的《波光》和我的《秋声》，都是刊物中的小型者。这时程小青异军苍头，也编了一个刊物《太湖》。除登载他的侦探小说外，又罗致了许多文友的作品，连出了若干期。太湖为三万六千顷的巨浸，东西两洞庭矗列其中，诗人称为“水晶盘里双青螺”，真是绝妙的比喻。可是烟水浩渺芦荻丛杂，其时颇多横暴之流，出没其间，俗称太湖强盗，是杀人越货、无所不为的，所以官方经常派兵捕捉。小青所辑的既名《太湖》，我们遇见了他，总要向他开玩笑问：“近来捉强盗捉得怎样？”既而他又和徐碧波合辑一刊物，名曰《橄榄》，内容有集锦小说、笔记、杂札、文虎、漫画，而那些悬赏征求，又很有趣，颇能博得社会的欢迎。我们遇见了他，又改口吻问：‘卖橄榄生意好不好？”他却含笑回答：‘近来物价飞涨，就是这种小生意，也很难做哩。’”

小青喜欢收罗名人的小画册，有山水，有人物，有花卉，有翎毛，有虫鱼，有走兽，付诸装池，成三十多册，并配楠木夹版，上镌款识，甚为精雅，撰述余暇，辄出展赏，认为精神上唯一的慰藉。不料日寇来侵，他携着妻孥，避难于黟县山中，册页本想带走，奈因夹版装潢，非常笨重，没有办法，只得寄存在他任课的东吴大学。该大学为西人所创办，如有不测，或许获得幸免，所以他就硬着头皮而去。岂知不到半个月，苏地吃紧，敌机狂轰滥炸，顿时把一座阖闾古城，炸得危楼断壁，不成样子。那东吴大学，也遭着池鱼之殃，小青所寄存的三十多本画册，一股拢儿化为灰烬。小青从黟县山中回到上海，才得悉这个噩耗，宛如青天霹雳，使他目瞪口呆，后来他对我们说：“这种精神上的大损失，痛定思痛，不知何时始得释怀。”

一九八四年十月十二日，苏州市委统战部为之举行纪念会，苏地报纸有专载文字。那《中国文学家辞典》，载有《程小青小传》，曾有那么几句话：“《霍桑探案》中的私家侦探霍桑，就是程老笔下的一个锄强除暴的英雄人物，探案中的被害者，大都是社会中下阶层者，这说明程老对旧社会的腐败，对旧时的司法制度和保安机构的抨击。他出身于下阶层，与下阶层是赋予同情的。”

陆秋心创始集锦小说

陆秋心，名曾沂，字冠春，别署南梦，江苏海门人。他参加南社。他和柳亚子同学于爱国学社，亚子目为“畏友”。他写的小说有《秋心说集》《双泪碑》《墨沼疑云录》，尤以他所译的《葡萄劫》连载于《民立报》上，最为著名。

当民元时，《民立报》为宣扬民主革命的号角，风行寰宇，附张小品，很为精彩，主笔政的乃叶楚伧。陆秋心发起为集锦体的点将小说，当时叶楚伧、邵力子、杨东方、谈善吾、徐血儿，谈社英、于骚心、李伯虞、王季威等赞成合作，诸子皆一时俊彦。杨东方即杨千里，谈善吾即谈老谈，于骚心即于右任，李伯虞即李浩然，排日撰《斗锦楼》小说，读者认为新颖有趣，无不击节称赏。《斗锦楼》为文言体，全篇约二三万言，点人者辄将被点者之名，嵌之于后，周而复始，为便于嵌名故，如叶楚伧用屑屑为别署，卒由屑屑结束。结束时，须在数百字中，把作者之名，重行提嵌一过，熨贴自然，洵非易易。文末更有第二篇由屑屑开始附语，不料那桃源渔父宋教仁，被袁世凯所忌，遽遭狙击，报纸连篇累牍登载宋案，致第二篇未能刊载。此后严独鹤仿效这一做法，于《新闻报》副刊《快活林）中，先后刊登《海上月》《奇电》《蓬蒿王》

《红叶村侠》《夜航船》《米珠》《怪手印》《珊瑚岛》《新潮》《闺仇记》等，执笔的为严独鹤、朱大可、许指严、徐枕亚、严谔声、李浩然、陆律西、天台山农刘介玉、天虚我生陈蝶仙。及刊竣后，曾由大成图书局刊《集锦小说第一集》，凡二册行世，集锦小说，成为一时风尚。施济群发行《金钢钻月刊》，载有《江南大侠》一篇，为侦探性质的集锦小说，作者为朱大可、徐卓呆、严芙荪、赵苕狂、胡寄尘、陆律西、施济群、严独鹤、陆澹安、程瞻庐诸子。这些小说，引人入胜。但因过于诡奇，野野豁豁的说开去，线索太多，致最后一人，难以结束，不得已，再轮一次，才得百川朝宗，归之于海。这时我和赵眠云合辑《消闲月刊》，亦起而摹仿，先后凡四篇，有《戍卒语》《香闺绮语》《诗声》《兰蹇修》。合撰的为许指严、顾明道、俞牖云、吴双热、赵眠云、吴绮缘、范烟桥，我亦是其中一人。继之又有我与赵眠云、姚苏凤、蒋吟秋、范烟桥、顾明道、黄转陶，撰成《沧浪生》小说，载《半月》杂志上。此后学步的，不胜枚举，几乎泛滥成灾，读者厌腻，也就停止了。

张爱玲的成名作《沉香屑》

张爱玲

我没有见过张爱玲，却见过她的自画黑影像，服饰新颖，丰姿娟然，在当时是很摩登的。她是前清丰润张幼樵的孙女，幼樵著有《涧于集》《涧于日记》，也是书香门第了。她自幼即喜读《红楼梦》，学着写些小说，当然是不成熟的。可是她孜孜不倦，所写小说，由不成熟而成熟，由成熟而成名，那成名的作品，便是不标第一回、第二回的回目，而称第一炉香、第二炉香的《沉香屑》。这小说发表在周瘦鹃主编的《紫罗兰》杂志上，一经刊登，便博得广大读者的欢迎，好比京剧演员，一个亮相，满堂彩声。这样就鼓动了她的写兴，继续写了许多作品，如《金锁记》《倾城之恋》《琉璃瓦》《连环套》《花凋》《鸿鸾禧》等，声誉之高，在当时的女作家中，可谓首屈一指。

当时周瘦鹃有一篇叙述会晤张爱玲及《沉香屑》的事，外间很少见到，兹摭录之：

“一个春寒料峭的上午，我正懒洋洋地呆在紫罗兰庵里，不想出门，眼望着案头宣德炉中烧着的一枝紫罗兰香袅起的一缕青烟在出神。我的小女儿瑛忽然急匆匆地赶上楼来，拿一个挺大的信封递给我，说有一位张女士来访问。我拆开信一瞧，原来是黄园主人岳渊老人(辟园于沪西高安路，著有《花经》一书行世）介绍一位女作家张爱玲女士来，要和我谈谈小说的事。我忙不迭地赶下楼去，却见客座中站起一位穿着鹅黄缎半臂的长身玉立的小姐来向我鞠躬，我答过了礼，招呼她坐下。接谈之后，才知道这位张女士生在北平（即今北京），长在上海，前年在香港大学读书，再过一年就可毕业，却不料战事发生，就辗转回到上海，和她的姑母住在一座西式的公寓中，从事于卖文生活，而且卖的还是西文，给英文《泰晤士报》写剧评影评，又替德人所办的英文杂志《二十世纪》写文章。至于中文的作品，除了以前给《西风》杂志写过一篇《天才梦》后，没有动过笔，最近却做了两个中篇小说，演述两件香港的故事，要我给她看行不行，说着，就把一个纸包打开来，将两本稿簿捧了给我，我一看标题叫做《沉香屑》，第一篇标明‘第一炉香’，第二篇标明‘第二炉香’，就这么一看，我已觉得它很别致，很有意味了。当下我就请她把这稿本留在我这里，容细细拜读。随又和她谈起《紫罗兰》复活的事，她听了很兴奋，据说她的母亲和她的姑母都是我十多年前《半月》《紫罗兰》和《紫兰花片》的读者，她母亲正留法学画归国，读了我的哀情小说，落过不少眼泪，曾写信劝我不要再写，可惜这一回事，我已记不得了。我们长谈了一点多钟，方始作别。当夜我就在灯下读起她的《沉香屑》来，一壁读，一壁击节，觉得它的风格很像英国某名作家的作品，而又受一些《红楼梦》的影响，不管别人读了以为如何，而我却是深喜之的了。一星期后，张女士来问我读后的意见，我把这些话向她一说，她表示心悦神服，因为她正是该作家作品的爱好者，而《红楼梦》也是她所喜读的。我问她愿不愿将《沉香屑》发表在《紫罗兰》里？她一口应允，我便约定在《紫罗兰》创刊号④出版之后，拿了样本去瞧她，她称谢而去。当晚她又赶来，热忱地预约我们夫妇俩届时同去参与她的一个小小茶会。《紫罗兰》出版的那天，凤君（瘦鹃夫人，胡姓）因家中有事，不能分身，我便如约带了样本独自到那公寓去，乘了电梯直上六楼，由张女士招待到一间洁而精的小客室里，见过了她的姑母，又指着两张照片中一位太太给我介绍，说这就是她的母亲，一向住在新加坡，前年十二月八日以后，杳无消息，最近有人传言，说已到印度去了。这一个茶会，并无别客，只有她们姑侄俩和我一人，茶是牛酪红茶，点心是甜咸俱备的西点，十分精美，连茶杯与碟箸也都是十分精美的。我们三人谈了许多文艺和园艺上的话，张女士又拿出一份在《二十世纪》杂志中所写的一篇文章《中国的生活与服装》来送给我，所有妇女新旧服装的插图，也都是她自己画的。我约略一读，就觉得她英文的高明，而画笔也十分生动，不由不深深地佩服她的天才。”

张爱玲的小说，称誉者不仅瘦鹃，柯灵主编的《万象》

---

④ 与前文不相符，疑为作者笔误。——编者注

杂志也说:“张爱玲女士是一年来最为读书界所注意的作者。”傅雷有一篇《论张爱玲的小说》，也称许她是：“文艺园里探出头来的奇花异草。”

亡友陆澹安很喜欢阅读她的《十八春》，且把这书藉给我阅读，时隔二三十年，迄今犹留有深刻的印象。一自她远渡重洋，她的作品不再和读者见面，可是南京师院中文系资料室所编的《文教资料》，犹为她出了一期《张爱玲研究资料》号，展览之余，似温旧梦。

韩子云的《海上花列传》

《海上花列传》也是晚清时代的有名小说，共五十万言，分六十四回。作者署名花也怜侬，实则出于韩子云手笔。

韩名邦庆，号太仙，又号大一山人，松江娄县人，生于一八五六年。从小跟了父亲宦游京师，读书很聪颖，但科举应试却一再失败，他就淡于功名。喜欢弹琴作诗，弈棋称唯一好手，松江人都推崇他，向他学习。他住在上海很久，常和申报馆主笔钱忻伯、何桂笙等来往，诗文唱和，非常投契。他也担任《申报》写作。

他和某校书具有深切情感，一度为避免某种纠纷，匿居在她妆阁中，兴之所至，便取残纸秃笔，一写动辄万言。《海上花列传》就是这样开始写成的。后来把这稿本刊印出来，可是他不久就死了，年只三十九岁。没有儿子，女童芬，嫁聂姓。他的诗文杂著，散失无存。这部《海上花列传》书中人名，大都实有其人，不过影射罢了。如史天然为李木斋、方蓬壶为袁翔甫、王莲生为马眉叔、李鹤汀为盛杏荪、齐韵叟为沈仲馥、高亚白为李芋仙、黎篆鸿为胡雪岩。又据传说，书中有赵朴斋，这人初极穷困，甚至把他的妹妹卖给妓院，韩子云知道了，尽力救济他。赵后来忽然发了财，韩反潦倒，向藉一百元，赵非但不肯，且出言讽刺他，他恨极了，便在小说中揭发赵的丑史。赵没有办法，出钱收购这书，把它烧掉。坊间翻刻的，往往改头换面，割裂很多。书名也改为《海上新繁华梦》和《海上花丛艳史》，原来赵相当有势力，人家不敢冒犯他。

《海上花列传》光绪二十年（1894）初版封面

写《海上繁华梦》的孙玉声，在辛卯年的秋天，应试赴京，和韩子云相识于松江会馆，考罢南回，同乘招商局海定轮船。途中，韩把所写的小说稿给孙玉声阅看，书名《花国春秋》，已做了二十四回。孙玉声正在写《海上繁华梦》，已成二十一回，两人交换阅读，各提意见。韩自己觉得《花国春秋》的名儿不恰当，打算改为《海上花》，孙很以为然。但认为书中用苏州方言，恐别省人不懂，且苏州方言中，有音无字的很多，下笔时颇感困难，不如用通俗白话为妥。韩对于这个提议，却不接受，说：“曹雪芹写《红搂梦》，都操京语，那么我的书也不妨操吴语。”并指稿中有音无字的“朆”“凹”等字说：“当日仓颉造字，难道不许后人造字吗！”出版时书名为《海上花列传》。张春帆的《九尾龟》，对白用苏州方言，考出版时期，在《海上花列传》之后，可见张春帆是效法韩子云的。

林琴南小说译稿的被焚

“一·二八”之役，日飞机向商务印书馆总厂和东方图书馆乱掷硫磺弹，烧了两三天，到了夜间，登高北望，一片红光，成为火海，这是多大的文化劫运啊！原来东方图书馆，在商务印书馆总厂对面，是该馆藏书的地方，涵芬楼的珍贵书籍，也并在一起。经这一烧，毁掉了三十多万册的书本，和五千多种的图表照片。如宋元明善本的各省府厅州县志二千一百多种、公元十五世纪前所印的西洋古籍、远东唯一孤本德国李比希《化学杂志》初版全套、香港久已绝版的《中国汇报》，罗马教皇凡的康宫所藏明末唐王的太后、王后、王太子及其司礼监太监皈依天主教上教皇书的影片等，完全在牺牲之中。

林琴南生平所翻译的东西洋小说，共一百五十九种，大部分由商务印书馆收购印行，所谓《林译小说》，汇成一箱，非常精雅，大家争购一空。他老人家翻译是很迅快的，如王子仁、魏冲叔、曾宗巩、陈器、陈家麟、王庆通、王庆骥、李世中、毛文钟、林驺、廖琇琨、王寿昌、胡朝梁、力树萱、林凯、严培南、叶于沆等襄助他，差不多每天工作四小时，可成六千言。他译写得快，商务印书馆印得迟，有许多译成之本，积搁在东方图书馆，突然遭火，把他的稿本没有来得及刊印的都烧掉了。

据调查所知，烧掉的有《金缕衣》《情幻记》《军前琐话》《洞冥续记》《五丁开山记》《孝女履霜记》《雨血风毛录》《黄金铸美录》《神窝》《奴星叙传》《情桥恨水录》《学生风月鉴》《眇郎喋血录》《夏马城炸鬼》《凤藻皇后小纪》《双鸳侣》，尚有不知道书名的当然更多。琴南翁耗了心血，结果如此，能不使人感叹吗！

《越缦堂日记》残缺部分的下落

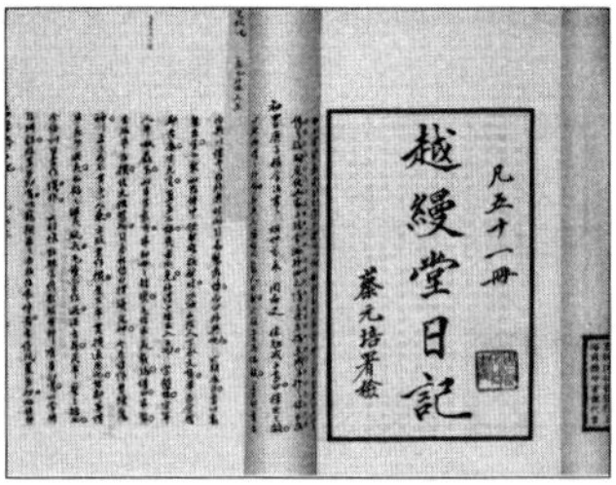

《越缦堂日记》部分内容

日记刊行，始于北宋。周辉说：“元祐诸公，皆有日记，凡榻前奏对语及朝廷政事，一时人材贤否，书之惟详。”考元祐诸公日记最早的，当推路振的《乘轺录》，计一卷，受诏充契丹国主生辰贺使时所作。此后作者辈出。到了清季，日记尤为盛行，如曾涤生的《求缺斋日记》，叶昌炽的《缘督庐日记》，李慈铭的《越缦堂日记》等等。若要谈到内容的充实、掌故的丰赡，《越缦堂日记》可首屈一指。

这部日记是影印的，凡数十本，称为正编，后又续印了十二本，蔚为大观。原稿涂乙改易，累累皆是，由于影印，完全存其本来面目，阅读起来很不醒目。但就他的改易处，可以窥见它由原始而加工的迹象，这也足资研究。听说近来从事古典文学者，拟把它用铅字排印，成为普及本，希望早日成为事实。

该日记无所不有，如朝野轶闻、朋踪聚散、史料捃拾、古物考据、山川游览、书画鉴赏、声色娱乐、草木培植等等，可谓包罗万象。唯有一点，读者不易了解，如作者常在日记中以资郎自况，原来他未中进士前，曾斥资捐得部曹。曾孟朴的《孽海花》所记："李保安寺街寓所，门榜一联：'保安寺街藏书三万卷，户部员外补缺一千年'"，便是指李慈铭而言。

至于这部日记原稿问题，记得十多年前，饮于杭州耆宿项兰生家里，听到项老谈到该日记稿本，归其戚某氏以二十万元代价购藏，作为传家之宝。虽这时币制和现在不同，但如此代价是相当高贵的。那么时隔十多年，可能日记原稿仍由某氏珍庋。江云先生所写《李越缦的日记与书札》一文中提到："李氏卒于光绪甲午之冬，年六十六岁，可惜最后几年的日记没有印本，据闻其中有不满樊增祥的话，被樊氏毁掉或是藏起来了，这话不知确否？无论如何，总是一件憾事。"这种消息，我也听到好多前辈这样讲，认为什九被樊云门付诸一炬了，可是不久前会晤苏继卿老人，偶然谈及此事，苏老却见告，抗战前，他老人家在北京，公余之暇，常访书于某旧书铺，见一六十左右的老妇人出入其间，似很稔熟的，问诸书铺主人，才知老妇人乃樊云门的长女。苏老便想到《越缦堂日记》的残缺本，托书铺主人代为探问。樊云门长女说，日记一向由她父亲密藏着没有毁掉，直到父亲逝世，才拣出让给某书贾，在敌伪时期，辗转被汉奸陈人鹤（群）所获，抗战胜利，由汤恩伯前去接收。从这线索，可知所谓被毁的部分日记或许尚在天壤间，但不悉何时始得出现，把它影印和以前的正续编合为全璧，那不是憾事成为佳事了吗！

《清史稿》编纂始末

凡从事历史学的，都知道“断代为史”。自从辛亥革命，清皇朝便告结束，那么清史应当从事编写，列入传统正史中，成为二十五史（开明书局虽刊行二十五史，但列入的是新元史，不是清史）。民国初年，袁氏称帝，他为羁縻一班前清遗老，特辟清史馆修纂《清史》。聘赵尔巽为馆长，柯绍忞、王树楠、吴廷燮、夏孙桐为总纂，金兆蕃、章钰、金兆丰为纂修，俞陛云、李岳瑞、姚永概、吴昌绶等为协修；又袁金铠总理史稿发刊事宜，金梁总理史稿校刻。其他尚有提调多人，共计一百余位。

初开馆时经费尚充，这班遗老每天聚着谈谈，随便撰写一些，全无条例，有如一盘散沙。后来觉得这样做下去，是不会有成绩的，就公议推金兆蕃担任写雍正乾隆时期的人物和典章制度，夏孙桐担任写嘉庆道光时期，王树楠任咸同，马通百任光宣，邓效先、金雪生为助手，两年才得告成。可是很多地方违反凡例，咸、同，光、宣四朝都不合用，重推柯绍忞、夏孙桐加以整理，柯推诿不干，改归金兆蕃。然时局混乱，经费紧缩，馆中议论纷歧，莫衷一是。夏金两人，都没有着笔；既而混乱更甚，经费完全告绝，以致全局停顿，馆长赵尔巽向军阀筹款，又得苟延残喘。但馆中诸人已多散去，留者重行分配工作："本纪"归柯绍忞、奭召南、李惺樵编写；"志"归王树楠、吴莲溪、俞陛云、金雪生，戴海珊、朱少滨任之；"表"归吴廷燮；"列传"由夏孙桐、金兆蕃执笔，夏任嘉庆以后，金任乾隆以前，定期三年完稿。

不料仅半年左右，馆长赵尔巽觉得自己八十多岁，风烛残年，又复体衰多病，深恐迁延下去，不及目睹这书的问世，即毅然要把这书付印，夏孙桐力争以为不可。然当时附和馆长付印者多，相持之下，而馆长病重，大有迫不及待之势，恰巧这时袁金铠自东三省来，愿任印书一切事宜，招金梁为总校，付印便决。孙桐所任各朝，咸同时期事最繁重；王树楠的稿，核之实录，抵牾太多，且立传太滥而卷帙又繁，更须重作，期限既促，光宣两朝，推归他人赶写，一时没有人肯接手，结果由金梁一手为之。没有多时，赵尔巽病故，柯绍忞继任馆长，柯和袁金铠、金梁意见不合，交稿不阅，便付金梁，金梁几执全权。及印书将毕，尚有曾左李三篇专传没有脱稿，金梁等不及，径取他人初稿付印，且馆中始终无总阅之人，因此传有重复，竟至把重要人物漏掉。志中当详而略，当略而详，尤多疏误，总之杂乱无章，谬讹百出。印了一年，只出上半部五十册，发售预约，取价一百元，下半部五十册，预定民国十七年端午节前刊竣。可是印成没有交易，只辽宁方面取去数百部。

北伐军队到达北京，史馆由故宫博物院接收，十八年十二月，该院具呈当局，谓《清史稿》乖谬百出，开千古未有之奇，列举反革命及藐视先烈等十九项，并称该书不宜再流行海内，应永远封存。当局准其所请，遂将史馆所有印本及史料捆载而南。净存二百四十五部，又残本二万二千六百六十九册。然在禁令之下，除国外图书馆及租界内或私人收藏者不计外，国内公开收藏的，有北京图书馆（时称北平图书馆）、北京大学图书馆、清华大学图书馆、南京江苏省立国学图书馆公家机关，私立大学有燕京大学图书馆、辅仁大学图书馆、岭南大学图书馆，从前都预约购得前半部的，也就再花巨金重购全部，因此这书名义上虽已禁止，实际上等于没有禁；况国外大学闻讯，往往不惜重价收买下来，只有一般穷苦学者无力购置，不易寓目。

民国廿二年，孟森在北京大学《国学季刊》三卷四号中，发表《清史稿应否禁锢之商榷》一文，廿三年九月，容庚复写一文：《清史稿解禁议》，刊于《大公报·史地周刊》创刊号，都为《清史稿》解禁而呼吁。廿四年一月三日，伪行政院院长汪兆铭，也以该《清史稿》关系学术很大，便呈请把该《清史稿》发交该院若干部，聘历史家先后检校，正其谬误，等到勘正编定后，再予印行：一方面再呈请解禁，一方面即请曾编纂《庐山志》的吴宗慈担任检校之责，拟于六个月内完成。可是那些伪官汉奸，除献媚敌人外，一切都是能说不能行的。直到民国三十二年三月，该《清史稿》原封不动，将错就错，由精华印刷公司印行，联合书店发行，那印刷公司和书店都没有地址。最矛盾的，该书底页却载着发售者各大书店，而版权旁又列“非卖品”三个字，完全掩耳盗铃，故弄狡狯。印成的是布面洋装两大册，计本纪二十五卷、志一百四十二卷，表五十三卷、列传三百十六卷，共五百三十六卷，字迹小于蚁足，阅览很费目力。自抗战胜利，总以为可把该书切实修葺了。不料仍旧不加措施，真令人望眼欲穿；最近闻政府当局，在重视文献史料、从事文化建设之下，已在统盘计划，大加增删，使它成为一部完善的史书。这是多么兴奋的好消息啊！

《武昌革命真史》被腰斩

记得当一九三〇年，中华书局出版了一部《武昌革命真史》，精装的全一册，纸面平装的共三册，出于曹亚伯手笔。曹亚伯是怎样一位人物呢？得先介绍一下。曹是湖北武昌人，清末，他和禹之谟、黄克强、宋教仁、张难先、陈天华、刘揆一、吴兆麟等，同为革命团体“日知会”会员。甲辰九月，黄克强、刘揆一谋在湖南起义，曹至长沙为援助。不幸事机不密被泄，黄克强潜避长沙吉长巷黄吉亭寓所。后黄乘一小轿，垂下轿帘，曹怀手枪，紧随轿后，得以脱险。孙中山在海外为革命奔走，曹筹款助孙旅费。辛亥八月武昌革命军起，曹和孙结伴归国。此后，孙起兵护法，及督师北伐，曹赞襄其间，功绩都是很大的。孙逝世，他目击政局混乱，便在昆山购地数十亩，经营农场，植树栽花，居然市隐。自国民党改组后，一般青年，大都数典忘祖，轻视前辈，他认为这是不知革命历史所致，所以他就发愤整辑其多年珍藏的“日知会”文书笔记，及辛亥武昌革命一切文告等等，写成《武昌革命真史》，凡数十万言。曹和中华书局主持人陆费逵（伯鸿）为旧相识，该书即归中华书局发行。一九二九年交稿，至一九三〇年春间出版。

书甫出版，不料某些国民党分子大为嫉妒，以为该书抹煞起义的各团体，而独归功于“日知会”，有欠公道，便联名呈请党部禁止发行。于是党部雷厉风行，令中华书局把所有成书，不论精装平装一律缴出，不得隐藏，且当场用截刀拦腰截毁，只有中华编辑部高级职员留着一二册，真成为仅存的硕果。

至于该书的内容，不妨在这儿谈一下：首冠一叙，那是曹亚伯自己撰写的。正文分十五章：（一）黄克强长沙革命之失败；（二）武昌日知会之运动；（三）同盟会之成立及吴樾炸五大臣；（四）陈天华投海；（五）孙文革命之追记；（六）欧洲学生之革命潮；（七）武昌日知会之破案；（八）殷子衡之日记；（九）被难各人略述；（十）禹之谟之死难；（十一）徐锡麟刺恩铭；（十二）各地纷起革命军；（十三）广州三月二十九日之役；（十四）杨笃生蹈海；（十五）铁路国有问题与武昌起义前之准备。附录武昌首义人名表。铜版印载遗像很多，如邹容、史坚如、黄克强、宋教仁、孙中山、陈天华、吴樾、刘敬安、季雨霖、徐锡麟、秋瑾、陈伯平、马宗汉、熊成基、温生才、蒋大同、赵声、杨卓霖、杨毓麟、杨德麟、袁礼彬等凡二十余幅。又有长沙日知会账目、刘敬安办日知会时之墨迹、孙中山遗墨、冯启钧之名片、殷子衡在狱中之肖像，黄克强、胡展堂对黄花冈一役报告书真迹，都是值得重视的历史文献。希望有关方面把这书翻印出来，否则任它湮没，那是很可惜的。

吴友如和《点石斋画报》

我们的国画，一向是保守的，一成不变的，认为前人的作品已经到了最高峰，好像无可进展了。画花卉的，总是在题识上写着仿黄荃或赵昌；画山水的，也总写着临倪迂，学大痴。这样一来，在艺术上有了限制，大大他削弱了创造力。但在数十年前，却有了一位在绘画界别树一帜的画家，那就是吴友如。

吴友如，江苏元和人，名嘉猷，从小死了父亲，很是孤苦，由亲戚介绍在阊门城内西街云蓝阁裱画店做学徒。这云蓝阁是兼卖书画的，那些书画大都陈腐粗俗，不堪入目；不是“生意兴隆通四海，财源茂盛达三江”的蜡笺对，便是什么“关圣帝君”，“姜太公钓鱼”“张仙送子”等画像。即使画些山水花卉草虫翎毛，也是幼稚平凡，没有些儿艺术价值。这种作品，大家都叫它“作家货”，主顾都是来自乡间不解文化艺术的老农民，买了去用来遮遮墙壁罢了。就苏州来讲，卖“作家货”的地点，一部分在城中玄妙观内，一部分便是阊门西街一带，所以云蓝阁的营业是比较兴旺的。吴友如在书画氛围中瞧得多了，也能动笔描摹。附近有位画家张志瀛，看见他的作品，认为笔致不俗，可以造就，便尽心竭力的加

影印本《点石斋画报》

以指导。吴也的确聪明灵巧，没有几个月，有飞速的进步，什么都能画，那人物仕女，更为擅长。渐渐地一班士大夫们也赏识了他，送润求他作画，且比他为明朝的仇十洲。那仇十洲是漆工出身，后来作画，却能享着盛名。

吴友如的声名一天天的大起来，甚至清朝皇室也招他绘图。吴费了几个月工夫把画完成，因不惯束缚，急急的南还。他路过上海，这时申报馆附设的点石斋，正发行《点石斋画报》，每月出版三期，随《申报》附送，也可以零售，每期五分，便请吴友如担任绘画主干。这画报是用连史纸石印的。石印在中国，以上海徐家汇土山湾印刷所为最早，由法国人翁相公及华人丘子昂二人主持，然所印的，仅限于天主教的传教印刷小件。石印成为书册，那点石斋可算首屈一指的了。吴友如在这石印有利条件下，就把新事物作画材，往往介绍外国的风俗景物，那高楼大厦、火车轮船，以及声光化电等科学东西，都能收入尺幅。当时一班守旧的画家群起反对，以为这样的画，失掉画的品格，直把吴友如骂得狗血喷头。但他置诸不理，一心从事新的写真。他说：“绘画当跟时代而变迁，时代有这东西，尽可取为画材。我们瞧了宋元人当时作画，也不过画些眼前景物罢了。那么现在既有新事物和我们接触，为什么要把它拒绝呢！”经他一提倡，跟随他的有金蟾香、周慕桥、何元俊、田子琳、符艮心、葛尊龙、马子明、顾月洲、吴子美、沈梅坡、管劬安等，画新事物成为一时风尚。且有好多作品，更具民族意识，如“会审公堂”“大闹洋场”等都是。

可是，《点石斋画报》由英国人美查掌握，很受拘束，吴友如就藉端告退，自己创办《飞影阁画报》，来和《点石斋画报》竞争。这时，从前教导他作画的张志瀛正潦倒海上，便请张来画报馆工作。若干年后，坊间汇集吴的作品，印成《吴友如画宝》，在绘画史上放一异彩。至于吴的扇轴流传很少，原因他终年尽力在石印稿上，没有时间作其他挥洒。他画仕女，有《杨贵妃百花亭醉酒故事》，笔法娟静，能于改七芗、费晓楼、胡三桥外别成一派。他又画过《水浒传》及王韬的《淞隐漫录》，现已绝版，不易见到了。

《点石斋画报》自吴友如脱离后，顿觉黯然无色，因此注全力在印书方面。首印《康熙字典》四万部，没有几个月便销完了。第二批印六万册，恰巧科举士子北上会试，路过上海，纷纷购置，有一人买五六部，作自用和赠人之需。所以又争购一空，点石斋方面获得了一笔厚利。到了一八八一年，粤人徐鸿复设同文书局，有石印机十二架，职工五百人，翻印《二十四史》《康熙字典》《佩文斋书画谱》等，称为同文版。又宁人某开设拜石山房，和点石斋成为三鼎足。但这三家印出来的东西都是黑色的，直至富文阁、藻文书局、宏文书局的开设，才进一步有彩色石印。

欧阳予倩与《新桃花扇》

欧阳予倩，原名欧阳立袁，湖南浏阳人。他是多才多艺的全能者，能诗词，擅书法，又谙外文，可是这些才能，都被演戏和导演的盛名掩盖了。

我的师兄胡叔异办国华中学，拉我去襄助他，这时予倩送他的外甥女来肄业，这是我初次和他见面。后来和他在新华影业公司同事过一个时期，比较熟稔。那时他住在沪西复兴西路颖村，我时常到那擅写甲骨文的孙沧叟家里去聊天，因沧叟也住在颖村，就顺便到予倩家问候了。有一次，我的谱弟赵眠云获得了一把梅兰芳手绘的绛梅扇，非常高兴，想到曩年予倩和梅兰芳到南通演戏，张季直表示欢迎两位艺人，特筑“梅欧阁”，眠云拟将这扇请予倩一写，成为双璧。当时我去为眠云代求，予倩欣然挥毫，写着一手流转秀逸的行书，和梅画在一起，真是相得益彰。

予倩早期所演的旦角戏《宝蟾送酒》，我曾欣赏过。后来他从事电影编导，第一部所编的电影剧，是民新公司的《玉洁冰清》，第一部所导演的电影剧，是《三年以后》。编导有声电影，开始是《新桃花扇》，这是新华影业公司摄制的。公司的主持人为张善琨，这时我和汪仲贤（优游）都在那儿担任编写工作，善琨不认识予倩，是请仲贤介绍的。一晤之后，便聘他导演古装片，把侯方域和李香君的《桃花扇》故事搬上银幕。恰巧予倩新近到过苏联、德国、日本，参观过许多电影摄影场拍摄有声电影，很想尝试一下，当然一口答应下来。但他认为这陈旧故事没有多大意义，就把仲贤编好的剧本，改写为现代剧，称《新桃花扇》，演述一个从事地下工作的革命青年和一个遭受迫害的女子的恋爱，故事轮廓和孔尚任的《桃花扇》有些相类，可是思想内容却不一样了。

记得《新桃花扇》的外景是在杭州六桥三竺间拍的，张善琨和金焰、胡萍等数十人同行，予倩是导演，当然是主要人物，非去不可。到了杭州，选择一家大旅馆，开了许多房间分住着。那时旅客的姓名照例标写在房间门口，善琨独占一间，上面标着"张善琨先生"，其他只标姓名，没有称呼。这给予倩发觉了，顿时大发脾气，认为大家一起来工作，还分什么高低！便严辞诘问："怎样资格才是先生，怎样资格就不配称先生？"且忿忿然欲回上海，说："从此不再干这低人一等的事。"善琨恐怕事情闹僵，受到损失，忙叫旅馆经理出来向予倩道歉，并取下牌子，重新写过，一律都称先生，予倩才平息怒气。从这小小的事儿上，可以看出他老人家平素明辨是非，富有斗争精神，的确是可钦可佩的。

予倩的著作，除《欧阳予倩剧作选》外，尚有《唐代舞蹈史》《电影半路出家记》《一得余钞》《自我演戏以来》《话剧新秧歌剧与中国戏剧传统》《我怎样学习演京剧》《全唐诗中乐舞资料》，又翻译了易卜生的《傀儡家庭》和托尔斯泰的《黑暗的势力》等。解放后，一九六二年九月二十一日逝世。

苏绣沈寿的《雪宧绣谱》

刺绣是我国传统工艺美术之一，在国际上享有盛誉。它的流派很多，风格各异，其中以顾绣和苏绣最为突出。

顾绣得名于上海露香园明代顾名世的儿媳缪氏及孙媳韩希孟。她们都善绣佛像和人物。曩年上海举办文献展览会，展出顾绣多帧，细针密缕，栩栩如生，吸引众多观者。至于苏绣，便首推苏州沈寿了。沈寿生于一八七二年，原名雪君，一名云芝。某年，其夫余兆熊（觉）的友人单束笙，在北京工商部供职，看到沈寿的绣品，赞不绝口，提议在慈禧太后七十寿辰时，绣一幅八仙上寿图为献。沈寿在兆熊的怂恿下，花了很多工夫，居然绣成一巨幅。及进呈宫闱，慈禧大为喜悦，竟得御赐福寿二字，从此她就废去雪君的原名而为沈寿了。

沈寿家里开设古董铺，除陈列铜瓷玉石外，当以书画为大宗，这使沈寿得以广泛接触名作，深受艺术薰陶，造就了极高的审美素养。她从小学绣，能把画幅的章法线条，虚实明暗，如实地在缣帛上表现出来，故称为传真绣。这样高超的技艺，使沈寿的声誉倾动南北，博得针神之号。她又根据油画绣成耶稣像一幅，陈列于巴拿马博览会，荣获一等奖。又为一西方著名歌舞家绣像，画中人展开舞扇，微笑嫣然，

沈寿绣《耶稣像》

歌舞家以为传神阿堵，妙到毫颠，酬以五千金。她又根据铅笔画为意大利皇后绣像，皇后欣喜之余，颁赠嵌有皇家徽章的钻石金表一块。从此，沈寿不仅驰名国内，而且享誉海外，开中国美术史新纪录。

沈寿二十岁嫁孝廉余兆熊，同居苏州仓米巷。后来为创办刺绣学校，迁至马医科巷，距俞樾的曲园很近。这里屋宇轩畅，饶有亭榭水石之胜。清宣统元年（一九〇九年），南京举办南洋劝业会，骈罗百物，相互观摩，湘鲁江浙的绣件，四方云集。沈寿被聘审查绣品，又任京师绣工科总教习。不久，绣工科停辍，而张季直在南通女子师范学校附设绣工科，便延请沈寿为主任。盖沈寿之于绣，能悟像物之真，能辨阴阳之妙，潜神凝虑，以新意运旧法，自谓：“天壤之间,千形万态,入吾目,无不可入吾针,即无不可入吾绣。”季直听了，为之动容。但沈寿体弱多病，季直深恐她的绝艺失传，便请她讲述绣艺，凡一事一物，一针一法，分门别类，日述一二，由季直亲笔记录。半年多后，撰成《雪宧绣谱》一书。全书分绣备、绣引、绣针、绣要、绣品、绣德、绣节、绣通等八项,并且附有线色类目表,共八十八目。一九一九年，该书由翰墨林书局出版，线装，啬公题签。啬公即季直的别署。印数不多，如今恐难觅到。之后，如续编《美术丛书》，我认为应把这部书采入丛书中，以广流传。沈寿四十八岁卒，

《雪宧绣谱》

埋骨南通南门外的黄泥山，季直题其碑曰："沈雪宧之墓。"未能归葬，余兆熊大有意见，撰有《痛史》。宋金苓、周禹武、巫玉等为其弟子，能传其艺。最杰出的为金静芬，既有传统的经验，又创新的技法，绣成《红楼梦》十二金钗，轻盈秾艳，各极其态。加之柳绿低迷，花红历乱，背景又复雅韵宜人，见者无不啧啧赞誉。继之又精绣唐周昉仕女，骎骎入古，更登艺术高峰。她就是从沈寿的传真绣中蜕化出来的。

《浮生六记》佚稿之谜

数百年前沦落不遇之沈三白，却在死后大交其运。林语堂把他的《浮生六记》译成英文，已传诵环宇。上海明星影片公司摄成电影，又有编为话剧演诸舞台，使万千观众，一洒其同情之泪。俞平伯教授更编撰《沈三白年谱》，想沈三白地下有知，当亦足以自慰的了。

我友忆凤楼主对于这书，曾作很详的考证。原来沈三白名复，取《论语》“南雍三复白圭”之意。他是江苏苏州人，生于清乾隆二十八年（即一七三六年），卒年无可考，然据该书第四卷写于清嘉庆十三年，那么他的逝世，无论如何，总在嘉庆十三年之后了。习幕作贾，在当时并无文名，娶妇陈芸，是一位有才而生性洒脱的女子。他所著这部《浮生六记》共分六卷，每一卷记一事类，故有六记之名。一《闺房记乐》、二《闲情记趣》、三《坎坷记愁》、四《浪游记快》、五《中山记历》、六《养生记逍》，忆凤楼主认为“记逍”或许是“记道”之误，这是言之有理的。

我曾在某刊物上，述及《浮生六记》的最初本，蒙前辈包天笑老人见告，始知这书收入同光间《申报》馆聚珍版印行的《独悟庵丛钞》中，《丛钞》罗列了若干种笔记，而这部《浮生六记》，也列入其中。独悟庵主人杨醒逋，名引传，江苏吴县人，是天南遁叟王韬的内兄。醒逋一度处馆于刘家浜尤家，那名绅尤鼎孚号遂庵的，便受他的教泽。后垂垂而老，又教鼎孚的子侄辈，大家呼他太先生。天笑前辈和尤家有戚谊，六七岁时，尝见过醒逋其人。

该书较完善的本，有阳湖管贻萼树荃及香禅精舍近僧的题词，杨引传的序，王韬的跋。杨引传在冷摊购得这书的手稿，六记已缺其二，后来海虞黄人（摩西）执教吴中东吴大学，编刊《雁来红》杂志，黄人主编，把《浮生六记》登载在《雁来红》杂志上。吴兴王均卿（文濡）又把它选刊入《说库》中（忆凤楼主谓：收入《香艳丛书》，这是记错的）。但已将题词序跋等删去，所以后来坊间的翻印本大都没有题序，因是依据《说库》所载的。至于那《申报》馆聚珍本早已绝版了。（按香禅精舍，是清末长洲潘钟瑞号瘦羊的室名，近僧是他的别署。）

六记散佚的二记，便是最后的《中山记历》《养生记道》。民国廿四年十一月，世界书局发行的《美化文学名著丛刊》，却有《浮生六记》的全稿，《记历》约一万数千言，《记道》较短，约七千余言。《记历》记的是琉球国事，当嘉庆年间，翰林院修撰赵介山奉使琉球，沈三白充当一名随员，和李和叔、王文诰、秦元钧、缪颂、杨华才等同行。所记内容很复杂，如海航的设备、所过鳌门、罗星塔、彭家山、钓鱼台、赤尾屿、姑米山、马齿山、那霸港等地的景迹，琉球国中山王世子尚哲率百官迎诏的仪节，宫室的建筑，海产的鳞介，花木果实的珍奇，土布的织造，弈棋的俗尚，女子的装饰，斋戒祭祀的典礼，琉球文字的音义，琉球诗人的篇什，海贼的猖獗，市间流通的钱钞，令节的应时物品，红衣伎的歌曲，嫁娶的轿舆，九月放纸鸢，酋长的贡献，受赐的墨砚等等，叙述都很详赡。

《记道》所记，大都属于摄生养性方面，如云："达观之士，无时而不安，无顺而不处，冥然与造化为一，将何得而何失，孰死而孰生耶？故任其所受，而哀乐无所错其间矣。"又云："人大言，我小言；人多烦，我少计。澹然无为，神气自满，此长生之药。"又云："舞衫歌扇，转眼皆非，红粉青楼，当场即幻。秉灵烛以照迷情，持慧剑以割爱欲，殆非大勇不能也。然情必有所寄，不如寄其情于卉木，不如寄其情于书画，与对艳装美人何异，可省却许多烦恼。"又云："治有病，不若治无病。疗身不若疗心，使人疗，尤不若先自疗。"又云："省多言，省笔札，省交游，省妄想，所一息不可省者，居敬养心耳！"又云："居山寺之中，日出则起，收水草清香之味，莲方敛而未开，竹含露而犹滴，可谓至快。"又云："日长漏永，午睡数刻，焚香垂幕，净展桃笙。睡足而起，神清气爽，真不啻无际真人也。"又云："乐即是苦，苦即是乐，带些不足，安知非福。"又云："圣贤不能免厄，仙佛不能免劫，厄以铸圣贤，劫以炼仙佛。"又云："牛喘月，雁随阳，总成忙世界。蜂采香，蝇逐臭，同是苦生涯。"其中颇多引庄周、邵康节、白居易、王阳明语，足以发人猛省。

朱剑芒校阅这书，附识书后，谓："《浮生六记》的五六两卷，早经佚去，最近经吴兴王均卿先生搜到了这部完全的《浮生六记》，在开卷以前，已感到不少兴趣。”又谓：“以前所见不完全的各本，目录内第六卷，是《养生记道》，现在这足本，却改了《养生记逍》，单独用一逍字，似乎觉得生硬。再《中山记历》内所记，系嘉庆五年随赵介山使琉球，于五月朔出国，十月二十五日返国，至二十九日始抵温州。按之《坎坷记愁》，是年冬间，芸娘抱病，作者亦贫困不堪，甚至隆冬无裘，挺身而过，继因西人登门索债，遂被老父斥逐。刚从海外壮游回国，且系出使大臣所提挈，似不应贫困至此。又《浪游记快》中无隐庵一段，亦在是年之八月八日，身在海外，决无分身游历之理。有这两个疑问，这个本子究竟靠得住靠不住，真是考证方面一桩困难的事。”

在这本子没有交世界书局排印之前，尚有一个小小的曲折。其时我主编《金钢钻报》，王均卿丈担任特约撰述，所以时常有晤叙机会。后来均卿丈在吴中营着菟裘，全家迁苏，但是他老人家不来沪则已，来则必蒙见访。有一次，他很高兴地告诉我说：“最近在苏州一乡人处，发现《浮生六记》的完全钞本，已和乡人商妥，藉来付印，以广流传。”我是爱读这书的，当然听了也很兴奋。过了一月，他老人家复从苏来，说：“前次所谈的足本《六记》，那乡人突然变卦，奇货可居，不肯公开印行了。但已和世界书局接洽印行事宜，如今失信，很说不过去，没有办法，因想恳你仿做两篇，约二万言，就得宕塞了。”我当时婉谢着说：“我是后辈，本应遵命，奈我文笔拙陋，珷玞难以混玉。且情节不知，更属无从下笔。”他老人家就说：“请你不要谦逊，你的行文，清丽条达，颇有几分类似三白处。至于《养生记道》，那是空空洞洞，可以随意发挥。即《中山记历》，所记琉球事，有赵介山的《奉使日记》，便可作为依据参考。”然我始终不敢贸然从事。不久，他老人家忽归道山，世界的这本《名著丛刊》出版，那所谓足本的《六记》，赫然列入其中。那么这遗佚的两记，是否由他老人家自己动笔，或委其他同文作伪，或那乡人获了厚利重复允许供印，凡此种种疑问，深惜不能起均卿丈于地下而叩问的了。总之，对这本子不但朱剑芒认为不可靠，我也觉得可靠的成分很少，如均卿丈要我仿作二万言左右，现在两记恰恰两万余言，可见均卿丈早有打算的。又三白的四记，笔墨轻灵，以后两记，笔墨滞重，也足证明非一人手笔。

最近《读书》杂志载有松一所著的《四十多年前的一段伪作公案》，是对《浮生六记》所补第五第六卷而言，且涉及俞平伯和我。又附带录入台湾吴幅员所作《中山记历篇为后人伪作说》，有云：“《中山记历》，与嘉庆五年赵正楷（介山）所著《使琉球记》（即《奉使日记》中一部分文字，大同小异。）至于另一记《养生记道》，与曾国藩的《曾文正公全集》中颐养方面的日记，很是相似。一经对照，可以看出《养生记道》中的一部分文字，凡与曾国藩己未到辛未间的十余条日记，一字不差。”那更和均卿丈生前嘱托我可随意发挥，可作依据参考的话相符合，这伪作是伪定的了。

尚有附带要说的，沈三白书法很好，又擅画山水。在抗日战争胜利后，我曾在画家吴似兰（子深之弟）的娑罗花馆展览会中，见到三白亲笔的一联一画，认为生平唯一眼福。又听说，三白又擅篆刻，有《凉月对榻印存》，华谋言曾在常州某戚家看到。

《留芳记》与梅兰芳

《孽海花》说部，以渲染赛金花为全书的线索，反映清季的历史掌故。书中人物，大都真有其人，不过用谐音或颠倒其姓名作为影射罢了。与此相类似的，有包天笑的《留芳记》，该书以渲染梅兰芳为全书的线索，反映袁世凯政府及南北军阀更近的历史。书中人物，虽故意讳避，但仍不难猜到，如吴子佩为吴佩孚，袁凯亭为袁世凯，端陶斋为端午桥，黎元宋为黎元洪，冯国华为冯国璋，杨子度为杨皙子，章仲麟为章炳麟，钱可训为钱能训，梁公任为梁启超，陈士美为陈英士，程雪门为程雪楼，伍荣芳为伍廷芳，孙一仙为孙逸仙，黄克兴为黄克强，赵国钧为赵秉钧，钮永惕为钮永建，段应瑞为段芝泉，吴君绶为吴禄贞，唐兆怡为唐绍仪，宋初仁为宋教仁，蔡民培为蔡元培，良勋臣为良弼，罗公婴为罗瘿公，易哭庐为易实甫等。凡中年以上的人，大都经历过这段时期，熟悉其中的风云人物。天笑有一文，记叙这书的始末，爰节录一段在下面，作为参考："《留芳记》者，我在三十五年前所写的一种小说，是以梅兰芳为是书的骨干，而贯穿那时代的政界史事。最初，曾孟朴曾与我约，他说：'我的《孽海花》，初拟写到戊戌政变，至多可以写到庚子外祸，以后，

梅兰芳先生

以梅兰芳为贯串人物的《留芳记》书影

你可以继续写一部下去。’我道：‘我哪有你的才思和笔力，未敢邯郸学步。’然亦颇思写一关于史事的小说，选一与史事有关联的名人以贯串之。既而乃想到梅兰芳，认为梅的剧艺冠于当时，声闻溢乎域外，作为我书的引绪，甚为恰当。”

《留芳记》是章回体的小说，开首的楔子，说梅兰芳的祖父梅巧玲焚券仗义，且录了罗瘿公的《浣溪沙》词：“流末从知市义难，输他奇侠出伶官，灵床焚券泪汍澜。曲子当年倾禁御，孙枝万口说芳兰，留将善报后人看。”原来当时有位四川举人傅留青，赴京会试，与梅巧玲甚为莫逆，藉了巧玲三千两银子。后来傅客死京都，巧玲就在傅的灵前焚去藉券，京都士大夫交口称他的义气。此后便叙及梅氏与政界中事，而以吴佩孚在北京西河沿摆测字摊为本文的开场。

天笑写好二十四回后，走京师访林琴南，乞为序言，林欣然命笔。序末有云："去年康南海至天津，与余相见康楼再三嘱余取辛亥以后事，编为说部，余以笃老谢，今得天笑之书，余于南海之诺责卸矣。"

《留芳记》既成，有人请天笑给《申报》副刊连载，及稿送去，《申报》主笔政的有所顾虑，认为南北军阀，尚在交锋，不敢有所触犯。天笑不得已，商之中华书局陆费伯鸿，伯鸿大为欣赏，才归中华刊行。一方面由天笑向梅氏索取最近小影，作为封面，而以林琴南的手写原稿，影印卷首。初版五千部，又复再版，到了敌伪时期，被禁止发行。

天笑于抗战胜利后，移居香港，所有书籍，留置沪寓，经过变迁，荡焉无存。他自己的著作，一再托我代为物色。我觅到了《留芳记》，即寄赠给他，他接到这部书，喜出望外，不料那天下午，又得梅氏的逝世噩耗，更加深了他的感悼，就在书页上题了两句："着意留芳留不住，天南地北痛斯人。"

国学扶轮社出版几种巨著

清末民初，上海有个出版机构，名国学扶轮社，是吴兴王均卿和山阴沈知方等主持的。出版了几种巨著，如《列朝诗集》，计五十六册。《清文汇》，一百零一册。《文科大词典》十二册。《古今说部丛书》六十册。《明朝四十家小说》八册。《适园丛书》十六种。《香艳丛书》八十册。扶轮社自己没有发行部，便归中国图书公司代为印刷发行。后来中国图书公司并入商务印书馆，许多出版物都由商务经售了。

那部《香艳丛书》，当时很畅销，在清季宣统二年（一九一〇年）初次发行，民国后重版五次。书用四号铅字排印，有光纸线装本，分二十集，每集四册。首冠一序，骈四俪六，笔墨风华，署名虫天子，大约虫天子便是王均卿的别署，王均卿是擅写骈文的。该书的凡例，谓："本集搜辑随时，不拘朝代先后，今人亦间登一二。"又："都系可惊可喜未经刊刻之作。"但由于搜辑不拘朝代的先后，未免造成杂乱状态。且有的很短，仅数百字也列为一种，有的篇幅很长，达数万言，也欠匀称。又选择不够严格，瑕瑜互见。就其优点而言，许多外间不经见的作品，藉此流传，这个功绩，却不能一笔抹煞。可是时隔数十年，现在这书，已早绝版了。

该书主要作品，包括《花底拾遗》《海鸥小谱》《天启宫词》《五石瓠》《美人谱》《妇人集》《三妇评牡丹亭杂记》《十国宫词》《纪唐六如轶事》《吴绛雪年谱》《琵琶录》《夏闺晚景》《明制女官考》《青冢志》《雪鸿小纪》《武宗外纪》《茯苓仙传奇》《髻鬟品》《瑶台片玉》《清闲供》《王氏兰谱》《海棠谱》《菊谱》《芍药谱》《楚辞芳草谱》《名香谱》《蜀锦谱》《洛阳牡丹记》《玉台书史》《金园杂纂》《影梅庵忆语》《杂事秘辛》《圣朝彤史拾遗》《螺庵病榻忆语》《琼花集》《淞滨琐话》《湘烟小录》《板桥杂记》《对山余墨》《秦淮画舫录》《吴门画舫录》《粉墨丛谈》《白门新柳记》《读红楼梦杂记》《石头记分评》《石头记评赞》《清溪惆怅集》《花烛闲谈》等，其中有些是徐积余等藏书家的手钞本特地公开印行的。有许多可供文史工作者参考，不尽是绮愁罗恨玉笑珠香的闲笔墨。

余槐青的《上海竹枝词》

上海在帝国主义国家强行设立租界时期，设有工部局学校，都是西人主持而招华人子弟来读书。华童公学，便是其中最突出的一所。抗日战争胜利后，方始收回归华人自办，一再改名，现为陕北中学，开创至今，已七十多年了。那时的中文教师，有一位余槐青，浙江宜兴人，他撰了一卷《上海竹枝词》，共一百多首。槐青劳瘁致疾死，校中同事醵资付印，只一二百本，用以送人，不作卖品，因而一般罗致上海文献的，往往欲觅无从。我蒙当时醵资的左雨人以所藏一册见贻，其中颇多掌故资料，爰录取若干首，并附注释于下：

“西风卷地作长号，鼓动狂澜比岸高。沪上居民三百万，阿谁倒挽浦江潮。”（上海自通商后，租界日益繁盛，黄浦江中，各国兵舰商轮，往来不绝。）按：现在上海人口达一千万，侵略性的舰轮，早已绝迹。“观光上国巴公使，供职清廷赫鹭宾。本是中华芳草地，巍峨铜像两西人。”（浦滨铜像，一为英国第一任公使巴夏礼，一为清廷办理邮电客卿赫德，赫字鹭宾，亦英人。）按：巴夏礼、赫德两铜像，早已销毁，那条赫德路，也已改为常德路了。“口诛笔伐日唏嘘，竟作官场附骨疽。差幸清朝胜秦室，长官焚报未焚书。”（清末《民呼报》痛斥朝廷，沪道蔡某愤恨，焚之城门中，该报馆卒被封。）按：《民呼报》停刊，《民吁报》继之，再后又出《民立报》，当时称为三民报，三民报现在尚有全份，藏徐家汇。所谓沪道蔡某，乃蔡乃煌。“题咏诗章列画图，园中碑刻未模糊。春申江上豪华客，赏识清高八景无。”（胡公寿绘有上海八景图，名人题咏甚多。均勒石植诸也是园。）按：也是园旧址，在尚文门内凝和路，本明乔氏南园，后归李氏，改名也是，后又改为蕊珠宫。抗日战争时废，无复遗迹。“未遑斥堠靖边烽，百尺高楼响火钟。纸醉金迷人入睡，蒲牢惊醒眼惺忪。”（华界各处，筑瞭望台，置火钟其上，报告火警。）按：现瞭望台全部拆除，九江路口的大型火钟，移置中山公园，作陈列品。“武道和魂素擅场，少林国术压扶桑。沪人不记霍元甲，绝艺争夸天胜娘。”（鲁人霍元甲来沪，与日人在张园角技，胜日人。日女天胜娘来沪卖艺，人争赏之。）按：张园，原名味莼园，早废，改建市廛，但至今尚有人称该处为张家花园。“香烟缭绕俗尘浮，九曲桥边得意楼。独有内园常闭户，园中花木自清幽。”（邑庙豫园，久成闹市。“春风得意楼”茗客常满。内园一角，地颇清静，独不开放。）按：上海邑庙，有东西两园，西园即豫园，本明嘉靖间潘氏所构，方广四十亩。东园即内园，清康熙年建。道咸年间，两遭兵灾，相继修复。今为扩充豫园，春风得意楼等市屋，都被拆去，栽种花木，并和内园打通，成为一体。“万里东航一断桅，多年纪念思深哉。渔舟觅得桃源境，兵舰商轮续续来。”（初德人航海东来，风狂桅折，爰铜铸一断桅，立浦滨以留纪念。欧战后，被协约国撤除。）按：这断桅，我曾见过，记得在今外滩延安东路口。

赵赤羽的《海沙诗钞》

南社老社员赵赤羽，上海市崇明北排衙镇人，生于一八九八年，卒于一九六五年一月十五日，年六十有七。他生的那年，恰值戊戌变法，六君子被难，和他同年生的文友，有朱大可、沈禹钟、徐碧波、余空我、吴明霞，合结为“后戊戌六君子”，戌年属犬，禹钟赋《六犬吟》，极诙谐的能事。赤羽是位诗人，遗著有《海沙诗钞》，他和郭沫若时相唱和，所以这诗钞封面题签，便出于郭沫若手笔。当时钟泰称他的诗：“意新而辞雅，语肆而格严。善于裁剪变化，以五七言句法，写今日之人之事，放恣而无所拘束。”他的诗钞中，有《建国十年颂》《送女楚参干》。又《新国殇》，歌颂黄继光、刘胡兰等，爱国热忱，溢于言表。有一诗，首句：“出门逢引日，囊里每萧然。”自注：“每逢大月有三十一日，阿剌伯字母与华文引字相形似，因名之为引日。”又沪杭车上云：“一箭飞原野，排窗泻绿芜。电竿五线谱，栖鸟作音符。”新颖出奇，能道人所未道。又有几首咏乡味，如《卢苣》《香酥芋》《唐家田头瓜》，不用典故，白描传神，也是难能可贵的。

他曾从吴叔和，黄觌子游。吴撰有《日本史话》。黄名贡培，以嗜糖食，又精佛学，自号“糖禅”。擅作西昆体诗，具百琲成文，十香在抱之致。赤羽早年作品，便受西昆影响。又能写短篇小说，散刊民初各杂志报章，数量不少。又和黄宾虹、陈去病、姚石子、庄通百、陆简敬等，一同参加南社虎丘雅集。及新南社成立，柳亚子、陈望道、沈玄庐等介绍新学识，他欣然加入，思想也随之一变，写作态度，亦与前不同。生平足迹所至，北抵京津，南游香岛。抗战军兴，自海防乘滇越铁路赴昆明，有《昆明杂诗》记其事。他平日喜骑马，某次，他跨鞍疾驰，偶一失控，由马下坠伤足，后转患关节炎，时发时愈，轻则经旬，重或累月连季，痛势昼夜不息，甚至数月不能步履，深以为苦。晚年血压较高，又双目患白内障，不便阅览书报，作书大如胡桃，小则视力不济，但他颇有勇气，敢与病魔斗争。我们朋好每月聚餐一次，他还是拄杖前来，谈笑自若。襄园茗叙，他也蹇步莅临，往往走几步息一下，藉以节力。他诗中也涉及，如云：“进园十步一停坐，到得池厅百里程。”确是实际情况。有一次，他实在病重不能起床，写信来请假，信中犹作诙谐语，末后署名“司徒王东山谢同启”，大家初看莫名其妙，再一思索，才悟王允官司徒，谢安有东山丝竹故事，他名允安，“司徒王东山谢”，合之便是“允安”二字，深喜他的异想天开，给人猜着谜子。

周实丹和《白门悲秋集》

七十年前，南社印行过一本《白门悲秋集》，是南社诗人周实丹等人的诗作，抒发了当时江苏一部分知识分子反对满清腐败的爱国热忱，堪称一时的革命文献。

周实丹，生于一八八五年，淮南山阳人，名桂生，字号甚多，如和劲、无尽、剑灵、蔚丹、山阳酒徒等都是。他和南社诗人周人菊、张雪抱有“淮上三杰”之称。实丹少有大志，肄业两江师范，便移家金陵。一九一〇年秋，一辈南社社友和志同道合者同游金陵，实丹招饮于三牌楼某酒肆；又作向导，游莫愁湖，登北极阁，访鸡鸣寺，拜方正祠，陟清凉山，勾留数日，赋诗尽兴。这一行人，更流连于明孝陵，藉怀古以寓其民族思想。有的购孝陵瓦为藏品，有的还把孝陵瓦琢为日月重光砚。他们写下了很多诗篇，凭吊古今，百端交集。事后，实丹汇录成册，题名《白门悲秋集》。时隔一年，武昌起义，金陵犹未响应。实丹全家返淮，在故乡力伸大义，以革命为己任，与阮梦桃（一八八八——一九一一年。名书麒，柳亚子有《阮梦桃烈士传》，表彰其生平事迹。）被邑人推举为正副巡逻部长，登台宣誓，振奋乡人。山阳县令姚荣泽首鼠两端，态度不明，实丹和梦桃同往诘责。是年九月二十七日，荣泽密率爪牙，秘密杀害了他们。实丹有一首感怀，竟成了诗谶。句云：“伤心乱世头颅贱，黄祖能枭祢正平。”实丹为革命而牺牲，碧血长留，允推烈士。柳亚子有诗哭之：“龙性堪怜未易驯，淮南秋老桂先焚。三年讵忍埋苌叔，一语无端死伯仁。嚼血梦中犹骂贼，行吟江上苦思君。新亭风景今非故，遗恨悬知目尚瞋。”

我得到一册《白门悲秋集》，是有光纸铅字排印本。封面上有周实丹的亲笔签名，可知是实丹当时赠送友人的。我喜搜罗南社文献，将它珍藏起来，既而又获得实丹致高吹万的手札，内容谈及该书付印经过。我更把这手札粘存在该集中，重加装订，保留在纸帐铜瓶室中。

黄炎培的著作

黄炎培

黄炎培，上海川沙县人。初名楚南，后名炎培，字韧之，后字任之，笔名抱一。生于一八七九年，那时尚在前清光绪年间，科举还没有废止，他早岁应试中了秀才，但他的思想比较解放，学了些日文，和同学邵仲辉（即邵力子）、张伯初三人合译《支那四千年开化史》。出版时署着“支那少年”，这是他初期的译述生活。是年壬寅（一九〇二年），补行庚子辛丑恩正并科，他和张心九、顾翔永、张伯初同入秋闱，在秦淮画舫中，有四人合庆百龄之举，他二十五岁，翔永和他同年，心九二十六岁，伯初二十四岁，合之恰成百数，引为少年乐事。既而他报捷，余皆落第。时清廷已下诏各直省府厅州县，把书院改为学堂。他得讯非常兴奋，便和伯初等呈请当局改观澜书院为川沙小学堂，但厅丞陈家熊瞧不起青年，不予批准。他们哪肯罢休，拟越呈江督张之洞，可是窘于川资，再三筹措，乘小轮船的下等舱赴南京下关。那时天寒地冻，风雪交加，暂在小客栈中蜷宿一宵，明晨写一纸呈词，奈墨冻手僵，不能缮写，只好花钱请衙门旁专写文件的代为一缮，向督署投文，岂知侯门如海，气势凌人，那号房忙于接待来往官员，拒绝收受呈件，炎培不得已，花了钱，呈件才得投入。这事给陈家熊知道了，恐江督阅禀，将斥其违旨，才准许把书院改办小学，以开风气之先。迄今该地老于教育者，犹津津乐道其事。

川沙属南汇管辖，那南汇大狱事，便由于办学而起。原因是炎培等人的新思想新学识，不容于官僚地痞，被指为诬辱皇太后及皇上的革命党，执系狱中，险丧生命。（我曾著《南汇之狱前前后后》一文，记述较为详备。）

旧社会妇女死了丈夫，以再嫁为不贞，认为是可耻的事。炎培却大不以为然，写了篇文章竭力反对，有云，“从前视妇女为一姓一家之物，故夫死不嫁，谓之贞节，反是谓之不贞节。今以国家为单位，凡为国家鞠躬尽瘁，才是贞节，为汉奸，才是不贞不节。如女子以不再嫁为高，何以男子大都再娶，乃至同时以一男而娶数女，世间不公不平有甚于此者乎！范文正母再嫁，曾何损于文正之尊荣，更何损于范太夫人之尊荣，乡曲悠悠之口，何足为准。我辈正须以合理之行为，为全社会示范，所有风俗习惯不合理处，须自我辈矫正之。”这在当时，却是惊世骇俗之谈。

炎培在旧政权下，做过教育司长、教育会长、教育厅长。民国十年，被任命教育总长，未就，和江恒源等组织中华职业教育社。总之，他一生瘁力于教育工作，但处处掣肘，不能遂其计划，引为憾事。直至解放，十余年来，为党为国家作出了很大贡献，可谓始终不渝。生平著作很多，如《考察教育日记》《新大陆之教育》《东南洋之新教育》《中国商战失败史》《广州市》《朝鲜》，由商务印书馆出版，“一·二八”之役，版尽毁于兵燹中。此后有《最近之五十年》《断肠集》《蜀道》《空江集》等行世。偶亦作诗，如：“迟迟雪柳归何处，莽莽江山着此身。”又“舍生天地扶元气，落笔烟云抉化工”等句，均为友朋所传诵。晚年衰颓多病，小溲失禁，一九六五年十二月二十一日逝世，年八十八岁。

丁福保的三种诂林

世称梁溪二丁，长者丁云轩，字宝书，又号幻道人，是一位画家，花卉翎毛，有陈白阳遗意。次者丁福保，字仲祜，号梅轩，又署畴隐居士，在学术上成就更大。奈早年即患肺病，当时人寿保险公司不肯给他保寿险，常州蒋维乔也同样体衰，但两人都能锻炼体格，因而愈老愈健。蒋氏提倡“因是小静坐法”。丁氏主张素食，呼吸新鲜空气。他认为肉食，血管易于硬化，无异慢性中毒。平日不论饭和粥，都喜欢佐以奶油，谓：“奶油营养价值最高，多进奶油，不仅富于滋养，且有润肤作用。那些摩登女子，涂脂抹粉，以美容颜，实则不是根本办法，最好多进奶油，自能保住青春，容光焕发，比任何化妆品都好。”他又劝人多啖香蕉，说是“可以帮助消化，小溲解除秽气”。他每晚睡眠，虽隆冬天气，亦开启窗牖。日间，人们围炉取暖，他却独自到庭院中乘风凉，加之每天洗冷水澡，因而从未伤风感冒过。丁、蒋两人见面总是各夸自己的养生之道，后来索性赌起东道：“谁先死，就是谁失败。”结果，丁氏寿命未满八十，而蒋氏活到八十以上，蒋胜丁负了。

丁氏就读于江阴南菁书院，书院藏书之富，是名闻遐迩的。他看到牙签玉轴，充栋汗牛，兀是艳羡不置，于是暗地里把书目钞下来，自誓将来亦必备有这许多图籍，坐拥百城，才得偿愿。后来丁氏藏书，数量竟超过书院，并更多珍本，和名人手批本及外间不经见的孤本，真可谓有志者事竟成。当时朱古微、李审言等一班耆宿，往往向他藉书。他藉出时，总提出一个要求，就是阅览过了，请在书本上写些眉批，且钤印记，于是更扩大了名人手批本的数量。记得他一度藏过很珍贵的唐代鱼玄机女诗人诗集的初刻本，历代名人亲笔题跋殆遍。这是袁寒云的家藏，寒云以二千金质押给丁氏的，押期将满，给傅沅叔知道了，便由傅代寒云赎去，书归傅氏所有了。至于丁氏怎能获得这许多的善本，那是有原因的。他和书贩很熟稔，时常藉钱给书贩到各地收书，收了来，他就有优先权挑选一下，去芜存菁，许多不易得的珍本，都在他的书斋“诂林精舍”中了。

他是参酌西法的中医，写了许多医学书，由他自己开办的医学书局出版。他又编辑了《清诗话》《全汉三国晋南北朝诗》《汉魏六朝名家集》《古泉大辞典》《佛学大辞典》等书。卷帙更为浩繁的巨著，有《说文诂林》《方言诂林》《群雅诂林》，嘉惠士林，厥功非浅。他一个人做这些工作，当然来不及，就延聘若干位助手，一方面备了很多有关的书，由他指导，加以剪贴，那剪用的书本，就耗掉一万多元的代价，也可想见他所编的广泛了。《说文》《方言》两诂林刊印成本，实在太大了，那《群雅诂林》的稿本，就让给开明书局，可是开明一计算，工料也感困难，搁置了若干年，开明停业，那稿本不知怎样处理了。

抗日战争胜利，他把房屋田地，悉数散给亲友及佛教组织。部分珍本书籍，又自周代迄清代的古泉三全套，捐给上海市博物馆。各学校图书馆，以及至交朋好，需要书本，他毫不吝惜的赠送。解放后，又把他曾花重资购自常熟“铁琴铜剑楼”的宋元孤本十余种，捐给北京图书馆，请同邑侯晔华绘“捐书图”，他自己撰记。

他头脑很灵敏，很会出主意。他闸北有屋，亲戚居住着，一九二七年，北伐胜利，各处拓宽马路，丁氏屋墙，也在拆毁之内，亲戚获得消息，非常着急，商诸丁氏。他灵机一动，就请亲戚回去，不要声张，立雇泥水匠粉饰墙壁，大书“总理遗嘱”，这样一来，屋墙非但不拆，不到三天，区国民党党部反送来奖状一纸。

他早期悬壶在上海南京路泥城桥西首，后来移至梅白克路。就诊的病人很多，他雇一童子坐在门外，看到病人步行来的，诊费只须铜元一枚，如果说明境况艰苦，医药费全免。坐人力车来者，诊费四个铜元。乘汽车来者，那就按照诊例每次一元。对病人必亲自敬茶，诊后送出大门，习以为常。

他在当时，声誉很盛，匪徒觊觎，写一恐吓信给他，他置诸不理。一方面他杜门不出，居大通路瑞德里，大门外再加铁栏，非熟人不放进去。一方面，因他和各报馆记者都很熟悉，便由记者在报上发表丁氏做投机生意破产新闻。他又故意把医学书局出盘，并抬高盘值，当然不会有人接受，书局还是他的，只不过放一烟幕弹而已，这样果然有效，匪徒不再来纠缠了。

星一粥会，也是他举办的。就是每逢星期一的晚上，在他家里吃粥聊天，备数色素菜，盛以小碟，以俭省为原则，风雨无阻，维持了十余年之久，参加的，大都一班耆旧知名之士，我也偶然厕列其间。最后一次，在香雪园举行，这次到的人特别多，此后以供应有困难，就寂然告终。

丁氏哲嗣丁惠康，为医学博士，和我也相熟，十年动乱，被钞家，所有丁氏遗著，荡然无存，我检得若干种赠给他，他很高兴，未几，忽然病死，年七十有四。我尚留有丁氏《畴隐居士传》，后附丁氏的诗篇。

金鹤望和《孽海花》

大约丙戌的冬季，得到老同学金季鹤的噩耗，很为惋惜。季鹤是金鹤望翁的哲嗣，我就写了一封信去慰问慰问金鹤翁，又邮寄新出版的拙作《人物品藻录》，请他老人家指正。岂知信去之后，杳无回音，我还认为鹤翁抱着丧明之痛，心绪恶劣，懒于握管吧！过了若干天，忽邮来报丧条一纸，由苏州濂溪坊九十四号发出。其文云："谨禀者，金松岑老太爷，痛于国历三十六年一月十日巳时寿终正寝，择于十二日未时小殓，十五日大殓，特此报闻，家人叩禀。"这个消息传出，引起整个文坛的悲悼。后辈的我，以苏沪睽隔，又羁着教务，未能亲献生刍一束，很觉对不起他老人家，心中兀是歉憾不置。

鹤翁名天羽，又署天翮，字松岑，号鹤望，晚年又自号鹤舫老人，吴江人而侨寓于苏。他以诗鸣，以文雄，海内耆宿，一致推崇他。叶德辉称他的诗文，谓："格调近高岑，骨气兼李杜。文出入周秦诸子，语策迁固，融冶而得其天。"章太炎谓："松岑之为文，盖抗志于古之作者。"张季直谓："诗格近石湖，又蜕其华而约其博，饮其清而纳其和，不尽袭也。"高吹万更力誉谓："金君松岑，奇才也，奇其文亦奇其诗。而其平生尤以诗自负。余亦定为必传。尝欲拟一境以状之，则倏而为云横霞举，绚烂弥极也。倏而为惊涛骇浪，风雨骤至也。倏而为峰峦矗拥，危峻欲绝也。倏而为水平天远，夷犹可羡也。倏而为垂绅正笏，庄严难犯也。倏而为腻肌醉骨，斌媚多致也。其于声也，如崩霆，如裂石，如万马之驰战场，如繁弦之奏腕底。其于色也，如荼如火，如曙光之丽天，如长虹之垂海。其于神也，如龙腾，如隼击，如丸之走盘，如箭之赴的，然皆未之似也。盖以君之才，于书无所不窥，又益之以远游之所得，世故之所经，宜其穷尽天下之变，万态千奇，不可方物如此也。”

他早岁提倡革命，为兴中会成员。冯自由的《革命逸史》有那么一则：“金天翮，字松岑，中国教育会吴江同里支部之发起人。创有自治学社及明华女学堂。曾撰《女界钟》一书，启迪女界，收效颇著。邹容所草《革命军》，金曾出资助其出版。”他的革命刊物，尚有《自由血》《三十三年落花梦》。这时他署名金一。

谁都知道《孽海花》是出于曾孟朴手笔的一部巨著，岂意那书的开端，却是出于鹤翁。孟朴曾于修订该书的，有着一段说明，略云：“这书造意的动机，并不是我，是爱自由者。爱自由者，在本书的楔子里就出现。但一般读者，往往认为虚构的，其实不是虚构，是实事。现在东亚病夫，已宣布了他的真姓名，爱自由者，何妨在读者前，显他的真相呢！他非别人，就是吾友金君松岑，名天翮。他发起这书，曾做四、五回，我那时正创办小说林书社，提倡译著小说，他把稿子寄给我看，我看了认为是一个好题材。但是金君的原稿，过于注重主人公，不过描写一个奇突的妓女，略映带些相关的时事，充其量，能做成了李香君的《桃花扇》，陈圆圆的《沧桑艳》，已算预好的成绩了。而且照此写来，只怕笔法上仍跳不出《海上花列传》的蹊径。在我的意思却不然，想藉用主人公做全书的线索，尽量容纳近三十年来的历史，避去正面，专把些有趣的琐闻逸事来烘托出大事的背景，格局比较的廓大。当时就把我的意见，告诉了金君，谁知金君竟顺水推舟，把继续这书的责任，全卸到我身上来。我也就老实不客气的把金君四、五回的原稿，一面点窜涂改，一面进行不息。三个月工夫，一气呵成了二十回。这二十回里的前四回，杂糅着金君的原稿不少，即如第一回的引首词和一篇骈文，都是照着原稿，一字未改，其余部分，也是触处都有，连我自己也弄不清楚谁是谁的。就是现在已修改本里，也还存着一半金君原稿的成分，从第六回起，才完全是我的作品哩。”

按孟朴说金君原稿四、五回，其实不然：鹤翁作过六回。有一次，范烟桥向鹤翁问及《孽海花》的开端。鹤翁说：“作六回不了而了。”鹤翁致友人书，“弟究非小说家，作六回而辍。”曾孟朴逝世，鹤翁作一挽诗，小跋云：“余尝戏撰《孽海花》六回，弃去而先生续之。”那么孟朴所谓“从第六回起，才完全是我的作品哩”，应该说是从第七回起才对。一九六二年，魏绍昌所编的《孽海花资料》，曾把鹤翁的六回初稿，列入资料中，且登载鹤翁四十岁时的西装照片。

鹤翁早年，曾担任《时报》的社论撰著，后来患着脑病，听医生的话，辍笔不写。这许多社论，纵横恣肆，锋利无前，由他的高足柳炳南辑刊为《孤根集》，这书分上下二册，早已绝版。他的诗文，刊有《天放楼诗集》，内分《谷音集》三卷，《雷音集》五卷。《天放楼文言》十一卷，又有附录。《天放楼诗续集》五卷。

他的门弟子很多，年龄最大的，当推孙翔仲，是爱国女学的校长。其他也是一时俊髦，如王巨川、范烟桥、蒋吟秋、王佩诤、王欣夫、陈旭旦、高君介、凌莘子、金东雷、许半龙、张圣瑜、胡士楷、徐平阶、金侣琴等都是。柳亚子的《南社纪略》，有那么一则：“一九〇四年，到同里。进鹤望先生所办的自治学社念书，醉心革命更甚。”观此可知柳亚子也是鹤翁的高足。鹤翁从教育方面灌输革命思想，是很有力的。亚子既和鹤翁有师生之谊，亚子组织南社，鹤翁却没有参加。据说他和陈巢南意见不合，巢南是南社中坚人物的缘故。和南社相表里的国学商兑会，是高吹万主持的，他欣然加入，又高太痴主持的希社，他也是社友。

安徽通志馆，请他修撰通志，凡分十九类，把《皖志列传》单独刊行，共九卷，一百三十九篇，装订八册。李伯琦为撰一序，略谓：“吴江金松岑先生，今世之工为文者，往岁就吾省通志馆之聘，主撰人物志，穷三载之力，网罗群籍，拾遗补残，成列传百数十篇。其叙事赡博，文辞尤瑰放可喜，足以方驾欧宋，陵轹萧魏，自来纂志传者所未有也。”末附鹤翁的自志云：“衣成缺其裾，屋成缺其隅，杀青垂竟，而附编中一传不当意，汰之，致不足原稿一百四十篇之数，短其一。”可见他为文之不苟。

他喜藏书，原宅在吴江，以地方不靖，移寓吴中。凡慕名从他学文的，他不受束脩，以书籍代贽礼，先后共得一百箧。抗日战争时，他虽避难来沪，家中留人看管，始终保存未失，这是他认为很幸运的。有一天，他无意中说起书多了，没有橱笥可以列置。不料过了旬日，木器店送来书橱两具。他回复：“这里没有定购，大概是送错了。”店伙却说：“一些不错，这是王先生定购了送给府上的。”原来那天所说的话，给他的弟子王佩诤听得了，特地送给老师的。他的苏寓，屡经迁徙，先在醋库巷住过一个时期。他和迂琐居士费韦斋很契合，韦斋住宅在古长庆里，屋宇很为宽畅，因招鹤翁来居其家。数年后，鹤翁徙居娄门新桥巷，这时旧居费宅庭院中，红杏着花，繁美如锦，他老人家为之依恋不舍。韦斋知道了，特请一老画师为杏写照，加以装裱，鹤翁乔迁之日，便把这幅画送给鹤翁，以代移植。鹤翁题之为“嫁杏图”。韦斋及其他诗人纷纷题咏。既而又从新桥巷迁至濂溪坊，直至逝世。濂溪坊宅，略有花竹之胜，又把家乡原宅笏园的假山石，搬运过来，于是峦嶂俨然，甚为得体，名为韬园，寓隐遁韬晦之意。

他自幼喜读《庄子》和《离骚》，因请人绘《庄情屈思图》自镌小印：“庄骚私淑弟子”。所以他的诗文，很受庄骚的影响。有人批评他的诗多激楚之音，乏缠绵之致，断定他是寡于情的。他大不以为然，便赋《绮怀》四首，藉见情感的丰富，和辞旨的婉约。如云：“薄粉肌融初蝶日，嫩簧声炙晓莺天。”又：“桁上衣新欺柰碧，樽前齿楚远橙黄。”又：

"玉晕羞人颜带涩，珠圆沥耳语微轻。"又："钏动钗横春有信，天荒地老烛成灰。"那就迹近次回疑雨了。

他喜游览名山大川，足迹几半中国，胡朴安称他："怀有用之才，处晦盲否塞之世，郁抑无聊，奇之于山水。南则看庐山之云、泛洞庭之月、登岳阳楼而上祝融。北则观泰山之日、饮趵突之泉、出居庸关而历边墙。至于江浙宣歙，游踪时时至焉。"吴中虎丘有冷香阁，梅花三百树，烂熳春初。那建阁种树的发起人，就是鹤翁。《冷香阁记》刻成一碑，也出鹤翁手撰。

鹤翁二千度的近视眼，不能脱离眼镜。有一次，女诗人吕碧城赴苏，鹤翁伴着她雇舟出游，碧城游目岸次，见耕牛戴眼罩踏着水车，便调侃鹤翁道："两岸桔槔牛戴镜"，鹤翁很敏捷地对着下联："一行荇藻鳖拖裙"。原来碧城作西方美人装，曳着长裙，因此相与大笑。他晚年视力更弱，出外必由他的孙子同翰扶着走。某年来沪，同翰恰巧不在他身边，他一个人出去跨过马路，不料一辆摩托车驰来，他没瞧见，被车一撞，人跌至丈余外的阶沿上，受着重伤，疗治了好久才得告痊。从此再也不敢单独外出了。

他有两位哲嗣，一是孟远，一是季鹤，都是能诗的。他最爱季鹤之子同翰。记得同翰在苏州某中学肄业，这时国民党当局强迫着中学生要受所谓"军训"，暑假里，同翰被派来沪受"军训"数十天。他很不放心，特地陪着同翰同来，以便照拂。即藉住我的师兄胡叔异所办的国华中学，该校在江宁路，分着一部分在普陀路，鹤翁祖孙便在普陀路分校下榻。我担任国华的课务，因得常向鹤翁请教。他每饭之前，喜饮粤中的青梅酒，且饮且和我谈着文史。他对于唐人诗，推崇杜少陵，谓：“白居易诗虽多，却如穿了拖鞋走路，提不起脚步。宋诗，陆放翁千篇一律，远不及苏东坡变化多端。”又谈到为文，他说：“宜以史为文，倘以子为文，虽易动人，未免有些小家气”。国华中学于暑假中，假电台播讲国学。我去讲过多次，鹤翁应叔异之请，也去播讲。这电台在赫德路（今常德路）觉园内，总是我伴着他同去。他是中国国学会的会长，我就在这时加入了国学会。秋风送爽，他携着同翰同返吴中，直至抗日战争起，他怕受敌伪的干扰，又到上海来，任教光华大学，同翰也入光华肄业。后来敌军进驻租界，光华停办，鹤翁又和同翰返回苏州，我去欢送他。宴会之际，许多光华师生，和他谈及《孽海花》，问他和赛金花曾否见过面？他说：“某年在京，约好赛金花一晤，不意为船期所左，可谓缘悭一面哩。”赛金花死于燕京，北方人士拟为一代红颜，筑一香冢，并由张次溪请鹤翁撰墓碑文，预备请齐白石刻石，岂知鹤翁回复说：“我之为文，据事直书，有许多处，深恐有违褒扬之初旨。是否适当，还请斟酌！”结果这篇碑文，改请杨云史执笔。

他在苏州时，和李根源、章太炎结着金兰之契，一同办理中国国学会，发行一种刊物《卫星》。太炎又创《制言》，宗旨有些扞格，因此在交谊上不毋受些影响。不久，太炎作古，根源又返滇南，其他老友如朱梁任、邓孝先、费韦斋、胡石予、毕嘿谷，纷纷下世。他时动山阳闻笛之感，凄清冷寂，不觉流露于文字中。他钟爱的孙子同翰，又患着脑癌，不治而死。他的哲嗣季鹤，相继奄化。隔不了多时，他也一瞑不视，年七十有七。

他好学不倦，五十岁犹学《易》于曹元弼，行叩拜礼，奉呈贽敬，一时传为佳话。后又从香溪老画师袁雪庵学画花卉，一度为人绘扇。

《碎琴楼》作者何诹

我厕身文字界，几乎半个多世纪了，所认识旧时的小说家很多，可是从没有和何诹通过声气，更没有一面之雅。但读了他的《碎琴楼》说部，却深深地在脑幕中留了不易磨灭的印象。

若干年前，偶在旧书铺中检得一册《何诹遗诗》，好像在沙漠中觅到了甘泉，很欣喜的出了相当高的代价，把它购买回来。那封面上的题签，早已残蚀损裂，不知哪个伧夫，用乱纸写了很俗陋的四个字书名，粘贴其端。我既携回，重行换了一条淡雅的云纹笺，请友好中擅于书法的大笔一挥，才得恢复了它几分的本来面目。这诗册是一九四〇年香港印行出版的，编订者黄天石。卷首有杨云史的题词和天石的序文，从题序上可以知道些何诹的品性和他生平的事迹，因此就录了下来，也许可以作为编中国小说史的资料。题词有云：

“慧云先生，饥走贫病，极飘泊之苦。其诗气骨清峻，意境真挚，不伪不矫，斯为心声。古诗《黄沙行》《望夫山》，尤见砭俗深旨，而《颐和园》一篇，所见迥异流俗，是诗人忠厚之意，非今人之言，尤非今人之诗矣。怜尔行吟负米余，心声憔悴足欷歔。王孙一饭今何世，误尽平生是读书。语重心长澈骨哀，我怜长爪是清才。伤时不作犹人语，更见温柔敦厚来。”下署：“庚辰二月江东云史杨圻。”序文有云：“亡友兴业何诹，字慧云，兴业地僻，名不显于外，以先生之名而兴业始显。先生少孤露，自刻苦，壮岁读律通其义，北上应文官试获隽。发粤东入法曹，以孤高不乐名场，恒诗酒自纵。治说部有重名，所撰《碎琴楼》，情哀艳而词高古，艺苑重之。以是数数有奇遇，每有撰作，益顽感摇人心魂矣。民九后，广西大乱，先生于仓皇烽火中，一再佐戎幕，非夙愿也。时愚与先生，渐以文字相往返。顾先生行踪岁无定向，愚则十余年来，皆为东西南北之人，虽相爱重，未由接杯酒。民纪十四，愚于役湘粤，过港，闻友生言，先生倦于游，税小楼，独坐卧其间，足希出户，日草六七千言，藉以自给，愚迫于征程，匆匆不及见。越两载，愚东游归，复主报事，则先生已归道山，怆恻久之。属老辈孔先生仲南为撰小传，日刊报端，累数万言。一日，有少年造访，问愚名，伏地崩角有声，愚仓促扶起，少年泫然曰：侄何诹遗孤名拔，闻叔传先人遗事，特自桂来谢。愚感其意，问家事，曰：老母安，惟贫甚，年前来港，运先人柩，检行笥，无所有，仅遗稿一卷，乃叔赠照而已。愚又怆恻久之。今岁春，愚因事过苍梧，拔语态勤恳，请愚编订遗诗，愚嘉其能扬先人之美，复以愚与先生论交于神，而死别吞声，终无一日雅，恒戚戚于心，因不复固辞，受而择其尤工者存之。先生生时，以说部名，诗则深自秘匿。今读其集，俊逸高迈，有绝俗之韵，盖灵心慧思，蕴结所托，固足以长传远播矣。中华民国二十四年夏，黄天石序。”

读了以上题序，得知他和杨云史、黄天石、孔仲南都是文字知音。他死于民国十六年，且为穷愁而死，身世是很悲凉的。

我曾和赵眠云合辑《消闲月刊》，那求幸福斋主何海鸣从北京寄来一篇《碎琴楼作者何诹先生之近况》，关于何诹的著述，颇有足资证考处，就把钞在下面："吾于写《求幸福斋随笔》初集时，曾盛言《碎琴楼》说部之佳妙。近主《侨务旬刊》忽得撰《碎琴楼》者何诹先生来书，神交久矣，得通翰问，喜何如之。君尚著有小说多种，奈不得善价沽之。吾近办小印刷部，印书似易，而发行独难。文人不解商贾之事，强欲印多书，虑销路滞，收款难，而印资乃不继，往返函商，终未得善法解决也。兹特取何诹君最近之函一通，录登《消闲月刊》，藉作小说界中人消息观可尔。""海鸣宗兄大签：月来赶著小说，久未暇奉讯起居，甚罪。现著社会小说《钱革命》一种，计三十万言，已于前日寄上海商务馆，以弟私心自问，此书实远在《碎琴楼》之上，但恐篇幅太长，该馆或不乐于购入耳。旬日来，除《钱革命》外，又有《鳖营长》《残蝉魂影》二种，各三万余言。此外陆续编著，尚有《妾薄命》《苍梧怨》《飞丐》《狗之革命运动》《鬼世界》《红袖怀恩记》《秋影楼魂归记》，《大铁椎前后传》诸种，深望兄之自印，托卖试销，不致失败，藉可次第印行。日人《不如归》，区区一短薄册子，赢金乃至数万。此虽未可援以为例，然依五五折计算，但使能销千部，已不致吃亏，而况手续完成，悉心经画，断无仅销千部之理。然以侨务印刷部之组织观之，则已是大印刷而非小印刷矣。《碎琴楼》旧作，原属美人香草，有托而言，自商务馆误会序中之意，擅将著者之著字抹去，易以编纂二字，遂令全书原意，无由自明，深恨其为点金成铁手段。吾兄题作，独能深得我心，至可感也。历读吾兄《乙卯醉作》诸章，辄慨然有倡予和汝之志。风尘鞅掌之中，觉此成屋牢骚，满怀肮脏，不知何日始得与吾兄倾筐倒箧而扬榷之也。猛虎方食人，大豹亦啮骨，中原积寒雨，荆棘龙蛇窟。悄悄霓裳衣，窥云怯不出。明妆唤玉兔，捣药待朝日。此弟所作中秋诸章之一也。硕鼠硕鼠，莫我肯劳，万转千回，觉剩此笔墨生涯，尚是乾净茶饭。久思驻迹京师，营业一种最新式之丛报，或撮取短小新闻，期与当世士夫商量胸臆，而蹉跎蹉跎，至今尚在经营犹豫之中，行期迄未能自定也。”

何诹除了《碎琴楼》外，尚有以上种种著作，惜乎不知后来出版了没有。何海鸣寄给我这篇文稿时，是把何诹的亲笔信加着附语粘接掷下的。当时我匆促发付手民，未曾誊录，若誊录一副本付印，那么至今犹得保存着他的手迹哩。

张慧剑的《银箫杂记》，有一则也是谈及何诹的，如云：“著《碎琴楼》说部之何诹，系广西兴业人。宣统年间，获拔贡须进京，而苦资斧不足，乃奋笔成《碎琴楼》一书，售之上海商务印书馆，得八十金以壮行色。商务刊其稿于《东方杂志》，文名大噪。予髫年最爱读此书，尝譬谓林琴南先生所译之小说为鹿脯蟹胥，而何氏此作，则为清煨鲫汤，虽系人人家中可备之馔，第其味美于回，以视鹿脯蟹胥，殊未有逊也。何氏一生蹭蹬，当以在广东高等审判厅任推事，为较得意之时代。其后以候补县知事，在省垣听鼓，日趋冷衙，几无以自赡。旋李耀汉畀以收呈委员一职，月薪仅六十元，何氏亦颇能安之。何氏之名士气颇十足，酒与色，皆所爱好，因《碎琴楼》之声名洋溢，为世所重也，遂亦常为文字，向各报求售，祈多得沽酒之钱，顾其所发表者，多在粤中，沪上出版物罕见其作品。后忽一变而致力于吟咏，小说之道遂废。传其在粤高等厅任推事时，悦某旅社主人之女，欲纳之，而旅社主人侦悉其已婚，不愿使爱女作人小妇，力持不可，何大沮丧，即作《珠江待月词》二十首，以抒其愤郁，词极哀艳，传诵一时。有女诗人某，欲与论婚，旋亦察觉其有妇，遂悔约焉。”在这《杂记》中，又获得其生平行迳的一斑，但未免太琐屑，因想孔仲南所撰小传，累数万言，定必大有可观，奈已无从访觅了。

《碎琴楼》一书，成于庚戌七月，载《东方杂志》，民国二年夏才刊单行本，分大本小本二种，共三十四章。他的自序，奇崛别有风格，有类《水浒传》施耐庵的弁言。那时明星影片公司，把《碎琴楼》搬上银幕，名演员胡蝶饰书中的琼花，娟静可喜，我连观两次，至今还是萦系着。

李定夷的《李著十种》

李定夷

谈到鸳鸯蝴蝶派，那徐枕亚的《玉梨魂》和李定夷的《伉俪福》，可为当时的代表作，销数很广，影响面是很大的。枕亚于抗日战争时贫病交迫，死于故乡常熟。李定夷却老当益壮，寓居沪市淮海路淮海坊八十四号，经常到襄阳公园，喝喝茶，散散步，和几位朋友聊聊天，且应聘为文史馆馆员，写些文史资料，如《民权报的反袁斗争》《中央银行的内幕》等，他供职中央银行较久，内幕情况是很熟悉的。

李定夷是常州人，字健卿，一署健青，定夷是他的笔名。早年肄业上海徐家汇的南洋公学（即交通大学的前身），和管际安、赵苕狂、倪易时为同班同学。教师是阳羡储南强及掌故小说家许指严。他深受许指严的熏陶，也就在报刊上写小说笔记。他毕业后，周少衡（浩）主持上海《民权报》，便招他担任编辑，译著两种长篇小说《賈玉怨》和《红粉劫》，在该报排日登载。同时徐枕亚、徐天啸、吴双热、刘铁冷、胡仪邧、蒋箸超、包醒独等，都集中在该报工作，行文都是崇高辞藻，动辄骈四俪六，刻翠雕红，不是发秋士之悲，便是抒春女之怨。定夷未能脱此窠臼。更在这方面下了一番功夫，居然成为个中巨子。不久，《中华民报》又请他兼任撰述，写《茜窗泪影》《鸳湖潮》二书，也是缘情顽艳，触绪缠绵的一套。此后袁世凯窃国称帝，《民权报》反对最烈，结果被袁下令禁止发行。该报社虽在租界上，袁政府的势力达不到，但内地不准邮递，销数局限于洋场十里，怎能维持开支，只得停刊。《中华民报》也在袁氏摧残之下，宣告闭歇。那《民权报》广告部几个人另行组织民权出版部，发行《民权素》杂志，奈规模不大，只容纳蒋箸超主持辑务。其他诸人不能不各谋生计，刘铁冷、胡仪邧和张留氓、沈东讷创办《小说丛报》，请徐枕亚主编，定夷也就成为该杂志的助理编辑，写了长篇《潘郎怨》，和徐枕亚的《雪鸿泪史》，连篇累牍的登载。《小说丛报》一鸣惊人，销路很广。国华书局主人沈仲华看得眼红，就邀请定夷别编《小说新报》。定夷在《丛报》屈居枕亚之下，这时辑政在握，可以独树一帜，也就欣然从事。他健笔如飞，在该刊上写了《伉俪福》《辽西梦》《廿年苦节记》《古屋斜阳》《同命鸟》《新上海现形记》。他又利用国华书局发行的便利，自己办一杂志《消闲钟》，又写了一长篇小说《自由花》。编辑处设在沪市小南门复善堂街百忍里一号，即是他旧时的寓所。他的所有长篇小说刊完后，都由国华书局刊为单行本，称为《李著十种》。短篇刊成《定夷丛刊》《定夷说集》，也风行一时。《小说新报》由他主编了四年，不料他的友人某办中华编译社，大规模的函授招生，收了许多学费，却鸿飞冥冥，溜之大吉。定夷受了他的欺骗，负一主任名义，经过许多麻烦，终于辩白清楚。他深慨人心之险诈，世道之日非，愤而离去上海，北走幽燕。《小说新报》由他的老师许指严续编。他北上后仍向报界寻生活，也觉所谋不合，若干年后，回到沪上，入中央银行，直到银行改组，他年老退休为止。解放后，晚境更安定，正拟含饴弄孙，余年颐养，岂知一九六三年秋间一病，至冬初遽尔奄忽，年七十有四。

徐枕亚与《玉梨魂》

徐枕亚

谈到近代风行一时的所谓“鸳鸯蝴蝶派”小说，那徐枕亚的《玉梨魂》，可算是一部代表作了。他名觉，江苏常熟人，和他的长兄天啸，有“海虞二徐”之称。他早年肄业虞南师范学校，和吴双热（恤）为同学。那时二人已善韵语，相互唱和，积诗八百多首，又一同操觚为稗史笔记。于前人作品，颇喜《游仙窟》及《燕山外史》二书的深情丽婉，词藻纷披。摹仿揣摩，枕亚写《玉梨魂》，双热写《孽冤镜》，成为“鸳鸯蝴蝶派”的始基。

他们两人师范毕业后，都在乡里间执教鞭。不久，周浩在上海江西路办《民权报》，聘两人入馆，任新闻编辑。那《玉梨魂》和《孽冤镜》相间登载该报副刊，完全是义务性质，不取稿费的。《玉梨魂》受读者欢迎，更在《孽冤镜》之上，登完后刊印单行本，销路很广，这时《民权报》反对袁世凯帝制，被袁政府摧残停版。枕亚不得已，进“中华书局”为

《玉梨魂》大字本书影

编辑，撰著《高等学生尺牍》，不料被上级沈瓶庵乱加窜改，他很不乐意。恰巧胡仪邧、刘铁冷、沈东讷辈合办《小说丛报》，便请枕亚为主编。他每期写短篇小说一二外，更把《玉梨魂》重翻花样，托言获得书中主人何梦霞的亲笔日记，为之细分章节，缀以评语，名之为《雪鸿泪史》，并加入许多缠绵悱恻的诗词书札，在《小说丛报》上赓续登载，没有等到刊完，即抽出刊单行本。原来该报社适逢年关，须付许多账款，单行本一出，读者争购，立刻收到一笔款项，一切都靠此应付过去了。《雪鸿泪史》抽掉后，他又在《丛报》上别撰《捧打鸳鸯录》（后刊单行本，名《双鬟记》）及《刻骨相思记》，最后撰《秋之魂》。可是不久他脱离《丛报》，也就不了了之了。

枕亚又编过《旭报》《小说日报》《小说季报》。在这些刊物上，刊载《余之妻》《让婿记》《蝶花梦》。更为《快活》杂志，撰《燕雁离魂记》，此外还有单行本《兰闺恨》《情海指南》《花月尺牍》等。后期作品，除《余之妻》外，大都由许廑父、陈韬园代为捉刀，原因是他沾染嗜好精力不济，懒于动笔了。他又嗜酒成癖，祖父和父亲都死于酗酒，可是他还是沉湎不拔，醉后倾跌，衣碎骨损，习以为常，朋好劝止，他也誓与酒绝，作《酒话》一卷，以为戒酒纪念，可是没有几时，又复一杯在手了。

谈到他的家庭，确是很可怜的。他的母亲性情暴戾，虐待媳妇。他的嫂子不堪恶姑的凌辱，自刭而死。他和其妻蔡蕊珠伉俪甚笃，也不容于恶姑，其母硬逼他和蔡氏离婚，他没有办法，只得举办假离婚手续，私下把蔡氏迎来上海，秘密同居，后来生了孩子，产后失调，遽尔逝世。他伤痛之余，作了《悼亡词》一百首，刊成小册，分寄朋好。那时北京刘春霖状元的女儿沅颖（令娴），读了他的《玉梨魂》和《悼亡词》，备致钦慕，便作书附诗投寄枕亚，欲从之为师。枕亚认为红颜知己，就此唱和起来。大约过了半年光景，枕亚向刘家求婚，可是刘春霖满头脑的封建思想，认为择婿应是科第中人，现在徐枕亚是一个浮薄写小说的，门不当户不对，因而犹豫不能决定。于是枕亚和沅颖动了脑筋，想出办法，先由枕亚拜樊樊山为师，樊山和春霖素有交谊，樊山作伐，且善为说辞，春霖也就应允了。不久，枕亚北上，举行结婚典礼，当时《晶报》上登载《状元小姐下嫁记》记其事。枕亚一度为我写扇，右端钤着朱文小印“令娴夫婿”，可见他们夫妇的谐合。奈沅颖是娇生贯养的，下嫁之后，生活很不惯常，既而一病缠绵，就香销玉殒了。

此后，枕亚颓丧消极，更沉湎于酒，所有作品，大都委廑父、韬园代笔，号召力大大地减低。他独资所设的清华书局，发行《小说季报》，也因没有销路而奄奄一息，直至抗日战争军兴，他把书局和所有版权，一股拢儿盘给大众书局，自己悄然还到家乡常熟。常熟沦陷，他生活更形艰苦。一天，他正仰屋兴嗟，忽有人叩门，家无僮仆，自起招纳，来客挟纸一束，说自上海来此，因慕徐先生大名而求其法书，且备若干金作为润笔。他大喜收受，来客说必须和徐先生面洽，枕亚自道姓名，即为本人，来客看他衣衫不整，颇为怀疑，经枕亚一再说明，才把纸束并润资付之而去。及期取件。过了旬日，其人又来，说这个写件系徐先生的伪品，徐先生昔年曾和他的哥哥天啸合订“二徐书约”，书法珠圆玉润，不是这样僵枯无力的，坚欲退件而索还原润。可是枕亚得润，早已易米。恰巧有友来访，知道这事，便斥资以代偿。实则枕亚早年书法确很腴茂，以境遇恶劣，所作未免减色，加之其人先存怀疑之心，以致有此误会。

张恨水是怎样写《啼笑因缘》的

有人说："张恨水是鸳鸯蝴蝶派。"也有人说："他不是鸳鸯蝴蝶派，而是旧派到新派的过渡者。"

恨水，安徽潜山县黄土岭村人。一八九五年生，一九六七年殁于北京，年七十二岁。名心远，喜诵李后主词："自是人生长恨水长东"，因取恨水为笔名。他抱着男儿志在四方的主向，不愿株守家园。听说苏州有一蒙藏垦殖专门学校，那是孙中山的拓边开荒的远大计划。他欣然前去应考，居然录取入学。学习蒙藏文略有成绩，可是仅一、二学期，学校以费绌停办，他未竟其业，引为终身遗憾。不得已，他从陈大悲，组织进化团，专事话剧，拟藉优孟衣冠，为振聋发聩之举，奈又阻碍重重，未能尽如其愿，也就退出话剧界，就任芜湖《皖江日报》编辑。一九一九年赴北京，任《益世报》编辑，并在报上写些杂文和短篇小说。一九二四年，任《世界晚报》编辑，开始写长篇小说《春明外史》。当时虽博得社会的好评，但仅蜚声于北方，南方人士对他尚没有到耳熟能详的地步。

后来他又怎么在南方一举成名？这其中有着一段事迹。原来一九二九年，上海报界组织一个观光团，赴京津一带和

《啼笑因缘》初版书影

关外，与北方报界相互联系，起一交流作用。当时各报都派代表，《新闻报》的代表，便是副总主编严独鹤。独鹤和老报人钱芥尘是很熟稔的，其时芥尘旅居北京，殷勤地招待了独鹤，席间相互聊天，谈到副刊登载长篇小说问题，独鹤是主编《新闻报》副刊《快活林》的，连载的是顾明道的《荒江女侠》。登了一年多，行将结束，颇思选择一较精彩的长篇小说，继续登载。芥尘便凑趣介绍了张恨水，说《快活林》历来登载的小说，大都以南方社会为背景，现在不妨发表以北方社会为背景的说部，使读者换换口味。独鹤很以为然，且独鹤对恨水的名字，并不陌生。他在数年前，曾在姚民哀所编的《小说霸王》上，读到恨水的短篇小说，觉得隽永有味，于是一拍即合。由芥尘拉拢恨水和独鹤相见，便口头约定。恨水便动起笔来，写了那部以小市民和小知识分子生活为题材而具有北方风味的小说《啼笑因缘》。一经刊载，果然获得读者的好评，张恨水的名字也就广泛及于南北了。独鹤也很得意地说："我任《快活林》的编者，《快活林》中有了一个好作家，说句笑话，譬如戏班中来了个超等名角，似乎我这个邀角的也还邀得不错哩！"这篇小说登完后，当时有许多读者，致函报社，请恨水续写下去。恨水本意，认为还是适可而止的好，续了反感嚼蜡无味。譬如游山，不要一下子完全玩遍，剩个十之二三不玩，以便留些余想。但拗不过读者继续要求的盛意，于是又写了十回，作为续编。那时又有添花锦上的评弹艺人朱耀祥、赵稼秋双挡，有鉴于该小说的受人欢迎，便请陆澹安编成《啼笑因缘弹词》，在书坛上弹唱起来，弦索叮当中，活现出书中主要人物樊家树、何丽娜、沈凤喜、关寿峰几个的鲜明形象来。这么一弹唱，作者张恨水的名字几乎成为妇孺皆知了。电影界又把《啼笑因缘》搬上银幕，拍摄的是上海明星影片公司。这个消息，给一家规模较小的影片公司主持者某知道了，他抢先向有关机关登了记。及明星公司拍摄行将告竣，申请登记时，才知某公司已先行登记了。没有办法，只得和该公司的主持人相商。主持人坚决不肯相让，以致双方涉讼公庭。报纸记载这段新闻，做了义务宣传，这又使张恨水的名声更响了。结果还是明星公司化了一笔巨款，私下和解，才把拍摄的《啼笑因缘》归由明星公司放映。事后，恨水到上海来，他去看了这个影片，说："演员很相称，拍摄技巧也很好，但分幕太多，把情节扯开来，似乎不很紧凑了"。他又去听了《啼笑因缘》的评弹，说："限于方言，听不大懂。"

严独鹤、严谔声、徐耻痕，他们都是《新闻报》的老同事，很想合伙办一出版社，出些通俗小说。有鉴恨水的这部小说轰动一时，就决定三人合资创办三友书社，首先向《新闻报》社购买了《啼笑因缘》的版权，刊印单行本，果然赚了很多的钱。上海世界书局主持人，便如法炮制，向北平《世界晚报》购买了恨水的《春明外史》版权，也刊印了单行本，当然也有利可图。这时各报副刊纷纷请恨水执笔，写长篇小说，甚至小型报编者，登门拜访，力恳恨水不弃葑菲，也来一个长篇，恨水情不可却，都应允了。在恨水写作的最高峰时期，同时担任十种长篇说部的写作任务。

恨水的单行本小说，真如雨后春笋，除上述二种外，还有《太平花》《东北四连长》《欢喜冤家》《秦淮世家》《夜深沉》《现代青年》《似水流年》《秘密客》《如此江山》《平沪通车》《蜀道难》《热血之花》《燕归来》《新斩鬼传》《金粉世家》《落霞孤鹜》《锦片前程》《满江红》《小西天》《京尘影事》《满城风雨》《剑胆琴心》《银汉双星》《胭脂泪》《铁血情丝》《大江东去》《八十一梦》《五子登科》《斯人记》《魍魉世界》《北雁南飞》《玉交枝》《乳莺出谷》《孔雀东南飞》《丹凤街》《傲霜雪》《纸醉金迷》《巴山夜雨》《秋江》《水浒新传》等，不下百种。抗日战争时，又在重庆撰写《天府之国》。他的小说是随写随刊的，那篇《天府之国》，在两个地方、两个报刊，同时登载，那怎么办？便由重庆报社得稿后，用长途电活，读给某地报社编者听，随听随录，即行发排，问题也就解决了。

约在一九三三年左右，恨水携了他的次室避难，来到上海，这时他的至好王益知藉寓《金钢钻》报社的楼上，就让出一间给恨水夫妇住宿。我这时正担任《钻报》主编，也就和恨水天天见面。他日间忙于朋好酬应，到了晚上，才埋首灯下写稿，往往写到深更半夜。他的次室年龄很轻，又复娇憨成性，经常要恨水陪她出去购物。到南京路最热闹处，车辆来往不绝，她不敢穿过马路，要雇人力车穿过去。她生了

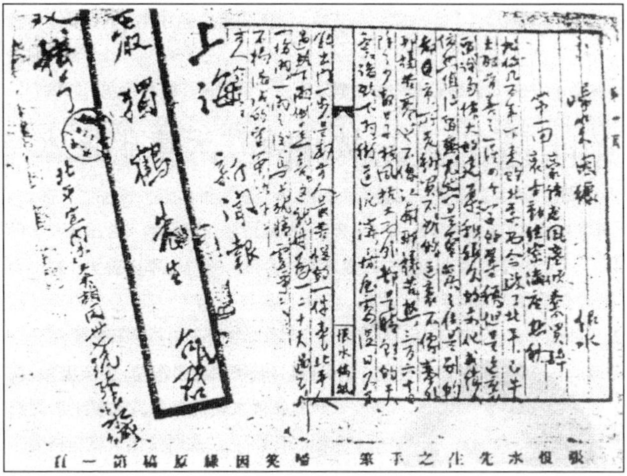

张恨水的手迹及《啼笑因缘》原稿第一页

个孩子，仅一周岁，晚上她睡得较早，孩子不肯睡，便把孩子交给恨水，恨水左手抱着孩子，右手执笔写稿，孩子哭了，恨水不得已唱着歌，哄孩子安静下来。她临睡时，往往嘱咐恨水，倘有小贩喊卖火腿粽子，给买几只。凡此种种，不仅成为人们的谈柄，也可从中看到恨水写作之繁忙了。

恨水能诗，又能画几笔梅花。解放后，他定居北京，被聘为文化部顾问及中央文史馆馆员，还和我通讯，附着他所绘的一幅梅花送给我。后来他半身瘫痪，不能握管，音讯也就断绝了。他不幸死于十年动乱中，我的这幅仅有的梅花，也被“四凶”钞去了。

顾明道的最后一部书

最近报刊上登载著名科学家顾德骥应聘瑞典，赴欧讲学的消息。这条消息引起我的回忆。原来德骥便是小说家顾明道的儿子。

顾明道和我熟稔。他名景程，别署虎头书生及石破天惊室主。看了这些署名，总以为他是个昂藏七尺的伟丈夫，岂知他瘦弱不堪，又复跛足。他生在吴中，父亲早卒，一无荫庇，靠卖稿为生。终岁埋头写作，三十年中连撰长篇小说五六十种之多。销数最广的是《荒江女侠》，登载《新闻报》上，原是特约他写的是中篇小说，不意刊登后备受读者欢迎。报刊编者便致函明道，商请扩而成为长篇。奈首回以中篇故，局面有欠开展，他费了很大的力气，才得补救这个缺憾。全篇登载完后，由书局印成单行本，友联影片公司为拍电影，大舞台剧院为排京戏，着实轰动了一时。此后他拟把吴三桂和陈圆圆的故事编为说部。这时柳亚子专治南明史，提供给他很多资料。他撰写为《血雨琼葩》，登载在《申报》副刊《春秋》上。后日本侵略军进入租界，以小说中多激昂语，勒令《申报》停止登载。该小说只得告一段落。他曾精心地撰成一部《啼鹃录》，为求称心惬意，自己斥资印行，讵料不善推销，一大堆书积搁在家里。无法，只得把存书和版权统统让给书贾。到了书贾手里，书就不胫而走，一版再版而三版，且出续集。他慨然叹息，书贾的本领不是我辈笔墨朋友所能企及的。

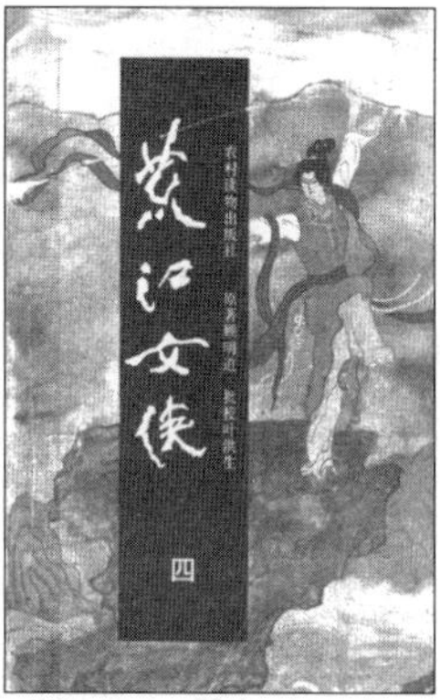

《荒江女侠》

他自抗战避难，赁居上海威海卫路一条小弄中，写了许多书，最后一部为《江南花雨》，书中主人公程景，清贫自守，煮字疗饥，卒至病骨支离，奄奄待毙。这一系列的叙述，都是夫子自道。撰到末几回，他已病得不能执笔，便口述由他门人记录，总算勉强成书。春明书店赶印出版，把稿费给他充医药之需。有一天，我去访候他，他偃卧榻上，呼杏官在架上取《江南花雨》一册赠我，并说这是最后一部书了。我忍泪慰藉他。所呼杏官，即德骥的乳名。此后辍笔，没有收入，生活更形艰难。朋好资助他，他都命德骥记在账册上，以图将来酬偿。后病日益加重。《新闻报》主编严独鹤为他设法，由报社出资，让他住进医院。奈病入膏肓，药石无效。他不愿多耗报社开支，力主返寓，不久便奄化。这时他尚有一个两岁左右的小女儿，稚弱不能行走。家人在忙乱中，不及照顾，从凳上摔下，颅破殒命，父女同归于尽，给人们留下了惨痛的记忆。

戏剧刊物谈

戏迷的鄙人，卒投身梨园，与戏剧为缘。举凡戏剧方面的印刷品和种种刊物，兼收并蓄，以前本有戏剧文艺的组织，事变后，踢居淡水路，一间陋室，佳客莅临，没有回旋余地，怎能谈得到戏剧文艺社的附设？如今迁居进贤路凤德里一号，地位较为宽敞，客来可以读书，可以品茗，可以谈天，可以说地。鄙人又想复兴戏剧文艺社，并进一步把鄙人所有的捐给大众，为戏剧图书馆的初基，如今正在整理着。戏剧刊物较大的，一《戏学汇考》，洋装硬面，挺厚的上下两册，凌善清、许志豪编撰，由大东书局出版，有林老拙、苏少卿、欧阳予倩、冯小隐、舒舍予、朱琴心等题序，内容有脸谱、名伶小影、名伶墨迹，以及剧本，都是很有价值。又徐慕云所编《梨园影事》，洋装一大册，袁寒云题签，内容有生旦净丑各部人名表，生旦净丑各部统系表，照相有程长庚、徐小香、镇檀州合影，汪桂芬道装照，为外间所不易见到的。生角照，有谭鑫培、孙菊仙、汪笑侬、王凤卿、时慧宝；净有何桂山；旦有时小福；丑有王长林、草上飞，鄙人也是其中的一个。名票有周子衡、陈彦衡、苏少卿、罗曲缘，其时周剑云喜欢作剧评，鄙人便怂恿他编一戏剧刊物。他道："很有这个意思，可是资料不容易找。”鄙人便自告奋勇，尽量供给他，结果有《鞠部丛刊》两巨册问世，内容分霓裳幻影、剧学论坛、剧曲源流、梨园掌故、伶工小传、粉墨月旦、旧谱新声、艺苑选萃、伶人雅韵、俳优轶事、品菊余话。这书的基本撰述，有管义华、凤昔醉、杨尘因、冯小隐、尤佩楚、武愕瘿、恽秋星、詹脉脉、刘豁公、汪切肤、舒舍予、陈啸庐、姚民哀、冯叔鸾、韩天受等，丰富充实，虽不敢称为绝后，却可称为空前。其他尚有《戏考》，中华图书馆出版，由该馆经理叶九如，请张德福把每个戏本写出来，按本给以酬劳。原来张是唱花脸的，倒嗓后才做这玩意儿，王大错加以编次，似乎出到四十多期，就是现在《大戏考》的滥觞，每本卖二角半，鄙人本有一全套，迁居遗佚，是很可惜的。

刘少岩影印袁寒云日记

袁寒云殁世有年，可是他给鄙人的印象太深，偶一闭目，他的言语行动，便活现于脑幕间。日前曾于某君处见到刘少岩影印的《袁寒云日记》，为非卖品，异常名贵，纸为配双印斋制，用朱丝格，和原本丝毫无二，首页有“丙寅日记正月自口下迁沽上寒云主人”字样，序文出于陈甘簃手笔，如云：“项城袁君寒云，尝手书日记若干卷，自甲子迄庚午凡七年，年各一册，大抵叙友朋游宴之迹，而于所嗜事物，如图书货币，亦间有记述。寒云既谢世，甲子、乙丑两册，置张汉卿将军所，沈变佚去，丙寅、丁卯两册，辗转为刘少岩先生所得，余不能详也。人情每见所好，过眼即置之，独少岩侠豪异众，出多金藏其手迹，复不靳重值影印，使留真而广流传，用心之笃，可谓难矣。余伤寒云之逝，而喜其手泽得长存人间，少岩风义，未可及也。”日记中之人物，大都为方地山、傅沅叔、侯疑始、吕璧城、和梅真、栖琼，极谈笑叙合之乐又一册，为丁卯年日记，那时寒云在上海，往还者如芥尘、林屋、山农、瘦鹃、云史、西神、小鹣、逸芬，所以日记中一再述及以上诸人之事迹，间有许多金银稀币拓印，景印很清晰，可惜寒云已逝世，不能亲自展赏。少岩嘉兴人，名秉义，上海圣约翰大学文学士，经商武汉，在汉口创设既济水电公司，成绩很好，一度为国民政府财政部顾问；他的尊人蓉岩，为上海著名木商，他和寒云生前并无一面缘，读了寒云“绝怜高处多风雨，莫到琼楼最上层”句，非常钦佩，影印《日记》的动机，便是这两句诗引起的。据鄙人所知，寒云尚有一部分日记，生前质于芥尘处，不知道芥尘现在是否保存着哩！

鲁迅称许《绿野仙踪》

鲁迅翁生前，颇喜浏览旧小说，对于《绿野仙踪》，甚为称许。云：“《绿野仙踪》，神怪小说而点缀以历史者也。其叙神仙之变化飞升，多未经人道语，而以大盗市侩浪子猿狐为道器，其愤尤深。烧丹一节，虽以唐小说中杜子春传为蓝本，而能别出机杼，且合之近日催眠学家所实验者，固确有此理，非若《女仙外史》之好强作解事而实毫无根据者比也。”按：《绿野仙踪》，书共八十回，藉神怪以颠倒权奸，含有谴责之意。清乾隆三十六年，定超序云：“余于甲申岁二月，得见吾友百川《绿野仙踪》八十回。其前十回中，多诗赋，并仕涂冠冕语”。不知百川为何许人，中有秽亵之处，清代列入禁书中，石印本均已删削。文学大纲谓笔墨横恣可爱。并云：“同治间刊有袖珍本，未删节。”闻我友许石泉藏有袖珍本全书，稍缓拟向许君假读也。

口译《茶花女遗事》之王晓斋

《茶花女遗事》译本凡若干种，要以晓斋主人与冷红生合译者为最明洁隽永，首冠一小引云："晓斋主人归自巴黎，与冷红生谈，巴黎小说均出自名手，生请述之，主人因道仲马父子文字，于巴黎最知名，茶花女马克格尼尔遗事，尤为小仲马极笔，暇辄述以授冷红生，冷红生涉笔记之。"盖其时风气未开，士大夫以从事小说家言为可鄙，故均不署真姓名。冷红生者，畏庐林琴南也。晓斋主人，则为侯官王寿昌，字子仁，曾官福建交涉司长。畏庐初不识子仁，由魏季渚为之介，季渚讳瀚，与严几道同赴欧洲，为船政之第一期留学生，精英法文及科学，对于国学造诣尤深。返国后，历主船政水师。当光绪中，以我国无人才，船政悉由法专家名都聂儿者所掌握，都挟私见，与我国当轴颇多扞格，然非有学术高于都者，莫能易之。及派季渚去，都自愧不如而退让。季渚多高足，高子益与王子仁，不啻孔门之颜曾，畏庐与季渚为莫逆交，畏庐赋悼亡，郁郁寡欢，体貌日益瘁，季渚忧之，乃劝畏庐从事译著，藉笔墨以排遣。畏庐不识异域文字，谢不能，季渚谓其门人王子仁擅法文，当为绍介合作。一日，季渚邀畏庐与子仁同作鼓山之游，一见如故，遂相约译《茶花女》。

既成，高梦旦携交商务印书馆刊行。至于高子益，则曾长外交，死在子仁之前。子仁哭之以诗云：“念昔同窗时，忘形无比拟。携手作欧游，相依过一纪。行役始仳离，燕粤两相跂。中间复会合，江皋共步履。板荡居海上，小聚差可喜。无何子北行，吾兄归故里。岂知此一别，无复亲炙旨。子去厌世乱，何以慰后死。吾过今谁攻？吾行今谁砥？遗骸落京西，墓草正靡靡。关山虽重叠，神魂无阻理。来归何迟迟，人梦吾其俟。”两人之交谊与形迹，于此可以窥见之也。

民国以来几种笔记

我喜阅小说，更喜阅各种笔记。笔记充溢着史料，有参考价值，胜于虚构和夸张的小说。曩时坊间，曾汇刊了大宗笔记，如《说库》《笔记小说大观》等，数量是很可观的。但所收截止于清代末季，民国的付诸阙如。实则民国以来，也有很多值得汇集的作品，不容一笔抹煞。

《康居笔记汇函》，杭县徐珂著，珂字仲可，南社诗人，生平著述等身，《清稗类钞》即出其手，凡四十六卷。这《康居笔记汇函》，是他晚年卜居沪西康家桥所作，由他的哲嗣新六为之编纂。有一跋语，略云："先君晚年，勤于著述，尝以平日之见闻，大之典章文物，小之闾巷琐闻，凡是足记者，辄笔之于书。心怵于政治风俗之变，靡所底止，乃以婉言刺讽之，刺讽之不足，则发为愤世嫉俗之言，先君盖古之伤心人也。"且印这书，在民国二十七年，既成，交装订所，而"一·二八"之乱，装订所在闸北，毁于炮火，印成之书，俱成灰烬，幸有副本，重为排印，仲可早卒，没有看到这书了。这书共收十一种，如《范园客话》《呻余放言》《松荫暇笔》《仲可笔记》《天苏阁笔谈》《云尔编》《闻见日钞》《梦湘呓语》《知足语》《雪窗闲笔》，铅印，线装两厚册。

仲可居住上海日多，颇多上海掌故。当时投赠亲友，所印不多，今已不易寓目了。

《人物风俗制度丛谈》，是和《一士谈荟》《一士类稿》同时刊印，徐一士的两种，已付重印，《人物风俗制度丛谈》却早绝版，没人提到。这书是瞿兑之的得意之作，他早有《中国社会史料丛钞》，和这书虽有近似处，而实不相袭，但他又有《杶庐所闻录》，载《东方杂志》，其中约有四分之一采入《丛谈》，所记以近代为主，更足以考见时代升降，文化递嬗之迹。内容如《哥老会》《清后宫之制》《广州名园》《昭仁殿藏书》《奇嗜》《孙春阳与戴春林》《澄心堂纸》《女道士王韵香》《长洲彭氏》《法琅匠》等，有类邓之诚的《古董琐记》，但《琐记》大都述而不作，此则有述有作，较胜一筹。

《太一丛话》，醴陵宁调元著。字仙霞，号太一。因反对军阀，被害于武昌抱冰堂，柳亚子为撰《宁烈士太一传》。邃于国学，所纪大都为明末遗民之气节及艺文掌故，如黄道周绝粒四十日，小东林吴次尾临死不屈，陈子壮著《云淙集》，陈邦彦不受招降，人比枇杷晚翠之陈子龙，几社的夏允彝和徐彝公，弟兄同缢之黄淳耀、黄渊耀，长兴伯吴日生，就义庐墟之杨维斗，自撰墓志之黄九烟，高蹈远引之徐俟斋。其他如文震孟、邝湛若、姜埰、金俊明、屈大均、傅青主、方密之、申涵光等，不下二百人，足补晚明史之不足。且多涉及诗篇，又可作诗话读。共五卷，为《太一遗书》之第十种。曾用铅字排印，作非卖品。

《画梅赘语》，南社诗人胡蕴著。蕴字介生，号石予，我师事之。他喜画梅花，具高逸之致。以画梅三十年，其中颇多雅闻趣事，我怂恿他老人家，记些出来，我随时录存，凡数十则，未刊。涉及人物，如管快翁、高天梅、高吹万、金松岑、胡寄尘、姜可生、袁叔畲、张顽鸥、杨雪庐、张景云、金心兰、吴观岱、孙伯亮、蒋吟秋、陈子清、余天遂、钱名山、俞金门、程仰苏、傅屯艮、柳亚子、钱剑秋、陈迦庵、叶绍钧、顾颉刚等，均一时名流，且笔墨清逸古茂，耐人玩索。

《寄庵随笔》，是汪东的著述。汪东原名东宝，字旭初，别署寄庵，江苏吴县人。他是章太炎的大弟子，但太炎治朴学，他却治词章，曩主《大共和日报》笔政，历任各大学文学教授。抗战时赴渝，胜利东归，撰《寄庵随笔》，连载《新闻报》的副刊《新园林》，凡年余始毕，和刘成禺的《世载堂杂忆》为副刊的两大力作。《随笔》风华典雅，允称隽品，当时深得读者赞许。内容具掌故史料，如《许寿裳电筒致难》《马相伯谈谑生风》《弘一大师之绮语》《乔大壮悲愤遗书》《章太炎讲庄子》《张溥泉称三将军》《印光座前虎受戒》《胡朴安努力做人》《叶楚伧之健忘》《金松岑有侠气》等，这是谈人物的。又《红薇老人百花图》《梅景书屋传韵事》《管赵风浪见丹青》《吴仲圭墨竹长卷》等，这是谈绘画的。又《清游香雪海》《名园深处贮名葩》《园中之隽》《明孝陵之梅》《吴中园林琐记》《听笛题词忆旧游》《作曲秦淮画舫中》《山似英雄水美人》等，这是谈游览胜迹的。又《梨园忆旧录》《民报之全盛时代》《寒鸦点点归杨柳》《生死肉骨有神医》

《佣书谁复识英雄》《绿窗人静绣梅花》《南明史稿待杀青》《博具杂谈》《啖桃爽约》《清史不足信》《蜀中名庖多隽味》等，五花八门，不胜枚举。我也是爱读该《随笔》者之一，深惜没有汇印成书。在排日刊载时，我剪报存之，奈以事冗多忙，往往遗漏，粘之于册的，只什之三四，事后欲补无从。若干年前，偶于邻翁韩非木处，发现他也剪存一部分，自首则至六十则止，后半亦付阙如，就把我所遗漏的藉钞一过。后又知陆丹林别有剪贴本，复商藉补钞，但丹林剪贴时，每则小标题被截去，因失顺序，我便随意加题，且为排列先后，和原稿稍有出入，势所难免。至于手民之误，可改者改之，有怀疑的姑存之，不敢妄事变动，致失其真。我又附录和《随笔》有关的，如野民的《汪衮甫之遗文》、范烟桥的《叔接嫂》、吴双人的《狮林石》及我的《狮林易主》四文。

《鞠部丛谈》，是一部罗瘿公的遗著、李释堪校补的戏剧掌故书。瘿公的辞华藻采，名重一时，释堪的《苏堂诗拾》，也是脍炙人口的。这书内容很丰赡，如那琴轩相国力捧谭叫天，梅兰芳初露头角，陈德霖为青衫泰斗，余三胜、余紫云、余叔岩为三代名伶，杨小楼供奉内廷，秦雅芬为张尚书荫桓所奇赏，王惠芳贫而豪侈，樊增祥为贾璧云作贾郎曲，时慧宝台上作擘窠大书，贯大元倒嗓，刘鸿升建宅护国寺街，九阵风以讼事入狱，侯俊山排斥梆子，芙蓉草久客南通，程继仙能戏极多，何桂九兼擅昆乱，名黑头金秀山，丑角刘赶三，绝代丽人七盏灯，载涛演金钱豹，江春霖眷孟小如，王凤卿珍藏翁方刚书，奇侠魏匏公，宁寿宫跳灵官，鞠榜状元朱霞芬等，其中颇多异闻佚事，足资谈助。庚寅冬，我有一小文纪这书，录之于下：“予过张聊止之养拙轩，见其藏有《鞠部丛谈》之朱印本，版式宽大，绸面线装，非常古雅，丙寅春间付雕，上加樊山眉批，印数极少，无非投赠戚友，为非卖品，现已绝版，即斥资付印之李释堪无边华庵中，亦无复有存，则其珍稀可知。予乃向聊止商藉，乘寒假之暇，录成副本。聊止见告，是书原稿在彼家，后被梅兰芳索去，释堪与梅夺，结果不知属谁，今更不知尚存与否矣。”我复觅得孙师郑、廉南湖、瞿悦园三人题《鞠部丛谈》诗，录诸副本后，为原书所未有。

《夫须阁随笔》，慈溪冯君木著。君木名幵，与吴昌硕、况蕙风、朱古微、程颂万交谊甚厚，著有《回风堂诗文词》若干卷，《夫须阁随笔》为其杂著之一。谓关壮缪之刚愎自矜，以短取败，不足祀供。对于近代之端方目不识丁，张佩纶以空城计御法军，张之洞好色，毁之太甚，不足凭信。又谓：明代马士英为小人中之君子，久历戎行，才略恢廓，大都属于翻案性质。又涉及张江陵、李卓吾、史可法、孙中容、吴挚甫等事。君木卒于一九三一年，门生故旧，辑哀挽之作，刊《悲回风》一书。

《抒怀斋赘谈》，杨南邨著。南邨，湘南人，善撰小说，著有《孤鸳语》《孽海双鹣记》等，刊印行世。他工诗文，参加高吹万主持之国学商兑会。《赘谈》所述，什九纪其家乡事，原来他的家园有十余亩，在去邑城数里之南庄，长松数百株，柑梨等果树，蓊蔚成林，禽鸟繁多，幽篁杂奏，因此所纪无非田园乐趣，而笔墨雅逸，尤足称之。又《呵冻小记》，和《赘谈》相辅佐。其中颇有隽永耐人寻味处，节录一则，以见一斑。如云：“农事隙，故晨起颇晏。比十时矣，主人乃起，揭帐而视，窗纸皑然，呼童问曰：‘夜来雨雪乎？’曰：‘雨雪矣且甚大，深深没马蹄，今尚未止也。’于是披裘坐于炕房，房中有地炉一，作正方形，沿周可坐客五六，烧朽木之干，蟠根槎丫，如牛首、如龙、如螗蜞，撑炉几满，火光熊熊，气候温煦似三月。即检蒲团，坐于烬隅，自窗远窥，琼林玉宇，世界清凉，心目为之爽然。下瞰全村，银海茫然，烟火都消，四山亦静穆如梦去。乃置小瓦壶，盛村酿，煨诸火，次佐以时蔬，蔬亦就炉中烹之，瓶笙如悠然天籁，右箸左杯，自斟自酌，徐徐作桑麻话，而微风偶过，冻叶琤然如鸣玉佩，六出花片，时自窗檐入，拂帏积袂，状至可乐。”南郇别有《寻花日记》，谈名葩异草，更为我所喜读。

《无所不谈》，湘乡张冥飞著。冥飞名焘，字季鸿，南社诗人，著有说部《十五度中秋》。他的一位女戚，是我的弟子，承他老人家一度见访，畅谈半日，此后抗战军兴，他客死他乡。《无所不谈》确乎涉及甚广，谈联语、谈虎、谈温州江心寺、谈围棋，极推崇范西屏的《桃花泉弈谱》，谓：“钩深测远，论局势者，莫能外也。”并论及日本人之九段，可见他是精于此道的了。人以名士为荣称，他却不喜人们以名士称彼。他说：“古今贪鄙无耻之徒，多属于一时知名之士，如扬雄、刘歆、谯周、魏收、褚渊、石崇、冯道、陶谷，皆名士也，或为篡贼之走狗，或为太湖之大盗，或为贰臣，或为秽吏，品格之下，莫此为甚。”

《变色谈》，谚有“谈虎色变”之说，这是谈虎的专篇，向恺然著。向别署平江不肖生，为已往武侠小说的权威。那《江湖奇侠传》，尤风行一时，最近重印他的《近代侠义英雄传》，易名为《霍元甲大刀王五侠义英雄传》，无非趋时而已。向于小说外，间亦作笔记，有《猎人日记》《变色谈》，这是他的笔记代表作。《变色谈》有争虎、闭虎、驱虎、死虎诸名目，均系实录，盖闻诸猎人拳师所谈者，非虚构乌有所可比侔。

《装愁庵随笔》，李怀霜著。李名葭荣，广东信宜人。辛亥革命，和柳亚子同主《天铎报》笔政，著有《斐然庵集》《不知老斋诗集》。籍隶南社。《随笔》载于《民权素》月刊，没有单行本，内容有异人同名、公牍文字、文人好古、目盲重明、咸丰戊午顺天乡试科场舞弊案、粤中麻疯疾、明季客魏之祸、叶名琛迷信扶鸾、岑西林与周善培、和珅当国、冯子材暮气至深，洪秀全犹子洪泉福、身佩天王所赐金质徽章等，笔墨亦雅洁。

《曼陀罗轩闲话》，张海沤作。张，安徽太湖人，足迹遍大江南北，所纪均其经历事，尤以乘俄国火车赴满洲里，乱山合沓，孤月流辉，忽见山市，海有海市，人或见之，不知山有山市，亦属幻境，此文述山市甚详，谓：“俄顷大雷雨，雹块击窗，一小时许，天复晴，月色澄澈，万象皆空。”又嫩江江边，产江石，坚结细腻，光丽莹润，红绿两色为多，红者仿佛玛瑙，绿者苍翠沉碧，中含苔藻松柏之形，这就可与此间雨花石相媲美。又于岫岩州山中，见所产石棉，织成一带，污则以火烧之，遂如新，可知古云所谓火浣布，即属此类。又哈士蟆，生于太子湖畔。锦州的卤虾油、小黄瓜，俱有佳味。其他如苗沛霖、赵舒翘、盛海帆、穆彰阿等故事。又谈王石谷、王椒畦、蓝田叔及俄国画家可洛巴夫画，品评中肯，那么海沤也是一位欣赏家了。他的小说，刊行单行本的，有《姊妹花骨》《珠树重行录》。

《蜷庐随笔》，王伯恭著。王为皖中耆宿，原名锡鬯，亦字伯弓，后名仪郑，号公之侨，宣统初，因避溥仪名，废之不用。是书不分卷，为线装铅字排印本，共七十二页。只标"无冰阁"三字，没有出版处及定价，可见当时为赠送品，印数寥寥，那就弥可珍贵了。首冠《王伯恭先生传略》，出于阚铎手笔。从《传略》中，得知伯恭幼受何子贞激赏。光绪壬午，李鸿章奏派之与马相伯赴朝鲜，应其国王之聘，参议军国事务。时吴武壮驻军汉城，袁世凯领庆军营务处，张季直、范肯堂、周彦升、朱曼君，均在吴幕，伯恭颉颃其间，一时称盛。由此又可知彼之纪述，什九亲见亲闻，较为翔实了。开卷即为《光绪甲申朝鲜政变始末》《吴武壮》《袁项城》《李文忠》数则，都是第一手资料。他于丙戌谒潘祖荫于京邸，祖荫诧为"今日得见魏晋间人"，且许为"今之王景略"，他刻有朱文小印"今略"，可见其知遇之深，因此，又有《潘文勤师》一则。他又师事翁松禅，有《翁文恭师》一则。复有《潘翁两尚书》，尤为赡备。月旦人物，有《马眉叔》《戴文节》《张小浦》《王壬秋》《刘棣仙》《姚石泉》《何廉昉》

《李莼客》《易实甫》《顾印伯》《文廷式》《李梅庵》《秦澹如》《朱曼君》《张文襄》《徐菊人》《康有为》《裴伯谦》《赵声伯》《李文石》《八指头陀》等数十篇。谈书法的，有《论书法》《六朝书法》《西楼帖》《唐人双钩》《作字用紫毫》。关于中日文化，有《宫岛大八中岛裁之》。清宗室方面，有《载泽》《载涛》《载洵》。其他如《科举丛话》《秦淮风物》《烂柯山》《淡巴菰》。又《胡宝玉校书》，那是“四大金刚”之一，张艳帜名震北里者。又《清季两义伶》，一为路三宝收杨豫甫遗体，一为张樵野尚书，获罪被谴，秦稚芬送至正定府，为梨园掌故。又《袁克文》一则，记克文演醉酒一出，“饰杨贵妃，珠冠宫装，天然流媚，直忘其身为男子者”。又清末民初市上流行当十铜元，即袁氏八十三天皇帝，也制洪宪纪念铜元，我藏有一枚，亦属稀币之一。《随笔》有一则，记当十铜元之创始，谓“福州陈石遗孝廉衍，诗才清俊，庚寅之秋，与余同在上海制造局，后又与余同在张文襄（之洞）幕府，时正苦库储匮乏，石遗建议改铸当十铜元，谓二钱之本，可得八钱之利。余谓此病民之策，何异饮鸩救渴，决不可为，君他日亦必自受其害，石遗摇首不答，文襄欣然从之，未几，各省纷纷效尤，民生自此益蹙”。

《芜城怀旧录》，这书是亡友董玉书（逸沧）所著，闵葆之、杜召棠为之校订，分上下二册，也是线装铅印本。所记为扬州之人文事迹，且涉及面甚广，足资证考。他家居旧城北小街，距西方寺不远，为金冬心客扬州所居处。我认识他时，他已移居上海北成都路，榜为寒松庵，别署拙修老人。他谙弈艺，因此记棋坛往事较多，如周小松刻有《餐菊轩棋评》、徐星友有《兼山堂弈谱》，又黄龙士十余岁即成国手。范西屏的《桃花泉棋谱》刻于扬州，以所居有桃花泉而为名。以及梁魏今、程兰如、施襄夏、陈子仙、释秋航、董六泉、李湛源、周鼎等。曩年徐润周撰《围棋故事诗》数百首，遍访是书，最后得之，奉为至宝。谈书画，如以芍药负盛名的梁公约，他名菼，字慕韩。他的画，为他国人所珍赏。又花卉名家王小梅之子，丹青得其家传，居蔡官人巷北。又谈丁传靖。我识丁柏岩，他精鉴赏，著有《中国妇女艺文志》，柏岩为丁传靖子，传靖父立中，任县学训导，工诗古文辞。传靖号秀甫，晚号闇公，亦工词章，熟于掌故，曾任民国总统府秘书，他的声名，不仅限于故乡了。又汀州伊秉绶，曾官扬州太守，死而奉祀三贤祠的载酒堂。又南社诗人沈太侔，作落花诗，称沈落花。其父沈碧芗，甲戌翰林，亦出任扬州太守。又冶春后社，为名流觞咏之所。参加的也有名驰南北的，如方地山、方泽山、张丹斧、宣古愚、秦曼卿、陈含光、朱菊坪诸人，玉书均有传略。又吴绮，号园茨，曾居粉妆巷，贫而好客，吴梅村赠诗云："官如残梦短，客比乱山多。"四方慕其名，乞诗文者，但令其各酬树一株，名曰"种字林"，确为韵事。大词家况蕙风，著《选巷丛谈》，所谓选巷，那是他游扬，寓居文选巷之统称。又颐和园佛香阁书额的李钟豫，眇一目，扬人无不称之为了然先生。画家陈崇光，汤贻汾及花之寺僧罗两峰，更名噪一时。又扬州园林，以个园为最胜。白蕉、陈从周亟称之。园主为黄应泰，后归李韵亭，又归朱氏，纪氏《怀旧录》

历述其沧桑。又马嶰谷的小玲珑山馆，太湖石高丈余，有似一朵青芙蓉，亦属名迹。又涉及小说："吴敬梓撰《儒林外史》说部于扬州，人物描写尽致。光宣时，出有《广陵潮》一书，为李涵秋作。当时瘦西湖风景最盛，一时广陵名士，好称风雅，皆被涵秋收入书中。"又魏默深居扬州仓巷，有秋实轩，龚定庵来扬，辄下榻轩中。辛亥光复上海，攻制造局的伶人潘月樵，居县城西乡，详记其事迹。归于徐宝山事更详。又《雉堞影》说部，初署包柚斧，后署李涵秋，读者往往误二人为一人，实则包柚斧别有其人，《怀旧录》中，有柚斧一则。此书颇多佚事珍闻，惜早绝版了。

《趋庭随笔》，这书是福建长汀江庸所著。江字翊云，毕业于日本早稻田大学政治经济科。历任京师高等审判厅厅长、修订法律馆副总裁、司法总长、日本留学生监督、国立北京法政大学校长、故宫博物院古物馆馆长、东方文化事业总委员会委员。国共和谈，江和章行严同飞延安为代表。建国后，任上海文史馆馆长。我和他相识，以前辈礼事之。他和易近人，一点没有架子，且承枉顾舍间，观我所藏折扇，极赏识申石伽画竹，我便请石伽画一竹扇赠送他，他偶尔画竹，即绘一扇给我。此情此景，犹在目前，可是他已逝世多年了。他工韵语，刊有《澹荡阁诗集》，首冠《攻错集》，那是他就正于黄晦闻，且附黄的评语。其他有《汗漫集》《人蜀集》《旋沪集》，编次井然，江老既赠我一册，我得陇望蜀，并索其旧作《趋庭随笔》，奈印数不多，赠送已罄，过了几天，他忽地由邮见惠，原来他向朋好处索回，这种盛情是多么可感啊！这书共六十四页，铅字排印，没有标题，他自撰一短序：“余生五十有七年，自垂髫迄今，盖无一、二年离吾父母之侧。斯卷涉及经史，多习闻庭训，退而自记，经吾父所涂改者。人生年近六十，犹获依父母膝下，并世已罕见其人，矧父之于余，则父而师也。此数十寒暑中，凡于旧学有疑而莫释，懵而弗知者，皆得于定省之时，一一乞教于吾父，而欣然餍其所欲，是则愈非他人所能希冀。惜余于学问之道，未能潜心研求，往往浅尝而止，深负吾父教诲之意。斯卷所记，皆饾饤糟粕，不足一观，然韩氏之子，不辨金银，余之谫劣，阅者或亦不过督耳！中华民国二十三年八月，江庸识于淀园之眺远斋。”所谓眺远斋，在北京颐和园的后湖头，门临小阜，杂树蒙葱，远瞩湖流，迴合幽邃，夏时藕花尤盛，的确是个名胜地，这时他僦居于此。所谓“趋庭”，无非取接受父训“鲤趋而过庭”的意思。他的父亲江瀚，字叔海，著有《慎所立斋稿》《壮游》《东游》等集，陈石遗录其诗人《近代诗钞》中，固当时的一代名宿，江老因僦居眺远斋，所以述及颐和园的掌故甚多，且谓斋门外旧有“琼敷玉藻”匾额，毁去数十年，今已无人得知了。所记颇多尽资谈助，有云：“余十岁时，侍父母居苏州藩署，极蒙易顺鼎实甫、易顺豫由甫、朱铭盘曼君、费念慈屺怀、张祥麟子馥、郑文焯小坡诸丈喜爱，每出游，必携余同往。一日，宴沧浪亭，家父与诸丈谈艺正酣，余潜出，至亭下石桥畔，高唱唐人‘水边杨柳石栏桥’一绝，为实甫丈所闻，大为欣赏。儿时光景，历历在目，今诸丈已先后谢世，回首前尘，为之惘惘。”又：“王书衡语余曰：

凡记女子典故最多者，莫如吴向之、樊云门、易实甫三人，然三人所记，又各不同，易专记美女子，樊专记坏女人，吴专记老太太，可发一噱。”又：“宋时有人家藏李太白墨迹十八字云：‘乘兴踏月，西人酒家，不觉人物两忘，身在世外，见曾慥《高斋漫录》。’太白此十八字，便是一首无韵诗。”又：“民国二年后，袁项城已隐有帝制自为之意。四年，余自东三省视察司法归，谒项城，于时政颇有讥评，项城不怿，退草一疏辞职，诋项城摧残国家元气，项城大怒，拟立免余职。秘书长张仲仁一謦语项城曰：“江庸之辞职，负气耳，且总统就任以来，无敢非议时政者，当温语慰留以示总统之虚怀，项城色稍霁。徐曰：姑拟一批令留之。仲仁拟稿颇婉切，项城曰：批太好。仲仁笑曰：既拟留之，则非好不可。项城亦笑。时王式通书衡在侧，项城正色语书衡，汝告江庸，以后但做官，少说话！甚矣项城之隘，然但做官少说话，确是古今做官之秘诀也。”又：“陈仲恕云：穆彰阿当国时，索画于戴醇士，戴临吴墨井山水一幅畀之，意极矜重，穆彰阿大怒，以其为水墨，不设色也。谓人曰：戴为某优画扇，尚设色，视我宁不如优人耶！竟短戴于文宗，斥其行止不检，戴遂以侍郎降三品京堂候补。后虽殉难，得予谥文节，然请建专祠，卒不准，盖穆彰阿指摘其临终诗“撒手白云堆里去，从今不复到人间”二句为怨望也。”又：“登东山而小鲁，登泰山而小天下，此写孔子气象之伟大，不必实有其处也。明人于泰山之巅，立一碣，大书‘孔子笑天下处’，真笨伯也。”又：“清光宣间，赵尧生师官侍御时，郑太夷。陈石遗、曾刚父、杨昀谷、罗掞东及余父子，均在京师，月必数聚，聚必为诗。今刚父、掞东、昀谷先后逝世，尧帅还蜀，太夷入辽，石遗旋乡，余父子外，无一人在北平者。”按赵尧生，号香宋，四川荣县人，诗名甚大，邮书只写“四川赵尧生”，无不递到，当军阀混战，双方相约，在赵氏所居五十里内不侵扰。翊云从之学诗，后与郭沫若等为刊《香宋集》，以赵氏生前不留稿，为之裒集成书，往往杂而不纯，甚至赵氏所书条幅，录前人诗，也收入集中了。

《画苑近闻》为钱塘陈小蝶著。小蝶名蘧，是天虚我生陈蝶仙的哲嗣。民初，他们父子都蜚声文坛，有大小仲马之称。他的妹妹小翠，能画工诗，著有《翠楼吟草》。一门风雅，尤为难能可贵。他后来得奚铁生小印“蝶野”，便以蝶野署名，又号定山居士。生平所译小说，凡若干种，也有创作。笔记有《画苑近闻》，所述自三任开始。他的评论，谓：“渭长古雅，未能入时。立凡秀致天生，特病疏懒。惟伯年六法，无所不能，翎毛走兽，直胜古人。”记张子祥设古董铺于湖州，何子贞来，停舟铺外，见子祥画大幅牡丹，二人都没有问名，子贞去，有人见告，方才知来铺观赏者为何太史。子祥深悔失诸交臂，雇小艇追之。而子贞亦觉作画者，在大气磅礴中具有秀逸之概，回舟一图晤谈，二舟竟中流相遇，相与把臂大笑，欢若平生。这个故事，多么有趣啊！他又谈及蒲竹英历落鸦涂，自有条理。又王一亭师事徐小仓。吴伯滔早年之笔，绝似晚年，晚年转似少作，待秋即继承其父业。又吴石仙每画必锁户，虽家人不得观。又杨士猷学画于蒲竹英，竹英日夜令习楷书，士猷大窘，竹英曰："工画必先工书。"又谓："林琴南画，以人而重"，隐含贬意。又吴昌硕从任伯年画，被伯年妻操杖逐出。又他家粉壁，请朋好随意作壁画，画者有钱瘦铁、李秋君、贺天健、郑午昌、江小鹣、陆小曼、李祖韩、丁慕琴，以及他的夫人十云。可惜事过境迁，这个画壁，也一无迹象了。

小蝶另一笔记，名《消夏杂录》，属于散记性质，颇隽永有味。首有小引，亦殊可诵，如云："溽暑逼人，如处洪炉中，砚渖皆涸，唯夕阳在桐荫时，小浴已，解衣快然，倚树读书，蝉声嘒嘒在耳，便觉此中湛湛，更无余暑，因习以为常，日课书一首，有所得则记之，初不隅于一格，故谓之杂录也，虽雕虫自娱，视溽暑中蒸灼奔波者，谓犹贤乎。"内容有记茶花女墓，论张丹斧书，与徐道邻谈《湘军志》，六元廉值购得徐文长书联，抚毕倚虹后人庆康，在徐志摩家作客，陈小翠嫁汤彦耆，松江《急就章》石刻，与欧阳予倩论捉放骂曹二剧，天马画会等。每则仅一二百言，长亦千余言而止，可谓以少胜多。

《湖上散记》，那是小蝶纪其家乡杭州事，其中颇多掌故，修《杭州志》，大可采纳。如岳墓铁制四奸像，有一联云："人于宋后少名桧，我到坟前愧姓秦"，这联出秦润泉。又纪秦桧故居，即德寿宫。又姚勇忱与王金发事。又秋狱一则，纪秋瑾殉难情况，都与革命史有关。又俞曲园的诂经精舍，又白云庵、牛皋墓、旧旗营、八卦石、贡院、凤凰寺、拱辰桥、皱月廊，乃知该胜迹命名之由来，如云："李可亭避暑湖上，与家君夜宿清涟寺，予时尚童子，何公旦、潘老兰皆在座，诗酒唱和，凡十二人。清响竞逸，时夜月方朗，游鱼出听，寺僧乞留鸿印，因为署曰皱月廊，家君制跋，华痴石秉烛，何公旦书焉。”

《卓观斋脞录》收在《吴中文献小丛书》中，藏于沧浪亭图书馆。即江苏省第二图书馆，设于苏州沧浪亭对面的可园中，因此一称沧浪亭图书馆，环境之佳，为任何图书馆所莫及。且可园也属名胜之一，为清沈归愚读书处，有博约堂、浩歌亭，佳趣盎然。池畔植一古梅，浓艳殊常，断枝表里俱赤，有铁骨红之称。馆长初为陶惟砥，是叶楚伧的老师，继任者蒋吟秋，抗战时吟秋避难皖中，徐沄秋为了保存藏书，勉任其乏。沄秋名徵，金松岑弟子，在任内辑刊《吴中文献小丛书》，其中有《卓观斋脞录》，便出于徐氏手撰。笔墨隽雅，掌故丰赡，为我所喜阅。兹摘录若干则，以见一斑：“甲戌中秋，陈石遗姬人三十五岁，置酒宴客于胭脂桥寓所，自撰一联以贻姬人：‘北地胭脂，恰住胭脂胜地；月华三五，重逢三五年华。’盖姬人北平籍，诞辰适值中秋令节也。”“竹堂寺，在王废基，为唐六如、祝枝山读书处。沈石田有《探梅图》巨幅，至今宝藏寺中。王佩诤网罗吴中文献甚力，为辑《竹堂寺小志》，并绘图遍征题咏。”“赴真义访顾阿瑛玉山草堂遗址，惜所谓石板千台莲者，萧萧寒塘，已无擎雨之盖矣。叶遐庵言：‘此花为天竺种，乃六百年前遗物’。”（按：上海图书馆馆长顾廷龙，即阿瑛后人）“吴江陆廉夫画名重一时，近日吴下樊少云、陈迦庵、黄裳吉、顾墨畦，皆出其门。”“明吴匏庵故址，在苏城乐桥西，尚书里之得名以此。旧有园亭久废，庚申兵燹后，顾子山因以遗址辟为怡园，疏池叠石，种竹莳花，楼阁亭台，参差其间。尤多奇石，其间一丘一壑，皆子山第三子骏叔所置，自号乐全居士。后得宋东坡手制玉涧流泉琴，于园东筑坡仙琴馆，并图坡公像。鹤逸为骏叔第六子，过云楼藏名迹至富，得以规柢濡染，遂成高格。”“丹徒尹石公言：‘郑苏戡生于苏州，当时其父挈眷归闽，道经苏城，舟泊胥江，其母怀孕足月，遂产于舟中，故取孝胥为名，苏戡为字。”“王毅卿，吴县人，绘《红楼艳事》百幅，为世所珍。”“倪蜕翁擅画梅，自题梅花纸帐诗小引云：‘偶得佳纸制为帐，粗染梅花一枝，便觉清韵可喜。’”这《梅花纸帐图》及诗，惜不知流落何处，倘为我得，那就足为纸帐铜瓶室长物。“余杭章师母国梨，工诗，擅书，尤长填词。行长，幼字引官，故自号影观。”“吴江金师松岑，擅六法，曾为王佩诤写水墨菊石，题曰：‘以醉墨写菊石，菊石皆含醉意，姑解嘲曰，五百年必有因人而宝此画者’。”据我所知，松岑晚年，曾从香溪袁培基学画。“李印泉在苏经营小王山，余与西蜀画友张善子大千昆季入山，小住湖山堂，堂处松海中，群山纠抱，空翠入户庭，倚栏共话，尘喧之念净尽。”“邓孝先寓居侍其巷，梧桐庭院，花竹小斋，校书之暇，作画自怡，张寒月为制一印曰：‘四十学书，五十学诗，六十学词，七十学画’，遇惬意之作。辄加钤之。”我有邓氏画扇一柄，惜失于浩劫中。“番禺居氏，一门风雅，而古泉尤名重闽粤间。多画石，作有《百石谱》，惜未付印。

有压角小章，镌‘可以’二字，得意作钤之。每至岁暮，必于灯下绘墨石墨梅若干，分赏佣仆，易资度岁。”“沧浪亭五百名贤为顾湘舟所集刻。叶遐庵谓：‘世界画像石刻荟集一处，至五百以上之多，当推此为第一。’丁丑春，刘翰怡寓苏，有志补刻，以事变起，遂罢辍，补刻名单有：沈桂芬、彭芍亭、叶菊裳、郭频迦、高心夔、王先谦、翁松禅、洪文卿、李鸿裔、黄体芳、江建霞、潘祖荫、段玉裁、俞曲园、毕秋帆、丁日昌、杨见山、曹元忠、王惕甫、叶廷琯、汪鸣銮、陈文述、何绍基、颜纯生、吴昌硕等一百数十人。”已得画像占其半数，今不知尚存与否？若当局重视文献，征访谋刻，这是多大的好事。旧所刻像，在“文革”中经人以石灰涂没，幸得保存。

《蕉窗话扇》，这是笔记中的异军苍头，出于白彬甫手撰。彬甫，北京人，名文贵，斋名蕉窗宜雨馆，成书于一九三八年。寿石工题签，私人斥资，印数寥寥，甚为难得。内容分远溯、羽扇、纨扇、摺扇、扇骨、其他各扇、杂说。叙述很详，有关扇箑的遗闻佚事，无不网罗。又他所藏的名人书画扇，列一名单，附诸书后，确属洋洋大观。

《钏影楼回忆录》的刊行

吴门天笑生，这个名儿，早已出现于清末民初，可见他真是一位老前辈作家了。他曾会晤到《海上花列传》的作者韩子云，《二十年目睹之怪现状》的作者吴趼人。翻译欧美小说一百多种的林琴南。甚至林琴南翻译《迦茵小传》，还在他翻译《迦因小传》之后若干年，琴南为了两书同名，才把迦因的因字加上草字头为迦茵，以示区别。他是谙日文的，又翻译了日人黑岩泪香的两部小说，一取名《空谷兰》、一取名《梅花落》，风行一时。后来上海明星公司把它搬上银幕。

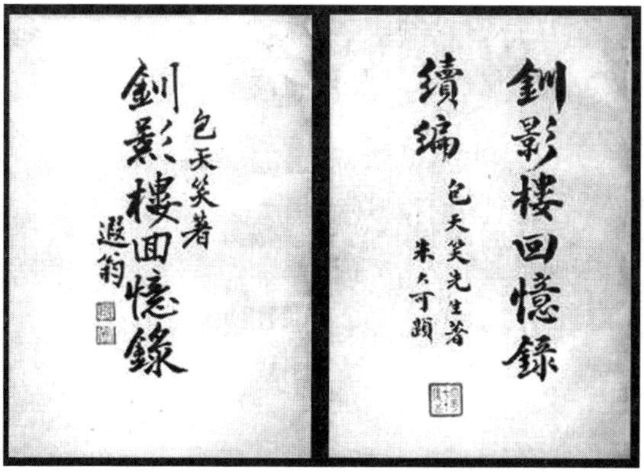

《钏影楼回忆录》及《钏影楼回忆录续编》

又写了实事小说《一缕麻》，情节曲折，哀感动人，梅兰芳又把它搬上舞台，为时装京剧，梅氏亲自演出。同时他又翻译了日文的教育小说《馨儿就学记》，商务印书馆的国文（即现今的语文）教科书，节选了充作教材。凡此种种，具见前辈典型，足资矜式的了。

吴门天笑生，姓包，原名公毅，是包朗甫的文孙，因字朗孙，又取《神异经》“东王公与玉女投壶，每投千二百矫，矫出而脱误不接者，天为之笑”，便把天笑作为笔名。他为人温文和易，写字纤小端秀，似出女子的簪花妙格。他每天写日记，也是一笔不苟的。他旅居上海，日记从不间断。抗战胜利，他的哲嗣，迎养他为香港寓公，因操觚惯了，寓庐多暇，写了《且楼随笔》，经常在报刊上发表。又写了一部《新白蛇传》，是讽刺性的长篇社会小说，刊行于世。他笔酣墨舞之余，又复根据历年积累的日记，写成《钏影楼回忆录》，初载高伯雨主编的《大华杂志》，杂志寿命不长，续载《晶报》，高伯雨编订一下，由柯荣欣为之印成单行本，时为一九七一年，天笑已九十六岁高龄了。他深夜失眠，又复弄笔，在药炉病榻旁。写成《钏影楼回忆录续编》十万余言，一九七三年，高伯雨为之刊行。初编的封面是叶恭绰写的，吴湖帆为写扉页。叶恭绰、吴湖帆都死于一九七〇年之前，这是预先请他们写就的。续编封面本拟请章行严书写，没有写成，而行严下世，他就委托了我为他代求，陆澹安、朱大可两位和我时常晤叙，又是擅书法的，便请澹安、大可大笔一挥了。《续编》出版，天笑已奄奄一息，总算及身目睹。

所以《回忆录初编》是天笑签了名且盖了印章，寄赠给我的。《回忆录续编》出版，天笑已不能执笔，是高伯雨签名寄赠给我的了。这书内容充实，柯荣欣称之为“清末民初的社会史、经济史，尤其是文化史的最珍贵的资料”。美国的青年文学博士林培瑞Perry Link，一再在彼邦报刊上推荐这部书。我也把这书奉为至宝。尤其是《译小说的开始》《金粟斋译书处》《在小说林》《时报的编制》《编辑小说杂志》《时报怀旧记》《记上海晶报》《关于留芳记》《回忆毕倚虹》《回忆邵飘萍》《缀玉轩杂缀》等项目，有关文史掌故，更感亲切有味。其中涉及的人物，如蒯礼卿、吴子深、杨廷棟、章太炎、朱梁任、张仲仁、王均卿、祝心渊、苏曼殊、金松岑、尤鼎孚、曹根荪、曾孟朴、狄楚青、陈景韩、徐念慈、曾虚白、张岱杉、黄炎培、史量才、朱少屏、杨白民、江南刘三、杨荫深、黄伯惠、宋春舫、陆费伯鸿、黄远庸、张季直、沈信卿、袁观澜、陈去病、柳亚子、邓秋枚、李叔同、高吹万、胡寄尘、蔡哲夫、叶楚伧、诸贞壮、陈陶遗、黄晦闻、马相伯、张静江、熊希龄、沈寿、陈夔龙、姚鹓雏、陈蝶仙、周瘦鹃、范烟桥、丁悚、孙雪泥、张恨水、易实甫等，都是知名之士，颇多有趣的轶闻。且天笑的行文，波澜曲折，是素所脍炙人口的。

《逸经》的最后一期

解放前，一度风行掌故性的期刊，那黄萍孙的《越风》，实开先例，奈萍孙不善推销，数期即停止。《逸经》继起，后来居上，主持者，为太平天国史学专家简又文，别署大华烈士，当然该刊登载洪杨史料较为丰富了。编辑主任，为三水陆丹林，他别署自在、凤侣、红树室主。该刊月出二期，门类分文学、诗词、史实、艺林、逸闻、人物、特写、纪游、小说、杂俎，社址设于沪西愚园路愚公村的人间书屋。供稿的，如白蕉、老向、王重民、易大厂、柳亚子、胡怀琛、宋春舫、俞平伯、周作人、林语堂、叶恭绰、陈子展、赵景深、郁达夫、李青崖、谢兴尧、冯沅君、萧一山、谢刚主、金息侯、瞿蜕园、徐蔚南、谢冰莹、徐彬彬、一士弟兄，均一时俊彦。那刘成禺的《洪宪纪事诗本事诗注》、冯自由的《革命逸史》，最初即连载该刊，后来才刊单行本的。珍贵史料，都附图照，有《马相伯九十八年闻见口授录》《红军二万五千里西行记》《林长民及其从兄弟》等，难以尽举。

该刊给稿酬，和一般刊物不同，它不仅计量的方面，尤重于质的高下，字数作为参酌而已。又对于名作家特别尊重和优待，周作人要求保留原稿，不得沾污，编辑主任不得已，委事务人员为之誊钞一过，以副本发排，原稿奉还作者。且每篇刊出，将该文多印二十份，俾作者得分贻朋好，积得多了，可装订成册，俨然单行本了。对于后进作者，来稿审慎甄别，从不贸然塞诸字簏。凡此种种，都起了示范作用。

《逸经》出了三十六期，流行于市，实则尚有三十七期的清样本，以战事发生，无法销行，仅留了清样本一册，为陆丹林所独有，成为真正的绝版孤本，弥足珍贵。这三十七期，我却有机会得以寓目，可谓特殊眼福，自当把它记录一下，以告文史掌故的爱好者。该期既属样本，当然因陋就简，不能与正式的相比，那是用有光纸印的，可是内容丰富，乃秋季特大号，且为章太炎特辑，谈太炎的凡四长篇，一何晓履的《从章太炎说到满清文字狱》，一姜馥森的《章太炎与梁任公》，一俞友清的《章太炎的暮年生活》，一徐沄秋的《余杭章太炎先生语录》。原来当一九三二年秋，太炎讲学吴中，寓李根源的曲石精庐，徐氏由根源介绍得列门墙，随听随录的。其他篇目，录要如下：周味山的《宋人文学中之国难词》、胡怀琛的《明日本诗僧绝海》、萧一山的《太平天国诏旨钞》、伍承组遗作《山中草》续稿、陈抱一的《怎样欣赏西洋画》、吴宗慈的《太后下嫁考实之研究》、卫聚贤的《戏剧中净丑旦生起源之研究》、胡行之的《记诸葛锅》、陆丹林的《民初悍吏陈景华》、温一如的《记林心吾》、小郇的《林文庆》、冯自由的《革命逸史》续稿、德珊的《杨家将故事之历史背景》、何慧青的《援越抗法光荣史》续稿、李伯琦的的《洪宪金币》、徐中玉的《游崂杂记》、郭子雄的《牛津的各种学会》、廖次山的《古学考与新学伪经考的剿袭问题》、董作宾的《升平署杂碎》、许钦文的《小工犯》、吴曼公的《时务报》、大华烈士的《阴阳风》、李汉青的《李太白中国人非突厥人》、许云樵的《太平余众亡暹始末记》、吹萧的《王铁珊先生佚事补》、简又文的《高剑父名作淞沪浩劫小记》等，补白不备载了。

以上各文，大都充满着掌故性资料，希望日后影印《逸经》三十六期时，并把这最后从未发行的三十七期一并附入，俾读者得窥全豹。

此后《逸经》曾与《西风》《宇宙风》合并为一。不久，丹林离沪赴香港，主办《大风》，为《逸经》风格之继承刊物。

天王府与《清史稿》

凡到南京的人，例必一访天王府遗址。我赴黄山，路过南京，就在天王府逗留了半天。记得地点在长江路二九二号，本属前清两江总督衙门，一八五三年，太平军攻克南京，定都于此，把衙门旧址扩建为天朝宫殿，改称天王府。当时的建筑，有城两重，外城为太阳城，南为照壁，内一排旗杆，有牌楼、钟鼓楼、天父殿、下马坊、御河和朝房。内城为金龙城，内有金龙殿，穿堂二殿、三殿。内宫有七八进，宫后筑高台，四周为宫墙，东西二侧各建花园，气派很大。直至光绪年间，端午桥任两江总督，将最西之花园一部分，建宝华庵，储藏宋拓汉《华山碑》，并经常宴客于此。辛亥革命后，蒋介石辟为参谋本部，内中颇多木栅栏，犹具官署旧制。那后面旧屋，改建三楼大厦，称为国府。风云人物，出入其间，显赫一时。抗战军兴，梁鸿志据此为维新政府，把大门改建一新，靠西花园之屋，作办公室，东边则除若干警卫队驻宿外，尚有空屋，任其旷废，阒寂无人。有某属员姑妄探之，发现字纸堆着五大间，狼藉遍地，检视则档案数百件，重要的，已被日军携取而去；散弃的，无非历任官员任命状的底稿，及许多柬帖、账册，和杂乱无章的零星文件。又发现十多个大木箱，封闭未启，属员报告梁，梁令警卫兵以刺刀撬开，累累赘赘，悉为《清史稿》。立即派了秘书科员着手整理，得三百多部，售给书店，得了善价，归入梁之腰包，其他残本，也以低价出让。解放后，政府把天王府大为修葺，尚存金龙殿、荣光殿及一些附属建筑。西花园水池中的石舫尚完好，又从水池中捞出碑碣石鼓。又照壁北面，立有汉白石碑，郭沫若题了“太平天国起义百年纪念碑”几个字。

回忆几种妇女杂志

我的写作，经过半个多世纪，阅览了民初的刊物。当时风气尚未全面开通，女子入校读书，为数不多，那位平等阁主人狄平子创办《时报》，提倡女学，发行《妇女时报》的定期刊物，时为一九一二年。全年出十期，十六开本，由包天笑、陈冷血二人轮流编辑，附有插图，如熊希龄的家庭，王宠惠、杨兆良新婚合影，康有为女同璧，粱启超女令娴照片，北京妇女乘骡车，马来岛的美人等征选作品，限于女子写作，一经试行，却发生了困难。包天笑曾有一篇《我与杂志界》，谈及往事，有那么一段话，节录如下："我为了编辑《妇女时报》，认识了些当代女文人。在开始编辑时，原拟除了编辑人以外，其余写稿的都是女作家。及至集稿以后，便觉得不对了，那时女子读书识字的，远不及今日之多，倘投稿人而果为女子手笔，幼稚不堪卒读。若通顺条达者，率多捉刀人之所为。唯女子在旧文学中，能写诗词者大有其人。此辈女子，大都渊源于家学。故投稿中的诗词较多，虽《妇女时报》，亦有诗词一栏，但这不过聊备一格而已。办该杂志的宗旨，自然想开发她们一点新知识，激励她们一点新学问，不仅以诗词见长。因此，除当时女学界有几位卓越的人物，可以握管写稿外，其余真似风毛麟角。在这样过渡时代《妇女时报》

中写稿的，便不能不以男子充数了。”

一九一四年，那位高剑华女士主编一种月刊，取名《眉语》，专载扫眉才子女作家的作品。有一位别署梅倩女史，写了好多篇缠绵悱恻的小说，不意有一读者，爱慕之余，写信梅倩以通情愫，梅倩致复，直使这位读者大为风魔，迳向梅倩求婚，岂知所谓梅倩女史，乃男小说家顾明道的化名，顾没有办法应付，只得揭穿秘幕，当时引为笑谈。

同在这年，陈蝶仙编刊《女子世界》，为一种月刊，登载了许多女诗人、女画家照片，极秀雅温文之致。也有些西洋女小说家、女英雄像，刚健婀娜，应有尽有。所作不限于女子，但其中有数栏，都是专属于女子的，如《散花集》，完全是闺阁笔墨。其他还有《闺秀诗话》《欧美才媛小史》。且一度广征闺秀文稿，分等致酬，是竭力提倡的。

商务印书馆发行《妇女杂志》，在一九一五年，系王蕴章主编。设有《兰闺清课》《芸窗读画》《厨下调羹》《寒闺刀尺》等栏目。后由胡彬夏女士续编，章锡琛再续编。为了《谈新性道德》问题，被商务当局头脑较旧者反对，锡琛拂袖而去，创办开明书局，出《新女性》杂志，和商务的《妇女杂志》相对抗。这时主编《妇女杂志》的，是杜就田。

世界书局于一九二三年创刊了《快活》旬刊，同时刊有号外的《香闺花影》。较迟的，有《少女》月刊，编辑话提到：“编妇女读物，不如一般杂志那样的容易，尤其少女读物，内容偏重于德性的培养，知识的补充不可，于是对于文稿的征集，便不能不审慎将事。”

从《轰天雷》谈到沈北山

闻近来出版社正在复印《轰天雷》小说问世，按是书作者，署名藤谷古香，有疑为日本人所作，也有以为出于黄摩西之手，更有指为燕谷老人张鸿作品。实则作者为孙希孟，字景贤，江苏常熟人，和黄摩西、张鸿为同乡。这书的主人公，乃沈北山。沈原名棣，更名鹏，号诵棠，又号翼生，别署北山。早岁丧父，家贫，赖孀嫂抚育成人，十五岁考取秀才，肄业北京国子监，光绪十九年应京兆试为孝廉，次年成进士，殿试点为翰林，即在翰林院供职。得苏州费屺怀太史垂青，招为赘婿，可是费女嫌他家贫，又轻其貌丑，冷漠几同陌路。他受此刺激，从此愤世嫉俗，疏劾当朝权贵荣禄、刚毅、李莲英，称为三凶。他的疏稿中，有"不杀三凶，则将来皇上之危未可知"等语。清制，翰林例不能自上奏章，须由掌院转呈，掌院徐桐竭力阻止，不允代奏。在京同乡，恐肇祸端，劝之回籍。途经天津时，他把奏稿交《国闻报》发表，遂传播中外。未及一月，奉旨革职，被系狱中，作诗寄俞钟颖："待讯县斋，闻隔户刑人声，询之，乃邑侯地方公事也。余不久亦当尝此，感赋一律：'识得君臣是大纲，不随群小蔽当阳。秋霜北海流芳烈，太白南星有谏章。沸鼎火难烧口舌，彤缨味不若桁杨。好将隔户鞭笞响，来试孤臣铁石肠。二月初二日，北山书。”这手迹辗转归我家，视为瑰宝。当时燕谷老人张鸿有《沈北山入狱诗》：“消息南来泪暗垂，槛车四出走飞骑。敢云吾党多奇节，又恐中朝失狱辞。三代是非存海国，群贤名字锢朝碑。娥眉谣诼寻常事，怕见沧桑清浅时。”西太后死后，沈才得释放，但他已得了心疾，神经错乱，歌哭无常。宣统元年病卒，年仅四十岁。张鸿因同情于北山，撰《续孽海花》，叙述甚详，《曾孟朴年谱》也有记载，迄今数十年，事过境迁，北山其人，已付诸淡忘了。

《墨林轶事》

我素喜我国数千年来的传统书画，尽管自己不能动笔，可是对于书画有所发挥的书籍，甚至一鳞半爪的艺苑掌故，也都一一剪存，作为闲暇的欣赏和研究。

数十年前，上海豫园书画善会，刊行了一部《海上墨林》，那是杨东山编辑的。此后经过二次增补，但铁网遗珍，仍所难免，当时拟邀我作三次补订。奈这时我忙于教务，不暇执笔，致补订未成事实，迄今引为遗憾。

最近我阅读了洪丕谟选注的《墨林轶事》一书，那成绩大大地超过了《海上墨林》，我的遗憾，顿为消释。原来《海上墨林》，局限于上海一隅，此则面向全国，无分畛域。又《海上墨林》所列的书画家，未免笼笼统统，如记流水账，缺乏条理；此则各标小题，冶故事性、艺术性、史料性、趣味性于一炉。采原文加注的形式，使数千年来的书画艺术，有了脉络的贯通，加强了系统化。这是一种创例，我很感兴趣。希望这一类的书，多出几种，以飨读者。

谈《乐石集》

我辑《南社丛谈》，为弘一大师李息霜撰了一篇小传，述及息霜在未剃度出家时，曾有乐石社的组织，印了一本《乐石集》。可是我始终没有看到这本书，引为遗憾。最近我友沈哂之，忽在上海图书馆发现了，承他见告。这是李息霜在杭州第一师范，集其友朋弟子治金石之学者结乐石社而编成的，标乙卯六月编印。社友有夏铸丏尊、经亨颐子渊、费砚龙丁、张一鸣心芜、姚光石子等二十七人，而柳亚子亦列名其间。亚子不谙金石之学的，息霜为他撰一小志，攒辞别致，如云："柳弃疾，字亚子，吴江人。少无乡曲之誉，而猖狂喜大言，十年结客，始愿莫酬，则杜门削辙，左对孺人，右弄孺子，自谓有终焉之志矣。复时时作近游，四年夏，泛舟西泠，遇故人李息霜，方创乐石社邀之，则敬谢曰：'盲于艺事、金石刻画之学，诚有所未能，可奈何？'李子曰：'无伤也。'因欢然从焉。昔齐王好竽，而南郭先生不能竽，及滥厕众客之间，毛遂谓十九人曰：'公等碌碌，所谓因人成事者也。'盖于古有之，足以谢客难矣。"这是南社文献，而柳亚子一百年诞辰纪念，设馆于江苏黎里镇的亚子故居，这又属于亚子轶事，可作小掌故。

《乐石集》中，钤有二印，绝佳。一“息翁晚年之作”，边款为“师曾为叔同（息霜字）刻”。一“襟上杭州旧酒痕”，边款为“朽道人灯下奏刀意在悲庵”。息霜三十称翁，所谓晚年，其实尚在中年时代。朽道人乃息霜别署。

《续孽海花》作者燕谷老人

曾孟朴的《孽海花》未结束，燕谷老人为撰《续孽海花》，也是一部具有历史性的好小说。燕谷老人姓张，名鸿，初名徵，字师曾，又字诵堂，别署璚隐，又署隐南，晚号蛮公，江苏常熟人。光绪己丑，乡试中试，援例为内阁中书，迁户部主事，兼总理衙门章京。甲午之役，他和萍乡文道希同具疏主战。甲辰成进士，筹策力主立宪，忤当局旨，抑置三甲一名，奉旨以户部主事归原班，旋改外务部主事，由郎中记名御史，出为日本长崎、仁川等地领事。民国丙辰，谢病回里，买辛峰巷的燕园为居宅，世称燕谷，他的自称燕谷老人，即取义于此。这园是清康熙时台湾知府蒋元枢所构造，乾隆间，归同族诗人蒋因培。戈裕良为堆叠假山的名手，为他堆叠二座，东南隅用湖石，西北隅用黄石，嵌空玲珑，别成妙境。又请名画家钱叔美作燕园八景图。咸丰间，园属归氏，洪杨之役，略有损毁，光绪中叶，售给张鸿。据云：归氏出让时，尽撤其中题咏联匾，载之俱去，成一空园，张鸿重行布置，楚楚可观。园中有三婵娟室，乃绘三婵娟室图，张鸿有诗纪其景迹："怪石轮囷云作态，老松偃盖雪为装。三婵娟室今何似，剩有寒梅数点黄。"注云："燕谷东偏，庭中石一堆，逶迤作云意，蜡梅一丛，罗汉松一树，皆数百年物也。”旁有小屋一椽，却为旧筑，所谓三婵娟室，即指此而言。蒋伯生（因培字伯生）有题：“三婵娟室，余葺而新之，杨无恙来为画松，屈尚渔画石，蔡朴孙画蜡梅，余题诗其上，三百年后，或亦目为一时雅集欤！”张鸿又有燕园漫兴一绝云：“牧叟园林迹已陈，此藤托地绛云邻。问年红豆差相仿，应见河东垫角巾。”注云：“牧翁第宅，自鱼家桥向西，至琴河、大步道巷、辛峰巷，皆在内。故绛云相传在榉树弄，位蒋文肃寺之东北，以地形推之，则燕园亦在牧翁宅中。”据此可知他的燕园，又为钱牧斋的红豆山庄和绛云楼的一部分。燕园中丛竹成林，有白皮松于霄蓊蔚，又牡丹紫藤，着花繁茂，谓为数百年物，也是钱氏旧植了。

张鸿在家乡，曾和曾孟朴、徐念慈、丁祖荫，创立塔前小学，邑中一些老绅士，头脑顽固，认为这些新青年，开口科学，闭口文明，背道非圣，流毒甚深，于是大加反对，起了很大的阻力。不得已，疏通了张香涛，出而调停维护，小学才得成立，为常熟新教育的肇基。此后续办中学及苦儿院。又主持图书馆、红十字会、佛教会等，不辞劳瘁，作出相当的贡献。

他擅书法，笔者藏有他所书的一册一扇。也能绘事，所绘仅兰竹和梅花，寥寥数笔，秀逸可喜，无非文人画的风格。但书画只贻赠知好，从不订润鬻卖，所以流传在外间者不多。至于他的著作《续孽海花》，那是受了曾孟朴的委托，他秉承曾氏遗志而成。此外有《游仙诗》一卷，《长毋相忘室词》

一卷，《成吉思汗实录》，又《蛮巢诗词稿》，有杨无恙一跋："丁丑冬，蛮公丈避兵桂林，中途折一足。两粤不靖，复转徙返沪，扬尘沧海，相见如隔世。寓沪匝月，以遘风疾，一灯尘榻，相视黯然。病稍已，检所为诗文词稿，举以相托，爰与瞿君凤起及诸君子议付手民，藉以传世，凤起晨书暝写，予殊愧之，校雠既竟，跋数语于后。"张鸿晚年生活，于此可见一斑。他于辛巳冬十月二十五日病逝沪上，年七十五，钱萼孙为撰传略。

《寄庵随笔》作者汪东

称汪旭初为词人，未免浅乎言之，狭乎言之吧！实则他的资望是多方面的。他是新闻界老前辈，诗古文辞家，书画高手，大学名教授，同盟会会员，早期日本留学生。

他是江苏吴县人，出身于书香簪缨的家庭。祖父和卿，官镇江府训导。父凤瀛，字荃台，从定海黄以周学，通群经大义，清总督张香涛（之洞）聘入莲幕，后任长沙知府。辛亥革命，任大总统府顾问，袁世凯野心勃发，设筹安会，谋称帝，凤瀛为文述七不可，反对美新的“六君子”，不畏逆鳞遭殃之祸，会袁氏死，竟得安然无恙。长子荣宝，号衮甫，任驻日大使，又出使比利时，一度任法律馆总纂，董绶经（康）任提调，当时颁布之刑法，即荣宝、绶经二人所修订。于民国二十二年逝世，年五十有六。旭初行三，名东宝，一八九〇年生，与荣宝均诞生于金焦京口间，因乃祖任镇江府训导达数十年之久，不啻第二故乡哩。旭初和荣宝友于殊笃，荣宝卒，他有感雁行折翼，改单名为乐，取旭日东升之意，以旭初为字。又于气候喜秋令的爽朗，及读汤卿谋文“秋可梦乎？曰可”，遂署梦秋，镌刻“秋心”二字小印，钤诸书札。厥后又署寄庵，他所著《梦秋词》《寄庵随笔》，都是以别署为书名的。

他早岁肄业于上海马相伯所办的震旦学院，一九四〇年，东渡日本，先后入东京成城学校及早稻田大学，结识孙中山，翌年参加同盟会。当时同盟会人，认为鼓吹革命，首在文字，因在东京创办《民报》，由陈天华、胡汉民、章太炎先后任主编。旭初为《民报》撰稿，自署寄生，自谓具三种意义："人生如寄，一也。栖息客帝之下，等于物之寄生，二也。象译之名，东方曰寄，三也。"一九〇六年，太炎离去，由旭初继任笔政，这时撰文者，济济多士，如廖仲恺笔名"无首"，寓群龙无首之义。汪兆铭笔名"扑满"，扑满原系贮钱土罐，满则扑之，暗含扑灭满清之义。黄侃笔名"信川"，《说文》侃字从信从川等等。时梁启超主编《新民丛报》，主张君主立宪，和《民报》主张革命，两相抵忤，引起笔战，有徐佛苏笔名佛公其人，阴助立宪派，而劝《民报》转变舆论，两相息争，旭初以"弹佛"为笔名，撰文抨击，自《民报》十期起，直至二十期止，论战甚剧。

清廷嫉视《民报》，派溥伦去东京交涉，日方出动便衣侦探，监视同盟会活动。孙中山首当其冲，被迫出境，黄兴、宋教仁、田桐、章太炎、胡汉民、汪兆铭、刘申叔、张继、汪旭初及宫崎寅藏等齐集东京赤坂区红叶馆为孙中山饯行。翌年《民报》被封。同盟会陈陶遗由日乘轮返国，即在上海轮埠被逮（按陈陶遗本字道一，幸由端方释放，因改为陶遗，端方别署陶斋），旭初先一班船抵沪，便去镇江省亲，常镇道刘燕翼派人到训导处查问，旭初又回苏州，未遭缧绁。

一九一一年武昌起义，全国响应，太炎在上海筹办《大共和日报》，章任社长，旭初为总编辑，钱芥尘经理其事，沈泊尘主插画，日出两大张，金松岑日撰论文。李涵秋的成名作，即排日刊载报端，取名《广陵潮》。章又办《华国月刊》，清旭初任编辑，旭初有侄汪星伯为助编（星伯工书法，晚年与费新吾、祝嘉、蒋吟秋，为吴中四大书家），共编二十七期，旭初著有《法言疏证别录》等，甚为精审。不久，江苏省都督程德全（雪楼）聘旭初为秘书。二次革命，都督府取消，他任总统府内务部佥事，礼制馆主任及编纂等职。一九一七年，他出任浙江象山、于潜、余杭等县知事。在余杭时，曾探索杨乃武与小白菜档案，未有所得，为之怅然。一九二五年，去南京，任江苏省长公署秘书，越年，南京东南大学合并江苏各公立专门学校，成为国立中央大学，聘旭初任文学院教授，兼中国文学系主任，其时文学院院长为谢次彭。一九三〇年，次彭奉命出任比利时公使，旭初代理院长，此后，次彭归国，别有他职，旭初便为正院长，擘画经营，增聘名教授，校誉益著。

旭初性耽风雅，秉铎之余，常和同事吴瞿安听曲论艺，觞咏秦淮画舫中。又组织畸社，同社有张冷僧、傅抱石、郑曼青、张书旂、彭醇士、商藻亭、黄君璧、冯若飞、陶心如、陈之佛、金南萱等，旨在聚友朋，纵谈辩，道郁闷，陶性情，旭初谓："每会或携书画，或歌皮黄，饮必极欢，醉或相忤，虽所业不同，而交契无间，于此一刹那，信足以泯人我之分，忘斯世之忧，以其行类畸士，故名为畸。"会友合作画幅，大抵花卉为多，山水则非笔墨较近者不能强合，余偶写半幅，君璧为补成之，几不可辨，因戏题其上云：“溪山随处足清游，载笔还欣得胜俦。异日有人征画派，岭南江左亦同流。”此外，旭初又参加如社，该社提创词学，林半樱（铁尊）主其事，该社起始于春二月，取《尔雅》“二月为如”之意。同社有吴瞿安、陈倦鹤、乔大壮、唐圭璋、卢冀野、仇述庵、石弢素、蔡嵩云、吴白匋等，皆一时俊彦。每月一会，饮秦淮老万全酒家，地与邀笛步近，故临水一轩，榜为“停艇听笛”，会期经常在此轩中。他又参加正社，与吴湖帆、张大千同隶社籍。又参加西山画社，同社有汤定之、吴待秋、陈师曾、金拱北、陶宝如、陶心如。他和吴江柳亚子有戚谊，亚子拉之入南社，历时甚久。

一九三七年，抗战军兴，旭初辗转入蜀，旋任重庆行营第二厅副厅长，与邵力子（震旦学院同学）、叶元龙（中央大学同事）交往甚密。翌年十月，任国民政府监察院监察委员。一九四三年，在重庆黑石冲养病，改任为礼乐馆馆长。

旭初在蜀时，常莅陶园，园本品茗听书之所，在上清寺，又名莒园，政府西迁，监察院与考试院，即以该园为办公室。又访鹅项岭、浮屠关之胜，随处布置亭林，因地造屋，园林山水，兼而有之。旭初谓：“平生所见览，以此为第一佳地。”又赴成都万里桥边枕江酒楼，啖醉虾羹鱼，朵颐大快。又和叶元龙在晋临酒家进姑姑筵，馔味酡厚，以煎炒为上。所谓姑姑，传说不一，他亦莫知其所以。

抗战胜利后，他返苏居住，家在东北街道堂巷，更于老宅北墙后筑楼屋一座，题名寄庵。院内植有海棠、黄梅、樱桃、篁竹，垒以丘石，极芬敷掩冉之致。友有来访，先询其径迹，他撰了一阕《踏莎行》为答：

骚客词心，绛唇歌谱，吴城合共天随住。新巢原与老巢临，飞来燕子知门户。拙政园东，华阳桥堍，深深曲巷通蔬圃。杖藜若叩寄庵家，隔墙先见樱桃树。

苏沪近在咫尺，他时常往还。一日，在宴会席上，晤见了《新闻报》副总编辑严独鹤，独鹤兼主副刊《新园林》，连载刘成禺所撰《世载堂杂忆》，历年余完毕，独鹤以读者欢迎掌故性笔记，便请旭初排日撰《寄庵随笔》，凡一百数十则，兴尽始辍。《随笔》词藻斐然，清淑深博，又多入蜀名流的活动情况，和《杂忆》相媲美，有加以品评的，谓《杂忆》以质胜，《随笔》以文胜，一为荆山之璞，一为灵蛇之珠。《随笔》条目精彩，所涉的面是很广的。

我是爱读《随笔》的一分子，当时逐日剪存，奈以事冗，往往遗漏，粘之于册的，仅十之三四，过后深悔，然欲补无从了。越若干年，偶于邻人韩非木（中华书局编辑）家发现他曾剪存一部分，自第一则至六十则止，后半亦付阙如，我就在六十则以内的藉来补钞。既而探知陆丹林也有剪贴本，又相藉补钞六十则以外的，总算拼拼凑凑，成为全稿。但丹林剪贴时，每则截去小标题，因失顺序，我乃随意加题，并为排列先后，与原编稍有出入，势所难免。至于手民之误，可改者改之，有怀疑者，姑存之，不敢妄事变易，致失其真。我这个本子草草率率，有剪贴的，间有钞录的，给上海书店刘华庭看到了，认为和《随笔》称一时瑜亮的《杂忆》，早已印成单本行世，这个《随笔》独未付梓，引为遗憾。他就向我藉去，重行誊钞清楚，拟谋出版，果能成为事实，则引领而望，海内外一定大有人在哩。

旭初的长短句，脍炙人口，凡一千余首，乃一生精力所萃，便亲自用工楷缮录，选辑为二十卷，署名曰《秋梦词》。这部词稿，由其后人汪尧昌什袭珍藏，经过十年浩劫，尧昌守秘掩护，几遭秦火，外间传说已付劫灰者，不毋有因哩。直至一九八五年，才归山东齐鲁书社影印问世，闻由南京大学教授程千帆介绍，千帆是旭初大弟子，他的夫人沈祖棻《涉江词》，人比之为李清照，也从旭初游。当时旭初有一小文，谈及祖棻："余女弟子能词者，海盐沈祖棻第一，有《涉江词》，传钞遍及海内，其《蝶恋花》《临江仙》诸阕，杂置《阳春集》中，几不可辨。余尝年余不作词，沈尹默以为问，遂戏占绝句云：'绮语柔情渐两忘，茂陵何意更求凰。才人况有君家秀，试听新声已断肠。'君家秀，指祖棻也。冯若菜飞获《明妃出塞图》，乞余题高阳台，词成，若飞甚喜，不知亦祖代作。惜体弱多病，常与医药为缘。婿宁乡程千帆，于十发老人为从孙辈（此程十发与当今画家程十发为别一人），学术文辞，并有根柢。老人名颂万，字子大，有《美人长寿词》行世。"祖棻与千帆同车出游，不料突遭车祸，千帆受伤轻，经治疗痊愈，祖棻伤重死。其时旭初已逝世，否则不知要怎样恸惜呢。海上吕贞白擅版本目录学，以诗词自负，但倾倒旭初，每见新什，必录之于册，日久盈箧，且有崔灏上头之欢。时人论旭初词："蜡泪蚕丝消费尽，不辞垂老近辛刘"，贞白许为的当。旭初尚有《梦秋诗》，亦由尧昌保存，珍重世泽，可能也归齐鲁书社出版。

旭初和贞白时常往还，曾绘梅花册并附之以词，赠贞白夫人。一次，贞白以夏敬观为彼所绘的《碧双楼图卷》，请旭初撰一跋文，旭初携置车中，不意下车时遗忘失掉了，乃向贞白致歉，贞白不以为意，谓："此亦一佳话。"旭初之画法钱叔美，钱有《燕园八景册》，燕园本常熟蒋氏园（后归张鸿，称燕谷老人，著《续孽海花》），图存蒋家，旭初从吴湖帆处转藉得之，留玩数月，从事临摹，及向义宁陈师曾问六法，师曾致力石涛、石溪，主雄浑。谓"钱叔美笔弱，为闺秀画，不足学"，旭初作一诗云："气力应难到莽苍，不辞妍色赋春光。凭君为诵蔷薇句，淮海新诗是女郎。"但旭初终好叔美谓："钱亦一代名手，以气息胜，不能厚非。"他喜画梅花，曾以画梅扇赠吴湖帆，湖帆力誉其清逸可人。他为了画梅，到处访梅，在南京中山陵，观赏一种作姜黄色的梅花，大为称述。又观明孝陵的梅。有一次，黄季刚、胡小石、王伯沆等结伴来苏，观梅邓尉香雪海，旭初和吴瞿安作东道主，酣饮联咏，作了许多梅花诗。他自己家园中，也植梅花，有小记："寄庵植红绿梅数株，顷盛开，余游宦时多，在家看花，尚为第一次也。平生观梅胜处，孤山最清，邓尉最盛，冷香阁（在虎丘）兼有之，然清不若孤山，盛不及邓尉也。重庆则南岸之清水溪，江北之杨园（杨少吾之家园），皆所常至。"旭初姊春绮，为师曾夫人，娴雅能文，尤工刺绣，当旭初娶妻费氏，陈师曾画百合梅花，倩春绮绣之，持以为贺，乡里传为韵事。

旭初书法绝隽佳，吴中韩家巷，有鹤园，具水石之胜，本为洪氏产，词翁朱古微曾息隐其间，琴剑书囊，寄其啸傲，凡二寒暑。后归庞蘅裳，复加修葺。池畔有一巨石，兀立亭亭，镌有“掌云”二字，便出于旭初手笔。记得某岁中秋之夜，星社诸子在此作赏月雅集，当时摩挲是石，同社吴闻天忽嚷：“请赵眠云走远些，以免被掴。”大家都为失笑。又留园一名涵碧山庄，结构疏密有致，那一座冠云峰，嶙峋透剔，为海内奇石之一。峰畔有“林泉耆硕之馆”这六个字篆文匾额，也是旭初书写的。又清初陈迦陵客冒辟疆家十年，递传至辟疆嫡系冒鹤亭（广生），因乞朱古微书“陈楼”二字为榜，旭初为赋《金缕曲》，有“水绘佳名传奕世，别起陈楼堪配”，写作俱佳，鹤亭为之大喜。

旭初家有一砚，那是吴中耆宿沈挹芝赠给他的。原来这砚镌“寄庵”二字很工致，挹芝以旭初号寄庵，便把这砚归诸寄庵，实则那寄庵不是这寄庵，亦在所不顾了。旭初赋《江南春》谢之，有：“要助我梅窗记曲，竹屋分图，端溪小砚如笏”语。旭初喜啖桃，其友罗良鉴居苏葑门东小桥，隙地二十余亩，植桃都属佳种，约旭初桃熟时举行啖桃会。奈旭初旅游在外，未克践约，及听到良鉴去世，大为嗟叹。旭初又和画家吕凤子友善，一日，吕为卢冀野画人物，既成自视，这画中人，酷似汪旭初，谓“相念之极，故下笔逼肖”。姚鹓雏和旭初交谊也很深，鹓雏诗集，即请旭初撰一序文。当时诗集没有付梓，直至前数年，始由其女婿杨纪璋为之蜡印，惜序文已散失，旭初文稿，于浩劫中付诸一炬，成为遗憾。旭初所娶费氏，为费仲深（韦斋）自族，早卒，续娶陶孟斐，白头偕老。旭初诗，有那么一句："一生受尽美人怜"，或许他尚有些罗曼史呢。旭初生于花朝，有花木癖，喜海棠，有地名海棠溪的，专程往访，岂知有名无实，大为失望。他从天龙禅院，移植紫竹。早年嗜酒，晚年戒绝，每晨必煮茗，七碗风生，助其诗兴。他善顾曲，时昆曲旦角韩世昌，声誉几和梅兰芳相伯仲，赴白下演剧，吴瞿安邀往听之，旭初评为："容态有余，唱白终带北声，不能尽合法度。"既而，世昌拟往吴中献艺，旭初私语瞿安劝阻谓："吴人擅昆曲者多，往不利。"世昌不听，果铩羽而归。他赏识孙菊仙，谓："菊仙行腔极简，几类念诵，然敛之若游丝，放之若震霆，喷礴而出，无不如意。"的是行家之言。民初有"冯党""贾党"之分，所谓"冯党"，捧旦角冯春航，所谓"贾党"，捧旦角贾璧云。旭初和璧云相往还，人便目为"贾党"。他在昆乱外，又好川剧。谓："其腔简直，其声激楚，朝猿夜鹤，同此悲吟。"深许川剧旦角筱蕙芳演《拜月亭》《白蛇传》诸剧，静穆闲雅，无太过不及之病。时大鼓名手董莲枝，亦在陪都，胡小石人为称誉，旭初戏占两句："爱莲周茂叔，揽蕙屈灵均。"

我在苏时，赁庑胥门外枣墅，旭初居道堂巷，相隔城厢，无缘把晤，闻声渴慕而已。抗战胜利，旭初由渝东归，苏沪相距不远，常来海上，访旧小住，藉以疏散。那孙家鼐殿撰的后嗣孙伯群，和旭初有世谊，辟屋莫干山路，闹中取静，室宇轩畅，每次旭初来沪，伯群辄下陈蕃之榻。伯群留学异邦，和胡适之同一班级，学成返国，从事货殖，办阜丰面粉厂。可是人极风雅，沉酣文史，素标缃帙，烂然照眼，作魏碑书，熔铸入古。又富于收藏，旭初与之论文谈艺，乐且宴如，事有巧合，缘有后先，伯群哲嗣，从我读书，因此我和伯群亦相识有素。我喜书画扇，伯群藏扇以千计，如明代文徵明、唐伯虎、陶宗仪、王盂端、杨士奇、沈石田、祝允明、文嘉、王宠、海瑞、陆深等，清代的王渔洋、傅青主、王夫之、顾炎武、陈洪绶、王觉斯、金俊明、邵僧弥、吴梅邨、周亮工、徐俟斋、毛奇龄、褚廷琯、笪重光、王鸿绪、朱竹垞、姜宸英、张得天、李复堂、高其佩、郑板桥、金冬心、丁敬身、刘石庵、翁方纲、钱竹汀、王梦楼、钱南园、邓石如等，更较明代为多，伯群把它部居类汇，各有其次，镜框凡数十具，每框装配四扇，悬诸壁间，过若干时日，换置一批，一新展玩，我常往观赏。一次，适旭初在座，由伯群介绍，握手言欢，这时我谋刊《味灯漫笔》，蒙他宠题一诗：

月旦评量古有之，偶拈世说亦堪师。

多君闲话淞云后，又对青灯忆旧时。

他所著的《寄庵随笔》，又提到了我的《小阳秋》，殆所谓翰墨因缘吧！

某年，旭初主持文艺会堂的词学讲座，我和王佩诤（謇）教授同往听讲，旭初滔滔不绝，上下古今，佩诤提上一条，请他作倚声的传统唱法，他引吭高吟，极抑扬顿挫之妙，满座为之击节。

旭初同母为行三，异母为行八。他尚有集外词，存上海图书馆。他又有《辛亥革命前后片段回忆录》。我在《南社丛谈》中，列有一小传。沈延国别有《吴门二汪》一文。

常州文献

我癖好名人手迹，凡书、画、扇、册、简札，无不珍如拱璧。在我所得中，届于常州名人的，有唐企林的山水横幅。企林名肯，因他崇拜解放黑奴的林肯，曾辑《唐荆川先生年谱》，采摭宏博，体裁谨严，为学者所推重。另有钱名山行书小幅及简札。名山，名振锽，刊《名山诗文集》。当时，人称高吹万、胡石予、钱名山为“江南三大儒”。名山子钱小山，女婿谢玉岑，均为我友，书幅词笺，藏诸舍间。更难得的是，还存有玉岑与张大千合作的扇面。

清代著名学者李兆洛（字申耆）的对联，我也收藏了。这对联惜于“文革”中失掉，讵意前岁又获兆洛一联。弥我缺憾。许指严，号砚耕庐主，我有他书赠的二联，一赠徐碧波，一自留，自留者被劫，为纪念亡友手迹起见，向碧波索回。钱伯垌（字鲁斯），更早于兆洛，为乾隆国子生，我所藏的为一短联。邓青澍擅画石，有石圣之称，为我作扇，一行书，一蔬果。常州汤氏为文艺世家，我有汤雨生的诗笺，汤润之的牡丹扇，汤禄名的蔬果扇，汤定之的萱花扇。吕景端（字蛰庐），别署“药禅居士”，有《药禅室随笔》，我藏其手札一通。恽毓珂（字瑾叔），有《兰窗瘦梦词》一诗笺在我处。屠寄，觅其尺牍不得，仅藏其梅红名片。还有张寿龄致史致谔书札一册。寿龄，前清进士，民初任江苏都督府秘书长。庄思缄，乃一便条，寥寥数字而已。张黎青（号肖伧），著《歌台摭旧》，熟于梨园掌故，为我书扇。我获署名“吹万”所书扇，误以为金山高吹万，但字迹不相肖，既而考得此乃常州吴瀛（字景洲——吴祖光之父），“吹万”乃其号。他不仅能书，复擅画艺。冯超然（字慎得），在沪上卖画，称“三吴一冯”，三吴为吴待秋、吴湖帆、吴子深；一冯即自称“嵩山居士”的冯超然，我藏其山水扇，但非精品。沪上写市招负盛名的汪洵（字渊若），我有其书扇。后为唐驼，我有其书联。

《因是子日记》

《越缦堂日记》是李慈铭的作品，数量庞大，曾影印出版。此后有《因是子日记》，这是常州蒋维乔的作品，数量不在《越缦堂日记》之下。维乔字竹庄，生于一八六四年，卒于一九五七年，他是教育界的老前辈，又是我的忘年交。他在清季，有鉴于启蒙读物，只有《三字经》《百家姓》《千字文》等，取材和儿童的意识距离太远，大不以为然。自他应聘商务印书馆，便首先编撰《小学国文教科书》，各校纷纷采用。我在小学，即读他所编的国文。不料后来我参加《中国国学会》，认识了他老人家，他主持诚明文学院，承他不弃，邀我担任教授，这真所谓受宠若惊了。

他治文学、哲学、史学、佛学，以及老庄道家，范畴很大。那《因是子静坐法》名震国内外，掩盖了其他的学术。他每天写日记，持之以恒，从不间断，即称《因是子日记》。这日记内容包罗万象，他一生的经历，都写入日记中，如办中国教学会、爱国学社，任江西、江苏教育厅长，东南大学、光华大学校长，鸿英图书馆馆长，这一系列的文化事业，叙述很详。尤其《苏报》案始末，他身历目击，足为信史。且交游甚广，如与章太炎、邹容、黄炎培、蔡元培、陈梦坡、吴敬恒等的往还，及国家大事，社会琐闻。又他所作的诗文游记，一股拢儿都充为日记资料，所以最近逝世的沈延国，写了一篇《回忆蒋竹庄先生》，极推崇该日记的珍贵、丰富。当时商务印书馆请他整理一下，为之付印，可是他事情忙，没有工夫整理，也就因循未成事实。后来他八十寿诞，门生故旧，拟将日记全部刊印，作为寿礼，由于数十册的日记稿，过于庞大，而其时纸张奇缺，排印工费用高涨，实在印不起，只得搁置。此后维乔一位爱孙，被错划右派，他老人家抑郁成疾，卒致辞世。这部日记稿本，为公家保存。我曾瞻阅过，用毛笔作蝇头小楷，一笔不苟。希望公家把它付诸梨枣，把这第一手资料，供文史学界参考，这是当务之急啊！

徐枕亚的各种著述

左倾一面倒的时候，对于民初以崇尚词藻、骈散出之的小说，目之为“鸳鸯蝴蝶派”，或称之为“礼拜六派”，他们所编文学史，把这些列入了“逆流”。尤其对徐枕亚的《玉梨魂》。作为众矢之的，徐枕亚成为鸳蝴派的祖师。实则崇尚词藻、骈散出之的小说，唐代的《游仙窟》已开其端，清代的《燕山外史》，统体为骈四俪六，那就比鸳蝴派还要鸳蝴派，是真正鸳蝴派的祖师爷，为什么不起死人于地下，叫他们作检讨，写认罪书，而舍本逐末，却和仅步后尘的徐枕亚过不去呢！况《玉梨魂》一书，描绘了为婚姻不自由而牺牲者，在当时来说，对反对旧礼教，是起着很大作用的。如今这些都给以公允评价，《玉梨魂》重行出书，上海书店的中国近代文学大系编辑室编有《工作信息》，把好几位作家讨论的话，记载在内，如楼适夷的《全盘抹煞礼拜六派是错误的》，吴组湘的《鸳蝴派也有爱国反封佳作》，施蛰存复有不偏不倚的公道话，这才合于一分为二的辨证法哩！

徐枕亚以《玉梨魂》说部被摈斥，连得他的其它作品都一笔抹煞了。他也撰有好几种笔记，知道的较少，我姑录存若干，以见一斑。

《哑哑录》，所记为饶有趣味之掌故，尤多涉及常熟名流孙子潇、蒋志范。原来枕亚故乡即常熟，有些是从他的父亲所著《自怡室丛钞》转述的。

《懵腾室丛拾》，记包立身事特详，又记陆稼书治案。又述汉关羽之祖父名审，字间之，居解州常平村宝池里；父名毅，字道达，于恒帝延熹三年六月二十四日生羽，为外间所未闻。又《苍蒲要诀》中，分《论苍蒲十则》和《蓄苍蒲六诀》，谓："苍蒲以细叶者为佳，置诸案头，可以养目，览此更足怡情。"

《辟支琐记》，大记为考证之作，如云："鸠兹俗，女伴秋夜出游，各于瓜田摘瓜归，为宜男兆，名曰摸秋。按摸秋可对踏青，一用手，一用足，皆韵。"又："南诏苗族，不都营宫室，倚树架木以居，四周用长木横阑之，每面各三，禁猛兽不得越而入，夜则偃息其中，此所谓阑干也。自后人入时，遂为琼楼画阁之一点缀，不复识为蛮荒陋制矣。"又谓："今人以射一矢为一发。"实非。古以射毕十二矢为一发。《诗经》云："一发五把"，若以一矢连中五豕，有是理乎！"

《古艳集》所纪为前代美女，诵之，如绮窗丝障、画槛雕栏间，此中有人，呼之欲出。著名者有西施、夷光、薛摇英、飞鸾、轻凤、上官婉儿、薛涛、鱼元机、霍小玉、红淆、朝云、吴彩鸾、甄后、紫玉等，亦有不著名而有艳迹的。

《酒话》，首冠一小序云："余祖死于酒，余父死于酒，余与曲生交垂十年，因醉而病者四，碎其颅者三，破其衣者七，颠而踣者，更不知其若干次。每饮必醉，每醉必伤，亦几濒于死矣。人事颠倒，愁绪萦怀，几非此无以为欢，而沈溺既深，形神俱耗，前月偶醉，又受巨创，家人以为惊，环以节饮请，余亦不能如刘令之嬉皮涎脸，谓妇人之言必不可听也。自今以后，将如陆龟蒙所云“折酒”树、平曲封、掊仲榼、破尧钟”，与我至亲至爱之曲生从此绝矣。于其别也，不可无辞纪念，因作《酒话》一卷，藉以醒己，兼以醒人云，甲寅十月。”内容和胡山源的《古今酒事》相类，但撰在《酒事》之前。据我所知，枕亚戒酒，徒托空言，还是壶中日月，杯裹乾坤哩。

《花花絮絮录》，纪才女雅韵事，和王西神的《然脂余韵》相伯仲。其中一则云：“海虞姚氏，代有才媛，余友俞天愤變于姚，髫龄即娴吟咏，其姊倩君，才尤清艳，适言笠甫，亦名下士，夫婿姊妹，交相得也。去岁，笠甫商于天愤，将倩君历年所著诗词，编次成集，题曰《南湘室诗草》，刊行于东京，天愤以一册赠余，亦眼福也。”下录佳句甚多。天愤亦我旧友，曩年我读《诗草》，深喜二夫人绮情绵邈之作，迄令犹留印象，爰摘录一二倩君句：“料得新婚初却扇，任人看煞只低头。”又：“佣倚妆台娇不语，情郎为整鬟边花。”又：“燕子不来春寂寂，梨花满地月黄昏。”又：“如何一样梧桐叶，才着秋风便可怜。”

章作霖的《墨缘忆语》

《墨缘忆语》是一部极可珍贵的人物掌故笔记，且属没有一印行的手稿本，我藏庋多年，奉为至宝。这书出于章作霖手笔。小楷带行，甚为秀逸。按：章氏字孙宜，号润园，江苏江阴人。廷华子（廷华著有《勺轩诗文钞》《论文琐言》），渊源家学，能诗词，擅丹青，著有《润园诗词钞》，陶社社员。卷端有目录，可是内容次序不尽相同，如郭尚先、伊秉绶、邵章、张祥河、吴大澄、翁同稣、林纾、陈衍、刘之泗等，有目而无文，且多空白页，大约没有完稿即中辍的。又有一目为《荔湾消夏图卷》，可见作者本意，概括书画，但也有目无文。

仅就所留的，摘录一些，亦足耐人征考和赏析。如前若干年逝世的名书家陈名珂，铁线篆之工妙，一时无两。间画金笔梅花于蓝色笺纸上，也是别有致趣的。章氏和陈家有戚谊，称名珂为姻叔，谓："名珂为名璋弟，名璋字伯圭，工昼山水，继承其父翕青，而挥洒笔力，胜于乃翁。名珂字季鸣，号文无。工篆刻，小篆雅近邓完白，诗文均佳，盖翩翩浊世佳公于也。"并记陈家之适园，在江阴文昌巷，章氏幼时，曾与诸表妹及弟嬉游园中，谓："园有池馆亭榭，叠石为山，依槛为廊，犹忆书斋窗外，紫竹数丛，临风摇曳，最为可爱。”名珂寓沪康定路绿杨村，其族人与我为比邻。又纪祝丹卿，亦及园林，如云：“祝丹卿，名廷华，清季进士，官吏部文选司主事，邑人均称其为丹先生，或祝吏部。世居城南刘伶巷，有园亭，名为怡园，与陈氏适园，隔文昌巷而对峙。适园占地不多，叠石浚池，厅轩廊榭，以紧凑曲折为胜。怡园则创建在后，占地数十亩，与住宅相通，从刘伶巷入园，有厅事穿堂而达新建之某某堂，为当时主持陶社时消寒、消夏、赏菊及招待名流宴饮之所。又为沼，所凿小南湖，绿水生澜，桃柳掩映，为主客品茗谈诗之所。小南湖后，叠石为愚山，上有亭有台，登其巅，可远眺，吾邑三十三山，真可谓青入眼帘矣。”又章氏娶吴荔青女增萼为妇，于归之日，特备画桌及文房四宝，荔青亲制泥金梅花一幅为媵，如此风雅，得未曾有，原来荔青是深赏章氏妙绘的。又制大观园模型，首先扬誉海外的为无锡杨令茀女士。章氏与令茀父杨味云有甥舅之称，故知令茀事甚详，《忆语》谓：“姨母令茀肄业上海启明女塾，继乃别求名师，学画于无锡吴观岱，诗文词则受味云舅父之熏陶。而于西文，又精通英俄两国语文，曾为袁项城诸子女授读。中年即有《莪怨室吟草》印行，为逊清遗老张季直、樊增祥、陈宝琛诸公所称赏。久居京师，更深造于金北楼之门。又尽观故宫名迹，并临摹历代帝王像。犹忆余十数龄时，喜爱弄笔，某岁暑假，姨母寓苏州七姨母家，余即留苏习画，深得姨母教益。余临有姨母所摹故宫宋院画紫茄图等，姨母佳构日多，因有赴美展览之举。花卉工笔写意，无不见长，题识诗词隽永，尤以工笔而以簪花妙格出之，写意则以苏米行楷相称。”奈没有涉及大观园模型，我却在上海蓬莱市场见其展出，并得晤见其人，今尚藏有花卉立幅一帧。又谈到王严士、张蜇公、谢冶庵，都是我的忘年交，当然更为亲切了。

邓文如的《骨董琐记》

《骨董琐记》，江宁邓文如作，初仅八卷，刊于民国十五年十一月，北京富文斋、佩文斋为之发行，有光纸铅字排印，每页有“明斋著书”四字，未有范阳林止钟珍校字。《骨董续记》四卷，由作者印行。《骨董三纪》六卷，在一九四一年脱稿付排，但未出版。一九五五年，才由三联书店汇辑为《骨董琐记全编》出版。该书问世以来，颇受读者欢迎，奈印数少，抱向隅之叹的不乏其人。据我所知，原书

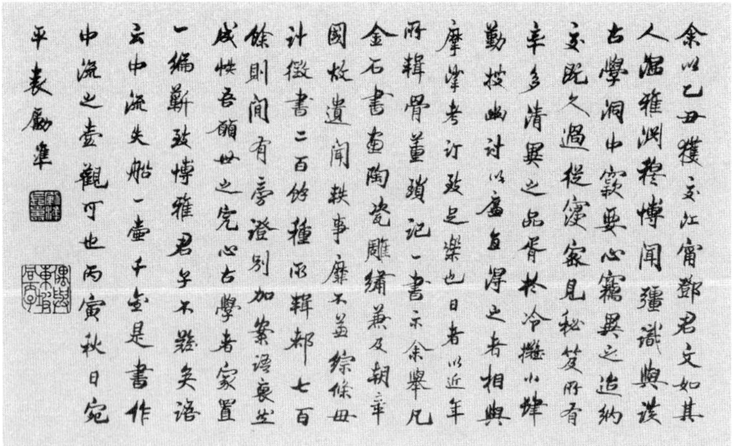

余以乙丑獲交江甯鄧君文如其人温雅淵穆博聞彊識與漢古學洞中窾要心竊異之迨納交既久過從寖密見秘笈所有率多清異之品胥於冷攤小肆勤校幽討以歲月得之者相與摩挲考訂政是樂也日者以近年所輯骨董瑣記一書示余舉凡金石書畫陶瓷雕繡兼及朝章國故遺聞軼事靡不畢綜條毋計徵書二百餘種所輯都七百餘則間有旁證別加案語裒然成帙吾碻毋之究心古學者家置一編斷斷致博雅君子不難矣諺云中流失船一壺千金是書作中流之壺觀可也丙寅秋日宛平袁勵準

袁励准为邓文如《骨董琐记》手书序言

尚有序文四篇，一袁励准序照原迹影印；一番禺叶恭绰序；一北京杨庶堪序；一杭县叶瀚序。又附作者文如题词及跋语。三联刊行全编，悉付删削，引为遗憾。尤其序语，自述其写作经过，为不可少之组成部分，爰录补于此：“性躭寂寞，甘自晦匿，时于街头，踪迹一二古物，有弗详其制作，恒就诗文集及说部中所叙述者映证之。间亦纪旧闻，说往事，亦有羌无故实者，聊以遣兴云尔，曰骨董者，以为皆无益也。甲子六月，京师连日大雨，为数十年所无，街衢闾巷，皆成泽国，永定河水平堤，日忧溃决，加以穷愁煎迫，愈寡欢绪，无聊中以闲书自遣，此笔八卷，遂得写定，虽不贤识小，未足与于著作之林，然随时增摭，积以岁月，计得七百余则，辑录之书，不下二百余种，它日果得问世，使读者知亦一时精神所寄，庶几恕其不学之罪，实获我心。”诸序介绍邓文如之生平，知其人名之诚，嗜酒、工诗、富藏书，又好搜罗古器物之殊异者，曾以二银元购得《浮生六记》作者沈三白的山水画，谓：“气韵清逸，满纸性灵，笔墨蹊径，尚在椒畦之上。”他又喜蓄名人照片，洋洋成为大观。《琐记全编》刊印时，亦略有删削。原文尚有《张丑题春宵秘戏图》《秘戏》《张四维奸案》，那是从平水生《三案纪异》录来，糟粕被汰，亦固其宜。

柴小梵的《梵天庐丛录》

《梵天庐丛录》，是一部卷帙较多的笔记，凡三十七卷，五十六万言，为四川柴小梵精心之作，手写本付诸影印。小梵名萼，卷端有小梵三十五岁照片，甚为英俊。他著书很早，清季宣统初年，吴门包天笑刊《小说时报》于海上，即载小梵的《红冰馆笔记》。此后他侨居东瀛，归国就职皖江财政厅，仍不废笔墨，公余撰写，不问寒暑。这书积十年的精力，由阳羡邹秋士为之校勘，卷首一序，即出邹氏之手。其他如张天锡、宝文璐、裘毓麟、王逸塘、王树棒、胡炯、姚鹓雏、杨了公、吴石公，均为题识。有概括其内容的："举凡朝野掌故，秘闻轶事，以及诗文评论，名物考证，莫不兼收博取，巨细靡遗。衡其体例，盖与潘永因之《宋稗类钞》，郎瑛之《七修类稿》等书相近。"他自已也有小序，谓："始壬子，迄甲子，事目一千一百八十三条，自夏至秋，躬亲缮录，蚊咬汗流，不少旷逸。"可见其成书之不易。我喜近代掌故，这书涉及的，不少近贤时彦，尤为难得。如谈："光绪帝病，苏州西街医士曹沧洲，以苏抚推举，入京诊病。窥帝面色发青，两目红肿，知其平日惊忧之深，审其脉，弦数特甚，知必不起，乃恭跪定方即出。帝之病室，陈列之陋，有非常人所堪者。睡一大床，人坐之，吱吱作响。安置一北京泥土火炉亦破裂，一几二椅，又黑污特甚。壁纸窗衣，片片破烂，风吹之，屑屑飞堕。几上一油灯，光小如豆，盖京中下等百姓家所居之景象也。”又《禹鼎》一则（按：是鼎已归公家保藏）云：“左文襄（宗棠）督师新疆。掘土得巨鼎，稔潘文勤公（祖荫）有嗜古癖，辇送潘邸，文勤就鼎架屋，不轻示人。常熟翁文恭公（同龢）绝爱之，屡思以古物交换，文勤不可。一日，翁瞰文勤出，径率数仆直入攫鼎，不料门仄鼎巨，弗得出，文勤已闻信奔返，一笑而罢。”此事是否确实，尚属一疑，但前所未闻，是很风趣的。又：“宝山蒋剑入，少游方外。却好作绮艳诗，卢履勋学博，见之曰‘如此和尚，当罚去东京相国寺后园种菜，随鲁智深担粪十年。’可谓雅谑。”又：“王湘绮之周妈，人都以周妈为老丑。端午桥抚湘，正值周妈盛年，一见之后，即赠湘绮一联：‘明月应同古玉宝，美人可作妙文看’。”又：“张之洞好酒而量不宏，招集朋僚时，必百计劝饮，务使人人大醉，彼鼓掌大笑，高吟众人皆醉我独醒之句以为乐。”又：“文格中丞，豪侈逾量，凡一服一食，靡不研几入微，为某大吏所弹，文饮馔之腆，它可无论，每宴客，瓜子一项，已所费不资，盖每颗上镌七绝一道，波磔犀利，细若毛发，详审之，则篆隶行楷，是有擅此技者专司之，岁搏巨金，数一万计。客得之，皆怀归珍藏。”又：“苏州毛杏秀女士，治教育，以公覆车死，其未婚夫为撰《悼云杂记》，盖杏秀字慧云也。《杂记》笔墨风华，它日有辑忆语丛编，可以列入。”又：今日之上海中学，即已往之龙门书院，《丛录》

有龙门书院一则，略云：‘上海龙门书院，创自应廉访宝时。地在城西幽处，陂塘芦苇，颇似村居。讲堂学舍，环以曲水，规制亦严肃，学徒以二十人为度，课程以躬行为主，万清轩、刘融斋两先生先后主讲，甚负时望’。”又柴氏曾见明代奸宦魏忠贤集，有云：“壬癸间寓吴门，至木渎，观庐氏藏书，插架者甚伙，尤以明代刻本及钞本为可贵。有一部装订特异，颇引人目，因乞主人持出翻观，笺题曰《鸣鸿集》，并四本，展亲撰者名，乃魏忠贤也。其中大都书札酬应之文，骈体为多，气调法度，俱诣上乘。诗词只十余道，亦多格律精细，隽句络绎，诵之洒然，书札中排斥正人，不遗余力，而自能言之成理，使读者意摇。巨奸大憝，即出其余绪，犹斐然如此，诚哉遗臭之才，亦自不易。予欲取纸摘录，庐氏不允，怅怅而出。前年阅报，谓庐氏失慎，与绛云同尽矣。”

《梵天庐丛录》，曩年由中华书局出版，倘能芟汰一些不合时代潮流处，存菁去芜，重付排印，以饷读者，也是稗史上一大贡献哩。

白文贵的《蕉窗话扇》

《蕉窑话扇》笔记面较广，有专谈一事物而类分缕析的、此书便是其中之一。民国二十七年（一九三八年）出版，书很冷僻，流传很少。著者白文贵，字彬甫，斋称蕉窗宜雨馆，北京人。书是他自已斥资付印，印刷者文岚簃，总售处伦池斋，印数寥寥，无非贻赠戚友而已。题签出于南社金石家寿石工之手，首冠天津刘潜一序，知彬甫为军事学教授，有云："循循善诱"，六郡良家，受其熏陶者，皆卓然有所树立，而彬甫乃不能操尺寸之柄，发抒所学，为戎枢增翊赞之勋，其亦李将军数奇不偶之类耶！"可见作者是很不得意的。

所谓扇页，即扇面，白氏收罗，大都近现代名家，如溥心畬，汤定之、吴待秋、箫俊贤、萧谦中。张大千、陈半丁、王一亭、齐白石、胡佩衡、贺良朴、祁井西、徐悲鸿、徐世昌、于非庵、方介堪、胡适之、吴佩孚等，且列简史，足资考证。也有闺秀扇，如金陶陶、唐同璧、杨令茀，孙诵昭等。

白氏云："竹扇骨无求速旧，盖新旧各有其美，旧者如鹅油、如紫玉，固自古色宜人，而水磨新竹，色类象牙，赤未始不佳。"又："留青刻，平地甚难，砂地财虫蛀地更难，难于泯尽雕凿之痕，一如虫之蛀蚀也。"

陈灨一的《新语林》

《新语林》是一部《世说新语》式的笔记。《世说新语》创于临川刘义庆。它和何元朗的《语林》、王丹麓的《今世说》等，都是同一类型的。但以上诸作，谈的是古人，《新语林》谈的是时人，是近数十年来的人物，更觉饶有亲切感，所以我很喜爱这部书。

这书出版于民国十一年秋，由上海文明书局刊行，郑海藏题签，分上中下本。作者陈灨一，黎川人，一作甘簃，字藻青。他是杨士琦的表侄。士琦号杏城，民初中枢显宦，乃荐之公卿间，得识一时俊流，把平素所见闻的人士，加以褒贬。《新语林》分为八卷，一为德行，二为言语、政事，三为文学、方正、雅量，四为识鉴、赏誉、阳藻、规箴，五为捷悟、夙慧、豪爽、容止、自新，六为企羡、伤逝、栖逸、贤媛、术解，七为巧艺、宠礼、任诞、简傲、悱调、轻诋，八为假谲，黜免、俭啬、汰侈，忿狷、谗险、宠悔、纰陋、惑溺、仇隙。附有《人物名字异称一览表》，序文有杨士琦、杨士晟（士琦之兄》，黄鼎元、于傅林，及自序，后序为夏敬观、袁思亮。思亮称其文谓："其所纪述，尽当世人，言行美恶，务存其真。

又其辞渊雅隽永，能使人消释鄙吝，旷然有绝尘出世之思，与记琐闲谈神怪者异矣。”他的自序也说：“凡所述，以不掩其真为主，非以恩怨为褒贬．非以好恶定是非，阅时三十有八月。其闻人事牵挂，濡滞几两越寒暑，复撄病搁置久之。顾不佞才疏胆弱，未敢求速，稿凡数易，仅成兹篇，事取其高洁，义取其公正，言取其隽永。”爰摘录若干则，以窥一斑。如云：“客问李季皋曰：迩日往来者。是何等人？李曰：闭门谢客，拥书自乐久矣。朝夕往来于室者，一猫一犬耳！”下即注李季皋之字号籍贯及其事略。每则例此，足资考证。又：“梁星海以书报吴子修云：门外大雪一尺，门内衰病一翁，寒鸦三两声，旧书一二种，公谓此时枯寂否？此人枯寂否？吴曰趣人趣语。”又：“程雪楼尝临常州天宁寺，指一沙弥曰：‘和尚何以不应有发？’沙弥曰：‘为除烦恼而做和尚，岂能不削去三千烦恼丝。’因问程曰：‘公亦和尚，何以有发？’程曰‘余万念都泯，不觉烦恼，虽做和尚，而烦恼丝可去可不去’。”又：“金病鹤中年多病，其前室周氏谓曰：‘病鹤之病字，上去一点则不成其为病矣’。金喜其语隽，周遂自署曰鹤。”又：“尹太昭在宴会中。对客自负曰：‘乃公诚东亚一怪杰也’。胡文澜在座，摇首朗言曰：‘见怪不怪。其怪自败。’一座哄然。”又：“沈寐叟研精古学，究心佛典，为文恢丽，题跋诸作，言人所不能言，发人所不尽发。瞿子玖曰：‘秀州文士，前有朱竹诧，后有沈子培’。”按子培，寐叟字。又：“狄平子工诗，有句云：‘晨昏大生死，萍絮小沧桑，’桂伯华嗜诵之，谓得禅中味。”又：“刘申叔为文百篇，以示王闿运，王曰：‘非但为人所不能阐发，即索解人亦正不易得。’申叔大喜。”又：“孙师郑工骈髓文，典丽绮藻中，有简静肃穆之气，论者谓合洪稚存、袁简斋为一手。”又：“黄任之尝漫游国内外，考察教育，为记累百万言，薄直隶教育厅长而不为，或问曰：‘君素热心教育，一旦作宫，遇事当无阻，奈何弃之？’黄曰：‘官受制，驽骀不克胜任，不如以平民传教育’。”又：“章一山学宗实斋，尝对人曰：‘予读书四十年，方知名节足以保身’。”又：“梁节庵论陈弢庵之诗，谓：‘古奥不减樊增祥，而无其香艳：典雅胜于易顺鼎。而无其滑稽’。”按弢庵即溥仪师傅陈宝琛。又：“徐花农工诗词，十分钟可填词一阕，一点钟能为七言诗八章，宜兴朱琇甫见之，挢舌不下。”又：“冯焕章有膂力，喜畋猎，尝捕得一巨虎，烹与部下共啖之，且啖且笑曰：‘肉与诸君共食，皮予一人独寝’。”又：“章曼仙，居京师，与知交创古乐会，古琴古瑟，操缦铿然，常在云山别墅危楼上吹笙，自下听之。恍有天半仙人之想。”又：“铁宝臣以陆军部尚书南下，校阅诸镇，经沪，入制造局巡视。见废铁堆积，曰：‘如许废料，盍储置废料所？’总办张楚宝对曰：‘废戴可复铸，即成新铁矣。’铁曰：‘予不啻废铁，安得洪炉炼铸之！’张色变，亟辩曰：‘职道出语不检，幸海涵。’铁抚其肩曰：‘楚宝何至是，予无心戏言，非有疑于君也。’灨一某年在沪，频与交接，我刊行《瓶笙花影录》，他为我题签，一自他远赴台湾，也就音讯杳然了。

《睇向斋秘录》，是陈灨一的另一作品，一九二二年秋由上海文明书局出版。该书局曾发行《小说大观》，主编者为包天笑，乃巨型的季刊。这时的杂志每期只售一二角，至多售四角，而《小说大观》却售一元，为最昂贵的了。以昂贵故，销行不普遍，共出了十五期也就停刊了。书局主人会动脑筋，把《大观》中所登载的小说和笔记，刊成单行本再发行，以求利市。

灨一在《大观》上撰写了《睇向斋闻见录》，似乎也刊为单行本。此后即续写这个《睇向斋秘录》，有一弁言谓："《睇向斋闻见录》一卷，皆轶事遗闻，兹犹未尽述所知。比来尝叩长老先生，与闻达之士，博雅之友，因而所得益多。性好弄翰，辄笔之于纸，日久积稿盈寸，长日无事，润色成篇，名之曰秘录。"这个秘录，薄薄的一本，由西湖伊兰题封面，很是朴素。所谈都是清末民初的人物掌故。确是闻所未闻的实情实事，约一百篇。兹摘录内容之可喜者，以见一斑。如："孙宝琦喜临池，炎夏见人持团扇而无字画者，辄夺去，大书特书，"又："毛实君方伯（庆蕃），一度为上海制造局总办，事事撙节，一日，见厂外巨木堆积如山，立传该管委员告之曰：'此专备制作船桅之料者，无解之之理。'方伯不悦曰：'此废料亦珍如拱璧耶！宜从吾言，速解之。'不三月用罄。偶与夫人语及此，夫人叹息曰：'君斯举诚大错矣！例如君购绸缎，为我作衣料，虽不急制衣，决无碎之以作鞋袜之理，则巨木之不应解而修船明矣。'方伯大悟。"又："刘霞仙中丞《蓉》与曾湘乡为莫逆交，罢官归里，尝以尺笺通殷劝，湘乡屡勤其出山，中丞以书报之云：'山居窈深，触境皆静，此身如在三山蓬岛间。而埋头读古先圣贤之书，此身更如在周秦两汉之世。’湘乡复曰：‘三山蓬岛。非人境也，周秦两汉，非今世也、公岂兼仙人古人而有之耶’！”又：“英日同盟之约成，德宗闻而叹曰：‘此非吾福也！’慈禧叱止之曰、‘外交问题，不宜妄发议论，尔不虞墙外耳耶！’，德宗曰：‘斯语即传于外，容何伤。’慈禧举杖作欲击状，德宗急跪曰：‘吾下复言矣’。”又：“御史某因事有慊于纪文达公（昀），以纳贿语于上，仁宗召公入，间之曰：‘有人谓尔受贿，朕弗信，但愿有则改之，无则加勉。’公奏曰：‘臣服官数十年，从无敢以苞苴请托者，谤臣者真别有心肝。臣非不要钱。所得乃为戚友先人作传或碑铭之酬金，是无异卖文。卖官当刑，卖文无罪。’仁宗莞尔曰：‘贫士卖文则有之，未闻大臣亦卖文也。’公曰：‘如臣之穷，固犹未脱贫士本色。’仁宗笑颔之。”又：“汤蛰仙（寿潜）朴实无华，出恒徒步，无官场习气。昔居武林，草笠布衣，诣抚署，拜抚军，甫入门，卫兵叱之曰：‘尔何人，到此何事？’汤出名片示之，语以来意，卫兵乃导入招待室，巡捕见之，揖请上座，俄顷中丞出见，谈笑甚欢。及辞。中丞出送，顾从者曰：‘汤公轿子何在耶？’汤笑曰：‘予徒步至此耳！’”又：项城之称帝也，张季直（謇）苦口谏之，项城惭而言曰：‘予意明代后裔，为帝最宜，国民或不反对也。’张笑曰：‘然则今日总长之朱启钤。将军之朱瑞，巡按之朱家宝，小生之朱素云，青衣之朱幼芬，武旦之朱桂芳，皆有皇帝之资格矣。’项城笑曰：‘公真有曼倩之风。’”又：“徐菊人（世昌）任国务卿时，阅张勋保荐人才呈文，请以道尹记名者十余人，戏曰：‘某也卑卑不足道，某也妾妇之道，某也道其所道，非我所谓道’。闻者大笑。盖其中有一系差弁出身者，一则献妓与张为妾者，一则菊人于东督任内，揭参褫职者。”其他尚有《瑾妃珍妃之恶交》《杨士琦之文采》《萨镇冰赠犬于西人》《应桂馨死事之别闻》《唐绍仪之阔绰》《庞鸿书参案中之琐闻》《朱祖谋直言极谏》《载洵三笑史》《吕海寰之胆怯》《载涛之剧癖》等，不备载。

瀔一晚年在台湾，仍以笔墨自遣。曾闻一度为某报撰稿，某报主编纂改其文，及发表，瀔一见之大怒，立趋报社，与主编交涉，致双方殴斗，一时传为笑柄。惜未见其时撰者为何稿耳。

柳亚子的《怀旧录》

一九四〇年，上海开华书局刊印《南社纪略》，这是柳亚子编撰的一部文献书。此后，亚子哲嗣柳无忌、柳无非加以增订，为《柳亚子文集》之一部分。纪略印有柳亚子、陈去病、高天梅、姚石子遗像及手迹，又《南社丛刊》书影，亚子手笔《南社纪略》序。内容有《我和南社的关系》《读南社补记后答张破浪》《我和朱鸳雏的公案》《南社雅集在上海》《我对于南社的估价》《关于新南社及其它》《南社纪念会聚餐记》《南社大事记》等。我在一九八一年应上海人民出版社之约，撰写了《南社丛谈》，计五十四万言，杂乱无章，不成其品，蒙无忌在《文教资料》一九〇期南社成立八十周年纪念专辑上捧了我场，谓："《南社丛谈》，为南社资料的宝库，书中另有南社社友作图寄意，及南社雅集的几个地点、南社社友著述目表，南社社友事略一百七十三则，都有参与价值，南社杂碎内的掌故，短小精悍，风趣可读。"这些未免溢誉，我是不敢当的。《南社纪略》附有《南社社友姓氏录》。亚子有云："右南社社友姓氏录一卷，辑自曩岁，编制草创，未及整理，际兹仓猝，即付剞劂，非云完美，略存梗概，重梓有日，当再修校。"其中漏列社友的确甚多，尤以新旧南社交替时更所难免。我编《南社丛谈》，虽为之补充若干，但尚未能完全无缺。

柳亚子的《怀旧录》也有些涉及南社社友的，如记陈英士挟炸弹寄存于《民立报》社，抗战时，传说胡道静遭难，后知不确，亚子为之喜出望外。又一段记林庚白，极趣。如云："民十七以还，庚白与我过从最密，中间曾以细故失欢。余操杖逐之客座中，庚白逡巡避走，亦未以为大忤。"原来，亚子崇唐诗，闻野鹤、朱鸳雏尚宋诗，遂起唐宋诗之争。庚白附和宋诗一派，与亚子争执，亚子大怒，取木棒击之，一逃一追，亚子夫人郑佩宜闻声而出，阻止亚子，庚白才得脱身。二人旋又言归于好。庚白赠诗亚子，有云："故人五十犹童心，善怒能狂直到今。"实则庚白之狂，更胜于亚子。他一度评古今诗人，数及郑海藏，既而推杜甫为第一，己居第二，海藏卑卑不足道，最后复称己诗作古今第一位，杜甫次之。他虽狂言惊座，然他的诗，是确有功力的。

徐一士的《一士类稿》

徐一士，字相甫，浙江嘉兴人．擅写掌故笔记，与他的长兄凌霄齐名。有时昆仲合作，署凌霄汉阁主，有仅署一凌字的，有署凌霄、凌霄汉、凌霄汉阁、凌霄汉阁主。《一士类稿》散刊于杂志上，由周黎庵、瞿兑之为之整订出版。他九岁即从事写作，自谓“胆大妄为”、《类稿》所记的人物，如王湘绮、李慈铭、章太炎、左宗棠、梁启超、柯绍忞、陈三立、廖树蘅、吴士鉴、陈夔龙、段祺瑞、徐树铮、孙传芳、胡雪岩、吴汝纶等，数十年的显贵和名流，读来脉络分明，且能道人所未道，足补史乘之不足。凡二十四篇。《一士谈荟》亦以人物为主。其它如《督抚同城》《首县》《裁缝与官》《靖江之役与感旧图》《咸丰军事史料》《庚辰午门案》《庚戌炸弹案》亦皆备具始末，足资证考。此后书目文献出版社把《类稿》《谈荟》二者合刊为一，列序多篇。宠以谢国桢之《前言》，涉及琐碎事，很有情趣，谓：“一士住在北京宣南，我住在西城，就约会一适中的地方，在琉璃厂来熏阁书店见面。那天天气非常的热，我在来熏阁等了好久，一士穿着白色短裤褂，（其时一般士流都穿长衫），打着柄伞，到来熏阁来找我，一士服御既极质朴、言语又很木讷，老是含着纸烟，不知道他的，一定认为为乡曲老儒。那天来熏阁的伙友，就偷偷地问我：‘这位是谁？’我说：‘这是鼎鼎有名的徐一士先生。’”又谓：“一士每天要到中南海去办公，我也是一天有一定的工作，所以见面，非先约定不可。我们所约地点，总喜欢在中央公园上林春吃茶，顺便吃些点心，后来物价贵，上林春是吃不起了，就跑到来熏阁闲坐，买一点烧饼和面条，就当晚饭。”在这寥寥数语中，那一士的状态和他们的生活，可以窥见一斑了。

程演生的《圆明园考》

圆明园，被毁于联军，时为一八六〇年庚子九月初十日，一炬荡然，痛深创巨。怀宁程演生寓法都，在巴黎图书馆获见尝时被掠去的圆明园图。此图绢本着色，合题跋共八十幅，乾隆九年，沈源、唐岱奉勅绘，汪由敦奉勅书，用檀木夹版，别为上下两册，绢色如新，凡山川田石，树木花卉，起伏远近之势，疏密向背之姿，亭台楼阁，金碧丹黄之饰，雕琢刻镂之纹，莫不具备。因请于馆主，经过困难阻碍，终于全部摄照，返国后，交中华书局，用珂罗版印行。他又写成《圆明园考》一书，亦由中华书局出版。此考纪载很详，举凡历史沿革、方位左右、建筑繁富、甚么堂甚么阁、甚么轩甚么榭，题名都是很雅致的，且叙述的井井有条，加以文笔的错综变化，更属不易。且编采各家笔记之谈及圆明园的，又录王湘绮的《圆明园词》全文，文献足征，弥足珍贵。按程演生我识其人，彼与苏曼殊友善，曼殊为他镌有印章，我请之为钤一纸，蒙他钤以见贻，藉于“文革”中失之。

叶遐庵的《谈艺录》

《谈艺录》出于番禺叶遐庵手笔，是私人斥资刊印的，没有公开发行，外间很少流传。遐庵名恭绰、字誉虎，一署玉甫。他追随孙中山先生，曾任大元帅府的财政部长。后任中央文史馆馆长，国画院院长。世代书香，收藏宏富，这本《谈艺录》，就是谈他清秘之藏。编者有一小识："此名为叶遐庵先生近二三十年关于艺文之随笔札记，兹经搜集成帙，虽未必尽惬先生之意，且事实亦或有迁变，然足供艺林参考则无疑，故录之。其续辑所得，当归续录。录者谨识。"按：续录我未目睹，不知有否其书。

叶和收藏家颜韵伯为好友，韵伯藏有宋代龚开所绘的《瘦马图》和《洪厓出游图》，都是稀世之宝。既而得知《瘦马图》已流出海，大为惋惜，立访颜氏。得悉颜氏方窘于资为，即与之商购《出游图》，以四千元购归，始克保存。闻《瘦马图》为日本人山本悌二郎所有。又：颜氏得清内府所藏宋苏东坡《寒食帖》及黄山谷《伏波神祠帖》在其作东瀛游时，以《寒食帖》售给日人，恭绰知之，即告颜氏："此为苏黄书的杰作，万万不可悉令出国，其山谷书，不如归我为宜。"颜氏应诺，并以刘石庵与成亲王信札见赠。原来当时成亲王以天籁铜琴与石庵易换该卷，信札即为商榷易卷者。宋邵尧夫所录游仙诗三首，为曾刚甫物，亦为恭绰所收。他又藏有明末南园诸子送黎美周北上诗卷，和张见阳所绘《楝亭夜话图》，为红学家所珍视。张为清初内务府旗人，工画，和曹雪芹的祖父曹楝亭（寅）相契。楝亭亦为内务府旗人。此图共有五卷，其四卷在张伯驹处，恭绰所收为首卷，并为之作一详跋。又王莽所制莽量，初藏于端午桥处，后归刘氏善斋、后转入张修甫，最后亦归恭绰。从此广收莽器，蔚为大观。赵晋斋更以所得新莽亿年宫瓦赠之，制之为砚，既刻铭识，并倩精工为匣。他家有犀角杯二，均出名手。一为明朱舜水刻铭词四十五字，一为明鲍天成刻“天成恭制”四字，杯作双罂形，极工致。又藏有清宗室定王后裔所制行有恒堂角花笺，用楠木匣装，分为七层，底层较大，以次递小，如宝塔然，每层皆五六十纸。以赠吴湖帆，湖帆诧为仅见。他还收藏古泉，与丁福保、张絅伯等组织古泉学会。又藏端溪砚石，如鲜于伯几砚、黄石斋砚、马湘兰砚、顾二娘砚、黄莘田生春红砚、李笠翁砚、苏轼断碑小砚、顾阿瑛澄泥砚、石涛无叶白砚等，都是彪炳照眼之物。

《谈艺录》也有些论书法的、论书画工具的、谈笔的、谈墨的。他曾与张子高、尹润生、张絅伯各出所藏明代名墨，影印为《四家藏墨图录》。这书外间绝少见，我却藏有一册。该录又附《玄览庐墨剩》《郁华阁墨簿跋》《双琥墨董提要》《耆寿民墨宝》《墨籍汇刊详目》《十六家墨说》《涉园墨萃目录》，洋洋洒洒，可谓谈墨之大成。该书又谈及《歌之建立》《论四十年来文艺思想之矛盾》《近代藏书家略纪》《由旧日译述佛经的情况想到今天的翻译工作》等，涉及面是很广的。

王西神的《云外朱楼集》

王西神以词章驰誉大江南北，缡辞琢句，清妍绝伦，我极爱诵。当我主持中孚书局笔政，才为刊行问世，且请陶冷月画封面。赵子云题书签，二册装一锦匣，分正编及附编。内容如：《秋英撷秀记》《夏屋品茗记》《饯雪迎梅记》《象山五日记》《缶庐得宝记》等，有谈吴昌硕的，有谈梅兰芳的及日本桥本关雪的，无不妙语似珠，丽辞如锦。其它又有《蝶圃看花》《窥园闻笛》《洋水仙新谱》。他是擅书的，有《临池杂志》《墨佣余渖》。他又是喜奕的，有《宣南奕讯》《博奕丛话》。凡此种种，大都陆续载诸《新闻报》附刊、而由他的弟子沈宗威加以收集的。篇幅较长的，为《菊影楼话堕》，仿前人“忆语”体，记其所眷曲院校书梁菊影。首述其人云：“菊影梁姓，名兰，庚戌之春邂逅于福裕里，谈妆绀袖，眉黛间隐隐有不虞意，为诵帘卷西风，人比黄花瘦句，拥髻凄然，盈盈欲涕。因戏之曰，“兰为国香，当门而锄，如卿之风尘憔悴，独秀傲霜，殆东篱之逸韵，非三湘七潭间之小影也。”兰再拜受教。翌日，榜其楼曰菊影。且曰：“梅魂菊影，往事商量，羽琌先诏我矣。”余为之粲然。清谈既浃，樵苏不爨，怜红玉之前身，藏绿珠于内芽，虽有成议，未遑践也。

绿波春水，别绪连番，一过吴门，再游白下，迨余乘跻海外，小劫归来，兰已命薄桃花，采云飞去，一树马缨，遂等于华鬘天上，琼思瑶想，亦随君苗之砚而具焚矣。”诵之自觉此中有人，呼之欲出。

吕贞白的《蕙膏道听录》

《蕙膏道听录》是吕贞白的手稿本，我在旧书铺中购得的。行楷绝秀逸，写在他的绿格戴庵笺上，钤有吕贞白朱文印。所记述的人物，如程颂万、袁伯夔、曹靖陶、蒋苏庵、陈三立、汪衮甫、陈苍虬、张季直、沙健庵、夏敬观、周梅泉等词林韵趣，以及极乐寺赏海棠、法源寺观丁香、亦皆雅人逸致。又谈程颂万的画石，新艳秋的色艺，周梅泉夏敬观生平畏水，松口观潮之约，谢不敢往，他诗以调之，琐琐碎碎也是耐人玩索的。他逝世已有年，生前承蒙不弃，时约清谈，他对于我的掌故笔记，有嗜痂之癖，每一单行本间世，他必索取一册以去，我却引为荣幸。

孙玉声的《退醒庐笔记》

孙玉声别署海上漱石生，为我忘年交，又属老邻居，彼此是很熟稔的。他著作等身，说部以《海上繁华梦》为代表作（这时他署名警梦痴仙》。笔札以《退醒庐笔记》为杰作。他是报界的老前辈，和一些很早的作家相往还。李伯元为小型报的鼻祖，创《游戏报》于沪上大新街之惠秀里。他别创《笑林报》，两个报社，望衡对宇，彼此朝夕过从。他所用的图章即出李伯元手刻。《申报》的老编辑如高昌寒食生何桂生、病鸳词人周昆珊、花也怜侬韩子云、天南遁叟王紫诠、杨柳楼台主袁翔甫、梦畹老人黄式权，凡主持舆论、领导风雅的，他无不相契。他又是《新闻报》的早期总编辑，所以他的《笔记》中谈到这许多人，无不亲切有味，我是很喜欢这部书的。他又是昆剧仙霓社的取名者，及规模极大的文虎组织的萍社创办人。我编《金钢钻报》，他老人家又撰《沪壖话旧录》支持我，可惜这部稿没有汇刊成书，否则也是民国笔记中的巨著。

包天笑的《钏影楼回忆录》

包天笑的《钏影楼回忆录》，虽出版较迟，但涉笔尚在民国时代，他是根据早年的日记，陆续写成的。所记的，大都是清末民初的往事，由香港的柯荣欣、高伯雨两位怂恿，分期在《大华杂志》上发表，卒由大华刊成单行本，再后由上海书店重印问世。这书封面题签，出于叶恭绰之手。第一篇为《我的母亲》，记其母亲的懿德，和脱金钏救人一命事，此亦为钏影楼的斋名所由来。书中又从吴中公学谈到苏曼殊，从时报谈到狄平子和陈冷血，以及二人合作署名“冷笑”。又从金粟庐译书馆谈到章太炎、章行严、张菊生、马君武、吴彦复、蒯礼卿等趣闻。因他进了《时报》、又赴日本参观《朝日新闻》社，所述报社事特详，足以补戈公振《报学史》的不足。此后，他有感自己记忆力日衰，认为倘不追忆、行将付诸茫然，便有《钏影楼回忆录续编》。他想到那里便写到那里，有忆梅兰芳、毕倚虹、邵飘萍，这些都是他的稔友，叙述很详的。但这书出版时，他正在弥留之间。已不能亲见了。

戚饭牛的《牧牛庵笔记》

戚牧号饭牛，参加南社，和我为忘年交。他满口吴侬软语，实则是余姚人，居住吴中多年，所居为古市巷，他谐声为裤子裆，令人发笑。他的《饭牛翁小丛书》是我为之校订的。首冠《牧牛庵笔记》，所记如《北梅南雪》，那是谈梅兰芳与李雪芳的：《宽永钱》是谈日本的宽永帝铸钱，钱文是出于我国王梦楼手写的。尚有《南禅寺红豆》《松鹤板场》《三元坊》《曲园先生著书之庐》《网师园》《人瑞状元坊》《北寺塔顶苹果树》《潘氏东园》《洪状元宅》《传芳录》《玄妙观十八景》《北禅寺楠木》《狮子林》《弥罗宝阁之火》《金圣叹宅》《见氏残墨庵》《杨惠之塑十八阿罗汉》《三唐宣》《碧螺峰》等等，皆吴中掌故。《笔记》谈奚生白较多。生白以咏燕词得名，人称奚燕子，与饭牛结金兰契，奚早年富裕，当夏日炎热，他斥巨金藉味莼园避暑，邀饭牛同寓，诗酒唱和以为乐。《笔记》中摘录奚的佳句，如云："风寒画槛鹦初睡，月满瑶阶鹤未归。"且又云："红叶乱山樵子径，白云古寺野人家。""茶鼎吟萦烟篆碧，砚屏深护夜灯红"等等，确属可诵。

易宗夔的《新世说》

易宗夔，湘潭人，字蔚儒，是易耕莘的哲嗣，渊源家学，曾为民国国会议员，国会解散，留滞燕京，端居无事，仿临川《世说新语》，成《新世说》一书。蔡元培对此深加赞许，评为“凡见书所及，精释而推言之，几乎无一字无来历。”出版于一九一八年，共八卷，分门别类，条例井然，间有述及民国事，如云：“袁世凯额广颧高，目有威棱，躯干亦宏伟，而两足甚短，举步遂有蹒跚之态，故或称为‘半截皇帝’。”“袁世凯自迁居三海，即密谋帝制，每庖人烹鱼，袁命姬妾收藏鳞甲片之较大者，云以制药。后创浴池于居仁堂侧，入浴后、从者刷池、辄见巨鳞数片，杂垢腻皮屑中，相传以为真龙。其变诈皆类此。”袁项城亦入《新世说》，确是世说之新颖者。

庞独笑的《红脂识小录》

常熟庞独笑与树柏为昆仲，同擅辞华。独笑有声色之好，著《红脂识小录》，载《新申报》，后归国学书室印为袖珍本。这书室为钱芥尘所经营。据芥尘见告，这书的资料，颇多是他供给的。书分上下编，上编所记的为歌坛女伶，下编为曲院名伎，实则伶为艺人，伎则卑卑不足道，两者是不是混同的。但独笑笔墨华赡，可读性是很强的。上编所纪，如杨翠喜、郭凤仙、琴雪芳、金月梅，碧云霞、张文艳、王克琴、孟小冬、吕美玉、刘喜奎、十三旦、恩晓峰、粉菊花等，都是名震红氍的；下编有赛金花、陆兰芬、金小宝、张书玉、谢珊珊、李苹香、小阿凤、吟香等，都是声播曲院的，共一百数十人。间有涉及此中韵事佚闻，有关掌故的。这书藏庋多年，失于浩劫，幸由刘华庭代为物色，以补遗憾，我是很为感谢的。

许指严的《南巡秘记》

常州许指严，名国英，号苏庵，又署不才子。他善撰掌故笔记，汇刊达三十多种，如《天京秘录》《清史野闻》《三海秘记》《十叶野闻》《京华新梦》《十年花絮》《南巡秘记》，都是脍炙人口的。其中尤以《南巡秘记》为代表，所记《幻桃》及《一夜喇嘛塔》，光怪陆离，不可方物，给我印象很深，迄今数十年，犹萦脑幕。他逝世于一九二五年，有人谓："指严死，掌故笔记与之俱死。"我和他很相熟，他每次自沪返常，辄在吴中留宿一天，彼此旅邸抵足。我和赵眠云与之同饮阊门渡僧桥一酒家，他认为该家醇醪，为沪常一带所罕有，足以一醉。又拥校书爱天香同赏梅于邓尉香雪海，他赋诗书联，留有韵踪。《秘记》共二册，一正一续，外间已绝版。闻指严祖父，固宦海中人，熟悉宫廷及官场中事，指严幼得祖父欢，很颖悟，所纪十九出于祖父口述，他一一追记，非虚构也。

周瘦鹃的《香艳丛话》

民国初年，出版界颇多以香艳二字标其书名，以迎合读者，规模最大者为《香艳丛书》，其它有《香艳集》《香艳杂志》等。中华图书馆刊《香艳丛话》精装一厚册，出于周瘦鹃之笔，粉屑脂痕，此中亦别饶掌故，耐人玩索，有人喻之为："十七妙年华如之女郎，偶于绮罗屏障间，吐露一二情致语，令人销魂无已。"所附照片，有瘦鹃藉御女装所摄"愿天速变作女儿图"，并有吴梅题一小词，有丁悚所绘仕女画，都是饶着旖旎风光的。当我主中孚书局笔政时，蒙瘦鹃支持我，出其所撰笔记四种，一《心声集》、二《抵掌集》、三《行云集》、四《昔梦集》给我印行，总称之为《紫罗兰庵小品》。不意书甫排竣，战乱即起，中孚倒闭，未克出书，我设法取得清样本，给瘦鹃保存。解放后《行云集》却单独出版，恐已名同而实异了。瘦鹃又著有许多专谈园艺的笔记，如《花前琐记》《花前续记》《花花草草》等，总编为《拈花集》，并有《花木丛中》等，这些都是不属于民国时代了。

刘体智的《异辞录》

民初，有石印本《辟园史学四种》，《异辞录》为其四种之一，所记大都为清末民初的风云人物，洵属掌故笔记，具有史料价值，但不署作者真姓名，所纪有：《丁日昌变幻之技》《清史稿虚誉陈宝箴》《曾李相互讥刺》，《翁同龢张之万书画助赈》，《文廷式与志锐》《张荫桓献珍奇》《李慈铭越缦堂日记》《慈禧私蓄》《袁世凯父子与杨士琦兄弟》《张勋弃产》等，其中以纪李鸿章与刘秉璋佚书尤详。兹据刘笃龄考证，辟园乃其先德刘体智的托名，因恐触犯当时人物，有所顾虑，不得不隐化出之。体智、字晦之，晚，号善斋老人，安徽庐江人，系四川总督刘秉璋第四子，曾任户部郎中，入李鸿章幕，其妻为大学士孙家鼐之女，因此清廷若干举措，颇有所闻。后任中国实业银行经理，藏甲骨二万八千片，书二十万卷，钟鼎累累，卜居沪上新闸路，具有小园林，与黄蔼农的慈孝村望衡对宇，时相往还。蔼农曾代我求得体智所书之间距，惜于“文革”中失之。

德龄的《御苑兰馨记》

《御苑兰馨记》的作者是慈禧太后的随侍女官德龄。她在宫中生活了数年，深得慈禧的宠信，举凡光绪帝、隆裕后、端王、同治的妃子、童年的溥仪、珍妃妹瑾妃、恭王荣禄、李莲英、袁世凯、康有为等，她都认识和熟悉。所以她言之有物、如数家珍、书的内容有：《花园里的一对恋人》《咸丰选妃》《小太监》《安德海的权威》《御宴》《黑夜救驾》《慈禧的铁腕》《荣禄奉旨完婚》《幽禁瀛台》《义和团的内幕》《光绪是怎样死的》等。凡此均出于德龄的目睹亲闻，较诸外间的凭空传说，当然具有些真实性了。这书是一九四九年春由百新书局印行的，解放后。云南人民出版社重印。

李孟符的《春冰室野乘》

我获得一九二九年世界书局出版的《春冰室野乘》，已属第六版，可见这书销行之广了。作者李孟符，咸阳人，名岳瑞，乃曩年《新闻报》总主笔李浩然的父亲，孟符著作等身，却以这书最负盛名。且第六版为增补本，尤为可珍。全书凡一百三十多则，文言简隽，但未免有些遗老口吻。书中颇多述及清廷故事，有和坤供词极详，为外间所罕见。又记李莲英，谓："李监莲英，有一妹国色也。年甫逾笄，尚未适人，李数荐其美于孝钦，遂召入内，侍起居，李妹固慧黠，善诗人意，孝钦宠之甚，呼为大姑娘。每日上食时，惟李妹及缪素筠女士，侍后左右，同案而食。"又记："周伯荪太史，督陕甘学政归，与伶人张天元者狎，天元颇风雅，从太史习诗字，过从无虚日，太史戏呼之曰天儿，后因事有违言，踪迹渐疏。而奉新许仙河帅，亦自陕甘学差归京，天元遂弃周而事许，一日，有人戏问太史曰：日来与天儿相见否？太史叹息曰：天而（"而"谐声"儿"）既厌周德矣，吾其能与许争乎！"用《左传》语绝妙。又记铁路输入中国之始，谓："同治四年七月，英人杜兰德，以小铁路一条，长可里许，敷于京师永宁门外平地，以小汽车驶其上，迅疾似飞，京师人诧所未闻，骇为妖物。旋经步军统领衙门饬令拆卸，群疑始息。此事更在淞沪行车以前，可谓铁路输入吾国之权舆。”上海有赫德路，纪念西人赫德，旧时路端塑有赫德铜像，服清代的朝衣朝冠，甚为突殊，我曾见之。《野乘》有赫承先求应乡试一则讲到：“赫德在中国五十年，而不入国籍，不易章服，且仍食本国男爵之俸，亦创例也。赫之子名承先，酷慕中国科第之荣，其父乃为延名师教书制艺，京师人有见其课稿者，文字畅达居然二十年前好墨卷也。试帖楷法，也端谨下率。癸已万寿恩科，必欲援金简故事，以内务府籍应试，执政者坚持不许。”其它尚有：张文祥案异闻（记马江死事）、九九消寒图（记大刀王五事）、百年前海王村之书肆、知不足斋日记钞本、四库全书之滥觞、钱牧斋诗案七则及戈登遗言，均可诵。又：石达开日记，有否其书，迄今尚属疑案，《野乘》则谓：“洪秀全诸将，兼资文武者，洪大全外，惟翼王石达开，其欲入蜀也，意欲由川南袭成都。宁迭府万山中，有一隧道，亘古榛莽，未通人迹，由此北行，出山即在成都南门外矣。达开侦得此路，轻骑趋之，会辎重在后，迷路相失，士卒皆饿莫触兴。遂坐困致为土司所获。达开在狱中述其生平事迹，及洪秀全与官军始终胜败得失之由，为日记四册，今其书犹存四川臬司库中，藩库亦存副本，达开此书，倘有人录而传之，其有裨史料者，当不少也。”当时世界书局，曾刊行《石达开日记》，实则出于伪托，据我所知，是出于许指严所撰。指严嗜酒，每晚必赴福州路言茂源酒家买醉，不付现款，积至年节统算。一次囊罄莫能偿，不得已，向世界书局主持沈知方相商，伪作《石达开日记》，先取稿酬，以偿酒债，知方以指严掌故稗史，有声于时，慨然允之，此书亦如约缴卷，排印问世，销路甚好，人不知其中的奥秘。至于石达开传诵一时的名句：“我志未酬人已苦，江南到处有啼痕。”亦非达开作，而是南社高天梅手笔，知者亦不多。《野乘》第六版书末，有“春冰室野乘卷一终”字样，可见尚拟续作，但是否有卷二卷三，也属疑问。

黄秋岳的《花随人圣庵摭忆》

《花随人圣庵摭忆》，这是民国以来的一部掌故巨著，出于侯官黄浚（秋岳）之手。他是陈石遗的弟子，才气横溢，涉笔风华，惜晚节不终，死于非命。但不以人废言，这部作品，是不容埋没的。是稿连载于《中央周报》，脍炙人口。此后瞿兑之为之编刊单行本，以纸张奇缺，只印一百部，物稀为贵，标价特昂。再过若干年，香港高伯雨又印行成书，上海书店也加以重版。因原书记事，都不标题，为了便于检索，上海书店特请吴德铎将全书另编条目，标明页码，附录于后，装成十六开本一大册，甚为雅观。是书所记，以晚清史事为多，间亦述及民国初年的一些人和事，引用的数据，杂采清人的文集、笔记、日记、书札、公牍、密电以及有关的一些外国人著作等。据柳翼谋的文孙曾符见告：翼谋其时，主龙蟠里图书馆，该图书馆藏书之多，甲于东南，"摭忆"的许多资料，即取之于此，且有得之翼谋口述的。

《中国藏书家考略》

前人有那么一句话“开卷有益”，因此我从幼即喜购书，成为书癖，虽没有亡友谢刚主所谓“知道明天要死，今天的书还是要买的”这样所癖之深，可是数十年来也积有将近万卷。日寇侵华损失了一部分，十年浩劫，损失更多。一自拨雾见天，又添补续购，致橱架有书满之患，没有办法，一包包的摊在地上，开玩笑对人说：“这真是斯文扫地了。”

我很欣羡那些藏书家坐拥百城，有南面王不易之乐。潘博山赠了我一部《藏书家尺牍》影印本，蒋吟秋在可园博约堂编了一部《吴中藏书先哲考略》，也蒙他见贻，我都奉为至宝。而内容更全面的，为杨立诚、金步瀛编纂的《中国藏书家考略》，上起秦汉，下迄清末，都七百四十余人，这书当然非备不可了。

在几年前，我友张慎庵出示这部《中国藏书家考略》，书本的天地头，满写着蝇头细楷，却增加了一百一十七人，订正了一百七十多处，钤有羼提居士印章，慎庵认为出于潘伯鹰手校，并在封面上题写了几句。经我寓目，断为常熟俞运之的补订。运之为俞钟颖哲嗣，又为我故交俞天愤的从昆仲，别署羼提居士。我熟稔他的夫人宠镜蓉，镜蓉为运之编刊《舍庵诗词残稿》，我撰了短跋。诗词精微婉约，骋秘抽妍，且晚年病废，食贫励志，尤为可钦。慎庵知我对这书爱不释手，便慨然送给了我，我把原有的一册为偿，于是我纸帐铜瓶室多了一个长物，这是多么可喜啊！

藏书家潘景郑

昔贤刻书，无非传衍著述，嘉惠后学，确是件大功德事。清咸同年间，姑苏潘祖荫，富藏书，又喜刻书，如滂喜斋、功顺堂丛书，当时是名重儒林的。现今的版本目录专家潘景郑，便是祖荫的侄孙，渊源家学，克绍箕裘，累代的典籍，固已很多，他又在原有基础上，陆续购置，坐拥百城，南面不易。解放后，有鉴人民政府重视文献，他慨然把平素集得的清代乡会试朱卷等一千多种，及其他图籍，捐献上海图书馆。又拓存苏州碑刻千余种外，复购有叶氏缘督庐，刘氏聚学轩所藏拓本，及其他藏家所拓，合之二万种左右，悉数捐赠上海历史文献图书馆，今已并入上海图书馆了。他又收藏碑刻砖瓦等，为数亦不少，如六朝、隋、唐墓志，六朝造像，宋、辽、金、元经幢，汉砖汉瓦百余种，以及唐代残石、唐代井栏，都有历史参考价值，一股拢儿捐赠苏南文管会，现归南京博物馆收藏。可见私有不如公有，景郑固有先见之明。

景郑十三四岁，习训诂之学，阅读《说文解字》，凡属小学、音韵诸籍，见辄罗致，以补家藏所不足。十六七岁，从吴瞿安学词曲，凡词曲的刻本及流传本，搜罗殆遍。此后叶恭绰编《清词钞》，景郑提供了很多的资料。弱冠后，治目录金石之学，收藏书目十备八九，又根据北平图书馆目录类的书目，或藉钞、或晒印，今亦在上海图书馆，以供众览。

景郑来沪工作，以寓所限于地位，所有藏物难于容纳，除携带一部分外，其他留置故宅。书柜累累，均被其侄子论斤售出。又家藏书版二三万块，被作为薪柴，一并毁去，这是景郑很痛惜的。他研治《玉篇》，校录成稿，未及装订册子。有一次，家中送来酱菜数瓮，视之，包扎瓮口的，便是他的《玉篇》散页，为之啼笑皆非。

景郑夫人陶令谱，为苏州名画家陶怀玉的后裔，娴雅通文，治家勤劳，甲子岁结为佳偶，一九八四年又逢甲子，恰为六十岁，鸿案齐眉，琴瑟静好，这一点也足励俗敦风，朋好为他奉觞祝贺。最近，齐鲁书社为他刊印了《寄沤剩稿》。

藏书票

历来嗜书成癖者，不少都记载在《中国藏书家考略》中，他们获得心爱的书，视同连城之宝，往往在书页上钤上一二印章，称为藏书印。这些藏书印，有朱文，有白文，有署姓名的，有标斋室的，甚至钤着“子孙永保”等字样，实则这句话是不兑现的，子孙们颇多不读父书，把所有的典籍，论斤卖掉，或任其虫蛀鼠蚀，作废纸处理，所谓“永保”，也就空言徒托了。

时代在进展，藏书家的趣味也在逐渐改变，除了藏书印外，又有以藏书票为藏书标记者。此风自欧美传来，渐成国人的习尚。近来东西各国不断创新，花式很多，不仅把这票贴在书册的首页上，且复流散开，供人欣赏，有似集邮、集火花般的集藏书票。原来这种藏书票，属于版画之一，它不拘一格，你爱什么，就刻成什么，你有什么想法和希望，都可从藏书票上表达出来。至于藏书者的姓名，当然是藏书者的特征，比起以往的藏书印要广泛得多，也非藏书印所能比，并且充满着时代气息，所以更受社会的欢迎。

最近，文汇报等单位举办首届上海读书晚会，善雕印纽者杨忠明，特为刻制了很有艺术思想的新颖藏书票，以示祝贺。他取刘向语："少而好学，如日出之阳；壮而好学，如月中之光。"故图案中有日月光辉，上端S形的云气，比作书页的展开。下为我国地图，一火箭从西北方升起，表示中华的崛起，有待于青年学习丰富的知识。而半圆之月，似英文之D，云气似英文之S，D与S，又为"读书"二字的拼音字头，是颇具巧思的。

我在辞典的围城中

我爱书成癖，更爱好文史性的辞典，备列左右，有什么难以索解的字句，比较冷僻的典故，随时可以翻检，仿佛追随着春风杖履的老师，请教是挺便当的。

记得我幼年时，只有一部《康熙字典》，其他什么都没有。我入私塾，教我读书的，是顾慰若先生。顾先生年逾六十，目力不济，有时需翻查字典，可是这字典是同文书局的石印本，字细似蚁足，看不清楚，顾先生总叫我读给他听，次数多了，我渐渐地懂得按部首翻检。有一次，买到一本习字帖，是清季书法家黄自元所写的《醉翁亭记》，既知道这篇文章是欧阳修的名作，收在《古文观止》里，便纠绕我的祖父锦庭公买《古文观止》。又知欧阳修是宋代人，就把宋代古文家的名儿记录下来，推而唐代、晋代、汉代的，一一记录，成一小册。有人告诉我，凡此皆收入《尚友录》一书，就赶快买了《尚友录》（这时还没有《中国人名大辞典》）。奈这书是按韵目翻检的，我不了解韵目，好在我不怕麻烦，为了翻检某某人，就从头翻到某姓，再从某姓翻到某某人，翻得熟了，居然能掌握关捩。揣摩再揣摩，更知道什么平上去入和一东二冬三江四支等等，韵目的难关就给我攻破了。此后翻检辞典，用部首和韵目，都有了门径。

商务印书馆于一九一五年刊印了《辞源》，一九三一年又出续编，我都购置着，奉为金科玉律。这部《辞源》的编辑，均一时名流，主编陆尔奎，我曾获得他一通亲笔书札，既而又和他老人家的哲嗣陆露沙相识。此后，又和当时编辑该书的蒋维乔、王蕴章为稔友，因此我对这部书特别有感情。不料“一·二八”之役，毁于兵燹，乃重购一部，若干年来，以翻检频繁，致书页破损，复又置一新者。中华书局一九三六年刊行《辞海》，与《辞源》收编的条目，不尽相同，可相互参照，又成我必备之书了。《辞源》和《辞海》是综合性的，关于地名人名，当然仅仅占一小部分，我就另备《中国古今地名大辞典》和《中国人名大辞典》。我素来注意近代人物，又购《同姓名辞典》《当代中国名人录》《新中国人物志》《近世人物志》《民国名人图鉴》《历代人物年表综录》《中国历代书画篆刻字号索引》《室名别号索引》《古今人物别号索引》《词林辑略》《中国画家辞典》《清代七百名人传》等等，有些虽不标称辞典，而实际都具有辞典功用。又朱起凤的《辞通》，它的特点，能从声音的通假上寻求文字训诂，还将古书中各种类型的两个字的合成词排比整理、分部编次，也是我所需要的。其他还有《四库全书学典》《新知识辞典》《辞渊》《文学辞典》《文艺词典》《中国近代出版史料》，《渊鉴类函》《佩文韵府》等，备此种种，也就算楚楚可观的了。可是经过十年浩劫，所有的书，包括辞典在内，被掠一空。但我自以为尚有曹孟德所谓“烈士暮年，壮心不已”的精神，既损失的再行补购，又添置了四十大册的《中文大辞典》《中国文学家大辞典》《中国美术家大辞典》《中国现代六百家小传》《常用典故词典》《中国近代史辞典》《简明历史辞典》《简明美术辞典》《俗语典》《中国历史大辞典》《中国古今姓氏辞典》《清代文集分类索引》《历代官制概略》《中国戏曲曲艺辞典》《中国名胜辞典》《中国历史文化名城辞典》《中国古代名句辞典》《唐诗鉴赏辞典》《中国历史人物生卒年表》，以及变综合性为中国古代文史辞典的《辞源》四大册。由上海辞书出版社新出的《辞海》三大册附增补本，堆得满架满橱，几乎无可容纳。那行将出版的《汉语大词典》《美术大辞典》，我也预备购买，将来摆在哪里，在所不顾。

我对于刊印辞典，有小小的意见。如《中国人名大辞典》是部很实用的辞书，可是这书所收人物断于清末，迄今已过去半个多世纪，逝世的名人，不计其数，都没有列入书中，甚至孙中山也榜上无名，似乎太说不过去了吧？我认为应当急起直追，赶出《中国人名大辞典续集）。又如重印诸辞书，往往把原有的编辑名单，摈除不录，这是很不道德的。原有的编辑，花过相当的脑力，决不能一笔勾销。序跋可留存的，也当留存一些，以见当时编刊的经过。又环顾欧美各国及东邻日本，他们在字典辞典之外，别有一种事典，以事实为主，作概括系统的纪述，便于稽考和查阅。这一类型的书，我国目前尚付阙如，是不是也当备此一格。

郑海藏与伪满文献

闽县郑孝胥为诗，一成则不改。与陈石遗书云：“骨头有生所具，任其支离突兀也。”其刚愎可知。为前清遗老，乃始终效忠于爱新觉罗氏，甚至溥仪为日人卵翼下之傀儡皇帝，郑腼颜以事，仍为不叛之臣。一成则不改，不仅为诗如此也。秦翰才暨许大卢诗人，去春膺命前往东北，于长春获得伪满文献数百件，而朱其石为之整辑，拟于月之十三日，假宁波同乡会举行书画金石展览，而将伪满文献，同时陈列。予一昨访其石于画寓，得先睹为快。诸文献中有郑与印度诗哲泰戈尔合摄之影，亭宇清华，重檐荫树，似在北平故宫中，郑翎顶辉煌，身御朝服，貌清癯，不蓄髭，与峨冠黑衣，须鬑鬑绕颊之泰戈尔相对立，一华一夷，相映成趣。因忆曩时徐文定利玛窦之酬酢图，及若干年前影星卓别林与戏装之马连良，在戏院后台所照之相，不但有偶，且鼎足而三矣。伪满文献，有溥仪弟妹往来之家书，罗振玉之讣告。凡述及溥仪者，均为红字，如赐听戏，赏角黍等等，极微末琐屑，悉视为皇恩帝德，大书特书以标明之。诸奏折，溥仪亲笔加以“览悉”及“知道了”等字样，而字迹极率陋。又有宴客之西菜单，封面为团龙织锦。展之，上面为酒名，酒凡五种，下面为肴名，纸上缀以“康德三年万寿宴会”八双钩文。又气象台所刊行之时宪书，首冠溥仪像，下附各地之气候比较表，及干支推算表所载民国年数，只至二十年为止。二十年后，列为康德元年，蔑视民国有如此，为之发指。他如历代帝王图像，诸伪官印，敌军柬帖及签名簿，举凡今已被判死刑之战犯，什九签名其中。而诸文件有为大同者，亦有为康德者。而大同时期，溥仪则称执政，康德则称帝。虽断简残编，均足为他日史料。闻翰才尚有《伪宫残照记》之作，传诵一时。

出售《金瓶梅》之诡秘

《金瓶梅》与《西游记》《水浒传》《三国演义》，有四大奇书之号，相传出于王凤洲手笔。坊间所售之所谓《古本金瓶梅》《真本金瓶梅》，均非本来面目。盖是书多秽亵处，足以贻害青年，官府例禁，不许刊行。坊间之《金瓶梅》，无非芟汰淫秽之洁本耳。忆民国二十年左右，北平发现木版绣像之《金瓶梅》，淫秽悉存其中，而绣像尤春色动人，每部初售一百圆，既而抑价为五十圆，厥后三十圆即可得一部，并托海上某书局秘密代售。然其时之三十圆，约可易米三石，已非一般人所能购买。有某某者，善于投机，乃影印成书，装两大函，减其值之半以倾销。其出售也，往往声东击西，不自迳卖，导引至某处买之，且察言观色，以定拒纳。然卒为警局所知，钞去《金瓶梅》影印本一部，交诸法院，越旬传审，某某亲去，法官问其是否出售有伤风化之书，某某力辩，谓无此事，法官即出《金瓶梅》为证。某某曰："《金瓶梅》固属秽书，出售有干禁例，试问阅览亦犯禁否？此一部乃予藏以自阅者，若出售，则决不仅警局所钞之一部也。"法官无以难之，某某立请将是书发还，竟挟之以归。更为是书销路计，由铅字印，每逢秽亵处，下注芟汰若干字，凡四册，只售小银圆数枚，所芟汰之秽亵文字，别印一小册，外加某药房之封皮，裹之付邮以赠买书者，盖预留买书者之地址也。至于药房封皮，无非掩蔽邮局之检查，而视以为药剂之宣传品云。

三种《小说月报》

《小说月报》，早已停刊，成为杂志史上之陈迹，先后凡三种。最早之《小说月报》竞学社发行，亚东破佛编，予未之见。清末宣统二年，商务印书馆刊行《小说月报》，王蕴章编辑，首有铜图，大都为风景照及名人书画，长篇小说有林琴南之《双雄较剑录》，短篇则出于指严、寄尘、绂章、怅庵等手笔，而徐卓呆之剧本，尤开风气之先。其他尚有文苑、杂纂、笔记、传奇诸门类，搴芳披藻，文字力求优美。其时予尚年幼，作为课外读物，揣摹之余，于行文颇得良助焉。继之主辑者，为恽铁樵。五四运动，受新文化之影响，改归郑振铎编辑，于是别有一种面目矣。凡若干年，以抗战停刊。直至民国廿九年秋，联华广告公司又有《小说月报》之出版。编辑为顾冷观，长篇连载，有包天笑之《换巢鸾凤》、顾明道之《剑气笳声》、张恨水之《赵玉玲本记》、李薰风之《风尘三女子》、周瘦鹃之《苏州杂札》、程小青之《鹦鹉声》，附《今人诗文录》，则吕白华所主持也。作品发表较多者，有赵景深、秦瘦鸥、徐卓呆、吕伯攸、郑过宜、丁谛、谭正璧、张恂子、危月燕、程育真、范烟桥、杨荫深等，而予时有点缀焉。出至三十期止，改出《茶话》，风格已稍变异矣。

金剑花辑《青浦志》

金咏榴剑花，先后主《申报》《新闻报》笔政，固报坛之耆宿也。息影青谿，腰脚犹健，戴果园屡为道之，惜予未识其人也。金为清光绪壬寅补行庚子辛丑并科举人，江苏咨议局员、众议院议员。民初，任嘉定县民政长，重游泮水。《青浦县志》，为先贤熊其英所辑，年久未修，恐失坠而无征也，乃有续辑之举。于民国七年设局纂辑，拟具志目十有四，子目附目若干，自光绪三年迄宣统三年止，以结束有清末季青邑三十余年之文献。不意载笔诸子，时作时辍，加之时局俶扰，历数岁未成。既而于秋穆宰是邑，颇注意是事，乃假叶氏留春堂，张饮招诸名士，请金足成续志，金以力不能胜任，立荐戴果园、沈瘦东二子。二子初不允，及金主政，乃日造金庐而商榷焉。采访搜讨，不遗余力，且追忆旧闻，与友朋称述之掌故，兼收而并蓄焉。凡二十四卷，锓板而成六册，于民国二十三年问世。予于果园处见之，其杂记及附编，最饶兴趣。附编人物，断自民国七年以前。果园著有《果园赠联录存》《诗钞》待梓；瘦东著有《瘦东诗钞》《瓶粟斋诗话》，又辑有《青浦读诗传》。

《西泠缟纻集》

杭州孤山一带，名胜萃焉。西泠印社，境尤清幽，予小憩其间，尘虑为涤。社为丁竹孙、丁辅之、王福庵、吴遁庵、叶叶舟等所创建，所以祀清浙派印祖丁敬身者，有丁之石刻像，而吴缶庐像亦列其间。汉三老石室，则藏汉碑三，近代不易得观之物也，为之摩挲者久之。他如印泉、文泉、柏堂、仰贤亭、题襟馆、四照阁、观乐楼、宝印山房、还朴精庐、山川雨露图书室，皆足令人流连。而四照阁居高位，登之远眺，湖水湖烟，尽入眼底，洵唯一佳地也。予登临之翌日，于灵隐寺畔，晤丁念先，谓："方介堪、王福庵、丁辅之，咸在西泠印社。"邀予再过叙。予以疲乏不胜足力，未果往。犹忆民初南社诸子，如柳亚子、郑佩宜、高吹万、高君介、李叔同、张心芜、林秋叶、林憩南、丘梅白、姚石子、王粲君、陈越流、丁展庵、丁不识、黄漱严、陆鄂不辈，举行南社临时雅集，假柏堂开宴，各有诗歌，汇刊《西泠缟纻集》一书，并摄影为《西泠雅集图》。是日，亚子以冯春航在座，连进数觥，而酩酊大醉。于是狂态毕露，初则大哭，继则欲一跃入湖，逐屈大夫游，诸子亟扶挽之。又摄《西泠扶醉图》，地点则印泉之前。今予小坐石畔，证印往迹，觉历历似在目前也。

钱基博撰《现代中国文学史》不惬于人意

曩年梁溪钱子钱基博，掌教无锡国学专修学校，编有《现代中国文学史讲义》，以授生徒，诸生徒读而善之，乃集资以铅字排印二百部，流传未广焉。厥后，钱又主光华大学之文学讲座，亦用是书为教材，版权移属世界书局，凡三版尽罄。钱将材料增十之四，改窜十之三，为四版增订本，以阅年久，今亦绝版矣。钱之作是史也，颇有不惬人意处。据予所知者，如马其昶下附叶玉麟，如云："其昶既死，而号能传其学以授徒者，曰同县叶玉麟，字浦荪，诸生，与李国松受业其昶最早，为高第弟子，刊有《灵贶轩文钞》一卷，中有含纯女士传，题下注代通伯师，而其昶《抱润轩集》亦书之。其昶晚年文，多属玉麟代笔，亦甚矜宠之矣。今观其文，朴而不茂，宕而欠逸，意尽于言，故少味，语不免絮，斯伤洁，喜为闲情微状，摇曳其声以取姿，而乏高识远韵。又控御纵送，用笔未极伸缩转换之妙，此诚桐城之支派流裔，而独抱逸响，以没齿不二者矣，然未足以绍其师也。"以上云云，未免过于苛求，有失中正之道，实则以言桐城流派，今日舍叶莫由，毋怪叶对钱氏此论，颇不以为然，而形诸言辞也。顷蒙王巨川见惠《天放楼文言遗集》，盖金松岑前辈之最后作也。为周迦陵撰《笏园诗钞序》，有云："吾友钱子泉撰《现代文学史》，以余名缀于石遗老人之后，则欲使余谬托为知己而不可得者，子泉固偏见，然吾亦尽其在我者而已！"则松岑对于钱作，亦殊有不惬意处，藉序言以泄吐之耳。按松岑谓名缀于石遗老人之后亦误，盖附于李宣龚后，非石遗老人也。实则松岑一代奇才，笔阵纵横，奇崛宏丽，不可方物，其文尤胜于诗，足以独树一帜，而钱氏列之为附庸，甚不允当也。

最初之教科书

清季废科举，兴学校，而尤注重于小学。其时尚无幼稚园，以小学为启蒙之始基。而小学课程中之国、英、算三种，尚无完善之教材。国文则用《蒙学课本》，有光纸铅字排印，无图画，为上海徐家汇某教会学堂（最初学校均称学堂）所发行。以其浅显明白，各小学皆采取之，以授学童。英文则为《华英初阶》，译名拍拉买；《初阶》读毕，更有《华英进阶》，以为衔接。其书乃英人所编，为印度儿童之读物，我国加以汉文注释，而翻印流传，其销数之广，殊不让于后之周越然、林语堂所编之英语读本下也。算学则有《笔算数学》上、中、下三厚册，闻为烟台教会中所印行，以加法起，开方止，学者便之。予幼时读于上海沿城露香园街口之敦仁学堂，是校为五金公所所办，由柴先生（名已不忆）主持其事，即以《蒙学课本》《华英初阶》《笔算数学》为必修之书，距今数十年，印象犹留脑幕也。厥后商务印书馆始有国文、英文、算学教科书之刊布，更辅以修身、唱歌、理科、历史、地理等教科，于是教材始渐完备。书商以教科书销数之巨，获利之厚也，相率仿行之，而竞争殊烈。当辛亥年革命起义，某大书局经理，与发行部长某相讨论，谓如革命失败，则仍印龙旗帝制之教科书，若清运告终，则须取材革命自由之说，此后印书何去何从，愿决之于君。部长固智足多谋者，以清祚绵延，革命党行将扫灭为对，于是经理仍照旧惯，续印帝制之书，而部长潜印合于革命潮流之书凡数十万册。及白旗飞扬，各省响应，部长立向经理辞职，而自设书局，以革命教科书为号召，遂大获利益。经理知受愚而毁书重印，然已望尘莫及矣。且部长对于推销，用种种方法，甚至派员赴各地，联络学校之主管人员，与以若干利润，所发行之教科书，居然不胫而走万里。某大书局大受打击，乃运动当道，加以限制，而某大书局始克维持其原有销数。此教科书潮，书业中人焉能道之者也。

《聊斋志异》之考证

《聊斋志异》之作者蒲松龄，字留仙，号柳泉，山东淄川人，屡试不利，至康熙辛卯，始成岁贡生。乃肆力于古文，以余闲搜奇抉怪，著《聊斋志异》一书。世认为谈狐说鬼寓意讽俗之第一著作，王渔洋读之，且书一绝于书后云："姑妄言之姑听之，豆棚瓜架雨如丝。料应厌作人间语，爱听秋坟鬼唱诗。"相传渔洋欲以巨金购之，蒲不许，因加评骘而还之。然《冷庐杂识》以为不然，如云：相传渔洋山人爱重此书，欲以五百金购之不能得，此说不足信。蒲氏书固雅善，然其描绘狐鬼，多属寓言，荒幻浮华，奚裨后学？视渔洋所著《香祖笔记》《居易录》等书，足以扶翼风雅，增益见闻者，体裁迥殊，而谓渔洋乃欲假以传耶！

《新世说》云：蒲留仙居乡里，落拓无偶，性尤怪诞，为村中童子师以自给，不求于人。其作《聊斋志异》时，每晨携一大瓷罂，中贮苦茗，又具淡巴菰一包，置行人大道旁，下陈芦席，坐于上，烟茗置身畔。见行者过，必强执与语，搜奇说异，随人所知，渴则饮以茗，或奉以烟，必令畅谈乃已。偶闻一事，归而润色之，如是二十余年，此书方告成，故笔法超绝。

《志异》共十六卷，四百三十一篇。乾隆初，始刊于严州，云湖但明伦加评重刊之。明伦为当今美术家但杜宇之祖父，据杜宇云：渠家旧藏《志异》木版，兹已朽蛀不完，并书亦乌有矣。有正书局有原本《聊斋志异》，文字稍有出入。又余亦乌有矣。又余历亭、王约轩有《聊斋摘妙》本，分十八卷，分类为二十六，字句微有异同，且有一二条为今本所无有。又成都刘梨仙所藏《写本聊斋志异》，较今本多十八篇。《聊斋》尚有《拾遗》一卷，凡二十七篇，鲁迅谓其中殊无佳构，疑为后人拟作。闻道光时荣小圃得自蒲氏裔孙者，都四十二则，如《金头陀》《犬奸》《螳螂》《黄靖南》《蝎客》《藏虱》等，皆短作。又有《志异逸编》，为刘滋桂之父黼庭，购得其稿而付梓者，滋桂有一序云：同治己巳，先君需次教职，携桂至沈阳读书，有淄川蒲留仙七世孙。贾人硕庵氏，精日者术，出其家藏《聊斋志异》全集二十全册，先君披阅，有未经锓梓者五十六条，按条录竣，重为装潢璧还。维时桂甫成童，迄今阅五十余载矣。宣统二年，儿子登谷充东平警差，与股员周君止敬善，谈及《聊斋逸编》，周君嗜古情殷，来函嘱予评注，将付铅印。予移家肇东县，甲寅脱稿，惟注多疏漏，评尤粗浅，姑备录之，俟质高明。既不负周君之嘱，而先生沧海遗珠，共获欣赏，亦艺林之快事也已。所谓《拾遗》《逸编》，或为蒲氏当时之删稿，未可知也。

对于《志异》赞美者，如《春在堂随笔》云：聊斋藻缋，不失为古艳。《三藉庐笔谈》云：用笔精简，寓意处全无迹相，盖脱胎于诸子，非仅抗手于古史龙门也。《一斑录》云：

具非常之抱负，无可发泄，不自知墨生香，笔生花，风云歌舞，嘘成蜃气楼台，满海天半壁。此书并非立德，亦非立功，并不足为立言，而蒲留仙自不朽。加以指摘者，如《虫鸣漫录》云：其中未及检点者颇多，最可笑者，《贾奉雉》一段，贾既坐蒲团百余年，其妻大睡不醒，迨其归来，已是曾元之世。又复应试为官，行部海滨，见一舟，笙歌腾沸，接引而去。贾之识为郎生，固宜，何以云仆识其人，盖郎生也？夫此仆为贾生归后所用，不得识郎生；为贾未遇仙时所用，则早与其子孙沦灭矣。文人逞才，率多漏笔，此类是也。纪昀云：今燕昵之词，媟狎之态，细微曲折，摹绘如生，使出自言，似无此理。使出作者代言，则何从而闻之，又所未解也。

蒲著述宏富，《志异》外，尚有《省身语录》《怀刑录》《历字文》《日用俗字》《农桑经》《鹤轩笔札》《聊斋文集》《聊斋笔记》《聊斋诗集》《聊斋词》《东郭传》《群残闹瞎传》《醒世曲》《逃学传》《磨难曲》。《磨难曲》已在日本东京文求堂出版，有路大荒注。余如戏三出：《考词九转货郎儿》《钟妹庆寿》《闹馆》。又俚曲十四种，名不备载。又《醒世姻缘》一书，胡适考证，谓亦蒲笔。

邹酒丐曾访蒲墓而祭之以文，附识有云：逊清光绪戊子夏，子幕淄川矿山，离公所居之蒲家庄四里，七月二十五日，与同事孙君逸如，携只鸡斗酒山果，往墓上致祭，经跃龙寺北里许，始抵蒲庄。公居已残毁如牛栏，问“聊斋”无知者，后访得一叟，年六十三，裸跣出应客，谓是柳泉公八世孙，宅辗转售人，唯老梧一株，为公所植。后引至公墓，则老柏成林，冢直长式，前石碣一，上刊墓表，言公《聊斋》只八卷。冢东一冢，为公父敏吾名槃者所葬，附二妻一妾，表为同邑张元所撰。叟一子做矿工，孙一，均不识丁，予为之黯然。墓表载于《聊斋文集》之卷，谓蒲性朴厚，笃交游，重名义，而孤介峭直，尤不能与时相俯仰。少年时，与同邑李希梅及予从伯父历友亲，旋结为郢中诗社。王司寇素奇蒲才，屡寓书将致于门下，卒以病谢，辞不往。祖生汭，父槃，娶增广生刘季调女，子四人，孙八人，曾孙四人，康熙五十四年正月二十二日卒，享年七十有六。蒲之梗概，可以知之矣。

《桃花扇》作者之歧说

《桃花扇》一书，写侯方域与李香君一段艳事，儿女之情，纬以家国之痛，读之顽艳苍凉，不可方物。海上某影业公司曾以之搬上银幕，虽人物悉合于时代化，而其轮廓则依据侯、李本事也。书为孔东塘作，孔名尚任，字季重，一字聘之，别署云亭山人。梦鹤居士序《桃花扇》云：云亭山人以承平圣裔，京国闲曹，忽然兴会所至，撰出《桃花扇》一书，可为明证。而无锡钱基博则肯定为顾彩之所作。彩字天石，与孔东塘相友善，作《小忽雷》传奇，盖亦才士也。基博引传奇以考之，谓：同县顾光旭辑《梁溪诗钞》，于彩《传》独云：《桃花扇》传奇，则嫁名孔东塘者，《桃花扇》实出君作。而光旭于彩为诸孙，闻见必确，其言当有所本，即《桃花扇》后附云亭山人漫述此书本末，中一条云：前有《小忽雷》传奇一种，皆顾子天石代予填词，及作《桃花扇》时，顾子已出都矣。是当日亦有疑《桃花扇》之为彩作，而山人此言若为辨白者。然考之彩作《桃花扇》原序，称岁在甲戌，先生指署斋所悬唐朝乐器小忽雷，令余谱之，一时刻烛分笺，垒歌竞吹，觉浩浩落落，如午夜之联诗，而性情加鬯。翌日而歌儿持板侍韵，又翌日而旗亭已树赤帜矣。斯剧之作，亦犹是焉。由此二语，不惟《小忽雷》为彩所谱，而《桃花扇》之谱，亦出于彩无疑焉。是彩虽不言《桃花扇》为己作，而未尝不认谱之自我出也。云亭山人于彩之一序，自始无异词，而后忽云作《桃花扇》时，天石已出都，轻轻将序中“斯剧之作，亦犹是焉”二语抹过，而又不斥言其非是。又因欲攘《桃花扇》之为己作，不恤为《小忽雷》画供，而质言之曰：顾子天石，代予填词。殆所谓作伪心劳日拙、欲盖弥彰者非耶？观此则二说相歧，爰揭之如此，亦稗史珍闻也。

《巫山奇遇》之讼

《巫山奇遇》为文言体之言情小说，本名《濮阳奇遇》，某书局主人以十金之代价，购得木刻本，谋翻刊之，易名《巫山奇遇》，藉以号召，而一般色迷者流竞购之。是书寥寥只一二万言，署广野居士述，北郭遁叟校，居士、遁叟均不知为何许人。记高仲容、高叔达与邻女琼英、谦谦之相昵事，笔墨雅洁，绝无淫冶诞妄处。即叙仲容与琼英缱绻，亦蕴藉出之，如云：琼低声告仲曰："妾未谙，兄毋衔枚疾驱，直捣黄龙府。"仲曰："向日能使纪信诳楚，今复能倩人耶？姑稍试之，庶可异日坚垒而对。"琼曰："郎出锐师攻之，妾请焚舟济河。"仲曰："囊沙背水阵何如？"琼曰："野战有期，今第为探哨以谍之。"如此一段，已为全书之精彩。无怪色迷者流，读至终篇，不餍所欲，大呼上当也。

有指是书为秽亵，控之于法院者，越日开庭，审问某书局主人，主人谓："小说不毋有风情处，若严格而论，则《水浒》《红楼》均所难免。然《水浒》《红楼》不但普遍流行于民间，学校且有采之为国文教材者。况《巫山奇遇》描写风情处，尚不及《水浒》《红楼》之甚，当然不可列诸秽亵书中。主人延有律师某，亦起立谓法国文学，直可称之为恋爱文学，其文学书中，动辄述及男女之私，不以为奇。而博物院中，更有陈列贞操带以供观览者，可知世界趋势之一斑。我国礼教虽严，然男女之爱，谈之者自古亦不乏其书。请推事以文学眼光观之，若易以法律眼光，则文学小说，不将体无完肤，是犹请文学家来批评六法全书，犯病亦正相同也。”及判决，某书局主人竟无罪。《巫山奇遇》被钞者，完全发还。一段公案，遽尔了结。翌日，各报未载只字，予在院旁听得知其始末如此，是亦说苑珍闻也。

《随园诗话》中之《红楼梦》

《红楼梦》一书，考证者多矣，然言各殊异，莫衷一是。《随园诗话》亦述及之，云：康熙间，曹楝亭为江宁织造，每出，拥八驺，必携书一本，观玩不辍。人问公："何好学？"曰："非也，我非地方官，百姓见我必起立，我心不安，故藉此遮目也。"素与江宁太守陈鹏年不相得，及陈获罪，乃密疏荐陈，人以此重之。其子雪芹撰《红楼梦》一书，备记风月繁华之盛，明我斋读而羡之。当时红楼中有某校书尤艳，我斋题云：病容憔悴胜桃花，午汗潮回热转加。犹恐意中人看出，强言今日较差些。威仪棣棣若山河，应把风流夺绮罗。不似小家拘束态，笑时偏少默时多。犹忆予曩时辑《金钢钻小说集》，有署名一得者，投我《亦谈红楼》一文，略云：《随园诗话》：其子雪芹撰《红楼梦》一书，备记风月繁华之盛下，尚有"中所谓大观园者，即余之随园也"数语。幼时所阅未刊本，确有是语，及至海上翻印铅印本，则已将此语删去。尝于杨柳楼台晤随园老人之孙仓山旧主，以此疑质之。据云：此书之作，实我祖所授意，而雪芹主稿者也。以授意有自，未尝自居于作者，其引证故事，由甲及乙，误彼为此。朝代官爵，穿插附会，颠倒错乱，此本作小说者有意为之。然其微意之所在，即有可窥见者，园名大观，拓地既宏，缔造又精，当时江浙两省豪贵人家，均无此大好园林，舍随园莫属。书中之主人翁宝玉，即我祖也。我祖最重一情字，有“无情何必生斯世，有好都能累此身”之句，自乞养归隐，优游林下，至五十年，即宝玉鄙视利禄，不求仕进之意也。按《红楼》中人物，悉有寓意，如甄士隐、贾雨村，即真事隐去，而为假语村言。其他妙玉者，妙喻也；晴雯者，情文也；贾芹者假勤也；贾政者，假正也；单聘仁者，善骗人也；卜世仁者，不是人也；卜固修者，不顾羞也；秦钟者，情所钟也；吴良者，无良也。则当时或皆有其人，而出于隐射欤。

报纸刊载长篇小说之创始

报纸所负之使命，无非主持正义，为民喉舌，上至世界大事，下至社会琐闻，莫不有闻必录，所载务详。然庄辞说论易取人厌，于是乃别辟小品文字一栏以调剂之。是栏例刊一长篇小说，以致有每晨报至，不阅专电要闻，而先览长篇小说者，更有逐日剪存粘订成册者，又有为撰索隐，谓书中人隐射某某者。当民国二年，《民权报》以登徐枕亚之《玉梨魂》，报之销数为之激增。某读而爱之甚，不及待其刊竣，而向枕亚函征全豹。枕亚作书答之，谓：大凡小说家言，其动人者，每令人不忍释手，已略得其端倪，便急欲窥其究竟。而作小说者，洞悉阅者之心理，往往故示以迷离徜恍，施其狡猾伎俩，时留有余未尽之意，引人入胜，耐人寻思，如十三四好女儿，姗姗来迟，欲前仍却，不肯遽以正面向人也。故作报章小说者，与阅报章小说者，其性之缓急，成一反比例。尧夫诗曰："美酒饮当微醉后，好花看到半开时。"窃谓阅小说者，亦当存如是想，常留余地，乃有后缘，日阅一页，恰到好处，此中玩索，自有趣味。山重水复，柳暗花明，惟因去路之不明，乃觉来境之可快，若得一书，而终日伏案，手不停披，目无旁瞬，不数时已终卷，图穷而匕首见，大嚼之后，觉其无味，置诸高阁，不复重拈，此煞风景之伧父耳，非能得小说中之三昧者也。报纸刊载长篇小说之妙旨，尽于数语之中矣。报纸所登之长篇，据予所记忆者，如《大共和报》之《广陵潮》，《新闻报》之《侠风奇缘》《魅镜》《好青年》，皆李涵秋之著作也。《民立报》载陆秋心之《葡萄劫》，凡三年始毕。《申报》刊载程瞻庐之《众醉独醒》，及毕倚虹之《人间地狱》，尤为脍炙人口之作。它如《新申报》刊海上说梦人之《歇浦潮》，《生活日报》刊叶楚伧之《壬癸风花梦》，亦皆备受社会人士之欢迎。顷据老于此中掌故者谈，长篇小说刊载报纸，当以《野叟曝言》为创始。盖其时蔡紫黻受聘《字林沪报》为总编辑，取夏二铭之《野叟曝言》，逐日披露之。既开风气之先，于是各报纷纷摹仿，而长篇小说乃日新月异云。

《民国通俗演义》续写者许廑父

写长篇章回小说，要推蔡东藩所著有《历朝通俗演义》为最宏大的了。他从两汉写起，直到民国，共十一部。解放前由上海会文堂印行问世，以阅年久，书已绝版，中华书局付诸重印，最后一部标之为《民国通俗演义》。该书前有重印说明，略谓："民国部分，内容写到一九二〇年为止，后四十回的作者许廑父，生平事迹不详。"却附载许氏一短序："《民国通俗演义》一至三集，吾友蔡子东藩所著。蔡子嗜报纸有恒性，收集既富，编著乃详，益以文笔之整饬，结构之精密，故成一完善之史学演义，出版后，不胫而走遍天下。会文堂主人以蔡作断自民九，去今十稔，不可以无续，乃商之于余，嘱继撰四五两集，自民九李纯自杀案始，迄民十七国民政府统一全国为止，凡四十回为一集，每集都三十万言。余年来奔走军政界，谋升斗之禄，笔墨久荒，俗尘满腹，而资料之采集，又极烦苦，率尔操觚，勉以报命，恐贻笑于大方，复取诮于狗尾，蔡子阅之，得毋哂其谫陋。"据短序所云，可知蔡东藩其时尚在世，会文堂为什么不请东藩一手续下，大约东藩已衰颓不能执笔了。

据我所知，谨父，字弃疾，又字一厂，别署颜五郎，又忏情室主，他和蔡东藩为同乡，都是浙江萧山人。著述很多，什九是稗官家言，如《心印》《鹃泪》《今水浒》《如意珠》《七星游》《莺声谱》《武林秋》《恨之胎》《碧海精禽》《沪江风月传》《情海风花录》《十年梦影录》《儿女金鉴录》《莲心萱泪录》《南国佳人传》《历代剑侠传》《中国女海盗》《上海近十年目睹之怪现状》《清风明月庐笔记》《九章文解》《论语新解》等。他行文迅速，一个晚上，能写数千言，甚至万言，所以有人称他为“许一万”。他善烹调，煮牛肉绝鲜嫩，常以该肴饷客，人又戏称他为“许制牛肉”，他欣然接受。当时徐卓呆也擅“易牙术”，出以饷客，自称徐制牛肉胜于许制，大有贾竖市侩抢生意行径。廑父不服气，再饷客品尝，当然特别加工，朋好为之大快朵颐。他为人放浪不羁，曲院歌场，时寄踪迹，又著有《舞榭余闻》。有时高兴，哼几句京戏，大有响遏行云之概。

枕亚办《小说日报》，廑父为助理编辑。他在《日报》上登广告，招收遥从弟子，居然从之者很多。枕亚疏懒成性，仿《花月痕》撰《刻骨相思记》，分上下二集，征求读者预约。及上集出版，下集迟迟未曾著笔，廑父获得枕亚同意，为之代作。后来又有一部《燕雁离魂记》，索性由谨父一手包办了。廑父一度居住沪西白克路（今凤阳路），隔邻一宁波老大娘，是十足的文盲。一天，老大娘跑来请廑父代写一信，开口便说：“这封信是写给宁波同乡的，不知道许先生能不能写宁波字？”廑父听了大笑，连连点头说：“能！能！”顷刻写就，交给老大娘，老大娘一再称述：“许先生真是个才子，什么地方的字都能写。”廛父又大笑。

他晚年寓居杭州，担任《东南日报》的副刊《小筑》主编，内容偏重文史，约我写稿，这时和他时通书翰。一自《小筑》停刊，此后音讯杳然，不知他后来怎么样。那部《民国通俗演义》，廛父续写，赵苕狂再续写去，或许其时廛父已不在人世了。

三种值得我纪念的书

我嗜书成癖，把书视为第二生命，什么都可以抛弃，书却不能一日离我左右。展卷读书是一乐事，即使罗列橱中，隔着玻璃门，举目望见，也觉得悦脾赏心，大有南面王不易之概。前人说得好："读未见书，如获良友；读已见书，如晤故人。"且进一步谈，书不仅是良友和故人，更是我随时随地可以问业的老师。凡宇宙之大，古今之变，学术之深，知识之广，只要你肯虚心，向它请教，它是知无不言，言无不尽的。

我在启蒙读书时，所购的第一本书，便是《吴梅村词》，乃扫叶山房的石印本。这时我茫然不知词是什么，吴梅村是什么人，只知"梅"为可爱的花木，这书名中有一"梅"字，定必是本好书，我必须把它珍藏起来，幼稚的头脑，多么可笑啊！但这本书既是我藏书中的起始第一种，迄今历时八十多年，经过浩劫，失而复存，是值得纪念的了。还有一种，是南社易孺所著的《大厂词稿》。易氏广东鹤山人，所作诗词，素不起草，信笔而就，清腴疏宕，别成一格。这本书是陈运彰词人送给我的，运彰和易氏，为唱酬的吟侣，也和我时相通翰的。当"文革"来临，汹汹竖子，把我纸帐铜瓶室所藏的，一股脑悉数辇走，事后，我扫除乱纸，不意其中漏着这本《大厂词稿》。在无书可读时，居然有这书聊以遮眼，那么这本书，当然又是值得纪念的了。及拨雾见天，所归还的书籍，那就断简残编，七零八落，较希珍的，都被抢掠一空，唯有自叹不幸而已。可是不幸中却发现一件幸事，大约在四十年前吧，那画家冯超然的弟子袁蓉舫，让给我《月屋憔吟》手钞本二册，这是元代黄庚所撰的诗集，《四库全书》仅收入其中一卷，我所藏的为四卷足本，由常熟状元翁心存和长子翁同书、长女翁绛龄，及孙翁曾源亲笔钞写。曾源也是一位状元公，祖孙魁首，是很难得的。所书一笔不苟的端楷，我又请好多位藏书家，钤过印章，益饶古泽，颇具有文献价值，尤足宝贵，在我来说，又是值得纪念的了。

漫谈《花果小品》

这本《花果小品》，由华夏出版社付印问世。承诸朋好，称为具有欣赏性和可读性。人总是喜听褒语的，我也不例外，当然也喜形于色了。

我谈花说果，无非受黄岳渊的影响。他是上海花树业工会主席，有权威之称。拥有一园，在沪西真如镇，拓地数百田，广植卉木，莳名菊达一千六七百种，逢九秋佳节，他总是备着车辆，迎着我们赴园赏菊，绰约秾郁，映媚疏篱，使久蛰尘嚣的，襟抱为之一畅。此后真如的园，被倭寇所毁，乃迁至高恩路，交通便利，我几乎每休息日，都得为入幕之宾。在那儿时遇到钱士青、叶恭绰、陈景韩、包天笑、严独鹤，及周瘦鹃父子，相与谈笑，甚为开怀。我是执教鞭的，把写稿作为副业。这时写稿，就近取材，未免姹紫嫣红，形诸笔墨，积得多了，裒集成编，以《花果小品》为名，请张荻寒绘了封面，交中孚书局主人徐步蠡付印出版。书型是狭长的，很为别致。岂知样本初见，而中孚突然倒闭，所余的都作为废纸处理了。这次，华夏的负责人张宏儒、孙丕评两位同志，收拾丛残，为之重刊，得以正式出版，这真是做了一件大大的好事，尤其作者的我，更应当向两位深致谢意。

至于我谈花说果的小文，是否尽在这书中，不是的，散失不在少数。如我编《金钢钻报》，约有二三年，每天撰一篇短文，列入《清言霏玉》，其中定必有些涉及花木的。又我编《永安月刊》，记得某年，我为该刊月写一篇应令的时花，每篇较长，那就十二篇成为一组了。又一度任杭州《东南日报》副刊《小筑》的特约撰述，灿灿名花，离离佳果，也是累篇连牍的。又我曾撰《庭园的趣味》，约一二万言，也涉及到花果。凡此种种，都在十年浩劫中付诸荡然，无从钩沉索隐了。

我曾编纂过的书刊

我一生从事于教育，也从事于写述，说得好听一些，是门墙桃李，著作等身，若加以贬语，那就说成是坐了一生的冷板凳，爬了一生的文格子，没有什么出息的。

我的写述，自民初直到目前，所出的单行本，确有数十种，是否属于灾梨祸梨，那是另一问题，这儿不谈。至于参加编纂的书刊，也有好多种，可是印象不深，这些书刊，经过浩劫，大都被毁，有些已记忆不起，兹把有所记忆的，畧述一些，挂少漏多，也就顾不得了。

在抗战胜利，有位通文翰的书商屠诗聘，设中国图书杂志公司于上海福州路三八〇号，我和他是相识有素的。这家公司，和神州国光社为比邻。我购置一部神州国光社出版的《美术丛书》，屠氏为我代购，还打了一个优惠折扣哩。此后，他约徐蔚南、胡寄尘、钱化佛和我等为编委会，编刊《上海市大观》一书，蔚南、寄尘掌握上海市通志馆资料，予取予求，是不成问题的。这时我和钱化佛合撰《三十年来之上海》，经常到沪西进贤路钱氏家里去。钱氏喜集藏，举凡图籍、报刊、柬帖、照相、奖状、告示、戏单及电影说明书等，应有尽有，甚至什么证券、火柴盒，抱人弃我取之态。这些越年既久，都足反映当时社会的背景和生活的状况，屠氏为了搜罗这些图片，每星期总要赴钱家一二次，因此和我晤面的机会较多，他因我健于笔墨，便列入编委中，为他执笔了。还有一个原因，我旅居上海历有年数，视为第二故乡。如王韬的《淞滨闲话》、孙玉声的《沪壖话旧录》、胡寄凡的《上海小志》等，我都遍读了一下，觉得这些沧桑世变，一切付诸云烟，较近的变迁，诡谲多端，凌夷世道，倘不把它记述下来，嗣后钩沉探索，那就难以捉摸了。这一点，我是很感兴趣的，和编委诸君，羣策羣力，没有多久，书就问世，分上下两大卷，插图多至一千余幅，其中什之六七，都是钱氏供应的。惜是书印数不多，迄今已无留存。钱氏集藏，经“文革”运动，散佚大半，那么是书成为可贵的文献了。若干年前，有位孙文熙君拟把是书付诸重印，委作一前言，我也欣然应命，奈征订寥寥，也就废然而止了。

福州路不是还有一家中央书店吗？这是平襟亚笔名秋翁独资经营的。这家书店发祥于一部长篇小说《人海潮》。《人海潮》是在韬晦避难中涉笔，是因祸得福的产品。原来平襟亚得罪了女诗人吕碧城，碧城诉诸上海法院通缉襟亚，并出慈禧太后所绘观音像作为悬赏，襟亚改姓名为沈亚公，匿居苏州调丰巷，但和我们几位星社同人，暗暗地还是交往的。他为消遣计，把目击耳闻的故事，写成了社会小说《人海潮》五十万言，由我为之编校，我且为他转请袁寒云书封面。结果是案由钱芥尘为和事老，调解撤销，襟亚携了这部稿子重回上海，在麦家圈办中央书店，作为是书的发行所，果然博得读者欢迎，然后移至福州路，再出《人心大变》《人海新潮》，业务乃蒸蒸日上了。

孙玉声是清末民初的老作家，他也在福州路办了一家上海图书公司，由一位俞姓的为他经营，居然也出了好几种书。我和赵眠云在苏州编刊《游戏新报》及《消闲月刊》两种杂志停刊了，我就把其中的短篇小说，整理一下，给上海图书公司，印为单行本，名《小说素》。又赵眠云在《小说日报》上连载的小说《双云记》，也是由我整辑，介绍给玉声付诸刊行的。

此后，鄞人徐步蠡，在霞飞路创中孚书店，发行通俗文艺作品，委我主笔政，出版了范烟桥的《茶烟歇》、王蕴章的《云外朱楼集》、周瘦鹃的《紫罗兰庵小丛书》、戚牧的《饭牛翁小丛书》、赵眠云的《云片》。又辑《三国大全》，未竟其功，中孚已倒闭了。

我又曾为联益公司编了《小说家言》、顾明道的《罗星集》及姚苏凤的《心冢》，又为心心美术公司编《星宿海》，为但杜宇编《美的结晶》，那是集合许多美术照片编成的。

关于图画的，我为樊浩霖师编《樊少云画集》；为赵眠云编《心漠阁扇集》四册，用珂罗版印，分山水、人物、仕女、花卉，是很古雅的。

《民国笔记概观》前言

我从一九三一年开始写稿，时年十八岁。初载《民权报》，既而遍及《申报》《新闻报》《时报》兼及各杂志，大都为小品文。此后致力于掌故笔记，直至于今，垂垂近八十春秋了。经过浩劫，备受折磨，一自重见光明，又复鼓其余勇，所撰约数百万言，刊单行本二十种以上。日事操觚，寒暑不辍。或系用脑过度，今夏突患小中风，幸医疗及时，得以告痊，奈体力大不如前，有甚矣我衰之慨。且双目昏花，右腕关节炎延及全臂，这一下，在写作上给了我一个大阻力，势必告别文坛，搁笔休养。可是写稿已成习惯，舍此无以自遣。因思积稿散在各刊物，有未及结集的，等待整理的，《民国笔记概观》即其中之一也。此稿登载上海书店出版之《古旧书讯》，积数年，凡数十篇，爰商诸上海书店，汇刊成一小册，蒙不弃葑菲，允为付梓。此类笔记，悉经寓目，具掌故性可读性，贮藏有年，惜经“文革”，付诸一炬，不得已凭回忆所及，摭谈一下，有记忆不得的，乃向各友及图书馆商藉，以求之不易，摘其精华，寻其珍秘以饷读者，该书之能问世，固一大好因缘，不仅我个人之幸运而已。

郑逸梅的几种笔记

民国以来的笔记，已谈过好多种了，我喜撰笔记，刊行的已具有相当数量，奈在浩劫中纷纷散失，引为遗憾。兹有香港友人朱心明先生寄来台北新文丰出版公司翻印的拙作，列入《零玉碎金集刊》中，《瓶笙花影录》便是其中之一，真可谓“礼失而求之野”了。原书是上海校经山房书局于一九三六年六月出版的文言体，分上、下两册，台北翻印的合两册为一了。这本书，赵眠云为我校订，陈赣一为写封面题签，凡一百六十七十篇。内容什么都有些，大都属于掌故性质，这是我写作的一贯作风，篇幅均不长，颇有我家板桥翁题画竹所谓：“萧萧两三竿，自然清风足”之概。谈人物的如：《李苹香之清才》《戚继光饼与伊秉绶面》《孙总理轶闻》《恽铁樵之遗著》《蔡松坡与小凤仙》《郑正秋对于旧剧之卓见》《王紫铨与姚蓉初》《桥本关雪慕我华文化》《王湘绮游苏笑话》《我所知于漱六山房者》《冯君木之论诗》《访林语堂》《梁任公提倡乐歌》《李万春书画之真伪》《贺蓉珠入川》《王均卿之海上叹》以及萨镇冰、唐继尧、江亢虎、戈公振、张孝若、徐自华、曾孟朴、费树蔚、叶楚伧、叶宏渔、李少荃、汪兆铭、宁调元、江南刘三、袁项城、吴趼人、朱古微、赛金花、程子大、金季鹤、寄禅上人等。谈食品的有百合、荔枝、燕窝、东坡肉、乌贼、山楂、榧子、腊八粥、塌窠菜、鳊鱼、粽子糖，以及《毛荣食谱》《花果充馔》《吴门茶水之来源》等。关于时令、习俗、花木、稗史也涉及一些。其它篇目，如《南社联欢》《清季之革命刊物》《十三非不祥数》《昔日吴中之赛会》《摩登之夏日乐事》《凤仙染甲考》《秋花落瓣考》《参观九皇坛》《潜鳞识小》《杨贵妃千古三知己》《阴阳性之骂曹》《缅铃与肉蓯蓉》《书画润例今昔》《上海三胡小掌故》《海上首次手枪案》《当铺之起始》《晶球之异》《银元之沿革》《竹林别趣》等那是不胜备举。《逸梅小品》是民国二十三年，中孚书局为我刊行的短篇笔记。封面题签出于陆澹安手笔，扉页为王西神书。题序甚多，如《九尾龟》作者漱六山房张春帆，主辑《笔记小说大观》之王文濡（均卿），著《海上繁华梦》之海上漱石生孙玉声，著《众醉独醒》之程瞻庐，其时皆健在。又有张恨水、许息庵、童爱楼、顾佛影、范烟桥、许瘦蝶等，今都作古了。内容凡二百多篇，如《顾鹤逸之海野图》《作画遣兴陆小曼》《热河行宫中之珍藏》《甲午之役中之翁绶祺》《杨杏佛之诗》《强村老人之风趣》《闽变中之萨镇冰》《吴子玉玩赏春灯》《割让台湾时之邱菽园》《曾农髯之惜名》，以及樊樊山、林琴南、王铁珊、冯玉祥、吴禄贞、邹酒丐、吴稚晖、王梅癯、梁燕荪、岑云阶、陈英士、李梅庵、于右任、伍朝枢、戴季陶等轶事。我喜谈人物掌故，这是一贯的作风。继之的《逸梅小品续集》，题签者为吴昌硕大弟子赵云壑。作序者有陆士谔、金季鹤、刘铁冷、顾明道、范烟桥、邓粪翁、周无往、朱天目、徐碧波、周瘦娟、程小青等；题词有赵焕亭、谢玉岑及我师胡石予，和徐悲鸿之岳丈蒋梅笙。内容有《革命画家高奇峰》《立像黄鹤楼之黄克强》《不肖生家之异客》《陈去病之著述》《骆亮公之死》《大漠诗人风趣及其诗》《易培基之史学》《嘉陵江头之滑竿》《刺马确闻》《砚秋佳话》《缶庐往事》《书天南遁叟》《红楼梦补谈》《万柳夫人轶事》《悼陈彦衡》《逝者如斯录》《吕四港人之水技》《海外扬芬录》《暴迹留存之冷香阁》《樽边琴韵记》《朱竹笔筒》《曲线美之机器人》《舞后之豪奢》《别开生面之报纸》《吴苑导游录》《现代之玄奘》《我所喜悦之事物》《我所憎恶之事物》《观鲸记》等。末附《梅瓮散记》这是片段的小文，为近年来中华书局为我所刊《艺林散叶》及《续编》的滥觞。闻台北新文丰出版公司，也翻印了我这部书，为《郑逸梅小品》问世，这是另外一种，和《逸梅小品》是不相同的。

《逸梅丛谈》，是上海校经山房为我所刊的短篇笔记，上半部为文言体，下半为语体，约凡一百八十篇，没有题序，亦由台北新文丰出版公司影印出版。内容有：《云南起义之一段轶闻》《小说家之诗》《武侠小说中的飞檐走壁》《意大利石刻展览会》《泥城桥的今昔》《我的藏书法》《味之素的起源》《陈石遗家之良庖》《百灵与绣眼》《辛家花园之沿革》《观平泉书屋遗物》《槎溪之龙船》《苏州居住谈》《香水浴》《劳圃被盗》《电影中之大风雨》《小说界中之三弹词家》《熊希龄之解嘲语》《石湖之觉瓮》《嫁娶乏异俗》《山阴黄钟声》《到虹口游泳池去》。其中《小说中夹着英文字母》，是我对于小说中夹着英文字母的讥讽，且附着我试撰的小小说，名称为《换了一对夫妻》。前有段说明："近来小说中的人名地名等，往往把英文字母来代用，只代用三四个，似乎太不完全，我所以戏撰了一篇小小说，把廿六个字母尽行代用，不知道一般小说家赞成不赞成？""A省B县C街D号，有一位E先生，他就职F公司，每天到公司裏去，必乘G路电车，有一天，他在电车上碰着H女士，彼此攀话，很是投契，那H女士是I学校的毕业生，具有交际花的声誉。星期日，E先生就约了他到J园晤叙，又赴K馆吃西菜，L剧院看电影，M旅社开N号房间住宿。不料被他的丈夫O君侦察到了，对她大加斥责，禁止她外出，她不服气，请P律师向法庭请求离婚，经Q法官判准双方脱离关系。H女士遂和E先生打的火一般热，结成临时夫妻，不料E先生的夫人R女士是酸娘子，大闹了一场，请了S律师，也宣告离婚，不知怎样一来，R女士认识了O君，彼此都很倾羡，不多时，竟择了T日，在U礼拜堂结婚，请V君为证婚人，贺客W、X、Y、Z诸君，皆属社会名流，真所谓盛极一时。"在笔记中杂著那么一篇，引人发笑。

我东涂西抹，一辈子写得很多，结集成单行本的，尚有《孤芳集》，由益新书社出版。封面题签，出于吴兴名画家钱病鹤手笔。内分甲、乙两编，甲编悉为笔记，乙编大都为游记杂札，附着《凝香词》百首，那是初事吟咏所作，学步王次回的《疑雨疑云》，风格不高，不足道的。笔记均属文言体，如《俞粟庐佚事》，记俞振飞父亲的往史。《栩园访旧》，谈天虚我生陈蝶仙的故居。《诗人胡石予先生之悼亡》《余天遂佚事》《余天遂先生之吊奠》，都是追念师门之作。原来我早年读书吴中草桥中学，深沐两位老师的教泽，是永志不忘的。其它如《日妓谒诗僧苏曼殊墓》《苏曼殊之与山芋》《傅红薇之著述》《陈英士不忘其旧》，那都是南社掌故。又：《杨度之醉后画梅》《菊部隽谈》《易实甫痛哭陶然亭》《南亭亭长之与安垲第》《谈巫峡之猿》《廉南湖挽万柳夫人》《孙宝琦之风义》《昆山石》《曲江之响尾蛇》《和阗之羊脂玉》《吴中之红豆树》《阎氏之玉鸡》《谭组庵风趣》《琴僧栖谷之圆寂》《客述曾农髯之度量》《大晏岭之佛面榆》《吴杏芬三论画隽语》《吴昌硕之画像》《冯蒿叟之与冻豆腐》《天池山之铁树子》等，凡数十篇，刊行于一九三二年，距今半个多世纪，早已绝版了。

《浣花嚼雪录》，也是我的笔记之一，赵眠云为我编辑，益新书社出版的，时为一九三〇年。约二十万言，共二百五十四篇。我所藏的，失于浩劫中，四凶垮台后，于旧书铺购得，弥我遗憾，但书的封面已撕去，不忆出于谁氏题签了。扉页后面有钢笔写着数字："此书以《淞云闲话》易来，时读清心女中高中甲上学期。"不具名。《淞云闲话》，也是我的拙作。是录分上下卷，上卷为《灯下清谈》，下卷为《梅霓杂碎》。上卷为笔记，内容有《蔡松坡幼年之诗》《小有天与清道人》《吴稚晖之诙谐》《皇帝之白皮松》《宋渔父墓畔之灵芝》《吴观岱之匹马关山图》《黄慧如家中之挽联》

《丑道人之画虎》《黄陂夫人之花木癖》《徐东海夫人之妙绣》《范石生之女记室》《徐又铮慨赠诗笺》《程仰苏师书联》《百册楼》《九龙虫》《三槎浦棹歌》《七叶一枝花》《玉堂红》《女儿酒》《丹骨蚬》《雪中芭蕉》《日本画》《长寿之蜀老人》《放鹊诗完人骨肉》《鄱阳湖中之舡船》《南华庙之花朝》《龙凤羹》《藤黄无毒之一说》《石胡桃》，以及吴缶庐、杨士猷、态希龄、杨了公、宋渔父、张静江、潘冷残、叶楚伧、神州酒帝顾悼秋、巍旭东等佚事。魏旭东为魏光焘后人，曩年在吴中草桥中学教兵式操，是我的老师。当辛亥革命，他兼任商团总司令，检阅时，他戎装佩一指挥刀，挽着高头骏马，喝口令声震广场，很具威风，给我印象是很深的。

《茶熟香温录》是一九二九年益新书社为我刊印的笔记本。由前辈作家张春帆为题签。春帆和我为忘年交。张丹斧为我书扉页、许瘦蝶为我题词，载有坐在岩树下的照相，尚属中年时代，摄于天平山之中白云，今已无存，是很可宝贵的。同社又复同学的金季鹤作一长序。季鹤为大名宿鹤望先生的哲嗣，笔墨华赡。序中谈又彼此之性情和行径，足资回忆。如云：“余好动，驰骋越乎规范，所好声色狗马曲蘖之属，斫丧天真，以恣宴乐，而独与逸梅交厚。逸梅好静，与余相反，行乎绳墨、合乎礼仪，枕葄书史之林，泽躬道义之府，涵片性灵，孤标丰格。”说得我岸然道貌，实篇，用文言述写，有些是子虚乌有之谈，有些是人物掌故，如《郭友松之写照》《袁世凯题画诗》《宋遁初之忘年友》《胡文忠赠兰》《黄克强之友》《席佩兰之书扇》《汤海秋之风义》《中山墨迹》《黎黄陂以金鱼祭猫》，以及张啬公、程雪楼、钱强斋、胡雪岩、吴南屏、郭松龄夫人等轶事。其中有二则，是记述我师胡石予先生的。我师昆山蓬阆镇人，家有半兰旧庐，最近昆山地方人士，拟为修葺其故居，征集他的著述及遗物，以便开放，我闻之，当然为之欣然色喜。我所记师事，一为《林和尚》，如云："杭州西湖之船，自来著名，赞励樊榭《湖船录》，颇多趣事。近有林和尚者，西湖内荡桨为生山。某年，半兰师偕友游湖上，唤一舟，舟人即林和尚，夕阳时，荡舟回来，雨势已迫南屏，林和尚问明日游湖否？游则我舟候于湖滨。师谓：明日雨，势不能出。林则谓：明日必无雨，因漫应之。及明日，果如其言，遂仍买其舟而再游焉。师问林，昨晚有雨，何以知今日能晴？林曰：我操此业三十年，看惯天色，故能预料也。师乃赠以诗一绝曰：不读天书部学仙，阴晴风雨善谈天。一舟双桨林和尚，见惯湖天三十年。为书一笺，贴于船窗，自是林和尚之名，甲于同辈。"又一则《画梅写叶》云："某日，访半兰师于东庐，师方画梅赠友人，萧疏花蕊外，又写败叶数笔缀枝上，因问师昔贤有画梅著叶之本乎？师曰：殆未之见，此余特创者，顾余非好奇，亦写真耳！因出其近作《八月梅花记》一篇见示，读竟，知师之家圃，去岁，中秋时节，有老梅著花事，且时当战事亟，师居近战地，枪炮声日夜聒耳，如沸鼎，如震雷，亲友皆劝迁避，师以负乡望，宜镇定，并与同人组织保卫团，期有济也。厥后幸得无事。师初以非时之花为不详，终则视之作画赠人，亦题作八月梅花，败叶缀枝，明与寻常有异也。"我师佳话、录之为纪念。

《尺牍丛话》，是我的另一笔记。前人笔札，包罗万象，什么都得谈论，但专谈尺牍的，却只此一家，并无分出了。我是喜欢收藏尺牍的，积数十年之久，收藏约近万通，虽不敢自诩大巫，也不顾自居小巫。当时和我同癖尺牍的，大有人在，可以交流，古玩市场又有出售，我日进纷纷，便拉拉杂杂写了这部《尺牍丛话》，字数在十万言之上。

这时上海有个机联会，那是商业组织，办了一个周刊《机联会刊》，由天虚我生陈蝶仙先生主编。既有商讯，又有些引人入胜的文艺小品，所以销数不差。此后不知怎样改为《自修周刊》，由徐卓呆主编，偏重在文艺知识方面。内有常识一栏，卓呆邀我担任一篇连载性的作品，我便把这个《尺牍丛话》交给了他。承他欢迎，刊登了也受读者的欢迎，直登至年余始止。我每篇剪存，贴成一大册，敝帚自珍，留待它日汇刊为一单本，讵意十年浩劫，付诸荡然。最近幸由华东师大宋路霞君代为觅访，才得复印一份，以留痕迹。这是我非常感谢她的。岂知数十年前，那位继柳亚子主持南杜的姚石子，竭力怂恿我出版《尺牍丛话》，说："诗话、词话、曲话、书话、画话，看得多了，我很盼异军苍头的尺牍话问世。"可是我忙忙碌碌、因因循循，没有着手从事，如今出书不易，只又徒呼奈何了。

我这部《尺牍丛话》，涉及面很广。有的具些趣味性，有的具些掌故性，有的具些史料性，有的具些可读性，兹摘录若干则，以见一斑吧！

吴瞿安遗札，吴湖帆处保存甚伙，颜之为"霜信"，盖瞿安一署霜厓也。札中多讨论长短句，间有风趣语，如云：廿年教授，愈弄愈余，名胜各地，尚未游遍，拟将足迹所到地，各纪小诗，顾亦未动笔，如此懒惰，若在家塾，须吃夏楚矣！一笑。”“书札之精者，辄用薛涛笺，按薛涛为唐代之名妓，本长安良家女，随父宦蜀，流落蜀中，遂入乐籍。暮年居浣花溪，好制松花小笺，时号薛涛笺，犹之姜洪儿昕制者，即名洪儿纸也，闻有一笑话，某学究以薛涛笺洪儿纸之取人名为笺纸之名也，乃恍然有悟曰：‘由此可知自圭纸为战国白圭之遗制，有光纸为明归有光所创造也。’”“费龙丁为名金石家，死于日寇侵略中。费生前与画家王念慈友善，念慈纪念故旧，检得遗札累累。装成一巨帙，蒙见示，笔墨古逸，为之爱不忍释。”“称人书札曰手翰或大翰，盖古以羽翰为笔，故凡用笔所书者曰翰。”“林琴南曾许为陈蝶野作醉灵轩读书图，以事冗未果，及病革，顿忆画债未偿，乃强起作书至蝶野：‘老人今生不能从事矣，然平生知已，寿伯茀，高子益，最后乃得君三耳！’书毕付邮，掷笔而逝。”“樊增祥作书，称谓往往胡乱出之，如称实甫为妹，称女诗人吕碧城为侄，予曾见其致碧城书，有云：‘得手书，固知吾侄不以得失为喜愠也。巾国英雄，如天马行空，即论十许年来，以一弱女子自立于社会，手散万金而不措意，笔扫千人而不自矜，此老人所深佩者也。’推崇可谓备至。”“有妓致书于其欢，呰缄无一字，先画一圈，次画一套圈，次连画数圈，次又画一圈，次画两圈，次画一整圆圈，次画一半圆圈，末画无数小圆圈，有好事者，题一词于其上云：‘相思欲寄无从寄，画个圈儿替，话在圈儿外，心在圈儿里，我密密右圈、你须密密知我意，单圈儿是我，双圈儿是你，整圈儿是团圆，破圈儿是别离，还有那说不尽的相思，把一路圈儿圈到底。'妙语如环，非慧心人不办。”“袁海观书法，气局开展，在苏米之间，随意作札，亦皆精纯可爱，既卒，高聋公检之，装成一巨册，题句有‘留得数行遗迹在，恩波涌出墨光寒。'盖海观官苏松太道，属吏之能书画者，待遇特异，尤深契于聋公，脱略形迹，不以僚属视之，毋怪聋公检其遗札，有一时知遇之感也。”“毗陵谢玉岑作札殊精雅，子与玉岑函札往还较多，然当时不重视，阅后辄付字簏。及玉岑捐馆，予并一札而不可得，引为憾事，后蒙朱大可以玉岑书一通见贻，遂留存之，藉为纪念矣。”

我的枕边书

古人有所谓读书三上。所谓三上，即马上、厕上、枕上。又有传诵之句："手倦抛书午梦长。"可见古人不肯放弃片刻时间，午睡暮寝之前，都亲善书卷。我是具有枕上阅书癖的，可是年来目渐昏花，蝇头细字之书，不胜目力，但积习难除，乃择字迹较大之本，倚枕翻阅一二页，即懵然入梦，既省目力的消耗，又获引睡的良方，洵属一举两得。最近检得海上漱石生所著的《退醒庐笔记》上下卷，为石印大字的线装本，内容颇多上海掌故，为我所喜爱。且作者和我还是忘年交，更有亲切感。他字玉声，曾任早期的《新闻报》总主编，为老作家兼老报人，书中也就谈到和他交往的一些人物，如著《二十年目睹之怪现状》的吴趼人，著《官场现形记》的李伯元，都是和他很相契。这一系列的资料都是很有人想知道的。而李伯元在大新街惠秀里，创办《游戏报》为小型报纸的鼻祖，孙玉声旋即创办《笑林报》于迎春坊，和惠秀里望衡对宇，二人朝夕过从，玉声的印章，便是伯元刻的，曾钤了一方给我。又谈到《申报》的老编辑，如高昌寒食生何桂笙、病鸳词人周品珊、天南遁叟王紫诠、《海上花列传》作者韩子云、梦畹老人黄式权、橱柳楼台主人袁翔甫等等。以上这些老报人，主持舆论，领导风骚，写来都饶有趣味性。他如谈及细刻先驱者于啸仙，姜立渔的葫芦清供，还是圆的并头莲、黄泥墙的水蜜桃、双清别墅灯谜之盛，张氏品莼园的四大金刚等，一一叙来，大有方丈维摩天花乱坠之概。年来坊间纷纷翻印清末民初的旧书，此书却尚没有人注意采及。鄙意大可撷取芳华，重付手民。回忆天宝当年，留得二三信史，那是对于青少年读者，大有裨益的。

我的几种增补本

我十八岁开始写稿，直至九十七岁，笔不停挥，整整八十寒暑。所刊的单行本，三、四十种，有些在十年浩劫中失掉，有些还尚留存，也就敝帚自珍了。

其中有《清娱漫笔》，那是一九六五年，香港上海书局刊印，封面是我自己写的，共四十二篇。一九八二年，由上海的上海书店重印，改正了几个错字，内容没有变动。一九八四年，增补了《袁寒云的一生》，这篇特长，达三万言，举凡寒云的家世、交游、艺能、收藏、嗜好及生活琐屑，无不包罗在内。这个初稿，给张伯驹生前看到了，大为称赏，原来伯驹是寒云的表弟，有亲戚关系的。又《郑逸梅文稿》，均是些文言作品，如《纸帐铜瓶室记》《听雨楼记》《东风时雨之楼记》《翁松禅手札跋》《纪石湖荡古松》《吴湖帆小传》《石窗词稿序》《题宣古愚山水直幅》等，共六十四篇，再版两次，销售一空。兹正谋刊三版，增加《康南海推崇沈寐叟》《槜李谱序》《方白莲小印考》《跋牡丹诗》《周玉泉小传》《近代印人传弁言》，凡四十篇。又《艺林散叶》，一九八二年由北京中华书局出版，今年重版。本来计划，也拟出增补本，但增补约二十万言，似乎字数太多了，乃改为《艺林散叶续编》。初编且由日本东京二玄社，译为日文。在中日文化交流起些小小作用。又《小阳秋》和《人物品藻录》，那是一九四七年，上海日新出版社出版，记的都是人物掌故，书早绝版，今由黑龙江人民出版社把两书合而为一，我也增补了三十篇，名为《梅庵谈荟》。

蓄书以娱老

我生于清末光绪二十一年，而今已九十七岁了。

目前，我耳目尚聪明，思维能力尚具功效，这是秉受了什么，才得如此呢？简言之，主要是靠营养。营养有物质方面的，也有精神方面的，我却更偏重于精神的营养。

我一生最喜蓄书，小小的斗室，周围都是书籍，书籍和我争着地盘，我几乎被藏书撵走了，可是我反引以为乐。

架上安置了黄小松、张芑孙的遗砚，天天接触，似亲贤彦。又如我每天伏案写作，案头罗列了钱梅溪的竹臂搁，杨铁礼手植的古松，阿房宫的瓦当，古色古香，为之赏心悦目。平时伏笔倦了，稍事静息，看看水盎中的雨花石，窗沿上的蔓引垂髯的文竹，顿觉静穆中增添了生气。得暇读读范石湖、陆放翁的田园闲适诗，晚明袁中郎、张岱的小品文，恽南田、费晓楼、玉壶及扬州八怪的画册……在这个环境中，俯仰婆娑，天增岁月人增寿，也就把自己的衰老都忘净了。真如金圣叹所言：“不亦快哉”。

几种有钤记的书

《玉佛禅寺》，是一本精装图片册。内容分简史、历代住持、上海佛学院、寺院结构、图片、国际友好交往活动以及附录，具有宗教掌故。扉页题有“逸梅老先生惠存，真禅敬赠”，并钤“真禅”朱文印，书法雄浑可喜。真禅为玉佛寺住持，除弘扬佛法外，又擅诗文书法。他所著的《玉佛丈室集》，也蒙他贻赠一册，也签名钤印。

《武清曹氏文献辑存》，挺厚精装一册，是曹洁如自费影印的，外间很不易见，承洁如亲笔签名，从天津邮来，甚为欣感。洁如为了纪念他的六世祖曹近野，把诗集、墨刻、印拓、珍藏汇为一编。近野太史于清康熙朝为显宦，康熙南巡，曾驻跸其家，御赐甚隆。这些手稿及藏品，都由洁如捐献公家了。

《迷楼集》，是南社文献之一，很足珍贵。首列柳亚子一叙，略云，“迷楼者，蚬江卖酒家也。九年十有二日，余以事过其地。筝人剑客，招邀为长夜之游，曲宴既开，丽鬟斯睹，虽刘桢平视，尽许当诞，而落落陈词，不矜不狎，殆亦振奇人欤！”诵之，殆有此中有人，呼之欲出之感。封面上书“逸梅吾弟惠存，石予”，下钤“石予持赠”白文印。

石予乃我先师胡蕴的别署。

《南游初稿》,侯官黄秋岳诗,为集外记游之作,钤有“刘氏图书”白文印。是编知者不多,不如其《花随人圣庵摭忆》脍炙人口。

《半兰旧庐诗》,是我手钞先师胡石予的五言,及七绝一部分,为仅存之硕果。封面《半兰旧庐诗》五字题,为蒋吟秋手笔,亦为可珍的遗墨。

《翠楼吟草》为油印本,杭州陈小翠女诗人作于沦陷区,标名《思痛集》,书页上钢笔书:“逸梅先生雅教小翠寄赠癸卯正月”数字。中有一诗:“为郑逸梅先生画花鸟占题”,如云:“微禽身世可怜生,风雨危巢夜数惊。藉得一枝心愿足,夕阳无语自梳翎。”奈画已失于浩劫中,仅留此诗,录以讽诵了。

《佘山三日记》,是本薄册子,封面上题:“逸梅兄江庸”,钤“江庸私印”四字白文。江庸字翊云,著《趋庭随笔》,一度任上海文史馆馆长。庚寅八月,徐汇中学张伯达校长、王方教务主任,约翊云于秋日,同往佘山赏月,并天文台观星,并在平原村吊陆士衡、骑龙堰访陈眉公钓鱼矶,望董香光餐霞馆。按徐汇中学,我曾执教有年,张伯达、王方均素宿,今皆逝世了。

《历代画史汇传补编》,东台吴心谷作,我在市间购得。扉页上有“悦钦斋主庆元识共二册骓驹见赠”数字,庆元、骓驹,均不知为何许人。

《省斋读画记》,作者朱朴,号省斋,自谓:“我不能画，唯嗜此甚于一切。十余年前在沪，常与吴湖帆先生相往还，初得其趣。近年在港，随张大千先生游，朝夕过从，获益更多。”我所藏的一本，题有：“逸梅吾兄哂存朱其石持赠丁酉八月。”省斋与其石，皆早辞也。

《可居室所藏钱币书目》册首题有：“寄呈郑老逸梅先生教正　贵忱敬赠”，钤“王贵忱”白文印。书中收录所藏钱币谱录诸作二百余种，内容分目录、图像、文字、题跋、专著、杂著、通考、附录外国著述。为收藏钱币者不可不读之书。贵忱师事容庚，封面签题，即出容希白手。

《蒹葭楼集外佚诗》，黄晦闻著，马以君辑。晦闻为南社诗人中之杰出者。以君搜罗有年，始得印成。题有：“郑逸梅老先生惠政后学　马以君敬奉”几个钢笔字。

我的爱书癖

我的爱书癖，是从小养成的。我三岁丧父，由祖父锦庭公一手培植。当童年时，随祖父逛游市区，路过河南路的扫叶山房，看到橱窗间陈列许多书籍，如《吴梅村词》《昭明文选》等，即要求祖父购买，实则这时什么都不懂得，只认为这些都是很可爱很可用的读物。此后如《夜雨秋灯录》《阅微草堂笔记》《随园诗话》等，陆陆续续的备起来，满满装为一箱，由箱而橱，由橱而架，觉得这些线装书，古色古香，不必展卷，即心神恬适了。直至肄业草桥学舍，看到老师程仰苏、胡石予，都富于藏书，欣羡得很，更增加了我的买书欲。

读书毕业后，担任教务，虽薪资很低，供家用外，所余无几，但在无几中，还得抽出些钱来买书，大受荆妻的责备，我就省掉自己的零用，偷偷地买着，日积月累，具有相当数量，可是日寇侵华，在烽火中损失大半。这当然很心痛的。我却壮志未已，失而复买。这时一方面教书，一方面写稿，我把教薪勉供家用，稿费用以买书，愈置愈多，室小难容，便尽量利用空隙，榻侧所堆，几乎充栋，晚上熟睡，不料书堆得太高，忽地倒了下来，压得我不能动弹，挣扎好久，才得脱身而起，重行堆叠，及安置妥善，曙光已透窗棂，也就睡不成了。

十年浩劫，我的书又复付劫灰。幸而拨雾见天，书本归还了一部分，朋好不忍看到我失书如丧考妣，贻赠了我一部分，我又大量补购，书复充斥于室，橱架不能容，只得一包包地堆在地上。这时责备我买书的荆妻早已离世，可是儿媳们力劝我不再买书，说：“小室无回旋余地，且有书要翻找不到，那么有书等于无书，还是干脆不要买了。”我没有办法，只得可买可不买的书不买，非买不可的，还是买，书和人争夺地盘，后果如何，在所不计了。

《海岳名言评注》面世

由洪丕谟评注的《海岳名言评注》，已由上海书画出版社出版。

在我国繁花似锦的书法理论宝库中，北宋名书家米芾的《海岳名言》是享有很高声誉的，《四库全书总目》曾经对它有“是编皆其平日论书语……然其心得既深，所言运笔布格之法，实能脱落蹊径，独凑单微，为书家之圭臬，信临池者所宜探索也”的评价。

然而，由于语录式的体裁和文字用典的隔阂，对于今天的读者来说，已经较难领会其中的精义。因此，洪丕漠的这一评注读本的出版，无疑为沉浸在当前书法热中的广大爱好者提供了一把可以切实打开方便之门的钥匙。

从全书来看，除了对于某些专业术语以及难点、僻典加注以利阅读外，还对每条原文作了千字左右的评论，其中或阐述精蕴，或发挥奥义，或辨正讹谬，独抒杼轴，可谓剔抉爬罗，具有一定的普及价值和较高的学术价值。其中如对“半山庄台上多文公书，今不知存否？文公与杨凝式书，人鲜知之”，以及“薛稷书‘慧普寺’，老杜以为‘蛟龙岌相缠’，今见其本，乃如奈重儿握蒸饼势，信老杜不能书也”等条的考证王安石和杜甫的书法，就是颇见功力的。

出版说明

郑逸梅先生出生于19世纪末，其创作高峰期主要集中在20世纪上半叶，特殊的历史时期，造成了他行文古奥，且有部分词句用法有别于当今规范的创作特点。为最大程度地保持原作的风貌，同时尊重作者本身的写作风格和行文习惯，本套书对于所选作品的句式及字词用法均保持原貌，不按现行规范进行修改。所做处理仅限于以下方面：将原文繁体字改为简体字；校正明显误排的文字，包括删衍字、补漏字、改错字等；文题、人名、地名、时间节点等前后不一致的情况做统一调整。特此说明。

图书在版编目（CIP）数据

芸编指痕 / 郑逸梅著 . -- 哈尔滨 : 北方文艺出版社 , 2016.8

（郑逸梅经典文集）

ISBN 978-7-5317-3668-4

Ⅰ . ①芸… Ⅱ . ①郑… Ⅲ . ①小品文 - 作品集 - 中国 - 当代 Ⅳ . ① I267.3

中国版本图书馆 CIP 数据核字（2016）第 159206 号

芸编指痕

Yunbian Zhihen

作　者 / 郑逸梅

责任编辑 / 宋玉成　张　喆

封面设计 / 锦色书装工作室

封面题字 / 曹济民

封面题图 / 郑有慧

出版发行 / 北方文艺出版社

网 址 / www.bfwy.com

邮 编 / 150080

经 销 / 新华书店

地 址 / 黑龙江现代文化艺术产业园 D 栋 526 室

印 刷 / 北京诚信伟业印刷有限公司

开 本 / 880 × 1230　1/32

字 数 / 249 千

印 张 / 13.5

版 次 / 2016 年 8 月第 1 版

印 次 / 2016 年 8 月第 1 次印刷

书 号 / ISBN 978-7-5317-3668-4

定 价 / 56.00 元